체인지킹의
후예

제18회 문학동네소설상 수상작

체인지킹의 후예

이영훈
장편소설

문학동네

차례

0. 우리, 결혼해

"우리, 결혼해."

채연이 말한다. 영호는 눈을 감고 아래턱을 목에 최대한 끌어붙인 뒤 숨을 가다듬는다. 살짝 빠르게 뛰기 시작하는 심장의 박동을 느끼며 영호는 눈을 뜬다.

여름밤은 따뜻하다. 빛은 희미하고, 공기는 느릿하다. 채연은 하얀 바탕에 파란 병원 로고가 새겨진 환자복을 입고 있다. 이런 밤에는 환자복조차 편안한 잠옷처럼 느껴진다. 병원 옥상의 휴게실에는 자동판매기만이 불을 밝히고 있다. 자동판매기의 뿌연 불빛을 등지고 서서 채연은 영호의 대답을 기다린다.

어둠 속에서 미지근한 바람이 불어온다. 채연의 긴 머리카락이 가볍게 나풀거린다. 어깨 쪽에서 머리가 헝클어진다. 채연은 헝클어진 머리칼에 손가락을 집어넣고 고른다. 다시 바람이 불고, 머리카락이 날린다. 살짝 눈썹을 찡그리며 채연은 정수리께로 손을 가져간다. 채연이 가발을 벗는다. 반질반질하게 깎인 머리가 드러난다. 영호는 잔

잔한 바닷가처럼 부드러운 곡선을 그리고 있는 채연의 머리칼 자국을 눈으로 좇는다. 좇다가, 어쩐지 민망한 마음이 들어 괜히 시선을 다른 곳으로 돌린다.

옥상 휴게실에는 철망으로 된 펜스가 쳐져 있다. 영호는 마름모꼴로 엮인 철망을 눈으로 좇는다. 문득 벌레라도 기어가듯 등줄기가 가렵다. 가볍게 땀이 솟았다가, 바람에 가라앉는다. 많은 말들이 마음속에서 뭉쳤다가, 흩어진다.

이윽고 영호는 침을 삼키고, 목소리를 고른 후, 입을 연다.

"예."

정해진 것처럼, 영호는 말한다.

"그렇게 하겠습니다."

다른 대답은 있을 수 없었다.

삶이 바뀌는 하루가 있다. 영호가 채연을 만난 7월의 여름날이 그랬다. 영호는 생명보험회사의 심사팀에 속해 있었다. 주된 업무는 보험금이 지급될 계약 내용을 검토하는 것이었다. 점심시간, 영호는 회사를 나섰다. 회사 근처에 새로 문을 연 유명한 냉면집에 가볼 작정이었다. 회사 입구의 안내데스크 앞을 지나고 있을 때 접수팀의 여직원이 영호를 불렀다. 안내데스크로 다가가니 여직원은 조심스럽게 창구 한쪽에 서 있는 채연을 손짓으로 가리켰다. 영호는 고개를 돌렸다. 곧이어 영호는 자신이 무얼 보고 있는지 알 수 없었다.

채연의 얼굴을 봤을 때 영호의 머릿속에 떠오른 생각은, 정확히 말해 생각이라고도 할 수 없는 짧은 감탄사와 같은 어떤 것이었다.

어?

더할 것도 뺄 것도 없이 그렇게. 잠시 그러고 난 후에는 다른 생각이 떠올랐다.

이건, 뭐지?

여성의 얼굴을 보며 떠올릴 만한 생각은 아니었다. 하지만 영호는 그렇게 생각했다.

대체, 이건, 뭐지?

채연의 복장이 특이했던 것은 아니다. 그녀는 검은 펜슬스커트에 흰 블라우스를 입고 있었다. 깔끔하게 정리된 옷차림이 마른 몸과 잘 어울려 보였다. 얼굴 생김도 이상할 게 없었다. 코와 입술은 작은 편이었지만 짙게 쌍꺼풀이 진 눈은 무척 컸다. 전체적으로 젊어 보이는 인상이었으나 눈가와 입가의 주름이 도드라졌다. 얼굴만 보면 삼십대 중반쯤, 어쩌면 사십대 초반일 수도 있었다. 하지만 영호는 그 이상 다른 판단을 이어갈 수 없었다.

채연의 머리 모양 때문이었다. 아니, 정확히 말하면 머리 모양 탓이 아니었다. 채연의 머리는 아무런 모양도 없었으니까. 바로 그 때문에 영호의 판단은 멈춰버렸다. 채연의 머리카락은 깨끗하게 삭발되어 있었다. 멍하니, 영호는 채연의 이마 위를 바라봤다. 길거나, 짧거나, 곧거나, 구불거렸을 머리카락은 부드러운 곡선만을 남긴 채 파랗게 비어 있었다.

"그렇게 빤히 쳐다보니까 기분이 나빠지려고 하네요."

또렷한 목소리가 울렸다. 영호는 퍼뜩 정신을 차렸다. 여직원이 서둘러 영호에게 말을 붙였다.

"보험계약을 확인하고 싶다고 하셔서요, 심사팀 업무 맞죠?"

영호는 고개를 크게 끄덕였다. 채연은 힐끗 영호의 얼굴을 살핀 후 안내데스크 앞에 놓인 갈색 서류봉투를 손가락으로 톡톡 두들겼다. 여직원이 봉투를 집어 영호에게 건네주었다. 영호는 봉투 안에 든 서류를 꺼냈다. 보험증서와 진단서였다.

"보험에 가입되어 있어요. 확인해보세요."

질병과 상해에 관련된 포괄적인 건강보험이었다. 서류의 인적사항을 확인했다. 이름은 김채연, 나이는 마흔 살이었다. 진단서를 펼쳐 병명을 읽어보았다. 검은색 잉크로 찍힌 '자궁경부암'이란 글자가 눈에 들어왔다.

갑자기 얼굴이 확 달아올랐다. 그러니까 그녀가 삭발한 것은 항암 치료 때문인가. 여직원이 영호의 눈치를 살폈다. 채연을 향해 영호는 조심스레 입을 열었다.

"죄송합니다."

잠시 영호를 바라보던 채연이 피식 웃음을 흘렸다.

"그쪽이 죄송할 게 뭐가 있어요?"

머리 모양을 보고 놀라서요, 라고 대답할 순 없었다.

"저희가 먼저 찾아뵈었어야 하는 거니까요."

영호는 채연의 안색을 살폈다. 슬며시 미소를 짓고 있는 것이 딱히 기분이 나빠 보이지는 않았다. 웃을 때마다 눈 주변과 입가의 주름이 깊어졌다. 영호는 이상한 기분이 들었다. 배 쪽으로 따뜻한 아지랑이 같은 것이 뭉글뭉글 피어올랐다.

"내가 오고 싶었어요. 암에 걸렸다는 걸, 전화로 전하기는 싫더라고. 직접 전해주고 싶었어요."

채연의 눈썹이 씁쓸하게 꺾였다. 눈과 입술의 각도가 아주 약간 달라졌고, 그것만으로도 채연의 미소는 전혀 다른 분위기를 풍겼다. 주변이 갑자기 조용해지는 듯했다. 영호는 몹시 부끄러운 기분이 들었다. 어디에 눈을 두어야 할지 알 수 없었다. 배의 아지랑이는 순식간에 사라지고 가슴 주변이 서늘해지는 것 같았다. 아무렇지 않은 듯 표정을 밝게 바꾸며 채연이 물었다.

"그거, 문제없겠죠?"

몇 가지 서류가 더 필요하긴 했지만, 그건 채연의 담당직원이 알아서 할 문제였다.

"일단 이 정도면 될 것 같습니다."

채연이 고개를 끄덕였다.

"더 필요한 서류가 있으면, 그때는 찾아와서 받아가도록 해요."

"알겠습니다."

영호는 정중하게 고개를 숙였다. 채연은 영호에게 인사한 후 돌아섰다.

채연이 자리를 뜨자마자 접수팀의 여직원 두 사람이 서로를 돌아보며 호들갑스럽게 떠들었다. 머리 봤어? 뭐니, 저 여자. 여직원들의 얼굴에는 흥미가 잔뜩 어려 있었다. 영호는 여직원들의 수다를 듣고 있는 것이 불편했다. 서류를 챙겨 회사를 나섰다.

무더운 날씨였다. 사물들은 저마다 빛과 열을 내뿜었다. 영호는 손을 이마에 대고 그늘을 만들었다. 괜히 주변을 둘러봤다. 채연은 어디에도 없었다. 영호는 잠시 자리에 서 있었다. 이상할 정도로 채연이 신경쓰였다. 기분좋은 웃음과, 같은 듯 같지 않은 쓸쓸한 미소가 번갈아 떠올랐다.

들고 있던 봉투를 열었다. 영호는 안에 든 서류를 훑었다. 채연의 자궁경부암은 2기였다. 자궁경부암 2기에 지급되는 보험금의 내역을 헤아렸다. 2기라면 수술비와 입원비, 방사선치료비와 항암치료 약제 비용이 지급된다. 말을 바꾸면 채연은 입원을 하고, 방사선치료와 항암치료를 견딘 후, 수술을 받아야 하는 것이다. 영호는 그 말뜻을 잘 알고 있었다. 입원은 쓸쓸한 일이고, 방사선과 항암제를 통한 치료는 무척 고통스러우며, 수술은 두려운 일이다.

영호는 보험회사에서 오 년 정도 일을 했다. 심사팀의 업무는 기본적으로 서류를 통해 이루어졌다. 서류에 문제가 없으면 특별히 고객과 마주칠 일이 없었다. 문득 영호는 암에 걸린 사람을 직접 마주한 것이 처음이라는 사실을 깨달았다. 좀더 정확히 말해, 영호는 그렇게 쓸쓸하게 웃는 사람을 본 적이 없었다.

서류를 봉투에 넣었다. 신경이 쓰였지만 담당직원에게 서류를 잘 전달해주는 것 외에 영호가 할 수 있는 일은 없었다. 한숨을 쉰 후 영호는 냉면집을 향해 걸었다.

냉면집은 손님이 가득했다. 영호가 가게 안에 들어설 때 운좋게도 구석에 앉아 있던 손님 하나가 자리에서 일어섰다. 영호는 거기에 앉았다. 점원이 자리를 정리한 후 작은 주전자와 컵을 가져다주었다. 영호는 물냉면을 주문했다. 주전자에서 물을 따라 마시며 잠시 숨을 돌렸다. 손님이 워낙 많아 음식이 나오려면 시간이 걸릴 것 같았다. 카운터에서 신문을 하나 얻어와 읽기 시작했다.

등뒤에서 기척이 느껴졌다. 주인처럼 보이는 사람이 조심스럽게 말을 걸었다.

"혼자 오신 거면 다른 분하고 합석해도 될까요?"

영호는 주인 옆에 서 있는 사람을 봤다. 검은 스커트와 하얀 블라우스, 그리고 사람들을 당황하게 만드는 머리 모양이 눈에 들어왔다. 채연이었다.

영호가 대답하기도 전에 채연이 맞은편 자리에 앉았다. 영호는 서둘러 신문을 접어 옆자리의 서류봉투 위에 올려놓았다. 점원이 가져온 컵에 채연은 말없이 물을 따라 마셨다.

영호와 채연이 앉은 구석자리는 빛이 잘 들지 않았다. 창을 등지고 앉은 채연에게 그림자가 드리워졌다. 창밖으로 햇살이 내리쪼이는 거리가 보였다. 눈부신 여름의 거리와 음영이 도드라진 채연의 몸이 기묘한 대비를 이루었다. 영호의 눈에 채연은 어딘가로 쫓겨난 사람처럼 보였다. 밝고 더운 날을 견디지 못하고 어두운 곳으로 밀려난 사람. 그런 생각이 든 것은 채연의 사정을 알고 있기 때문일 수도 있고, 채연의 머리 모양 때문일 수도 있으며, 딱딱하게 굳은 채연의 표정 때문일 수도 있었다. 몹시 긴장한 영호는 채연에게서 눈을 뗄 수 없었다.

"원래 사람을 그렇게 빤히 쳐다봐요?"

채연이 말했다. 자신도 모르게 영호는 숨을 혹 들이쉬었다. 영호를 바라보던 채연이 안내데스크 앞에서 그랬던 것처럼 피식 웃음을 흘렸다.

"아무튼 인연이네요."

채연이 손짓으로 점원을 불렀다. 영호를 돌아보며 채연이 물었다.

"냉면 뭐 시켰어요?"

"무, 물냉면입니다."

갑작스러운 질문에 영호는 더듬거리며 대답했다. 채연은 비빔냉면을 주문했다. 컵에 따른 물을 다 마신 후 채연이 크게 숨을 쉬었다.

"이제야 좀 살 것 같네. 머리를 자르니까 어쩐지 더 뜨거워."

영호는 채연의 머리를 봤다. 채연의 머리는 빨갛게 달아올라 있었다. 영호의 가슴이 다시 서늘해졌다.

음식점 안은 빈틈없이 손님이 들어차 있었다. 점원들은 분주하게 은색 대접을 들고 이리저리 뛰어다니고, 사람들은 코를 박은 채 후룩후룩 면을 들이마시듯 먹고 있었다. 음식점을 둘러보며 채연이 물었다.

"여기 유명한 집인가봐요?"

"몇 번인가 방송에 소개된 곳이라고 합니다. 대단히 맛이 좋다고 하더군요."

호오, 하고 채연이 가볍게 탄성했다.

"그런 곳인 줄은 몰랐네."

잠시 말이 끊겼다.

"냉면 좋아하세요?"

조심스레 영호가 물었다. 채연이 고개를 저었다.

"별로 좋아하지 않아요."

가늘고 긴 손가락으로 채연이 자신의 머리를 가리켰다.

"머리 때문에."

채연이 말을 이었다.

"너무 더워서 그대로 지하철역까지 걸어갈 자신이 없더라고. 잠시 쉬어갔으면 좋겠다고 생각하던 참에 이 집이 보이지 뭐야. 들어와서는 또 후회했어요. 사람이 너무 바글거리잖아. 그러다가 그쪽이 앉아 있는 걸 봤죠."

채연이 빙긋 웃었다.

"그쪽하고 합석하겠다고 말한 것도 저인데, 괜찮죠? 내가 냉면 남기면 그것 좀 치워줘요. 요즘은 입맛이 없어서 한 그릇을 다 먹는 것도 힘들어."

채연의 눈이 예쁘게 구부러졌다. 그 웃음을 보며 영호는 아마도 이것이 채연의 원래 표정일 거라고 생각했다. 딱딱하게 굳어 있는 얼굴에서는 도무지 떠올릴 수 없을 만큼 생기 있고 아름다운 표정이었다. 영호는 조심스레 입을 뗐다.

"힘드시죠?"

"뭐가요?"

"음, 그러니까 치료 말입니다."

물끄러미 영호를 바라보던 채연이 천연덕스레 말했다.

"치료는 시작도 안 했는데? 입원은 내일모레예요. 오늘까지 신변정리 기간. 본격적인 치료는 아직 한 번도 안 받아봤어요."

영호는 이해가 가지 않았다.

"하지만 머리 모양이?"

"아, 이건,"

채연이 눈썹을 찡그렸다.

"우리 아버지가 대머리였거든."

손가락으로 이마를 긁으며 채연이 말을 이었다.

"앞머리가 점점 비어가니까 옆머리와 뒷머리를 잔뜩 길러서 이마를 덮더라고. 그게 어찌나 보기 흉하던지 말이야. 나 같으면 그냥 밀어버릴 텐데, 하고 생각했었어. 그런데 여자들은 대머리가 없잖아."

"그렇죠."

영호가 고개를 끄덕였다.

"암 판정을 받고 나서 의사한테 치료에 대한 설명을 들었어요. 항암치료부터 시작할 거라는데, 약이 워낙 독해서 머리가 빠지는 경우도 있다지 뭐야. 그래서 오늘 아침에 밀었어."

영호는 이해할 수 없었다.

"치료를 받기도 전에요?"

"어차피 빠질 건데 뭐."

"아니, 그렇지만 빠지는 경우가 있는 거잖아요? 그러니까, 안 빠질 수도 있는 거고."

채연이 흐음, 하고 숨을 골랐다.

"그렇지만 말야, 머리가 빠지고 난 다음에 머리를 밀어버리는 건, 아무래도 좀 비참하지 않겠어?"

"네?"

"지금 밀면, 그건 내 선택이잖아? 빠진 다음에 미는 건 어쩔 수 없이 그렇게 하는 거고. 밀 거라면, 지금 하는 게 낫지."

아무렇지 않은 얼굴로 채연이 말했다. 영호는 대꾸할 말을 찾을 수 없었다. 냉면이 나왔다.

커다란 은색 대접 가득 물냉면과 비빔냉면이 담겨 있었다. 점원이 가져온 가위로 면을 몇 번 자른 후, 영호는 자기 앞에 놓인 물냉면을 먹기 시작했다. 소문대로 냉면은 무척 맛이 있었다. 육수는 구수했고, 면은 부드러웠다.

채연은 젓가락을 든 채 비빔냉면을 쳐다만 보고 있었다. 영호는 채연의 안색을 살폈다.

"정말 미안한데, 이거 그 물냉면하고 바꿔줄 수 있어요?"

손도 대지 않은 비빔냉면을 앞으로 내밀며 채연이 말했다. 영호가 고개를 끄덕였다. 영호는 채연 앞에 놓인 비빔냉면을 제 앞으로 끌어온 후, 물냉면을 채연 앞에 놓아주었다. 영호는 비빔냉면을 먹기 시작했다. 하지만 채연은 또 음식을 쳐다만 봤다. 영호는 젓가락을 내려놓았다.

"그걸 먹는 게 꺼림칙하시면 새로 하나 시킬까요?"

영호가 물었다. 냉면을 들여다보고 있던 채연이 손을 저었다.

"아뇨, 그런 걸 가리는 게 아니에요. 단지 좀 소화가 안 될 거 같아서."

채연이 눈을 찡그렸다.

"요즘은 음식 먹으면 자주 체하거든."

"면을 좀더 자르죠."

영호는 가위를 집어들고 채연 앞에 놓인 물냉면으로 손을 뻗었다. 흠칫 채연이 몸을 떨었다. 영호는 손을 멈췄다. 가위를 보며 채연이 짧게 숨을 들이쉬었다.

"그리고 쓸데없이 예민해, 요즘은. 날카로운 물건을 보면 겁이 나거든."

영호는 가만히 가위를 내려놓았다. 두 사람은 말없이 식탁에 놓인 냉면을 봤다. 채연이 물냉면 그릇을 영호 쪽으로 밀었다.

"잘라줘요."

영호는 다시 가위를 잡았다. 몇 번이고, 몇 번이고 가위질을 반복한 다음 채연에게 대접을 돌려주었다. 입술을 깨물고 냉면을 노려보던 채연이 비로소 젓가락질을 시작했다. 두 사람은 함께 냉면을 먹었다.

"가장 무서운 게 뭐예요?"

냉면을 먹으며 채연이 물었다.

"네?"

"다들 무서워하는 게 있잖아요. 뱀을 무서워하기도 하고, 벌레를 무서워하기도 하고. 뭐, 그런 것."

잠시 생각을 다듬던 영호가 입을 열었다.

"철망이요."

"절망?"

의아한 듯 채연이 고개를 살짝 틀었다.

"절망이 무섭지 않은 사람이 어딨어요?"

"아뇨. 절망이 아니라 철, 망."

'철'자에 힘을 주어 영호가 다시 말했다.

"굵은 철사 같은 걸로 꼬아 만드는 거 있잖아요. 담장 대신 둘러놓는 것."

"아, 교도소 같은 곳에 둘러놓는 뾰족한 가시 같은 것?"

"그건 철조망이고요. 가시가 있는 게 아니라 철사로 사각형이나 마름모꼴로 모양을 지어놓은 거요. 교도소 같은 곳엔 철조망을 둘러칠 수도 있겠지만, 테니스장이나 공터 같은 곳에 철조망을 치진 않잖아요?"

"아, 울타리로 둘러놓는 거 말이죠? 그게 왜 무서워요?"

"그냥요. 보고 있으면 기분이 나빠져요."

호오, 하고 채연이 고개를 끄덕였다.

"하기야 겁나는 건 다 그냥이지. 이유가 없으니까."

열심히 젓가락을 놀린 덕분인지 영호의 비빔냉면은 거의 끝나가고 있었다. 채연은 물냉면의 반도 먹지 못한 상태였다. 물을 조금 따라 마시던 채연이 입을 열었다.

"요즘 난 무서운 거 투성이야."

영호가 채연을 바라봤다. 채연이 조금씩 면을 집어 입안으로 옮기고 있었다.

"원래는 겁이 없는 편이었거든. 근데 요즘은 전부 겁이 나. 가위도 겁나고, 대머리도 무섭고."

피식 웃으며 채연이 영호 앞에 놓인 비빔냉면을 가리켰다.

"하다못해 비빔냉면도 무서워요. 너무 매울까봐 겁이 나서 못 먹겠더라고. 그래서 넘겨준 거야."

어색한 침묵이 흘렀다.

"물냉면은, 조금 덜 무서운가요?"

저도 모르게 영호는 중얼거렸다. 물끄러미 영호를 바라보던 채연이 깔깔거리며 웃음을 터뜨렸다.

"당신 정말 재밌네."

채연이 잘게 잘려 뭉친 냉면을 젓가락으로 조금 들어 보이며 장난스러운 표정을 지었다.

"맞아, 물냉면은 조금 덜 무서워. 면도 이렇게 잘게 잘려 있고."

웃음을 흘리며 채연은 열심히 젓가락을 놀려 잘게 잘린 냉면을 입에 넣었다. 배가 고프거나 맛이 있어 보이진 않았다. 그저 먹기로 마음먹었으니 끝까지 먹는 것 같았다. 하지만 그것만으로도 영호는 어쩐지 뿌듯한 기분이 들었다. 영호는 채연의 비어 있는 컵을 가져와 물을 따라놓았다. 시간이 오래 걸리긴 했지만 채연은 끝내 물냉면 한 그릇을 모두 비웠다.

빈 그릇을 치운 후에도 한동안 두 사람은 그 자리에 앉아 있었다. 채연은 말없이 물을 마시고 있었다. 점심시간이 끝나가고 있었다. 하지만 영호는 채연을 두고 일어설 수 없었다.

"아침에 잠에서 깼는데,"

채연이 입을 열었다.

"머리 모양이 너무 형편없는 거야."

맨질맨질한 자신의 머리를 손으로 쓰다듬으며 채연이 말했다.

"치료에 들어가면 머리 할 시간도 없을 테니, 오늘쯤에는 미용실에 가야 했어. 그런데 도저히 자신이 없더라고. 생각을 해봐. 웃는 얼굴로 미용실에 가서 머리 모양을 주문하고 우두커니 가만히 앉아 있어야 해?"

혼자 중얼거리는 것처럼 채연은 말을 이었다. 영호는 채연의 목소리에 귀를 기울였다.

"그리고, 어떤 머리를 주문할까? 살짝 쳐달라고 할까? 아니면 파마를 해야 하나? 숏컷을 부탁할까? 이상하잖아, 그런 건."

채연이 다시 한 모금 물을 마셨다. 채연의 목이 두세 번 가볍게 떨렸다.

"머리카락이 빠지지 않을 수도 있는 거 아니냐고 그랬죠? 물론 안 빠질 수도 있어. 그렇지만 안 빠진다고 뭐가 달라져요? 우리 엄마는 내가 아주 어릴 적에 돌아가셨고, 아버지도 몇 년 전에 돌아가셨어요. 친척도 없고, 유일한 피붙이는 외국에 나가 있어. 모레 아침이면 난 병원에 들어가요. 그리고 항암치료를 받겠죠. 의사는 부작용이 거의 없는 경우도 있다고 했지만, 그건 부작용이 심한 경우도 있단 말이잖아? 이제 나는 독한 약을 먹고 방사선을 이용한 치료를 받아야 해요. 몇 번이고 그런 일을 반복해서 암이 줄어들면 그다음엔 수술을 하는 거야. 듣기 좋은 이야기는 아니지만,"

채연이 두 손을 자신의 배 쪽으로 가져갔다.

"자궁을 없앤다나봐. 서글픈 일이죠. 남자들은 이해하기 힘들겠지만."

웃는 듯 마는 듯, 잠깐 입술을 썰룩이다 채연이 말을 이었다.

"모든 치료가 끝나면 아마도 병은 낫겠죠."

채연의 얼굴이 한층 딱딱하게 굳었다.

"그렇지만 뭐가 달라지는 거지? 눈을 감고 떴을 때, 이 모든 일이 사라지는 건 아니잖아? 물론 나도 이렇게 나이를 먹었으니 괴롭고 힘든 일이란 게 시간이 지나면 다 끝난다는 것, 알아요. 그렇지만 지금 당장 싫은 건 싫은 거야. 당장 미용실에 가는 것, 당장 집에 돌아가는 전철을 타는 게 싫은 거야. 머리를 박박 밀거나, 택시를 잡아탄다고 해서 그런 일들이 사라지는 게 아니라고. 내일은 일하던 회사를 정리해야 하고, 살고 있던 집을 청소해야 돼요. 도와줄 사람도 없고, 괴롭다고 하소연할 사람도 없어. 정말 웃기는 건, 내 기분이 어떻든 내게 다가오는 일을 피할 순 없다는 거야. 그건 그냥 정해진 거야. 정말 귀찮고, 괴롭고, 진저리가 나도록 무서운 일인데, 나는 어쩔 도리가 없고, 해야 할 일은 이미 정해져 있어."

채연이 입을 다물었다. 몇 번이고 영호는 채연이 울음을 터뜨리거나 소리를 지를까봐 걱정이 됐다. 하지만 그런 일은 벌어지지 않았다. 남의 이야기를 하듯 채연은 자신의 이야기를 담담하게 중얼거렸고,

입을 다문 후에는 아무렇지도 않은 표정으로 돌아갔다.

영호는 가슴이 뻐근하게 저려오는 것을 느꼈다. 채연이 들려준 이야기 때문이 아니라, 그런 이야기를 전하는 채연의 무표정한 얼굴 때문이었다. 어쩌면 채연은 괴로운 일이 있을 때마다 저런 표정을 짓지 않았을까? 딱딱하게 굳은 얼굴로 입을 다물고 싫은 일들을 참아 넘기지 않았을까?

"말이 너무 많았네."

채연이 웃었다.

"합석해줘서 고마워요. 그쪽 덕분에 오랜만에 제대로 밥을 먹은 것 같아."

채연이 살짝 몸을 돌려 등뒤의 유리창을 봤다. 여름 햇살이 쏟아지고 있었다. 채연이 한숨을 쉬었다.

"집에 돌아가는 거, 무섭네."

살짝 덴 듯, 빨갛게 달아오른 채연의 머리가 영호의 눈에 들어왔다. 지하철역까지는 십 분 정도를 걸어야 하고, 택시를 잡으려 해도 그만큼을 가야 했다. 채연이 지갑을 챙기며 일어섰다.

"일어나죠. 계산은 내가 할게요."

채연을 따라 영호는 짐을 챙겼다. 옆자리에 놓아둔 서류봉투로 손을 뻗었을 때, 그 위에 포개둔 신문이 눈에 들어왔다.

채연은 계산대에서 냉면 값을 치르고 있었다. 영호는 서둘러 신문지 한 장을 빼들었다. 테이블에 신문지를 펼쳐 반으로 접고, 양옆을 모아 삼각형 모양으로 접었다. 신문지 아랫단의 남는 부분을 위로 접은 후, 남는 부분을 안쪽으로 넣었다. 어릴 적 친구들과 장난삼아 쓰고 다니던 신문지 모자였다. 마지막으로 만들어본 것이 언제였는지 기억조차 나지 않았다. 접는 법을 잊지 않고 있었다는 것이 신기할 정도였다.

완성된 모자를 들고 영호는 채연의 곁에 섰다. 두 사람은 냉면집을 나왔다. 인사를 건네기 위해 채연이 돌아섰을 때, 영호는 채연에게 다가갔다. 영호는 손에 들고 있던 신문지 모자를 채연의 머리에 씌웠다. 품이 큰 신문지 모자가 채연의 머리를 덮었다.

신문지 모자를 쓴 채연이 동그랗게 눈을 뜨고 영호를 봤다.

"햇살이 따가우니까요."

영호가 말했다. 말없이 영호를 바라보던 채연이 풋, 하고 웃음을 터뜨렸다.

"그래서 이걸 쓰고 집까지 가라고?"

"차를 타면 벗으셔야죠. 어딘가에 들어갈 때까지만 쓰세요."

채연은 흐음, 하고 숨을 골랐다.

"나, 지금 우스꽝스러워 보여요?"

고개를 저으며 영호가 대답했다.

"그런 건, 중요한 게 아니에요."

가만히 영호를 바라보던 채연이 고개를 끄덕였다.

"하기야, 그런 건 중요한 게 아니지. 햇살이 따가우니까."

채연이 살짝 머리를 숙였다.

"고마워요. 잘 쓰고 갈게요."

환하게 웃으며 채연이 인사했다. 영호도 인사를 건넸다. 채연이 돌아섰다.

삼각형 모양의 신문지 모자를 쓴 채연은 앞을 향해 걸어나갔다. 가끔 지나가는 사람들이 채연을 돌아봤다. 신경쓰지 않는 듯, 혹은 신경쓰지 않겠다는 듯 채연은 그저 똑바로 걸었다. 한쪽 발을 딛고, 다시 한 발을 내밀고. 그때마다 어깨가 잠시 높아지거나 낮아졌고, 팔이 흔들렸다. 채연은 착실히 영호와 멀어졌다. 길모퉁이에서 채연이 방향을 틀었다. 채연의 모습이 사라졌다.

영호는 움직일 수 없었다. 몸을 움직이면 뭔가 중요한 것이 사라지게 될까봐 겁이 났다. 채연의 웃는 얼굴과 딱딱하게 굳은 표정이 눈에 선했다. 깡마른 몸과 앞을 향해 걸어나가는 뒷모습이 떠올랐다. 나직한 목소리와 한숨소리가 들렸다. 그때마다 가슴이 세차게 뛰었다.

채연의 서류는 그날 바로 접수됐다. 채연을 담당하고 있던 심사팀의 다른 직원이 남은 절차를 처리했다. 하지만 영호는 채연에 대한 생각을 지울 수가 없었다.

채연과 만난 그날부터 영호는 채연과 관련된 고객정보를 매일 들여다봤다. 고객의 정보를 개인적으로 열람하는 것은 금지되어 있었지만, 심사팀에 속한 영호에게는 그다지 어려운 일이 아니었다. 영호의 업무 자체가 고객의 정보를 검토하는 일이기 때문이었다. 며칠 후, 채연과 관련된 정보에 변동사항이 생겼다. 채연이 병원에 입원한 것이다. 그날 저녁, 영호는 채연의 병원으로 찾아갔다.

병원의 접수대에서 영호는 채연의 입원실을 확인했다. 채연의 병실은 개인실이었다. 영호는 접수대 뒤쪽에 걸린 시계를 봤다. 아홉시를 넘어서고 있었다. 면회를 하기엔 늦은 시간이었지만 영호는 발을 옮겼다. 계단을 올라 채연의 병실이 있는 층에 닿았다.

복도는 어두웠다. 어디선가 가늘게 빛이 새어나오고 있었다. 영호

24

는 복도에 걸린 병원 안내도를 눈으로 훑었다. 맞은편 복도 끝에 채연의 병실이 있었다. 병실을 향해 걸으며 영호는 이제 무얼 할 것인지 생각했다. 다시 한번 채연을 만나고 싶은 것은 확실했지만 만나서 뭘 하면 좋은지, 그리고 뭘 할 수 있는지는 떠오르지 않았다. 생각을 하면 할수록 영호는 자신이 우스꽝스럽게 여겨졌다. 한 발자국을 떼면 무엇이든 할 수 있을 것 같은 기분이 들었고, 다시 한 발자국을 내딛으면 아무것도 할 수 없을 것 같았다. 긍정적인 가능성과 부정적인 기분이 몇 초 단위로 교차됐다. 여기까지 왔으니 얼굴이나 보고 가자는 마음이 들기도 했고, 이대로 돌아서는 것이 좋을 거라는 생각이 들기도 했다. 마음을 정하지 못한 채 영호는 채연의 병실 앞에 섰다. 병실 문은 닫혀 있었다. 문을 열 엄두가 나지 않았다.

문 안쪽에서 인기척이 느껴졌다. 당황한 영호는 뒤로 몇 걸음 물러나 복도를 살폈다. 그대로 등을 돌려 계단까지 내달릴까? 하지만 불이 꺼진 병원의 복도에서 뜀박질을 했다간 이상한 사람으로 여겨질 것이었다. 몸을 숨기려면 아무 병실에나 뛰어드는 수밖에 없었다. 어쩔 줄 몰라 하는 사이 병실 문이 열렸다.

호리호리한 몸매의 실루엣이 복도에 모습을 드러냈다. 환자복을 입은 긴 머리의 여자였다. 여자의 얼굴은 복도의 어둠에 섞여 제대로 알아볼 수 없었다. 영호는 적잖이 안심했다. 치렁치렁하게 머리를 늘어뜨린 여자가 채연일 리 없었기 때문이다. 영호는 등을 돌려 다른 병실을 살피는 척을 했다. 여자가 영호의 곁을 스쳐지나갔다.

"어?"

영호의 등뒤에서 여자가 짧은 탄성을 흘렸다. 곧이어 "안녕하세요" 하는 인사가 들려왔다. 뒤를 돌아보니 긴 머리의 채연이 놀란 표정을 짓고 있었다.

"어?"

이번엔 영호가 짧은 탄성을 흘렸다.

"머리가."

"아, 이거?"

머리를 가리키며 채연이 웃었다.

"가발이에요. 맨머리를 드러내고 다니면 사람들이 필요 이상으로 신경을 쓰더라고."

장난스럽고 과장된 몸짓으로 머리칼을 뒤로 넘기며 채연이 물었다.

"어울려요?"

어둠 속에서 긴 머리칼이 춤을 추듯 경쾌하게 찰랑거렸다. 영호는 멍청한 표정으로 고개를 끄덕였다.

"근데 여긴 어쩐 일이야?"

할 말을 찾지 못한 영호는 나쁜 짓을 하다 들킨 것처럼 고개를 떨궜다. 난감한 침묵이 흘렀다. 채연이 빙긋 웃으며 말했다.

"따라와요."

병원의 옥상은 환자들을 위한 휴게실이었다. 탁 트인 옥상에 몇 개의 벤치가 놓여 있었다. 벽 한쪽에 자동판매기 서너 대가 멀겋게 불을 밝히고 있었다. 옥상 주변에는 철망으로 된 펜스가 둘러져 있었다. 텁 텁한 바람이 부는 더운 밤이었다. 환자복을 입은 사람 서넛이 가볍게 몸을 풀거나 멍하니 허공을 바라보고 있었다. 채연은 주저 없이 휴게 실 한쪽 벤치에 자리를 잡았다. 영호는 채연의 곁에 앉았다.

벤치에 등을 기댄 채연은 뚫어져라 앞만 바라봤다. 펜스 너머 건물들 사이로 도로가 보였다. 검은 캔버스 위에 울긋불긋 꽃이 그려진 것처럼 불빛이 흔들리고 있었다.

채연이 나직하게 한숨을 쉬었다.

"저 사람들 말이야, 전부 나랑 같은 병동 환자들이에요."

환자들을 가리키며 채연이 말했다.

"아홉시가 넘으면 소등 시간이거든. 그럼 보통은 밖에 돌아다닐 수 없어요. 그렇지만, 우리 병동 사람들은 통제 안 해."

채연이 피식 웃었다. 언젠가 봤던 쓸쓸한 웃음이었다.

"참 재미없지 않아요? 항암치료를 받는 사람들은 봐준다는 거."

말을 마친 채연은 다시 입을 다물고 앞을 바라봤다. 곁눈질로 채연을 살피던 영호는 채연이 바라보는 쪽을 향해 눈을 돌렸다. 갑자기 채연이 물었다.

"저번에 말한 철망이란 게 저런 거야?"

채연이 옥상에 둘러진 펜스를 가리켰다.

"네, 저거 맞아요."

"진짜? 저런 게 무섭다고?"

영호는 고개를 끄덕였다.

"왜 무서워?"

영호는 조심스레 입을 뗐다.

"어릴 적 일인데,"

잠시 숨을 고르고 영호는 말을 이었다.

"저런 곳을 지나다가 몸을 긁힌 적이 있어요. 조금 틈이 벌어져 있는 곳에 몸을 넣었다가 크게 상처가 났죠."

채연이 고개를 끄덕였다.

"난 거짓말인 줄 알았어."

"뭐가요?"

"철망이 무섭다고 한 거."

영호는 채연을 마주 봤다. 눈을 맞추고 채연이 말했다.

"보통은, 처음 보는 사람이 갑자기 무서운 게 뭐냐고 물어보면 대충 둘러대잖아. 그쪽도 그런 거라고 생각했어."

두 사람은 가만히 서로를 들여다봤다.

"그런 일에 거짓말을 하진 않아요."

살짝 굳은 얼굴로 영호가 말했다.

"무서운 게 뭐냐는 건, 대충 둘러댈 질문이 아니잖아요."

물끄러미 영호를 바라보던 채연이 눈을 감고 다리를 쭉 펴며 벤치에 한껏 몸을 눕혔다. 나직하게 채연이 중얼거렸다.

"맞는 말이야."

튕기듯 몸을 일으키며 채연이 말을 이었다.

"대충 둘러대면 안 되지."

한동안 두 사람은 옥상에서 바람을 쐬다 내려왔다. 채연의 병실이 있는 층에 도착했다. 영호는 채연에게 인사했다.

"치료 잘 받으세요."

뭔가 할 말이 더 있을 것 같았지만 어떤 말도 떠오르지 않았다. 영호의 마음을 눈치채기라도 한 듯 채연이 입을 열었다.

"또 올 거야?"

쉽게 대답할 수 없었다. 망설이는 영호에게 채연이 미소지었다.

"또 봐."

채연이 복도 끝의 병실을 향해 걸어갔다. 돌아오는 길에 영호의 얼굴에는 채연과 같은 미소가 번져 있었다.

　며칠 동안 영호는 매일 병원에 들렀다. 저녁에 들러 어두워질 때까지 두 사람은 대화를 나눴다. 유행하는 방송 프로그램, 좋아하는 음악과 그 음악을 만든 사람들, 새로 나온 영화와 예전의 영화들, 읽은 책과 읽고 싶은 책에 관해 둘은 끝없이 말했다. 작은 광고대행사를 운영하는 채연은 대화를 이끌어가는 데 능숙했다. 어쩐지 영호는 채연 앞에서라면 언제까지라도 말할 수 있을 것 같았다. 그것은 매우 신선한 경험이었다. 영호는 자기 안에 이렇게 많은 이야기가 들어 있다는 게 신기했다. 평소의 영호는 우스꽝스러운 말을 하지 않기 위해 애쓰는 사람이었다. 될 수 있는 한 농담의 양을 줄이고, 화제를 제시하는 것을 피했다. 남의 이야기에 맞장구를 쳐주는 것이 가장 편했다. 하지만 채연 앞에서는 무슨 이야기든 할 수 있었다. 오래전 보고 들었던 것들과 앞으로 접하고 싶은 것들에 대해. 아직 모르는 것과 잘 아는 것들에 대해. 채연은 영호의 이야기를 신중하게 듣고, 흥미로운 질문을 던졌다. 가끔 영호가 재미있는 말을 하면, 목을 젖히고 웃거나 가볍게 손뼉을 쳤다. 즐거워하는 채연의 모습을 보는 것은 영호에게 무척 즐거운 일이었다.

　채연의 병실을 찾은 후 첫 휴일이 됐다. 아침에 눈을 떴을 때 영호는 쉬는 날엔 채연을 만나기 어렵다는 것을 깨달았다. 평일에 채연을 찾는 것은 고객 관리의 일종이라고 생각할 수 있었다. 하지만 업무가 없는 날 채연을 찾는 것은 부자연스러운 일이었다. 영호는 침대 위에서 잠시 몸을 일으켰다가 다시 누웠다. 리모컨으로 TV를 켠 후 영호는 이불을 덮고 눈을 감았다. 휴일의 아침방송을 귀로 들으며 영호는 잠을 청했다. 점심 무렵 잠을 깬 영호는 냉장고에서 차가운 물을 꺼내 마셨다. TV에서는 프로야구 중계방송이 나오고 있었다. 멍하니 침대에 걸터앉아 야구를 보던 영호는 침대에 다시 누웠다. 또렷한 발음이지만 생기라고는 전혀 없는 캐스터의 멘트를 곱씹으며 영호는 다시 잠을 청했다. 잠은 얕게 찾아들었다가 가셨고, 그때마다 경기는 느리게 진행되어 있었다. 얼얼한 정신으로 몸을 일으킨 것은 날이 저문 뒤였다. 허리가 쑤셔서 더이상 누워 있을 수가 없었다. 가볍게 스트레칭을 한 후 영호는 무릎을 모으고 앉았다. 창밖을 바라봤다. 해가 지고 있었다.

며칠 동안 채연과 노을을 바라보며 나누었던 대화가 맥락 없이 떠올랐다. 당장 어제만 하더라도 지금과 같은 시간대의 어느 순간, 영호는 무척 즐거웠다. 무슨 이야기를 했기에 그렇게 즐거웠을까. 대학교 때의 특이한 동창이나, 고등학교 때의 멍청한 친구 이야기였던 것 같다. 혹은 짝사랑했던 여자 선배나 친구의 사랑 이야기였을 수도 있다. 코미디영화, 공포소설, 추리드라마, 한물간 록음악이나 최신 유행의 가요 이야기였을지도 모른다. 하지만 그 이야기 중 그 어느 것도 지금 이 순간, 영호를 즐겁게 하지 않았다. 노을의 붉은 빛이 잦아들고 더운 여름의 공기가 바람에 실려 흩어질 때까지 영호는 앉은자리에서 손가락 하나 까딱할 수 없었다.

밤이 한참 깊고 나서야 문득 영호는 하루 종일 아무것도 먹지 않았다는 것을 떠올렸다. 하지만 이내 그 생각을 지웠다. 무엇도 먹고 싶은 생각이 들지 않았다. TV에서 흘러나온 빛이 방 안의 사물들을 어렴풋하게 구분해주었다. 뉴스가 끝나고 드라마가 시작됐다. 드라마 속의 시어머니가 며느리의 뺨을 때리는 장면이 나왔을 때 영호는 TV를 껐다. 방 안의 물건들이 곧장 어둠과 뒤섞였다.

비로소 영호는 채연을 만날 수 없다는 것이 어떤 의미인지 깨달았다. 그것은 조명이 꺼진 방 안에서 어둠에 녹아드는 일과 같았다. 불빛 없는 어둠 속에서 물에 잠기는 것. 혹은 검은 입자가 자욱하게 드리워진 우주 속에 덩그러니 앉아 있는 것. 지금까지의 영호에게 그런 일은 익숙한 것이었다. 하지만 이제 영호는 두 번 다시 그 상태로 돌아가고 싶지 않았다. 그 상태로 돌아가는 것이 지금의 영호에겐 가장 무서운 일이었다.

영호는 제대로 잠을 자지 못한 채 이른 시간에 출근했다. 텅 빈 사무실에서 영호는 무엇엔가 홀린 듯 일했다. 사람들이 모습을 드러냈고, 일과가 시작되었다. 야근을 하고 싶어도 할 수 없도록, 영호는 닥치는 대로 업무를 처리했다. 퇴근시간이 되었다. 영호는 회사를 나와 택시를 잡아타고 곧장 채연의 병원으로 갔다.

주저 없이 채연의 병실로 걸어올라갔다. 병실 문 앞에서 옷매무새를 가다듬고 문을 두들겼다. 문을 열었다. 병실 안의 공기는 차분히 가라앉아 있었다. 어쩐지 그 안에 발을 들이는 것이 쉽지 않아, 영호는 문 앞에 서 있었다. 침대에 걸터앉아 있던 채연이 물끄러미 영호를 바라보다 피식, 웃었다. 채연이 몸을 일으켜 영호 앞에 섰다. 채연이 입을 열었다.

"옥상으로 올라가죠."

"정리가 필요할 것 같아."
채연이 조심스레 입을 뗐다.

"처음 찾아온 날에도 좀 이상하다는 생각은 했어. 보험회사란 게 고객에게 신경을 쓰긴 하지만 바로 직원이 찾아오진 않잖아?"

벤치에 등을 기댄 채연이 고개를 들어 하늘을 바라봤다. 어둑하게 날이 지고 있었다.

"오전에 다른 직원이 찾아왔어. 지급될 보험금을 확인하고 복잡한 일들을 설명해줬는데, 무슨 이야기인지는 아직도 잘 모르겠어. 어쨌거나 특별히 큰 문제는 없다는 이야기였으니까 그러려니 했어. 그런데,"

채연이 영호를 돌아봤다. 여느 때와 다름없이 풍부한 표정을 지닌 얼굴이었다. 하지만 눈썹을 살짝 찡그린 채였다.

"생각해보니 당신하고는 보험에 관련된 이야기를 전혀 하지 않은 것 같아서 말야."

채연이 영호를 바라봤다.

"담당직원도 따로 있는데 왜 매일같이 찾아오는 거야?"

영호는 대답할 수 없었다. 두 사람은 가만히 입을 다물고 서로를 마주 봤다.

전날 어둠 속에서 떠올렸던 수없이 많은 단어들이 있었다. 그 말들을 반복하는 것만으로도 대답이 될 수 있을지 모른다. 절박한 말들. 어쩌면 이기적일지도 모르는 영호만의 감정들. 따뜻하지만 날카로울지도 모르는 이야기들. 쉽게 입에 올릴 수 없는 단어들. 용기를 낸다면, 혹은 용기가 아니라 궁지에 몰린 사냥감의 심정이라도 있는 힘껏 마음속에 든 것을 털어놓는다면 채연은 납득할까? 해보기 전에는 모르는 일이다. 영호는 숨을 가다듬었다.

그때 채연의 목이 영호의 눈에 들어왔다. 깡마른 목에 가늘게 힘줄

32

이 드러나 있었다. 무심하게 채연이 왼손으로 오른쪽 팔을 쓰다듬었다. 반소매의 환자복 아래 드러난 팔뚝에는 군데군데 시퍼렇게 멍이 들어 있었다. 영호는 다시금 채연의 처지를 깨달았다. 무서운 거 투성이야, 라고 말하던 채연의 쓸쓸한 얼굴이 기억났고 영호는 할 말을 잃었다. 무서운 것 투성이인 사람에게 무슨 말을 하면 좋을까. 병을 고치기 위해 지루하고 아픈 일들을 반복하고 있는 사람에게 자신의 마음을 털어놓는 것이 옳은가.

말 대신 손이 움직였다. 영호는 오른손을 들어 채연의 왼쪽 팔꿈치를 만졌다. 흠칫 놀란 채연이 왼손을 거뒀다. 영호는 채연의 왼손을 손바닥으로 감싸쥐었다. 채연이 동그랗게 눈을 뜨고 영호를 바라봤다. 얼굴이 달아오르는 것을 느꼈지만 영호는 손을 놓지 않았다.

몇 초, 혹은 몇 분이 지나고 영호는 말했다.

"나는,"

단어들이 떠오르고 가라앉았다.

"나는 말을 잘하지 못해요."

영호는 다시 입을 다물었다.

공기가 식어가고 있었다. 가만히 영호에게 손을 맡기고 있던 채연이 숨을 들이쉬었다.

"내 나이가 몇인지 알아?"

영호는 고개를 끄덕였다.

"당신보다 열 살은 많아."

"여덟 살입니다. 달라질 건 없지만."

채연이 피식 웃었다.

"서류를 봤군."

영호가 고개를 끄덕였다.

"그럼 내가 결혼했던 것도 알겠네?"

고개를 끄덕였다. 눈썹을 찡그린 채 채연이 또 한번 숨을 깊게 쉬었다.

"아이가 있는 건?"

"중학생 정도 나이인 걸로 알고 있습니다."

"상관없어?"

입을 다물었다가, 영호가 말했다.

"나는 그저 당신에 대해 생각했어요. 당신과,"

눈을 돌려 잠시 다른 곳을 보다 영호가 말을 이었다.

"당신의 병에 대해."

채연이 가만히 영호를 바라봤다. 납득했다는 듯 채연이 눈썹을 풀었다.

"그렇군. 병을 고려했다면 다른 건 문제가 안 되겠네."

그대로 채연은 입을 닫고 생각에 잠겼다.

손을 잡은 두 사람의 주위에 어둠이 드리워졌다. 자동판매기의 불빛이 점점 더 창백하게 도드라졌다. 밝지만 멀리 퍼지지 못하는 자동판매기의 하얀 불빛과 그 빛에 의지해 초라하게 몸을 드러낸 휴게실의 사물들을 바라보며, 영호는 전날 자신이 겪은 밤에 대해 생각했다. 어둠이 밀려왔지만 영호는 아무렇지 않았다. 오히려 가슴은 점점 더 부풀어오르고 있었다. 이 모든 것이 자신의 손바닥 안에 들어 있는 마르고 작은 손 때문이란 것이 믿기지 않을 정도였다. 순간 영호의 손에 가볍게 힘이 들어갔고, 그 안에서 채연의 손이 꿈틀거렸다. 살아 있는 것, 움직이는 것, 따뜻한 것. 그 외에 다른 무엇도 필요 없는 게 아닐까, 하고 영호는 생각했다.

채연이 자세를 잡았다. 영호에게 양해를 구하듯 눈짓을 하고 채연이 손을 거뒀다. 벤치에서 일어나 한두 걸음 앞으로 나아가던 채연이 고개를 숙이고 팔짱을 꼈다. 영호는 가만히 채연의 말을 기다렸다. 그리고 채연이 입을 열었다.

"좋아, 그럼 우리 결혼해."

1. 괜찮아

대합실 의자에 앉아 게이트 위의 전광판을 봤다. 시카고에서 출발한 비행기가 두시경 공항에 도착했다는 전언이 복잡한 숫자에 실려 표시되었다. 나는 가방을 등에 메고 자리에서 일어났다.

입국 절차에 걸리는 시간을 생각하면 아직 한 시간 이상 여유가 있었다. 그래도 미리 준비를 해두고 싶었다. 고개를 숙여 옷의 매무새를 살피고 숨을 골랐다. 잠을 설치긴 했지만 피곤하지 않았다. 아마도 긴장 때문일 것이다.

"걱정할 건 없어."

전날 병원에서 채연은 말했다.

"며칠 전에 통화할 때 이쪽의 상황을 전달했는데 잘 받아들이는 것 같더라고."

갓 심은 잔디처럼 짧게 자란 머리를 쓰다듬으며 채연이 말을 이었다.

"내가 직접 나갈 수도 있지만, 언제든 거칠 일이면 이참에 미리 해두는 게 좋을 거 같아서 말야."

걱정할 것 없다는 말과는 달리 채연은 못내 신경이 쓰이는 모양이었다. 당연한 일이다. 여덟 살 연하의 재혼 상대와 열세 살짜리 아이 사이에서 아무렇지 않을 수 있는 사람이 있을까. 근심 섞인 투로 채연이 물었다.

"괜찮겠지?"

나는 채연의 손을 쥐었다.

"잘 데리고 올게요."

잘 데리고 온다고는 했지만 걱정이 없진 않았다. 집에 돌아와 다음 날의 마중 채비를 하는 데에만 서너 시간이 걸렸다. 문구점에서 산 딱딱한 종이보드에 색종이를 오려붙여 간단한 피켓을 만들었다. 공항에서 병원까지의 도로를 검색하고, 아이가 좋아할 만한 음식점을 알아놓은 뒤, 새로 산 이불과 잠옷을 챙겼다. 냉장고 안에 간단한 음식을 채워놓고, 새 칫솔과 비누 종류까지 꼼꼼히 따진 뒤, 다시 한번 방을 쓸고 닦았다. 이윽고 할 일이 없어졌고, 나는 소파에 앉았다.

벽에 걸어둔 결혼사진을 봤다. 웨딩드레스를 입은 채연이 턱시도를 입은 내 곁에서 환하게 웃고 있었다. 채연이 알고 지내던 사진작가에게 부탁해 찍은 사진이었다. 병원 쪽에 외출 허락을 받고 나와 급하게 촬영을 했고 일정을 몹시 서두른 탓에 오히려 시간이 한참 남았다. 채연의 몸이 괜찮았다면 가볍게 산책이라도 했을 테지만, 그날 채연은 유독 상태가 좋지 않았다. 몇 단계로 나누어진 항암치료단계 중 독한 약을 사용하기 시작한 시기였다. 우리는 스튜디오 근처의 커피숍에 앉아 시간을 보냈다.

한여름이었다. 에어컨을 틀어놓은 커피숍 안은 딱 기분좋을 만큼 서늘했다. 테이블에 몸을 실어 기댄 채연이 힘겹게 숨을 몰아쉬었다. 스튜디오에서 채연은 몇 번이나 구토했다. 더 토하고 싶어도 토할 것이 없을 정도였다. 병원으로 돌아가자고 제의하자 채연이 힘겹게 웃었다.

"오랜만에 나온 건데, 시시하게. 벌써 권태기야?"

마음이 쓰렸다. 채연이 몸을 떨었다. 나는 웃옷을 벗어 채연에게 덮어주고 커피숍의 카운터로 가 냉방을 약하게 해달라고 부탁했다. 점원은 알겠다고 대답했지만 에어컨에는 손대지 않았다.

자리를 옮길까 생각했을 때, 창밖을 바라보던 채연이 말했다.

"괜찮아?"

채연이 몇 번이고 반복했던 질문이었다. 괜찮아, 괜찮겠어, 괜찮겠지. 그때마다 나는 대답 대신 채연의 손을 쥐었다. 손을 잡는 것 외에 할 수 있는 것이 없었으므로.

소파에 앉아 결혼사진을 봤다. 같은 사진은 채연의 병실에도 걸려 있었다. 혼인신고는 마쳤지만 예식은 채연이 몸을 회복한 뒤로 미뤘다. 사진을 찍은 것은 채연의 고집이었다. 촬영이 끝난 후 채연은 며칠을 앓았다. 그 모습을 보며 나는 후회했다. 사진 따윈 치료가 끝난 뒤에 찍어도 좋았을 텐데. 그런 생각은 도착한 사진을 보자마자 사라졌다. 사진 속의 채연은 믿을 수 없이 아름다웠고, 무척 행복해 보였다.

몸을 일으켜 결혼사진 앞에 섰다. 벽에서 사진을 뗐다. 혹시라도 아이가 보면 기분 나빠할지 모르기 때문이다. 사진이야 나중에 다시 걸면 된다. 아니, 이대로 영원히 어딘가에 치워버리게 된다 해도 상관없다.

"괜찮아."

나는 가만히 중얼거렸다. 언제나 그렇듯 괜찮다고 말하면 정말로 괜찮은 것 같은 기분이 들었다.

입국 게이트 위의 전광판 숫자가 빠르게 변했다. 시카고발 비행기의 승객들이 나올 게이트가 표시되었다. 짐을 챙겨들고 표시된 게이트를 향해 걸었다. 몇 사람이 게이트를 빠져나오고 있었다. 옆구리에 끼고 있던 피켓을 머리 위로 들고 서너 개의 게이트를 눈으로 살폈다. 각양각색의 사람들이 문을 나섰지만 내가 찾는 사람은 보이지 않았다. 언젠가 채연이 보여준 사진을 떠올렸다. 머리에 안 맞는 헐렁한 야구모자를 비스듬히 쓴 깡마른 남자아이. 게이트 어디에도 비슷한 모습의 아이는 눈에 띄지 않았다.

시간이 한참 흘렀다. 정상적으로 입국 절차를 마쳤다면 벌써 나오고도 남을 시간이었다. 핸드폰에 저장해둔 인솔자의 전화번호를 찾았다. 인솔자는 아이의 고모, 채연에게는 시누이가 되는 사람이었다. 몇 번 신호가 가더니 영어로 된 자동 응답메시지가 흘러나왔다. 슬슬 초조한 기분이 들기 시작했다. 몇 개의 게이트를 오가며 사람들을 확인하고 있을 때 전화벨이 울렸다.

"마중 나오신 분인가요?"

채연의 시누이였다. 능숙했지만 묘한 억양이 섞인 한국어였다. 외국인의 발음이라고 하기엔 너무 매끄럽고, 한국인의 발음이라고 하기엔 어색한 말투였다.

"네, 게이트 앞에서 기다리고 있습니다."

"문제가 생겨서 다른 게이트로 나왔어요."

여자가 알려준 게이트 쪽으로 걸었다. 도착해 주위를 살폈다. 대기실 의자 앞에 꼿꼿이 서 있는 중년의 여자가 눈에 들어왔다. 녹색의 긴 원피스를 입고 코끝에 안경을 걸친 키가 큰 여자였다. 조심스레 다가가자 여자가 먼저 나를 알아봤다. 여자는 내게 눈길을 주며 의자에 앉아 있던 모자를 쓴 아이에게 무어라 말했다. 아이의 모습은 의자의 등받이에 가려 보이지 않았다. 여자가 내게 다가왔다.

"이영호씨?"

고개를 숙여 인사하려 했을 때, 여자가 손을 내밀었다. 나는 어색하게 여자의 손을 잡았다. 빤히 내 얼굴을 바라보던 여자가 한숨을 쉬었다.

"예상보다, 훨씬 어리군요."

대꾸할 말이 없었다. 팔짱을 낀 채 잔뜩 굳은 표정으로 여자가 말을 이었다.

"올케는 좀 어때요?"

가까이에서 들으니 여자의 묘한 발음이 더욱 두드러졌다. 어절의 앞이나 뒤가 조금씩 휘말려 있는 말투. 꽤나 오랫동안 미국에서 생활했을 것이다.

"치료를 받고 있는 중입니다."

"자기 아들 마중도 못 나올 만큼 아파요? 그러면서 왜 애를 데려가겠다는 거야."

누구에게랄 것도 없이 여자는 짜증을 냈다.

"아파서 나오지 못한 것은 아닙니다. 그저 제가 나오는 것이 더 낫다고 생각한 것뿐이죠."

"당신이 나오는 게 어떻게 더 나아요? 아이 심정이 어떻겠어? 암에 걸린 엄마에, 엄마보다 여덟 살 어린 계부를 만나는 건데."

암에 걸린 엄마. 계부. 그런 단어들이 귀에 걸렸다. 비로소 채연이 마중 나오는 것을 주저한 이유를 알 것 같았다. 내게 이 정도라면 채연에게는 더 심할 것이다. 직선적인 성격의 채연은 이런 여자의 태도를 참아줄 리가 없다. 감색의 야구모자를 쓴 아이의 뒷모습이 눈에 들어왔다. 나는 목소리를 낮췄다.

"저쪽으로 가서 얘기하시죠."

아이를 돌아본 후에야 여자는 조금 진정하는 듯했다. 몇 걸음을 걸어 아이와 떨어진 뒤 여자가 말했다.

"동생이 그 지경이 아니었으면 이런 거 절대로 허락 안 했을 거예요. 애가 이제 겨우 이쪽 생활에 적응해가는 참인데 어떻게 올케 욕심만 차려?"

여자가 혀를 찼다. 나는 잠자코 고개를 끄덕였다. 빤히 나를 바라보며 여자가 물었다.

"직업이 뭐예요?"

대답할 이유가 없었지만 대답하지 않으면 여자의 화만 돋울 것 같았다.

"보험회사에 다니고 있습니다."

"초혼이에요?"

여자는 슬슬 선을 넘어가고 있었다. 입을 다물었다. 여자가 한숨을 쉬었다.

"실례란 건 아는데, 쉽게 받아들일 수가 없어요. 그쪽한테는 저애가 생판 남이지만 나는 피붙이라고요. 동생으로 안심이 안 되면 내가 맡는 방법도 있는데 그걸 굳이 이리로 데려오려는 마음을 모르겠어."

"아이의 어머니입니다. 이쪽으로 데려오는 게 당연하지 않을까요?"

"자궁암이라면서요. 애 뒷바라지나 할 수 있겠어?"

"고칠 수 있는 병입니다. 아이에 관해서는 제가 도울 겁니다. 걱정하지 않으셔도 됩니다."

간단명료하게 답했다. 여전히 못마땅한 듯 여자가 입술을 깨물었다.

"연락받았을 때 얼마나 놀랐는지 알아요? 대체 이걸 언제부터 준비한 거야?"

아이의 양육권은 아이의 아버지에게 있었다. 그런데 미국에 살고 있던 아이의 아버지가 마약을 소지한 혐의로 체포됐다. 즉시 채연은 양육권을 가져오기 위한 법적인 절차를 밟았다. 법적 절차를 위해서는 건강진단서가 필요했다. 종합검진을 받던 중 채연은 자신의 병을 알았다. 치료에 들어간 뒤에도 채연은 절차를 계속해나갔다. 문제가 되는 것은 유일한 보호자인 채연이 암에 걸렸다는 점이었다. 나와 결혼하는 것으로 채연은 그 부분을 해결했다. 양육권 반환신청이 받아들여졌고 아이는 채연의 곁으로 오게 되었다. 그 과정에서 나는 아이를 키울 의사와 자격이 있음을 관계기관에 몇 번이나 증명해야 했다. 아이 고모의 신경질적인 반응 같은 것은 문제될 게 없었다.

단호한 태도를 보여야 했다. 무표정한 얼굴로 어깨를 폈다.

"이미 결정된 일입니다. 걱정하시는 만큼 아이에게 신경쓰겠습니다."

한참 동안 뚫어져라 나를 바라보던 여자가 고개를 저었다.

"걱정하는 만큼이라니, 내가 무슨 걱정을 하는지 모르잖아요."

한풀 꺾인 표정으로 여자가 말을 이었다.

"알아둬야 할 게 있어요. 아이에 대해서."

잠시 뜸을 들이던 여자가 천천히 입을 열었다.

"아까 게이트에서 문제가 생겼다고 했죠? 아이 때문이에요. 입국 심사대의 직원이 애한테 인사했는데 대답을 하지 않았어요. 그냥 넘어갈 수도 있는 문제지만 직원 입장에서는 신경이 쓰였나봐요. 몇 차례 다른 질문을 했지만 아이는 답하지 않았어요. 뚫어져라 직원을 쳐다보기만 했죠. 직원이 아이에게 장애가 있느냐고 묻더군요. 아니라고 하니까 다른 곳으로 심사대를 옮겨서 아이에게 질문을 계속했어요. 아무리 물어도 아이는 침묵뿐이었어요. 낯선 환경에 놀라서 그런 거라는 해명이 받아들여져 나오긴 했는데,"

망설이는 표정으로 여자가 말을 이었다.

"이따금 그럴 때가 있어요. 아무런 설명도 없이 갑자기 입을 다물어버리는 거예요."

걱정스러운 이야기였다.

"언어 문제는 아니었을까요? 한국어를 알아듣지 못했다든가."

"아니에요. 우리 가족은 집에선 한국어로 대화해요. 아이는 한국어와 영어를 모두 할 수 있어요."

"정확히 어떤 때에 말을 하지 않습니까?"

"잘 모르겠어요. 평소엔 잘 지내요. 말수가 적은 편이긴 해도 의사 표현은 확실하죠. 학교 성적도 나쁜 편은 아니에요. 저희 집에서 지내는 동안 제 아이들과도 별문제 없었고. 그런데 가끔 입을 다물고 한 군데만 바라볼 때가 있어요. 그럴 때에는 곁에서 아무리 말을 걸어도 반응을 보이지 않아요. 나중에 상태가 괜찮아졌을 때 왜 그랬느냐고 물어도 대답하지 않고요."

아이를 봤다. 마르고 여린 등에서는 아무것도 읽어낼 수 없었다.

"짐작이 가는 게 있긴 해요."

"그게 뭐죠?"

여자가 곤란한 표정을 지었다.

"동생과 무슨 일이 있었던 것 같아요."

채연의 전남편에 관해 나는 거의 아는 바가 없었다. 예술 계통 종사자라는 것과, 마약을 잔뜩 짊어지고 다니다 경찰에게 잡힐 만큼 부주의한 남자라는 게 내가 아는 전부였다. 표정을 드러내지 않으려 애쓰며 물었다.

"어떤 일입니까?"

"그건 저도 몰라요. 대답하지 않아요."

마음이 무거웠다. 아무 문제가 없더라도 아이와 잘 지내는 것은 내게 큰 숙제였다. 하지만 갑자기 말을 하지 않는다고? 여자가 말을 이었다.

"그러잖아도 병원에 데려가봐야 하나 고민하던 참이었어요. 올케가 이렇게 서두르지만 않았어도 좀더 상황을 지켜볼 수 있었을 테고. 여기에서라도 아이가 안정을 찾을 수 있으면 좋겠지만 솔직히 안심이 되지 않아요. 이제 제 걱정이 뭔지 아시겠죠?"

나는 고개를 끄덕였다.

"그 부분까지 더 세심히 주의를 기울이겠습니다."

"전문가의 도움을 받아보는 게 좋을지도 몰라요."

"필요하다면, 그렇게 하겠습니다."

"그리고,"

여자의 표정이 다시 딱딱해졌다.

"아이가 여기서 적응하지 못한다면 다시 데려갈 거예요."

말을 마친 여자의 입술이 일자로 다물어졌다. 나는 대답하지 않았다.

여자가 아이 곁으로 돌아갔다. 무언가 이야기를 주고받은 후, 두 사람은 깊이 포옹했다. 아이가 여자의 손을 잡고 일어섰다. 잔뜩 고개를 숙인 아이의 얼굴은 모자챙에 가려 보이지 않았다. 두 사람이 내 앞에 섰다. 아이의 머리를 쓰다듬으며 여자가 말했다.

"쌤, See you."

여자가 아이의 이름에 힘을 주어 발음했다. 아이가 고개를 들었다. 새하얗고 무표정한 얼굴이 여자와 나를 번갈아 돌아봤다.

그제야 나는 아들이 된 아이의 얼굴을 처음으로 보았다. 내 눈에 아이는 예상보다 훨씬 마르고, 여리고, 어려 보였다.

여자와 샘의 작별은 생각보다 간결하게 이루어졌다. 다시 몇 번의 포옹과 인사가 이어졌다. 여자는 샘에게 원한다면 언제든 미국으로 돌아와도 좋다고 재차 강조했다. 샘은 무표정한 얼굴로 고개를 끄덕일 뿐이었다. 여자가 돌아가는 비행기에 오르기 위해 자리를 떴다. 이윽고 나는 샘과 단둘이 남았다.

샘의 짐은 간소했다. 메고 있는 배낭과 여행용 캐리어가 전부였다. 그 외의 물건은 따로 미국에서 부쳐주기로 되어 있었다. 최대한 친근한 미소를 지으며 나는 샘에게 말을 붙였다.

"갈까?"

물끄러미 나를 바라보던 아이가 캐리어를 향해 손을 뻗었다. 긴팔 남방의 접은 소매 안에서 가는 팔뚝이 모습을 드러냈다. 샘이 캐리어의 손잡이를 올렸다. 나는 아이보다 먼저 캐리어의 손잡이를 잡았다.

"차까지 들어줄게."

들은 척도 하지 않고 아이가 캐리어의 손잡이를 고쳐 잡았다. 나는 손잡이를 놓았다. 몇 걸음 앞을 향해 걷던 아이가 나를 돌아봤다. 침착하자, 고 마음을 가다듬었다. 다시 미소를 지으며 차를 향해 앞장섰다. 도르르르, 등뒤에서 캐리어의 바퀴 굴러가는 소리가 들려왔다.

주차장으로 가는 동안 샘은 몇 번이고 곤란을 겪어야 했다. 덩치에 맞지 않게 커다란 캐리어 때문이었다. 같은 또래 아이들의 키가 어느 정도나 되는지는 알 수 없지만 아마도 샘은 왜소한 편에 속하리라. 무빙워크나 에스컬레이터의 턱이 다가올 때마다 샘은 캐리어를 감당하기 위해 엉거주춤 몸을 움직여야 했다. 손을 뻗어봤지만 그때마다 샘은 내 도움을 물리쳤다.

차에 닿았다. 채연의 고급 중형 세단이었다. 평소에는 거의 운전을 하지 않았지만 마중을 위해 특별히 몰고 온 것이었다. 말없이 샘이 트렁크 앞에 섰다. 리모컨 키를 눌러 트렁크 문을 열어주었다. 힘겨운 몸짓으로 샘이 트렁크에 캐리어를 집어넣으려 했다. 도와주려 했지만 샘은 트렁크 앞에서 물러나지 않았다. 캐리어가 트렁크 안에 들어갔다. 샘이 트렁크 문을 닫았다. 문을 닫을 때 샘의 야구모자가 문에 스쳤고, 그 바람에 모자가 벗겨져 땅에 굴렀다. 모자를 주워 샘에게 주었다. 샘이 모자를 건네받았다. 샘은 손으로 툭툭 모자를 턴 후 머리에 썼다. 운전석에 앉았다. 샘이 조수석에 앉아 안전벨트를 맸다. 차를 출발시켰다.

8월의 끝물에 접어든 여름 햇살이 기승을 부리고 있었다. 햇빛이 비치는 공항고속도로를 지나며 나는 몇 번이고 샘에게 말을 걸었다. 몇 년 만에 오는 거니? 친구들하고 인사는 잘했어? 날씨가 덥지? 어떤 질문에도 샘은 대답하지 않았다. 별수 없이 나는 혼자 여러 가지 말들을 만들어 던져야 했다. 엄마가 너를 무척 보고 싶어했다. 물론 나도 그랬지. 내 소개는 차차 하도록 할게. 너와 잘 지낼 수 있으면 좋겠구나. 대답은 없었다. 등에서 땀이 흘렀다. 에어컨을 세게 틀었다. 식은 공기가 더할나위없이 무겁게 느껴졌다.

평일이라 차가 막히지 않았기에 수월하게 병원에 도착할 수 있었다. 채연의 병실로 샘을 이끌었다.

침대 곁에서 창밖을 바라보던 채연이 돌아섰다. 티셔츠에 면바지를 입은 채연은 긴 머리의 가발을 쓰고 있었다. 샘을 본 채연이 웃으며 팔을 벌렸다. 샘이 채연에게 다가갔다. 두 사람이 서로를 안았다. 채연의 얼굴에 한껏 미소가 떠올랐다.

자리에 있는 것이 어색해 병실을 나섰다. 음료수를 사기 위해 매점으로 갔다. 탄산음료 몇 가지와 캔커피를 사서 병실로 돌아오니, 채연과 샘은 침대에 걸터앉아 있었다. 음료수가 든 봉지를 내려놓고 멀뚱히 서 있었다. 채연이 나를 돌아봤다.

"샘, 아저씨가 뭘 모르는 거 같아. 내가 마시고 싶은 건 오렌지주스인데 네가 좀 사다줄래? 매점은 여기 일층에 있어."

샘이 침대에서 몸을 일으켰다.

"돈은 있어?"

채연이 물었다. 주머니에서 지갑을 꺼내 보인 후, 샘은 병실을 나섰다. 채연이 나를 봤다.

"고생했어."

"혼자 보내도 괜찮겠어요?"

대수롭지 않다는 듯 채연이 웃었다.

"걱정할 거 없어. 어린애도 아니고."

채연은 가발을 벗어 손으로 부채질을 했다.

"별문제 없었지?"

간략하게 공항에서 들은 이야기를 전했다. 반응이 없는 샘에 대한 이야기였다. 채연의 표정이 조금 굳어졌다. 조심스레 물었다.

"지금까지 아무런 낌새도 없었어요?"

"전혀. 나한테는 한 번도 그런 적 없었어. 아이랑 떨어진 게 오 년이야. 시간이 날 때마다 만나러 갔고, 전화나 화상통화는 거의 매일 거르지 않고 했는데, 내 앞에서는 그런 식으로 입을 다문 적 없어."

"최근엔 어땠어요? 샘의 아버지에게 문제가 생긴 후에는?"

옛일을 떠올리듯 눈을 가늘게 뜨고 채연이 말했다.

"말수가 조금 줄어들긴 한 거 같아. 하지만 원래 말이 많은 아이가 아니었어. 성격 탓이거나, 사춘기라고 생각했지."

"그보다 어렸을 때는?"

채연이 고개를 저었다.

"겨우 열세 살이야. 그나마도 나하고는 한참 동안 떨어져 있었고. 아기 때는 건강에 문제가 없었어. 말문이 트이고 혼자 돌아다니기 시작한 뒤에도 이런저런 실수를 하긴 했지만 그나마도 방을 어지럽히거나 넘어지는 정도였어."

짧게 자란 머리를 손으로 문지르며 채연이 표정을 구겼다.

"문제가 있더라도 알아채기 힘들었겠지만,"

채연이 고개를 저었다.

"그렇게 걱정할 일은 아닐지도 몰라. 고모를 만나봤으니 알겠지만, 조금 유난맞은 여자야. 아이를 이쪽으로 보내야 한다는 거 때문에 괜히 겁을 준 걸 수도 있어."

여자를 떠올렸다. 날카로운 사람이긴 했지만 아이에 대한 걱정만은 진심처럼 보였다.

"당신 생각은 어때?"

채연이 물었다. 잠시 생각을 가다듬었다. 미묘한 시기였다. 아이에게 문제가 있다면 어떻게든 도움을 주어야겠지만, 법적인 절차가 확실히 마무리된 것은 아니었다. 무엇보다 미국에 있는 가족 쪽에서도 아이의 거취에 신경을 쓰고 있었다. 일을 크게 벌였다간 괜한 빌미를 만들 수도 있었다.

"일단 지켜보죠. 말한 것처럼 아무 문제도 아닐 수 있으니까."

채연이 물끄러미 나를 바라봤다. 익숙한 말이 나올 차례였다.

"괜찮겠지?"

대답 대신 나는 빙긋 웃었다. 채연이 따라 웃으며 가발을 다시 썼다.

샘이 돌아왔다. 채연은 아이가 사온 오렌지주스를 받아들고 아이의 볼에 입을 맞췄다. 내 쪽을 돌아보며 채연이 말했다.

"나가서 밥이라도 먹을까?"

샘의 표정을 살폈다. 샘이 고개를 저었다.

"그럼 집에 가서 쉴 거야?"

샘이 고개를 끄덕였다.

집으로 돌아가는 차 안에서도 샘은 입을 굳게 다물었다. 창문을 열
고 바람을 맞으며 바깥 풍경을 바라볼 뿐이었다. 공항에서 병원으로
향할 때와 마찬가지로 나는 혼자 많은 말들을 던졌다. 여름이 끝나가
고 있단다. 너와 같은 또래의 아이들은 학교에 다니고 있어. 너도 곧
새 학교에 가게 될 거야. 힘든 일이 있으면 뭐든 말해줬음 좋겠구나.
샘은 대답하지 않았다.

그러는 가운데 나는 말했다.

"엄마의 병은,"

흠칫 샘이 몸을 떨었다. 샘이 고개를 돌렸다. 아차, 싶은 기분이 들
었다. 무표정한 아이의 얼굴에 대고 무슨 말을 해야 할지 알 수 없었
다.

"괜찮아."

서둘러 말을 이었다.

"치료가 까다로울 뿐이지 고칠 수 없는 건 아니야. 그러니 괜찮아.
네가 와 있으니 엄마에게 더욱 힘이 될 거다."

샘이 다시 창밖으로 고개를 돌렸다. 더이상 그 주제의 이야기를 하
지 않아도 된다는 것에 안심했다.

신축 빌라의 계단을 올랐다. 갓 지은 집의 덜 마른 도료 냄새가 코
에 감겼다. 집이 있는 삼층까지 샘은 캐리어를 한 계단 한 계단 힘겹
게 끌었다. 내 도움은 일절 받지 않았다.

현관문을 열었다. 걸음을 멈춘 샘이 마음을 정한 듯 신발을 벗었다. 집에 들어선 샘은 캐리어를 곁에 놓고 신발을 가지런히 챙겼다. 샘이 나를 쳐다봤다. 샘의 방문을 열어주었다. 샘은 방으로 들어가 문을 닫았다. 잠시 후 편한 옷으로 갈아입은 샘이 방에서 나왔다. 샘은 냉장고로 가 안에서 물통을 꺼냈다. 컵에 물을 담아 마신 뒤, 물통을 냉장고에 넣고 반으로 잘라놓은 수박을 꺼냈다. 샘은 싱크대 위에 수박을 올리고 이리저리 두리번거렸다. 샘 곁으로 다가가 싱크대의 수납장을 열었다. 일렬로 정리해둔 부엌칼 중에서 조금 큰 칼을 꺼냈다. 샘이 나를 봤다.

"이건 내가 하는 게 좋을 거 같구나."

샘이 몇 걸음 뒤로 물러섰다. 먹기 편하도록 수박을 썰어 접시에 담았다. 수박이 담긴 접시를 식탁 위에 올렸다. 샘이 식탁의자에 앉아 수박을 먹기 시작했다. 방해가 되지 않도록 나는 소파에 앉아 잡지를 읽기 시작했다. 수박을 다 먹은 후 샘은 접시를 싱크대 개수대에 담그고 화장실로 들어갔다. 물소리가 났고 손과 발을 닦은 샘이 화장실을 나왔다. 샘은 곧장 제 방으로 돌아갔다.

잡지의 마지막 페이지까지 남김없이 읽고 나니 창밖의 햇살이 노랗게 변해가고 있었다. 샘의 방에서는 아무 소리도 들리지 않았다. 조심스럽게 샘의 방으로 걸음을 옮겼다. 천천히 문고리를 돌려 안을 들여다봤다. 방 안은 어두웠다. 한쪽에 놓인 침대에 샘이 누워 있었다. 샘은 벽 쪽을 향해 잔뜩 몸을 말고 규칙적으로 숨을 쉬고 있었다. 조금 더 다가가보고 싶었지만 잠을 깨울까 겁이 났다. 나는 조심스레 방문을 닫았다.

여름의 긴 해가 저물고 있었다. 불을 밝혀야 할 것 같았지만 졸음이 몰려왔다. 소파에 누워 몸을 말고 눈을 감았다.

흠칫 잠을 깼다. 멍한 머리를 흔들며 몸을 일으켰다. 집은 컴컴했
다. 축구공을 통통 튀기는 것 같은 소리가 들려왔다. 방심상태였던 마
음이 잔뜩 얼어붙었다. 소리 나는 쪽으로 고개를 돌렸을 때, 옅은 바
람이 불었다. 샘의 방문이 세차게 열리고, 닫혔다. 눈이 천천히 어둠
에 익기 시작했다. 몸을 일으켜 방 쪽으로 몇 걸음 가다 몸을 틀어 부
엌을 살폈다.

싱크대 위에 봉지를 뜯은 식빵과 잼이 놓여 있었다. 몇 걸음 더 걸
으니 물컹한 것이 발에 밟혔다. 손을 뻗어 떨어져 있던 것을 주웠다.
반쯤 먹다 만 빵이 흉하게 짓눌려 있었다. 그러고 보니 하루 종일 아
무것도 먹지 못했다. 식빵 한 개를 꺼내 반으로 접고 대충 입에 구겨
넣었다. 목이 막혔고, 물을 꺼내 마셨다. 잠시 싱크대에 몸을 기대고
서서 이마를 손으로 문질렀다.

나는 샘을 생각했다. 부엌에서 빵을 먹다 도망치는 샘. 짓눌린 빵을
주워 쓰레기통에 버렸다. 식빵은 퍽퍽했다. 잼을 발라도 변변찮은 맛
이었으리라. 아이가 한국에 와 먹은 음식이라곤 수박 몇 조각과 식빵
뿐이었다. 작은 짐승처럼 신경을 곤두세우고 입을 오물거렸을 샘을
생각하니 가슴이 아팠다.

그리고 문득,

샘의 목소리를 한 번도 듣지 못했다는 사실이 떠올랐다.

2. 아직은, 열세 살

새벽까지 계속 뒤척이다 여덟시쯤 몸을 일으켰다. 전날 입은 옷을 벗지도 못한 상태였다. 잘 준비를 하지 않고 잠이 들면 기분이 좋지 않다.

거실 쪽에서 조그맣게 속삭이는 소리가 들렸다. 퍼뜩 정신을 차리고 거실로 나갔다. 소파 위에 샘이 앉아 있었다. 샘이 서둘러 리모컨을 눌렀다. TV 소리가 끊겼다. 웃는 얼굴로 샘에게 말했다.

"계속 봐도 괜찮아."

대답은 돌아오지 않았다.

부엌으로 가 전날 치워둔 식빵을 다시 꺼냈다. 프라이팬에 버터를 두르고 식빵을 구웠다. 여덟 장의 빵을 구운 후 잼을 발라 접시에 네 장씩 나눠 담았다. 거실 쪽을 내다봤다. 샘은 제 방에 들어가고 없었다. 샘의 방문을 두드리려니, 엄두가 나지 않았다. 무시당하기 싫은 게 아니라 무시당하는 것을 당연하게 여길까봐 겁이 났다.

샘의 몫으로 담은 접시에 플라스틱으로 된 덮개를 씌웠다. 내 몫의 빵을 들고 방으로 들어갔다. 침대 옆에 앉아 빵을 모두 먹은 후 거실로 나왔다. 샘의 빵이 담긴 접시가 보이지 않았다. 한숨을 쉬었다. 무척 까다로운 애완동물을 키우는 기분이었고, 다음 순간 아이를 애완동물처럼 여겨서는 안 된다고 생각했다. 말하고 행동하는 것이 모두 조심스러웠다.

어쨌거나 겨우 하루가 지났을 뿐이었다. 시간이 필요한 일이라고 스스로를 위로했다.

외출 준비를 마치고 샘의 방문을 두드렸다. 열시가 조금 넘은 시간이었다.

"어머니에게 갈 건데, 넌 어떠니?"

샘의 방문이 열렸다. 샘은 이미 밖에 나갈 채비를 마치고 있었다. 샘에게 고개를 끄덕여 보이고 앞장서 집을 나섰다.

병원까지 가는 동안 우리는 한마디도 하지 않았다. 신호에 걸렸을 때 나는 라디오를 켰다. 몇 번 들어본 적 있는 유행가가 흘러나왔다. 노래를 흥얼거렸다. 특별히 좋아하는 노래는 아니었지만 어색한 분위기를 누그러뜨리고 싶었다. 창밖을 바라보던 샘이 갑자기 몸을 돌려 라디오를 끄더니 물끄러미 나를 바라봤다. 당황스러웠지만 가까스로 미소를 지을 수 있었다. 허락 없이 라디오를 켠 것에 대해 사과한 후 차를 병원으로 몰았다.

병원에 들어서자마자 샘은 차에서 뛰어내렸다. 제대로 주차하기도 전이었다.

"병실 번호 기억하니?"

샘의 등에 대고 황급히 외쳤다. 샘은 뒤도 돌아보지 않고 바쁘게 발을 놀려 병원 안으로 모습을 감췄다.

　병실에 들어섰을 때 샘은 거기 없었다. 놀라 이리저리 눈을 돌렸다. 채연이 화장실을 가리켰다.

　"저기 있어."

　마음이 조금 놓였다. 침대 위에 걸터앉은 채연은 티셔츠에 검은 스키니진을 입고 있었다. 머리에는 가발이 올려져 있었다. 채연이 나를 향해 팔을 벌렸다. 몸을 숙여 채연의 품안으로 들어갔다. 힘껏 나를 안은 채연이 내 등을 가볍게 두드렸다.

　"피곤하지?"

　작은 목소리로, 아니요, 하고 중얼거렸다. 화장실에서 물소리가 들려왔다. 황급히 채연에게서 몸을 뗐다. 채연이 나를 빤히 바라봤다. 샘이 화장실에서 나왔다. 활짝 웃으며 채연이 말했다.

　"샘, 어제 사왔던 그 오렌지주스 좀 부탁해도 될까?"

　대신 다녀오겠다는 말을 건넬 틈도 없이 샘이 고개를 끄덕이고 병실을 나섰다. 한숨을 쉬며 침대 곁의 의자에 앉았다. 채연의 시선이 느껴졌다. 나를 바라보던 채연이 입을 열었다.

　"괜찮아?"

　"잠을 제대로 못 잤거든요. 별거 아니에요."

　아무렇지도 않은 척, 몸을 펴고 심호흡을 했다. 채연은 뚫어져라 나를 쳐다봤다.

　"피곤하지?"

　표정 변화 없이 채연이 재차 물었다. 두번째 물음에는 쉽게 받아넘길 수 없는 무게가 실려 있었다. 조심스레 말을 골랐다.

　"그냥, 상황이 많이 바뀌었으니까요. 아직 적응이 덜 된 것뿐이에요."

"적응은 무슨. 영호는 그럴 필요 없어. 상황이 바뀌어서 적응해야 하는 건 샘이지."

채연이 딱 잘라 말했다. 채연의 표정을 살폈다. 내 기분을 나아지게 하려고 해본 말은 아닌 것 같았다. 정확히 말해 채연은 누구를 위로하기 위해 말을 지어내는 사람이 아니었다. 채연이 말을 이었다.

"샘에게 문제가 있어서 도움을 받아야 한다면 그건 그때 가서 그렇게 하면 돼. 문제가 생기기 전까지는 그냥 편하게 있으면 되는 거고. 어제 영호도 그렇게 말했잖아. 왜 그렇게 긴장한 거야?"

"제가, 긴장했나요?"

"한눈에 보일 정도로 바짝. 며칠 전부터 계속 물어봤잖아. 괜찮냐고."

괜찮냐고 묻는 것이 자신의 말버릇이란 걸 채연은 의식도 못 하는 모양이었다. 하지만 며칠 전부터 부쩍 자주 그랬던 것은 버릇만이 아니었던 모양이다. 눈에 보일 정도로 긴장해 있었다는 건가? 팔짱을 끼고 채연이 말했다.

"말해봐. 뭐가 문제야?"

어쩐지 말하기가 곤란했다. 샘과 있었던 일을 채연에게 말하는 것은 어쩐지 고자질 같았다. 하지만 채연은 기다리고 있었다. 대충 얼버무리는 것은 통하지 않을 것이다. 별다른 수가 없었다.

"아이가 내게 말을 하지 않아요."

말을 뱉고 나자 갑자기 죄책감이 들었다. 친구의 잘못을 선생님에게 일러바치는 기분이었다.

"말을 하지 않는다?"

채연이 나를 힐끔 봤다.

"정도가 심각해? 혼자 있을 땐 먹지도 움직이지도 않는다든가."

새벽에 샘이 빵을 먹으러 나왔던 일이 떠올랐다. 먹지도 움직이지도 않는 건 아니었다. 그저 조금 이상한 행동을 했을 뿐이다. 하지만 그 행동의 어디가 이상한 건지 제대로 전달할 자신이 없었다. 자칫 잘못하면 채연에게 이상한 선입견을 심어주게 될 것 같았다. 할 말을 고르고 있을 때 문이 열렸다. 나는 황급히 입을 닫았다. 채연이 침대에서 일어섰다. 샘이 사온 오렌지주스를 받아들고 채연이 말했다.

"엄마, 밖에서 잠깐만 이야기하고 올게."

샘이 고개를 끄덕였다. 채연이 내 팔을 끌었다.

병실을 나와 문을 닫자마자 채연이 말했다.

"이러니까 말하지 않는 거 아냐?"

어리둥절했다.

"그렇게나 어색하게 입을 다물면 당연히 애가 겁을 먹지."

혀를 끌끌 차며 채연이 옥상을 향해 걸었다. 어깨를 늘어뜨리고 그 뒤를 따라갔다.

옥상의 벤치에 자리를 잡았다. 채연과 처음 이야기를 나누었던 바로 그 자리였다. 시간이 흘렀고, 이제 우린 전혀 다른 관계가 되어 다른 이야기를 나누고 있었다.

될 수 있는 한 완곡한 표현을 써가며 새벽에 있었던 일을 채연에게 전했다. 골똘히 생각하던 채연이 입을 열었다.

"샘이 그러는 이유가 뭐라고 생각해?"

마음속으로 샘을 처음 만났던 때부터 지금까지 벌어진 일을 정리했다. 사실 정리할 일도 별로 없었다. 공항에서 병원으로 데려오던 때에 혼자 쏟아냈던 말 중 샘의 비위를 거스른 말이 있었나? 하지만 그렇다면 공항에 있었을 때 샘의 태도를 설명할 수가 없다. 고개를 저으며 말했다.

"이유는 모르겠어요. 그렇지만,"

채연이 내 말을 기다렸다.

"엄마가 다른 사람과 재혼했다는 건, 아무래도 기분좋은 일이 아니죠."

말을 뱉고 나니 무척 답답한 기분이 들었다. 곧바로 채연이 말했다.

"그건 아냐. 오기 전에 몇 번이나 의사를 물어봤어. 거기에 대한 불만은 한 번도 말한 적이 없다구."

"내게는, 아예 말을 한 적이 없어요."

의자에 깊이 등을 기대며 채연이 인상을 찡그렸다.

"당신이 보기엔 어때?"

채연이 나를 봤다.

"샘의 고모가 했던 이야기 말이야. 혹시 정말로 그런 거라고 생각해? 애가 완전히 마음을 닫고 있다든가."

답답한 듯, 채연이 가발을 벗었다.

"그렇지만 나에게는 한 번도 그런 적이 없었어. 짐작도 못 했던 이야기라구. 영호가 보기엔 어때? 샘이 다른 아이들에 비해서 아주 특별하게 이상해?"

정말로 어떤가? 샘이 다른 아이들에 비해 이상한가? 답을 찾을 수 없었다. 내가 아는 열세 살 남자아이는 샘뿐이다. 샘과 비교할 다른 누군가는 없었다. 그 또래의 아이들에 대해 아는 것도 없었다. 내가 그 나이를 지난 것은 아주 오래전이었다. 물론 어떤 경험이나 기억들, 그리고 그런 일들을 겪으며 내가 느끼고 판단했던 것들을 단편적으로 떠올릴 순 있었다. 하지만 나의 경우와 샘의 경우가 같을 순 없었다. 나와 샘은 아주 다른 사람이고, 겪어내야 하는 일도 크게 달랐다. 눈을 문지르며 말했다.

"만약에 샘이 다른 아이들과 크게 다른 거라면 그건 우리 둘만으로는 어쩔 수 없어요. 하지만, 단지 저하고 이야기하는 게 싫은 거라면, 그건 제가 받아들여야 하는 문제죠."

"그건 말도 안 돼."

채연이 고개를 저었다.

"어떻게 사람이 하고 싶은 대로만 하고 살아? 나는 샘을 절대로 그렇게 키우지 않을 거야. 여기 데려온 이유가 바로 그거야."

"아직 열세 살이에요."

"그래서 더 그런 거야. 겨우 열세 살밖에 안 된 아이가 뭐든 자기 마음대로 할 수 있게 놔두고 싶지 않아. 싫은 걸 참고, 견뎌야 하는 걸 받아들이고. 그런 사람으로 키우고 싶어."

잠시 말을 멈춘 채연이 천천히 입을 열었다.

"그애 아버지 같은 사람으로는 키우지 않을 거야."

짐작은 하고 있었다. 채연은 샘에게서 전남편을 보고 있는 것이다. 의자에 몸을 깊이 묻으며 나는 말했다.

"오랜만에 만난 아들에게 너무 가혹하네요."

채연이 미소지었다.

"영호 앞이니까 일부러 심하게 말하는 걸 수도 있어."

채연을 따라 웃었다.

"알아요."

우리는 가만히 서로를 들여다봤다. 채연이 말했다.

"나중에 기회를 봐서 샘에게 물어볼게. 영호가 싫은 거냐고. 샘의 대답을 들으면 그다음에 어떻게 해야 할지 결정할 수 있겠지. 그렇지만 확실히 해두고 싶은 게 있어."

채연이 내게 눈을 맞췄다.

"과정이야 어찌 됐든 나는 영호와 결혼한 거야. 샘은 세상에서 내게 제일 소중한 존재지만 거기에 당신도 끼어든 거야. 당신이 나중에 끼어들었다고 해서 차등을 둘 마음은 없어. 당신은 내 남편이야. 그 말은 샘에 대한 책임을 우리 둘이 나눠가졌다는 뜻이야. 그러니까,"

채연이 내 어깨에 손을 올렸다.

"당당하게 굴어."

웃음이 나왔다. 우리 둘은 한참 동안 그대로 킬킬거렸다. 살짝 웃음을 거두며 채연이 말했다.

"물론, 당신이 그게 거추장스럽고 싫다면 그건 어쩔 수 없는 거지만."

나는 채연을 바라봤다. 그리고 잠시 다른 곳으로 시선을 옮겼다.

채연이 가발을 썼다. 우리는 손을 잡고 일어섰다. 작은 손이 내 손 안에 들어왔고, 나는 만족했다.

병실에 들어서자 샘이 보고 있던 TV를 껐다. 샘을 안으며 채연이 말했다.

"하루 종일 TV만 보고 있을 거야?"

샘이 채연의 배에 얼굴을 묻었다. 나를 돌아보며 채연이 말했다.

"얘 언제부터 학교 갈 수 있어?"

"이제 교육청에 접수하면 바로."

채연이 양손으로 샘의 볼을 감싸고는 활짝 웃는 얼굴로 말했다.

"며칠 더 놀게 할까도 생각했지만 그러면 안 되겠지? 새 친구들을 만나야 해, 샘."

샘의 표정을 살폈다. 장난스럽게 볼을 누르고 있는 채연의 손에 가려 샘의 얼굴은 보이지 않았다. 속을 아는지 모르는지 샘을 들여다보며 채연이 말했다.

"괜찮지, 샘? 학교에 가는 거야."

샘이 힘겹게 고개를 돌려 나를 바라봤다. 아이의 새까만 눈동자가 무얼 말하려는 건지 도무지 알 수가 없었다.

채연과 샘을 병원에 남겨두고 나는 교육청으로 향했다. 미리 준비해둔 서류를 제출하고 결과를 기다렸다. 접수처에 있던 직원이 내 이름을 불렀다.

"이샘의 보호자세요?"

"그렇습니다."

접수처의 직원은 중년의 여자였다. 제출한 서류를 훑어보던 여자가 혼잣말처럼 중얼거렸다.

"괜찮으시겠어요?"

"무슨 말씀이시죠?"

서류에서 눈을 떼지 않은 채 여자가 무심히 말을 이었다.

"이런 경우엔 외국인학교로 가는 게 일반적이거든요."

생각해보지 못한 일이었다.

"외국인학교로 가는 게 가능한가요?"

"서류상으로는 가능해 보이네요. 영주권자고, 어릴 적부터 거기서 생활한 거잖아요. 한국어보다는 영어가 더 능숙할 거고."

여자가 나를 올려다봤다.

"어쩌시겠어요? 외국인학교에 보내려면 다시 신청하셔야 하는데."

"어떻게, 하는 게 좋을까요?"

멍청하게도 나는 여자에게 되물었다. 잠깐 손을 멈춘 여자가 서류를 훑어본 후 다시 나를 쳐다봤다.

"보호자께서 결정하셔야죠. 어떻게 하고 싶으세요?"

상황을 모두 설명하고 도움을 청하고 싶은 마음이 불쑥 솟았다. 하지만 여자에게 상황을 이해시킬 수 있을까? 암 투병중인 엄마, 그 엄마의 하나뿐인 아들, 그리고 그 아들을 데려오기 위해 결혼한 나. 말할 엄두가 나지 않았다. 나의 곤혹스러운 얼굴을 살피던 여자가 표정을 조금 풀었다. 서류로 눈을 돌리며 여자가 말했다.

"아이의 아버지? 아니면 삼촌인가요?"

"아버지입니다."

다시 여자가 나를 바라봤다. 뭔가 생각하던 여자가 입을 열었다.

"자세한 건 잘 모르겠지만, 단순한 상황은 아닌 거 같고. 그러면,"

서류를 챙기며 여자가 말했다.

"외국인학교로 보내시는 게 좋을 거 같네요."

"어째서죠?"

"아이 성격이 활발한 편인가요?"

결코 아니다. 나는 고개를 저었다.

"그럼 한국말은 능숙한가요?"

샘의 고모 말로는 능숙하다고 했지만 그애가 말하는 것을 들어본 적이 없었다.

"잘, 모르겠습니다."

여자가 한숨을 쉬었다.

"쓸데없는 참견일지도 모르지만, 저도 같은 나이의 아이를 키워요. 그래서 말씀드리는 건데, 신중하게 생각하시는 게 좋습니다. 이런 경우에 물론 잘 적응하는 아이도 있죠. 하지만 다른 나라에서 자란 아이잖아요. 나중에 다시 돌아갈 수도 있는 거고. 그런 것까지 감안하면 외국인학교가 더 낫죠. 경제적인 문제가 있나요?"

"그건 아닙니다."

"그럼 더 고민해보세요."

여자가 서류를 돌려주었다. 여자에게 양해를 구하고 밖으로 나와 채연에게 전화했다. 간략하게 외국인학교에 대한 의견을 물었다.

"샘의 사정을 고려하면 그게 더 나은 선택이란 생각이 들어요. 직원 말대로 혹시나 나중에 돌아가서 공부를 마칠 수도 있는 거고."

입을 다물고 있던 채연이 낮은 목소리로 짧게 말했다.

"안 돼."

단호한 목소리였다.

"다른 이유라면 모를까, 나중에 돌아갈 수도 있으니 외국인학교에 넣는 건 안 돼. 그런 일은 없어."

채연은 전혀 들으려 하지 않았다.

"원래 계획했던 대로, 집 근처의 중학교로 보낼 거야. 전학 절차가 끝나면 병원으로 와줘."

전화를 끊었다. 서류를 찾으러 접수처의 여자에게 돌아갔다. 인사를 하고 돌아서려 했을 때 여자가 말했다.

"아이 잘 살피세요."

여자를 바라봤다. 무심하게 다른 서류를 들여다보며 여자가 덧붙였다.

"그 또래 아이들은 생각보다 훨씬 고약해요."

교육청을 나와 샘이 다닐 학교로 향했다. 운전하는 내내 여자의 말이 귓가에 울렸다. 샘의 또래 아이들은 내 생각보다 훨씬 고약하다.

고약하다? 어디가, 어떻게?

머리를 흔들어 생각을 쫓았다.

중학교는 집에서 서너 구역 떨어진 곳에 있었다. 집 근처의 천변을 따라 걷다가 큰길로 나오면 바로 찾을 수 있는 곳이었다. 이 정도 거리라면 헤맬 염려는 하지 않아도 될 것이다.

체육복을 입은 아이들이 운동장 한복판에서 공을 몰고 뛰어다녔다. 아이들이 움직이는 곳마다 흙먼지가 자욱이 피어올랐다. 멀리서 아이들의 몸집을 가늠해 보았다. 예상대로 샘은 또래에 비해 왜소한 편에 속했다.

건물 안으로 들어섰다. 수업중인 학교 특유의 분위기가 느껴졌다. 가라앉은 소란스러움. 무언가를 억지로 참고 있는 것 같은 답답함.

교무실은 현관에서 멀지 않은 곳에 있었다. 자리에 앉아 있던 선생 중 하나에게 정중히 인사하고 용무를 밝혔다. 용무를 들은 선생은 살짝 머리가 벗어진 깡마른 남자에게 나를 이끌었다. 교감선생이었다.

"어지간한 업무는 전산으로도 처리가 가능한데."

교육청에서 받아온 배정통지서를 살피며 교감선생이 내게 말했다.

미소를 지으며 나는 말했다.

"되도록 직접 찾아뵙고 싶었습니다."

고개를 끄덕이며 서류로 눈을 돌린 교감선생이 살짝 눈썹을 찡그렸다.

"이혼 가정이군요."

교감이 힐끔 나를 살폈다.

"아이 친척이십니까?"

피해갈 수 없는 질문이었다.

"아닙니다. 제가 아이의 아버지입니다."

교감선생이 몸을 뒤로 젖혔다. 교감선생의 시선이 나를 위아래로 훑었다. 눈치채기 힘들 만큼 빠르게 나를 살핀 것은 아마도 배려였을 것이다. 만면에 미소를 지으며 교감선생이 말했다.

"알겠습니다. 자세한 상담은 내일 하기로 하고 나머지는 이쪽에서 잘 조처하겠습니다."

조처가 필요할 정도로 큰 문제인지 알 수 없었다. 교감선생이 이후의 절차를 간략하게 설명했다. 배정통지서와 필요한 서류를 행정실에 제출하고, 다음날 아이와 함께 학교에 와서 담임과 인사 후 상담을 거쳐야 했다. 교과서는 그후 지급될 것이다. 나는 절차들을 하나하나 머리에 새겼다.

돌아서려 했을 때, 교감선생이 말했다.

"아, 그리고 내일 오시기 전에 반드시 교복을 맞추십시오."

교감선생을 돌아봤다. 교감선생이 말을 이었다.

"첫날부터 사복 차림이면 아이가 튀어 보일 겁니다."

행정실은 이층에 있었다. 서류를 제출하고 돌아섰을 때 쉬는 시간을 알리는 종이 울렸다. 교실에서 숨죽인 웅성거림이 들리고 선생 몇 사람이 문을 나섰다. 선생들이 계단으로 사라졌을 때 교실 안에서 와악, 하는 소리가 들렸다. 남자아이 둘이 교실 뒷문에서 뛰쳐나왔다. 아이들은 잔뜩 상기된 얼굴로 폭소를 터뜨리고 고함을 지르며 이리저리 뛰어다녔다. 아이 하나가 다른 아이의 팔목을 잡았다. 팔목을 잡힌 아이는 자지러지게 웃으며 손을 위로 들어올렸다. 아이들의 몸이 뒤엉켰고, 곧이어 두 사람은 바닥에 구르기 시작했다. 둘은 웃음을 터뜨리며 연신 알아듣기 힘든 말을 외쳤다. 그와이흐나 가다카흐와 같은 알 수 없는 단어들이 쉴새없이 아이들의 입에서 튀어나왔다. 아이들은 서로의 멱살을 잡거나 팔과 다리를 꺾었고 때로는 손바닥으로 얼굴을 밀어냈다. 맹렬하게 싸우는 게 아닐까 싶기도 했지만 아이들은 웃음을 멈추지 않았다. 뒷문으로 따라나온 다른 아이 두서넛이 깔깔거리며 웃었다. 교육청의 여자가 해준 말이 다시 떠올랐다. 그 또래 아이들은 생각보다 훨씬 고약해요. 엉켜 구르는 아이들을 보며 나는 그 말의 뜻을 절감했다. 동시에 그 말에 실려 있지 않았던 전혀 다른 의미도 깨달을 수 있었다.

고약한 것은 문제가 아니다. 정작 문제는 내가 이 고약한 아이들을 전혀 이해하지 못하고 있다는 것. 그리고 앞으로도 영원히 이해하지 못할 것이란 점이었다. 무표정하게 나를 들여다보던 샘의 까만 눈동자가 떠올랐다. 터벅터벅 걸어 학교를 빠져나왔다. 운동장 한편에 세워둔 차에 올라 잠시 운전대에 양팔을 올리고 그 위에 이마를 댔다. 아직은, 열세 살. 나는 중얼거렸다. 막막한 기분이 들었다.

채연은 병실에 혼자 남아 있었다. 가발을 벗고 환자복을 입고 있었다. 두리번거리는 나를 향해 채연이 말했다.

"방금 집에 돌려보냈어."

"혼자서요? 아직 낯설 텐데."

"여기서 거기까지 얼마나 된다고 그래? 혼자 갈 수 있느냐고 몇 번이나 물었는데 그때마다 별일 아니라는 듯이 갈 수 있다고 했어. 혹시나 싶어 내 핸드폰도 들려줬으니 별문제 없어."

"아무리 그래도 그렇죠."

채연이 웃었다.

"샘은 미국에서 왔어. 여기가 거기보다 더 위험할 거 같아? 자동차만 조심하면 한국이 훨씬 안전해."

채연이 내게 걸어왔다.

"휴가는 언제까지야?"

"내일 아침까지요. 점심까지는 출근해야 하지만 그전에 샘을 학교에 데려다줄 수 있어요."

채연이 고개를 끄덕였다.

"하루 종일 고생했어. 밥은 먹었어?"

고개를 저었다.

"나가서 밥 먹고 와. 얘기는 그다음에."

떠밀리듯 병실을 나섰다.

병원 근처의 식당에서 식사를 주문했다. 물수건으로 손을 닦던 중 불현듯 집에 혼자 돌아갔다는 샘이 생각났다. 채연의 번호로 전화를 걸었다. 응답메시지가 흘러나왔다. 다시 전화를 걸었다. 역시 전화를 받지 않았다.

샘이 천연덕스레 전화를 받았다면 그거야말로 이상한 일이었을지 모른다. 내 이름이 뜨는 전화를 샘이 받지 않는 것은 당연하다면 당연한 일일 것이다. 그렇다고 식당의 전화기로 통화를 시도하는 일은 치사한 일 같았다. 동시에 다른 생각이 떠올랐다. 채연의 핸드폰에 내 이름은 어떻게 저장되어 있을까. 이름으로 저장되어 있으면 다행이지만 장난스러운 채연의 성정대로 야릇한 호칭이 뜬다면? 식욕이 싹 달아났다.

나는 자리에서 일어났다. 음식을 물릴까 고민했다. 병원에서 집까지는 그리 먼 거리가 아니었다. 주인에게 곧 돌아오겠다는 말을 남기고 집으로 갔다.

집 안은 고요했다. 현관 앞에서 숨을 고르고 핸드폰을 꺼내 채연의 번호를 눌렀다. 샘의 방 쪽에서 벨소리가 울렸다. 신발을 벗고 샘의 방문 앞에 섰다. 될 수 있는 한 천천히 나는 방문을 두드렸다. 잠시 침묵이 흐르고, 문이 빼꼼 열렸다. 문 뒤에서 샘이 조심스레 나를 올려다봤다. 아무렇지 않은 듯 미소지었다.

"집에 있었구나? 전화를 받지 않아서 말이다."

덜 진정된 호흡 때문에 말이 벅차게 새어나왔다. 얼굴은 땀으로 범벅이 되어 있었다. 억지로 지은 미소 역시 어색했으리라. 샘이 고개를 숙이고 방문을 닫았다. 심호흡을 하고 다시 집을 나섰다.

다시 식당으로 돌아왔을 때에는 석양이 깔리고 있었다. 찌개는 미지근하게 식어 있었다. 다시 데워주겠다는 주인의 손을 물렸다. 식은 찌개는 자극적이고 텁텁했다. 밥을 다 먹고 난 후에도 한참 동안 그 자리에 그대로 앉아 있었다. 어두침침해질 무렵 나는 식당을 나와 병원으로 돌아갔다.

병실 창문 앞에 채연이 서 있었다. 열린 창문으로 식은 공기가 들어왔다. 말없이 채연의 곁에 섰다. 채연이 오른팔로 내 허리를 감았다. 왼손으로 채연의 어깨를 둘렀다. 그대로 서서 하루 동안 있었던 일을 고했다. 교육청에 서류를 제출했어요. 중학교 배정통지서를 받았고요. 그걸 학교에 가져다줬습니다. 전학 수속을 마친 거예요. 샘은 내일부터 학교에 다닐 수 있습니다. 교감선생과 잠시 대화했고, 이후의 절차와 간단한 주의사항을 들었어요. 그리고,

샘의 또래 아이들에 대한 이야기를 해야 했다. 교육청 접수처의 여직원이 했던 말. 아이들의 고약함과 학교에서 내가 눈으로 목격한 것들에 대해. 하지만 도저히 말을 꺼낼 수 없었다. 초라하고 불안한 기분이 들어서.

채연은 그저 고개를 끄덕였다. 말을 맺을 때마다 채연은 그저 잘했어, 라는 말만 반복했다. 교복을 사러 가지 못한 걸 떠올렸다. 아직 교복을 사지 못했어요. 내일 아침 일찍 맞춰야 해요. 채연이 고개를 끄덕였다. 잘했어.

그대로 우리 두 사람은 저물어가는 병원 바깥의 풍경을 바라봤다. 채연이 슬쩍 나를 향해 몸을 돌려 내 목에 팔을 둘렀다. 나는 채연의 손에 몸을 맡겼다. 채연이 내 목에 입술을 갖다댔다. 채연의 혀끝 감촉이 목을 감돌았다. 채연이 귓속말을 했다.

"짜네."

피식 웃음을 터뜨렸다. 한 손을 채연의 허리에 두고 남은 손으로 어깨를 잡았다. 손바닥 안에 말라빠진 어깨가 들어왔다. 채연이 천천히 뒷걸음질쳤다. 침대에 걸터앉아 우리는 입을 맞췄다. 잠시 내 가슴을

쓰다듬던 채연이 환자복의 단추를 풀기 시작했다. 나는 채연의 어깨를 어루만졌다. 채연의 피부는 탄력을 잃어 거칠었다. 독한 약 때문이었다. 웃옷을 벗은 채연의 몸이 드러났다. 양팔에 듬성듬성하게 멍자국이 드러나 있었다. 주삿바늘 탓일 것이다. 주사 때문이 아니더라도 채연의 몸은 예전보다 쉽게 멍들었고, 조금씩 바래가고 있었다.

창밖에서 바람이 불었다. 흠칫 채연이 몸을 떨었다. 창문을 닫고 돌아왔을 때 채연의 얼굴에 당황한 기색이 돌았다.

"미안해."

보지 않으려 해도 채연의 아래쪽으로 눈이 갔다. 하혈이 시작되고 있었다. 간호사를 불렀다. 당직 간호사가 들어와 처치를 하는 동안 복도에서 고개를 숙이고 서 있었다.

몇 번이고 반복됐던 일이었다. 채연을 안으려 할 때마다 하혈이 시작되거나 몸에 이상이 생겼다. 오고 가는 사람의 발길이 뜸해진 저녁의 병원 복도에서 다시 한번 채연과 나의 자리에 대해 생각했다. 그녀가 보내온 시간과 경험에 대해, 그리고 병과 고통에 대해. 생각을 거듭할수록 내가 어떤 사람과 함께 있는지 확실히 인식할 수 있었다. 그리고 모든 조건을 인식할수록 채연을 원하는 마음은 간절해졌다.

간호사가 병실을 나오며 들어가도 좋다는 듯 내게 눈짓했다. 채연은 침대에 누워 이불을 덮고 있었다. 나는 침대 곁에 앉았다.

"미안해."

채연이 다시 사과했다. 채연의 손을 잡았다.

미안해, 라는 말은 듣기 힘들었다. 차라리 괜찮아, 가 나았다.

3. 한발 늦었어

아홉시를 훨씬 넘긴 시각에 눈을 떴다. 채연이 진정되기를 기다렸다가 새벽에야 집에 돌아왔다. 그나마도 한참 동안 뒤척이다 겨우 잠이 들었다. 며칠 동안의 수면 부족이 한꺼번에 몰려와 제시간에 일어나질 못한 것이다.

서둘러 몸을 씻으며 시간을 가늠했다. 준비를 마치고 학교로 출발한다면 몇 시 정도가 될까? 서두른다면 열시 이전에도 가능할 테지만 과연 내가 샘을 재촉할 수 있을까? 이러니저러니 해도 열한시가 넘어야 학교에 도착할 수 있을 것이다. 학교 측과의 상담에 시간을 아끼고 싶지는 않았다. 회사까지의 거리를 생각하면 오후 늦게야 출근하게 될지도 모른다. 며칠 새 파랗게 돋은 수염에 면도크림을 바르고 빠르게 손을 놀렸다. 입술 근처의 굴곡에 따끔한 느낌이 들었다. 작은 점처럼 빨간 피가 배어나왔다. 휴지로 피를 찍어내고 몸의 물기를 대충 닦은 후 양복을 입었다.

제일 어려운 절차가 남아 있었다. 나는 샘의 방문을 두드렸다. 아무

반응도 없었다. 다시 방문을 두드리자 퀭한 얼굴로 샘이 문을 열었다. 조급한 표정을 풀고 샘에게 말했다.

"엄마에게 이야기 들었지? 학교에 가야 해."

말없이 나를 바라보던 샘이 방문을 닫았다. 당황스러웠지만 곧이어 샘이 자신의 세면도구와 수건을 챙겨들고 나왔다. 적잖이 안심이 됐다.

샘이 씻고 나오는 동안 머리를 말렸다. 채연과 결혼을 결정할 무렵 나는 머리를 짧게 잘랐다. 채연보다 긴 머리가 어쩐지 미안했기 때문이었다. 삭발은 아니었지만 스포츠형에 가까운 모양이었고, 덕분에 머리를 빠르게 손질할 수 있었다. 입술 주변의 베인 자리는 어느새 말라가고 있었다. 넥타이를 하나 챙겨 가방에 넣은 후 샘을 기다렸다. 얼마 지나지 않아 욕실에서 나온 샘은 다시 방으로 들어가 옷을 챙겨 입고 나왔다. 티셔츠에 청바지, 그리고 감색의 야구모자 차림이었다. 샘이 멀뚱히 나를 쳐다봤다. 잠깐 고민하다 나는 샘에게 말했다.

"모자는 벗는 게 좋을 것 같구나."

말없이 나를 바라보던 샘이 모자를 벗어 뒷주머니에 꽂았다. 앞장 서 집을 나서자 샘이 뒤따라왔다.

학교까지의 거리는 그다지 멀지 않았지만 가는 동안 몇 차례 신호에 걸렸다. 초조한 마음에 몇 번이고 시계를 확인했다. 예상대로 열한 시가 넘어 학교에 도착했다. 차를 멈추고 룸미러를 보며 넥타이를 맸다. 그제야 비로소 샘의 교복에 생각이 미쳤다. 다시 교복을 맞추러 갈 순 없었다. 서둘러 교무실을 향해 걸었다. 현관 앞에 다가섰을 때 뒤를 돌아보니 샘은 멀찍이 떨어져 천천히 걸어올라오고 있었다. 잠시 샘을 기다렸다. 일분일초가 아까웠다.

교무실 앞에서 숨을 가다듬고 문을 열었다. 선생 몇 사람이 우리 둘을 돌아봤다. 나를 알아본 교감선생이 자리에서 일어섰다. 나는 교감에게 허리를 숙여 인사했다. 교감이 우리에게 다가왔다.

"네가 샘이구나. 반갑다."

교감이 환하게 웃는 얼굴로 샘에게 인사했다. 샘은 말없이 교감을 바라봤다. 몹시 불안했다. 다음 순간, 샘이 교감에게 머리를 숙였다. 교감이 고개를 끄덕였다. 교감이 교장실로 우리 두 사람을 인도했다.

교장선생은 교감에 비해 풍채가 좋은 남자였다. 나는 샘과 나란히 교장선생 앞에 앉았다. 서류를 눈으로 훑으며 교장이 입을 열었다.

"우리 중학교에 입학하게 된 것을 환영합니다. 우리 중학교는,"

준비된 것 같은 훈시가 이어졌다. 학교의 교육이념과 샘에 대한 격려, 그리고 가정에서의 협조를 당부하는 의례적인 말이었다. 등뒤에서 교장실의 문이 열렸다. 교감선생과 처음 보는 젊은 여자 선생이 나란히 서 있었다. 교장선생이 여선생을 우리에게 소개했다.

"샘 학생의 담임선생님이십니다. 이진희 선생님. 샘 학생이 속하게 될 일학년 삼반을 맡고 계십니다."

한 갈래로 단정하게 머리를 묶은 여선생이 내게 인사했다. 두꺼운 뿔테안경을 쓴 키가 작은 여성이었다. 여선생과 내가 인사를 마치자 교장선생이 교감에게 눈짓했다. 교감이 샘에게 말했다.

"교과서와 필요한 물건을 받아서 교실로 올라가 있자."

샘이 교감의 뒤를 따라나섰다. 순순히 움직이는 샘을 보며 당황스러운 한편, 마음이 놓였다. 샘이 교장실을 나서자 교장이 여선생을 샘이 앉아 있던 자리에 앉혔다.

"서류를 살펴보면 가정환경이 복잡한 것 같습니다만."

교장이 운을 뗐다. 대답할 말이 없었다.

"아이가 혼란을 느끼고 있습니까?"

교장이 물었다. 역시, 대답할 말이 없었다. 나는 말을 골랐다.

"무척 신경을 쓰고 있습니다."

한동안 입을 닫고 교장이 나를 바라봤다. 서류에 눈을 돌리며 교장이 말했다.

"아이에 관해서 저희가 알아야 할 사항이 있습니까?"

도리어 내가 묻고 싶은 질문이었다. 아이에 관해 내가 알아야 할 것이 있나? 솔직히 말하는 수밖에 없었다.

"실제로 샘을 만난 지 이틀밖에 지나지 않았습니다. 지금 당장은 드릴 말씀이 없습니다."

교장이 잠깐 곤혹스러운 표정을 지었다.

"이렇게 급하게 전학을 결정하신 이유가 있나요?"

입을 닫고 있던 여선생이 끼어들었다. 역시 솔직히 말해야 했다.

"아이 어머니의 뜻입니다. 아이의 어머니는 암 투병중입니다."

한동안 아무도 입을 열지 않았다. 그때 교감이 교장실로 들어섰다. 교감이 말했다.

"샘을 교실로 인도했습니다. 아이가,"

가슴이 몹시 두근거렸다. 뭔가 문제라도 생긴 걸까.

"몹시 진중하더군요. 적응을 잘할 것 같습니다."

의외의 이야기였다. 나를 안심시키기 위해 교감이 거짓말을 지어낸 것은 아닌가 의심이 들 정도였다. 고개를 끄덕이며 교장이 말했다.

"일단은 저희 쪽에서도 주의를 기울이도록 하겠습니다만, 학교에서 아이를 지켜보는 것만으로는 부족합니다."

74

교장이 내게 눈을 맞췄다.

"당연히 집에서도 신경을 써주셔야 합니다. 뭔가 특이사항이 생기면 바로 알려주십시오. 저희 쪽에서도 연락하겠습니다."

교장이 서류를 챙겨 여선생에게 건네주었다. 자리에서 일어서자 교장이 내게 손을 내밀었다. 두 손으로 교장과 악수했다.

교장실을 빠져나왔을 때 여선생이 내게 말했다.

"아이의 교복은 어떻게 된 건가요?"

살짝 얼굴이 달아올랐다.

"급하게 나오느라 신경을 쓰지 못했습니다. 죄송합니다."

여선생이 얕게 한숨을 쉬었다.

"첫인상이 제일 중요한데. 앞으로는 신경을 써주세요."

그저 고개를 끄덕였다.

담임선생에게 나의 핸드폰 번호와 채연의 핸드폰 번호를 적어주었다. 채연의 병원과 집의 전화번호도 함께 적었다.

"나중에 따로 연락을 드리죠."

전화번호를 살피며 담임선생이 내게 말했다. 나는 교무실을 빠져나왔다. 가슴 가득 들어차 있던 먼지 같은 것이 한꺼번에 씻겨나가는 기분이었다. 어떻게든 과정 하나를 끝낸 것이다.

현관에 걸린 커다란 시계를 봤다. 열두시가 되어가고 있었다. 서두른다면 점심시간이 끝나기 전에 회사로 돌아갈 수 있을 것이다. 샘을 확인하고 싶었다. 나는 계단을 올랐다.

학교의 건물은 새로 지은 것이었다. 오래전 내가 다녔던 허름한 중학교와는 비교할 수 없었다. 창틀은 번쩍번쩍 빛이 났고, 창턱마다 잘 정돈된 화분이 놓여 있었다.

일학년 교실은 건물의 사층에 있었다. 교실의 명패를 눈으로 살피며 샘이 속한 일학년 삼반을 찾았다. 몇 개의 교실을 지나 삼반에 닿을 수 있었다. 교실 앞문에는 작은 창이 달려 있었다. 창으로 힐끔 교실 안을 봤다. 반팔 와이셔츠 차림의 선생이 판서를 하고 있었다. 교실 뒤쪽으로 갔다. 창문을 들여다봤다. 샘이 한눈에 들어왔다.

샘은 교실의 맨 뒷자리에 앉아 있었다. 교복을 입은 다른 아이들 중에서 샘은 유독 도드라져 보였다. 고개를 빳빳이 세운 채 앞을 노려보고 있었지만 양팔은 책상 아래 축 늘어져 있었다. 수업에 집중하고 있는 것인지 아니면 그저 멍하니 다른 생각을 하고 있는 것인지 알 수 없었다. 주변 아이들은 샘보다 머리 하나는 컸다. 괜찮을까? 저 아이들 속에서 샘이 과연 잘 지낼 수 있을까? 내 생각을 듣기라도 한 것처럼 샘이 흠칫 몸을 움직였다. 당황한 나는 문 뒤로 몸을 숨겼다. 그대로 학교를 빠져나왔다.

회사 주차장에 차를 세웠다. 엘리베이터 안에서 옷매무새를 가다듬고 사무실에 들어섰다. 마주치는 동료들에게 인사를 한 후 팀장의 자리를 살폈다. 팀장은 자리에 없었다. 자리로 돌아와 컴퓨터를 켰다. 회사의 공용전산망에서 일의 진행사항을 확인하고 있을 때 팀장이 돌아왔다. 팀장에게 갔다. 컴퓨터 모니터에 시선을 고정시킨 채 팀장이 말했다.

"푹 쉬고 왔어?"

팀장은 처음부터 휴가에 반대했다. 갖은 평계를 대고 겨우 얻어낸 것이 이틀간의 휴가와 반차였다. 겸연쩍은 표정을 지었다.

"죄송합니다. 개인사정 때문에."

"아냐, 어차피 영호씨 휴가였으니까. 조금 한가할 때 갔으면 더 좋았겠지만."

팀장이 내게 몸을 돌리며 말을 이었다.

"조모님의 묏자리 문제였지? 잘 해결됐어?"

휴가에 반대하는 팀장에게 댔던 핑계가 죽은 할머니의 산소 이장 문제였다. 회사에 입사할 무렵 이미 끝난 문제였다. 만면에 미소를 지었다.

"신경써주신 덕분에 잘 끝났습니다."

심드렁한 얼굴로 팀장이 고개를 끄덕였다.

"뭐 잘 끝났다니 됐고, 없는 사이에 문제가 생겼어."

팀장은 책상에 꽂힌 파일에서 서류를 하나 꺼내어 내게 건넸다.

"영호씨 담당이었다고 하던데? 이상하게 이런 일은 담당자가 없을 때 터진단 말이야. 한번 살펴봐."

자리에 돌아와 서류를 읽었다. 휴가를 가기 전 처리했던 상해보험의 지급에 관련된 건이었다. 이미 지급심사가 끝난 일이었는데 제휴중인 심사 전문 업체에서 보험금 지급을 반려시킨 것이다. 흔치 않은 경우였다. 대부분의 보험금 지급심사는 심사 전문 업체에서 하게 되어 있지만, 단순한 지급업무는 회사 내에서 자체적으로 처리하도록 되어 있었다. 반려된 건은 단순한 업무에 속하는 것이었다. 가족상해보험이었고 어린아이가 골절상을 당한 경우였다. 다른 회사와 다중으로 보험이 걸려 있다면 의심해볼 법도 하지만 그런 경우도 아니었고, 무엇보다 다친 아이는 고작 다섯 살이었다. 지급이 반려될 만큼 문제가 있어 보이지 않았다. 보험금 지급을 반려시킨 심사 전문 업체의 담당자 이름을 확인했다. 명부를 뒤져 심사 전문 업체에 전화를 걸었다.

담당자의 이름을 대자 외근중이라는 대답이 돌아왔다. 담당자의 핸드폰 번호를 받아 그리로 전화했다. 몇 번의 신호가 간 뒤 담당자가 전화를 받았다. 소속과 이름을 대자 담당자가 잠시 뜸을 들인 후 입을 열었다.

"그러잖아도 연락이 올 때가 지났다고 생각했소. 오늘이 복귀셨다고?"

녹록지 않은 목소리와 말투였다. 외향적이면서 활발하고 동시에 공격적인 태도. 심사 업체에 간혹 있는 타입의 남자였다.

"번거롭게 해드려 죄송합니다. 반려된 건에 관해 상황을 들어야 할 것 같아서 말입니다."

오히려 공손하게 말했다. 이런 타입의 남자에게는 예의를 갖추는 것이 좋다.

"그러셔야지. 그런데,"

남자의 뒷이야기가 제대로 들리지 않았다. 전화기 속에서 소음이 섞여나왔다. 여러 사람이 떠드는 목소리가 울려퍼졌다. 남자가 가까스로 말했다.

"이쪽 상황이 조금 곤란해서 말이야. 지금 나올 수 있겠소?"

시간을 확인했다. 두시가 되어가고 있었다. 남자와의 용무에 어느 정도의 시간이 걸릴까? 네시 이전에 끝나기만 한다면 학교로 돌아가 샘을 마중할 수 있을지도 모른다.

"오늘은 곤란합니다."

"곤란할 게 뭐가 있나? 그쪽도 심사팀이잖소. 외근이 낯설진 않을 텐데?"

보험에 가입할 때 거치게 되는 계약심사의 경우는 서류로 이루어졌지만, 지급심사는 조금 달랐다. 간혹 가입한 당사자를 만나기 위해 외근을 하는 경우가 있었다. 하지만 그것은 아주 드문 경우였고 상담의 대부분은 전화와 서류로 이루어졌다. 게다가 보험금이 삭감되는 경우는 종종 있었지만 심사 자체가 반려되는 경우는 드물었다. 뒤늦게 끼어든 이 새 담당자를 어떻게 감당해야 할까. 급하게 만날 일이 아니었다.

"오늘은 힘들 것 같습니다. 내일이라면 어떻게든 시간을 낼 수 있는데요."

"시간을 내다니, 말씀, 재밌게 하시네? 이게 어디 내 일이요?"

혀를 차며 남자가 말을 이었다.

"아침에 전화하시오."

말을 마친 남자가 전화를 툭 끊었다. 외향적이고 공격적이면서 일방적이다. 성가신 남자와 얽히게 된 것 같았다.

이후 진행해야 할 업무들을 확인하며 시간을 보내다 네시쯤 자리에서 일어섰다. 팀장도 과장도 자리에 없었다. 옆자리의 동료에게 외근을 다녀오겠다고 말했다.

"요즘 부쩍 바쁘네? 휴가 갔다 돌아오자마자 외근이고. 애인 생겼어?"

같은 또래의 직원이 짓궂은 얼굴로 농담을 붙였다. 대답 대신 미소를 짓고 사무실을 나왔다.

채연과의 일을 회사에 알릴 순 없었다. 암 보험금이 지급된 고객과의 만남. 그것도 모자라 결혼이라니. 설명하기엔 벅찬 문제였다. 사실 설명하려 해도 설명할 방법이 없었다.

차에 올라 채연에게 전화를 하려다 그만두었다. 채연의 전화기는 샘이 갖고 있었다. 나는 학교를 향해 출발했다.

다섯시 이전에 학교에 도착했지만 교실은 텅 비어 있었다. 일학년 삼반 앞 복도에 서서 나는 휑한 교실 안을 바라봤다. 흔들리는 커튼 사이로 여름해가 비쳐들고 있었다. 교실 안으로 들어갔다. 걸음을 옮겨 샘이 앉아 있던 자리에 섰다. 멀건 책상은 아무런 흔적 없이 깨끗했다. 나는 채연의 번호를 눌렀다. 몇 번의 신호가 가고 누군가 전화를 받았다.

"일 끝났어?"

채연이 물었다. 어쩐지 당연한 일인 것 같았다. 번호를 누르면서도 샘이 전화를 받을 리는 없다고 생각했다.

"샘은요?"

"방금 전에 이리로 왔어. 지금은 밥 먹으러 갔고. 한발 늦었어."

"그렇군요. 학교는 어땠다고 하던가요?"

"물어봤더니 별다른 말 없던데? 괜찮았나보지."

샘이 별다른 말을 하지 않은 것을 괜찮은 일로 생각할 수 있을까?

"샘을 데리러 갈게요."

"아냐, 그럴 필요 없어. 혼자 돌아갈 수 있어. 오랜만에 출근한 날이잖아. 오늘은 집에 가서 푹 쉬어. 나, 조금 있으면 치료 들어가야 해."

채연의 항암치료는 막바지에 접어들고 있었다. 수술에 들어가기 전 암세포를 줄이기 위한 치료였다. 독한 약을 사용하는 치료는 무척 고통스러웠고, 채연은 자신의 아픈 모습을 남에게 보이지 않으려 했다. 한숨을 쉬었다. 채연은 이런 문제에서 마음을 바꾸는 사람이 아니었다. 채연의 말을 따르기로 했다.

"아, 그리고 샘에게 전화기를 사줘야 할 것 같아. 이건 내가 다시 돌려받을 거야."

"내일 샘과 함께 전화기를 고르겠습니다."

잠시 잡담을 나누었다. 치료에 들어가기 직전의 채연은 언제나 평소보다 명랑했다. 내게 걱정을 끼치지 않기 위해. 자신이 아픈 사람이라는 것과 그 아픔을 감추기 위해. 잠자코 채연의 말을 받아주었다. 이윽고 채연의 말이 멈췄다.

"그럼 내일 봐."

"그래요. 내일 봐요."

전화를 끊고 자리에 서서 교실을 둘러봤다. 착 가라앉은 먼지 냄새가 코에 감겼다. 샘이 앉아 있던 매끈한 책상을 손가락으로 더듬었다.

샘, 나는 어쩐지 자꾸 한발씩 늦는구나.

아무도 없는 교실에서 나는 중얼거렸다.

4. 그런 세상이야

다음날은 정상 출근이었다. 일곱시쯤 일어나 준비를 마치고 샘의 방문을 두드렸다. 의외로 빨리 샘이 문을 열었다. 깨어 있던 모양이었다.

"나는 지금 출근을 해야 해."

멀뚱히 샘이 나를 바라봤다.

"수업이 끝난 후, 엄마의 병원에서 보자. 오늘은 네 전화기를 살 거야."

어색한 침묵이 흘렀다. 샘이 방문을 닫았다. 알아듣긴 한 것 같았다. 집을 나섰다.

사무실에 출근하자마자 심사 전문 업체의 담당자에게 전화했다. 담당자는 다짜고짜 어느 종합병원의 이름을 댔다.

"몇 시에 오실 거요?"

특별한 일은 없었지만 어쩐지 남자의 말에 그대로 응하고 싶지 않왔다.

"오후 늦게야 가능할 것 같습니다."

"그건 내가 곤란하지. 어제부터 지금까지 줄곧 여기에 있었소. 사고자 가족이 자꾸 고집을 부리는 바람에 말이야. 오전에 봅시다."

여전히 제멋대로인 태도였지만 집에 들어가지도 못한 사람 앞에서 내 사정만 고집할 순 없었다. 병원에서 보기로 약속하고 전화를 끊었다. 몇 가지 업무를 살피고 팀장에게 보고한 후 병원을 향해 출발했다.

오전이었지만 막바지에 접어든 여름 햇살이 기승을 부렸다. 병원은 서울의 변두리에 자리해 있었다. 일 때문에 몇 번 온 적이 있는 종합병원이었다. 오고 가는 자동차는 거의 없었다. 병원 입구의 길가에 차를 세우고 남자에게 전화했다. 몇 차례 신호가 갔지만 남자는 전화를 받지 않았다. 어떻게 할까 고민하고 있을 때 입구 쪽에서 남자가 손을 흔들었다. 검은색 양복에 검은 넥타이를 맨 중년 남자였다. 남자는 땅딸막하지만 단단한 인상이었다. 전화로 들은 목소리와 어울리는 외모였다. 주위를 살피던 남자가 도로를 가로질러 내게 걸어왔다.

"본사에서 나오신 분?"

남자가 물었다. 나는 고개를 끄덕였다.

"아니오."

순간 당황했다. 아니라니, 뭐가? 다음 순간 남자가 손을 쑥 내밀었다.

"안, 이오."

안이 남자의 성, 혹은 이름인 모양이었다. 어색하게 안의 손을 잡았다. 안이 조수석을 향해 돌아섰다.

"안에 들어가서 얘기합시다. 이거 더워서 원."

운전석에 올라타 조수석의 문을 열어주었다. 몸을 던지다시피 하며 안이 차에 올랐다. 차에 타자마자 안은 검은 넥타이를 거칠게 풀었다. 안이 차 안을 이리저리 살폈다.

"뭐 마실 것 없소?"

"죄송합니다. 아무것도."

안이 눈썹을 찡그리고 머리를 긁었다.

"그럼 에어컨이나 빵빵하게 틀어보쇼."

시키는 대로 에어컨을 세게 틀었다. 안이 숨을 골랐다. 차 안을 둘러보며 안이 말했다.

"차 좋네. 거기 월급으로 이게 감당이 되나?"

슬슬 불쾌해지기 시작했다. 애초에 안을 차 안에 들이고 싶지도 않았다. 입을 다물었다. 안은 시가잭을 누르고 주머니에서 담배를 꺼냈다. 안이 물었다.

"담배 피우시오?"

"끊었습니다."

"하아, 어린 친구가 굉장한걸? 좋은 차도 있고, 담배도 끊으시고. 나는 둘 다 안 되던데. 좋은 차로 바꾸는 것도, 담배를 끊는 것도."

안이 호들갑을 떨었다. 시가잭이 툭, 하고 올라왔다. 안은 담배를 입에 물고 불을 붙였다. 안이 맛있게 연기를 뿜었다. 나는 반려된 보험에 관련한 서류를 꺼냈다. 될 수 있는 한 사무적으로 안에게 물었다.

"어찌 된 일인지 알려주십시오."

"거기 적힌 대로요. 반려."

다시 한번 찬찬히 서류를 살폈다. '차후 정확한 조사를 필요로 한다'라는 보고 이외에 반려의 사유는 적혀 있지 않았다.

"구체적인 이유가 적혀 있지 않군요. 그 이유를 알려달라는 겁니다."

안이 빤히 나를 쳐다봤다. 다시 물었다.

"서류상으로는 아무런 문제가 없습니다. 가족상해보험에 다섯 살 유아의 단순 골절상입니다. 보험금의 액수도 크지 않고 다중계약도 아닙니다. 문제없이 지급될 사안 아닙니까?"

"서류상으로는 그렇지. 이 일 하신 지 얼마나 됐소?"

"오 년 되어갑니다."

"그럼 그동안 이런 경우에는 그저 잠자코 보험금을 지급했소?"

"절차에 따라 심사하고 지급을 해야 하는 경우에는 당연히 지급했습니다. 무슨 문제가 있습니까?"

안이 킬킬거리며 웃었다. 얼굴이 달아올랐다.

"순진하시군."

담배의 연기를 들이마시며 안이 말을 이었다.

"본사의 심사팀이 어떤 식으로 업무를 진행하는지는 알고 있소. 기본적으로는 서류 검토고 그 외의 확인은 대부분 우리가 맡게 되지. 그쪽 말대로 대부분의 경우는 서류대로 일을 처리하면 돼. 하지만 이번엔 경우가 달라."

코로 연기를 뿜으며 안이 말했다.

"지금부터 하는 이야기는 서류에 실릴 수 없는 거니까, 그냥 들으시오."

안을 바라봤다.

"그쪽이 휴가를 간 직후에 이 일을 받았소. 나도 처음엔 별거 아니라고 생각했지. 다섯 살 아이가 팔이 부러지는 경우는 얼마든지 있으니까. 병원에 가서 피해 당사자와 가족을 만났소. 젊은 부부더군. 둘다 컴퓨터회사의 프로그래머였소."

안이 뿜는 담배연기가 차 안에 가득 들어찼다. 창문을 조금 열었다.

"겉으로 보기엔 아무 문제 없더군. 프로그래머면 화이트칼라잖소. 부모가 둘 다 화이트칼라인 가족에 대고 자해 같은 이야기를 들이대는 것도 썩 어울리는 일은 아니고. 팔이 부러진 것 치고는 아이도 쾌활해 보여서 그냥 넘어가면 되겠다 싶었소. 그런데 돌아나오면서 아이 아버지와 악수를 하는데,"

잠시 말꼬리를 흐리던 안이 나지막이 말했다.

"손가락이 없더군. 두 개가."

안이 오른손의 약지와 소지를 들어 보였다. 무슨 뜻인지 이해할 수 없었다.

"아이 아버지의 손가락이 없는 것과, 이 일이 무슨 상관입니까?"

말을 멈추고 안이 나를 빤히 들여다봤다. 안이 물었다.

"군대 다녀오셨소?"

역시 이해할 수 없는 질문.

"그게 이거랑 무슨 상관입니까?"

"다 상관이 있으니까 묻는 거요. 군대 다녀오셨소?"

고개를 저었다.

"군대도 안 다녀왔어? 뭐 때문에?"

"허리 때문이라고 해두죠."

"허리 때문이라고 해두자는 말은 허리 문제가 아니라는 소리군?"

안이 씩 웃음을 흘렸다. 나는 입을 다물었다. 안이 말했다.

"뭐, 그쪽이 군대에 다녀오지 않았다는 건 알고 있었소."

"조사라도 하셨습니까?"

"그런 걸 구태여 조사까지 할 필요가 있나. 그냥 척 보면 나오는걸. 군대에 다녀오지 않은 사람들은 말이요. 뭔가 희미해."

안이 손을 펴 자신의 코와 이마 부근에서 흔들어 보였다.

"어딘지 느슨하고 말랑말랑하지. 고작 이 년이지만, 남자만 득실거리는 곳에서 부대껴본 것과 그렇지 않은 것은 차이가 크거든."

느물느물 웃으며 안이 말을 이었다.

"손가락이 잘리는 사고는 아주 드물어. 설사 잘렸다 하더라도 금세 붙일 수 있지. 그런 사고가 비교적 자주 일어나는 곳은 군대뿐이야. 손가락이 잘려나간 걸 본 적이 있소?"

다시 고개를 저었다.

"잘린 손가락이 남아 있을 땐 처치만 잘하면 얼마든지 붙일 수 있소. 하지만 손가락이 남아 있지 않으면 절단면을 바로 봉합해야 해. 봉합을 하고 난 손가락은 의외로 촉감이 매끈하지. 성인의 경우엔 별 문제 없어. 문제는 성장기의 아이일 때요."

안의 얼굴에서 웃음기가 빠졌다.

"아직 덜 자란 아이의 경우는 잘린 손가락에서 계속 뼈가 자라지. 봉합을 하고 난 후에도 지속적으로 뼈가 살을 뚫고 나오는 거요. 어쩔 수 없이 주기적으로 뼈를 자르고 다시 봉합해야 하지. 생각해보시오. 처치를 반복하는 동안 손가락의 절단면이 어떻게 되겠소? 제대로 된 처치를 받고 관리를 잘해주면 모를까, 자칫 잘못하면 절단면이 온통 거칠고 울퉁불퉁하게 되지."

슬쩍 자신의 손가락을 들여다보며 안이 말했다.

"아이 아버지의 손가락 절단면은 내가 본 것 중에 가장 울퉁불퉁했소."

끔찍한 이야기였고, 여전히 맥락을 파악할 수 없는 이야기였다. 안이 말을 이었다.

"꽤나 어릴 적에 손가락이 잘렸겠지. 집 안에서 사고를 당한 거라고 칩시다. 보호자가 어떻게 했겠소? 당연히 잘린 손가락을 찾아 붙였을 거요. 하지만 그렇게 되지 않은 거야. 그리고 손가락이 잘려나간 부분도 제대로 처치를 받지 못한 거고. 뭔가 사연이 있겠다 싶어 조사를 좀 했지."

머리를 긁적이며 안이 말했다.

"본사와는 상관없는 일인데, 심사를 전문으로 하는 업체에는 일종의 블랙리스트 같은 게 있소. 반려가 된 건은 물론, 낌새가 수상한 경우를 모아놓는단 말이오. 명단 속에서, 아이 아버지의 이름을 찾았소."

의외의 이야기였다.

"이전에도 이런 경우가 있었다면 계약할 당시에 그 정보를 알 수 있었을 텐데요."

"알려지지 않았을 거요."

안이 머리를 긁었다. 대수롭지 않은 듯한 말투였지만 얼굴은 딱딱하게 굳어 있었다.

"그전엔 아이 아버지가 피해자였으니까."

담배를 재떨이에 비벼끄며 안이 말했다.

"이십 년 하고도 몇 년 더 전의 이야기요. 아이 아버지가 아직 어릴 때지. 상해보험에 가입되어 있었소. 열 살이 채 되기 전에 손가락이 잘렸고, 보험금이 나왔지."

"단순한 사고일 수 있지 않습니까?"

"그럴 리가 없소."

"어째서요?"

"피해자가 아이 아버지뿐만이 아니거든."

뚫어지게 나를 보며 안이 말했다.

"아이 아버지의 형도 같은 일을 당했소. 약지와 소지, 손가락이 두 개 잘려나갔지. 한 번이면 사고겠지. 하지만 같은 일이 반복된다면? 절대로 사고일 수 없어."

혼란스러웠다. 멍한 눈으로 안을 바라봤다.

"당시에는 꽤나 유명한 사건이었던 모양이오. 명단에 이름이 남아 있던 것도 그 때문이었지. 보험금을 수령한 형제의 아버지는 얼마 지나지 않아 종적을 감췄고, 손가락이 잘린 형제는 친척 손에 키워졌소. 그리고 몇 십 년이 지난 뒤, 동생의 아이가 팔이 부러진 거지."

안이 두번째 담배를 입에 물었다.

"심증일 뿐이지만 말이야,"

연기를 뿜으며 안이 말을 이었다.

"어릴 적 손가락이 잘려 보험금을 받았던 아이라면, 아버지가 됐을 때 자기 아이의 팔을 부러뜨려 돈을 타겠다고 마음먹을 수 있지 않을까?"

안이 입을 다물었다. 머리를 한 대 맞은 것 같은 기분이었다. 생각을 가다듬고 침착하게 물었다.

"반려의 이유는 그것뿐입니까? 아이의 아버지가 예전 비슷한 사고의 피해자라는 것?"

"말했다시피 심증일 뿐이야. 하지만 아주 불가능한 이야기도 아니지."

"다른 증거는요?"

"정황상 무리가 많아. 아이의 팔이 부러진 상황도 그렇고."

안이 서류를 가리켰다.

"부부와 아이가 함께 잠을 자고 있었다지? 아이의 우는 소리에 깨어보니 팔이 부러져 있었다고. 언뜻 생각하기로는 부부가 자던 도중 아이의 팔을 깔아뭉갰을 수도 있지. 하지만 그렇다면 아이의 팔이 이렇게 깨끗하게 부러졌을까? 정밀진단을 받아봐야겠지만 의도적으로 이렇게 부러뜨렸을 가능성이 높소."

"어떻게 아이의 팔을 의도적으로 부러뜨린다는 겁니까?"

"잠이 든 아이의 팔을 문틈 같은 곳에 놓고 당기면 되지. 사람의 뼈는 아주 쉽게 부러져요. 다섯 살이라면 그리 큰 힘이 들지도 않아. 아니면 어디 높은 곳에서 던졌을 수도 있고."

대수롭지 않게 안이 말을 뱉었다. 쉽게 받아들일 수 없었다.

"이해가 가지 않습니다."

"뭐가?"

"그런 일을 겪은 사람이 자기 아이에게 같은 짓을 한다고요? 고작 보험금 몇 백만원 때문에?"

피식 웃음을 터뜨리며 안이 말했다.

"세 살배기 딸의 손가락을 부러뜨린 아버지를 알고 있소. 이유가 뭐였는지 아시오?"

차의 시트를 손으로 툭툭 치며 안이 말을 이었다.

"자동차 시트를 가죽으로 바꾸고 싶었다더군. 그런 세상이야."

침묵이 흘렀다. 보험에는 여러 종류의 사람들이 달라붙는다. 처음부터 나쁜 의도로 접근하는 사람도 있고, 사고를 당한 후에 더 많은 돈을 받으려 고약한 짓을 벌이는 사람도 있다. 회사에 다니면서 몇 번인가 지독한 경우를 보거나 당했다. 이번 일도 그런 경우일까? 곁에 앉은 안은 연신 담배연기를 뿜어댔다. 두 개비째 담배를 모두 피운 후, 재떨이에 꽁초를 버리며 안이 말했다.

"용건은 거의 다 전달한 것 같군. 우리는 심사를 맡은 거고, 결정은 본사에서 하는 거요. 아마 지금쯤이면 아이 부모에게 보험금 지급이 반려됐단 소식이 전해졌겠지. 이런저런 꼬투리를 잡으면 지급액을 삭감하는 정도에서 끝낼 수도 있소. 더 깊이 들어가면 일이 복잡해지겠지."

안이 한껏 입을 찢어 웃었다. 표정만으로는 무척 푸근해 보이는 얼굴이었다.

"하지만 아닌 건 아닌 거야. 푼돈이나 받아내려고 이딴 짓거리를 하는 놈들, 난 이해할 수 없어. 그냥 두고 볼 수도 없고. 그렇지 않소?"

말을 마친 안이 차문을 열고 나섰다. 몇 걸음 걷던 안이 갑자기 생각난 듯 나를 돌아봤다. 운전석의 창문을 열었다.

"나이가 어떻게 되시지?"

"서른둘입니다."

안이 웃음을 흘렸다.

"아이 아버지와 동갑이군. 나보다 이 일을 잘 이해할 수 있겠어. 그

나이 또래의 남자란 아버지가 되기에 부족한 점이 많지."

마침 병원 입구에서 나오는 택시를 잡아타고 안은 사라졌다. 한동안 멍하니 그대로 앉아 있었다. 안의 이야기가 계속 마음에 걸렸다.

'그 나이 또래의 남자란 아버지가 되기에 부족한 점이 많지.'

정말로 그럴지도 모른다는 생각이 들었다.

회사에 돌아와 이런저런 일들을 처리하며 하루를 보냈다. 안과 얽힌 용무는 쳐다보지도 않았다. 세시가 조금 넘어 외근을 핑계로 회사를 빠져나왔다. 차를 몰아 병원으로 갔다.

침대에 누운 채연은 가발을 쓰고 있었다. 샘의 모습은 보이지 않았다. 채연에게 샘에 대해 물었다.

"밥 먹으러 갔어."

채연의 안색은 창백했다. 부쩍 수척해 보이는 얼굴은 기분 탓이라 해도 입술은 확실히 눈에 띄게 갈라져 있었다. 어제 채연은 치료에 들어간다고 했다. 아마 밤새 앓으며 잠을 자지 못했을 것이다.

"학교는 어떻대요?"

자리에 앉으며 나는 물었다. 몸상태가 좋지 않을 때 채연은 거기에 대해 묻거나 염려하는 것을 반기지 않았다. 힘없이 웃으며 채연이 대답했다.

"나쁘지 않은가봐. 다만 교복이 마음에 들지 않는대."

그제야 비로소 샘의 교복이 생각났다. 아차, 하는 내 표정을 읽은 채연이 깔깔거렸다.

"까먹고 있었지?"

"같이 고르러 가려고 했는데 실수했네요."

"바쁘면 그럴 수도 있지. 샘이 혼자 알아서 샀어. 적당한 사이즈로 잘 골라 입었던걸? 밥 먹고 오면 한번 봐."

침대시트 밖으로 채연의 손이 살짝 드러났다. 파리하게 힘줄이 돋아난 손은 날이 갈수록 말라갔다. 역설적으로 그 손은 매우 아름답게 보였다. 그런 생각이 드는 순간 죄책감이 들었다. 나는 채연의 손등을 내 손으로 덮었다.

문이 열리고 샘이 들어왔다. 손을 놓고 샘을 돌아봤다.

교복은 흰색의 반팔 와이셔츠와 짙은 푸른색 바지로 이루어져 있었다. 목에 맨 연한 노란색 넥타이가 헐렁거렸다. 언제 잘랐는지 샘의 머리 모양은 짧은 스포츠 형태가 되어 있었다. 어색한 듯 고개를 숙이고 샘은 멀찍이 놓인 의자에 앉았다. 옷과 머리 모양을 바꾸고 나니 샘은 의외로 또래와 별반 다를 바 없는 중학생 아이처럼 보였다. 채연이 고개를 돌려 샘을 바라봤다.

"맛있는 거 먹었어?"

샘이 고개를 끄덕였다. 채연이 나를 봤다.

"오늘 전화기 사러 갈 거야?"

"지금 가죠."

자리에서 일어서며 나는 말했다. 오도카니 앉아 있던 샘에게 채연이 손을 뻗었다.

"샘, 인사."

쭈뼛거리며 샘이 일어섰다. 망설이듯 샘은 한두 걸음을 천천히 뗐다. 재촉하듯 채연이 샘에게 손짓했다. 한숨을 쉬며 샘이 채연에게 다가섰다. 채연이 샘의 목을 손으로 감았고 채연의 볼에 샘이 입을 맞췄다. 나를 보며 채연이 짓궂은 웃음을 흘렸다.

"그쪽도?"

웃으며 손을 내저었다. 샘과 병실을 나섰다.

병원 근처 전자제품 상가가 모인 거리를 향해 걸었다. 나란히 걸을 때도 있었지만 때때로 샘은 뒤처지거나 앞서갔다. 여전히 우리 둘은 말이 없었다. 노을이 지고 있었다. 보도와 도로가 구분되지 않은 길에 아주 가끔 지친 듯 천천히 차들이 지나다녔다.

샘이 잠시라도 안 보이면 나는 겁이 났다. 눈앞에서 놓치면 아이를 잃어버리게 되지 않을까 싶어서. 아이가 다른 곳을 응시하다 넘어지거나 차에 몸을 부딪치지 않을까? 아니면 내 눈을 피해 골목 사이로 숨어버리거나 찾지 못할 곳으로 가버리진 않을까? 샘이 뒤처질 때마다 나는 걸음을 천천히 늦춰 아이와 나란히 걸었다. 그러다보면 어쩐지 곁의 아이에게 말을 걸어야 할 것 같았고, 그래서 더욱 걸음을 늦출 수밖에 없었다.

구부정하게 굽은 샘의 등이 눈에 들어왔다. 하얀 반팔 와이셔츠에서 가는 팔이 뻗쳐 있었다. 샘이 걸음을 옮길 때마다 팔은 무질서하게 흔들렸다. 불현듯 안과의 업무가 떠올랐다. 열세 살 아이의 팔과 다섯 살 아이의 팔은 어느 정도 차이가 있을까. 아이의 팔을 부러뜨렸을지도 모르는 나와 같은 나이의 남자에 생각이 닿았다. 안의 말이 귓가에 울렸다.

'나보다 이 일을 잘 이해할 수 있겠어.'

나는 세차게 고개를 흔들었다. 아니. 나는 이해할 수 없어. 아이의 팔을 부러뜨리는 아버지를 이해할 수는 없어. 안의 말이 이어졌다.

'그 나이 또래의 남자란 아버지가 되기에 부족한 점이 많지.'

94

그만 우뚝, 자리에 멈춰 섰다. 몇 걸음을 앞서 걷던 샘이 나를 돌아봤다. 천만다행으로 핸드폰을 파는 상점은 가까이 있었다. 아무렇지 않은 표정을 지으며 나는 샘과 가게로 들어갔다.

최신 기종부터 인기 품종까지 핸드폰들이 진열대에 전시되어 있었다. 샘을 향해 말했다.

"네가 원하는 걸 골라보렴."

머뭇거리며 샘이 진열대 앞으로 다가섰다. 두 손을 진열대 위에 가지런히 놓고 샘은 기계들을 하나씩 눈으로 살폈다.

"네가 쓸 거니?"

붙임성 좋은 여직원이 샘에게 말을 붙였다. 힐끔 여직원을 올려다본 샘이 핸드폰으로 눈을 떨궜다.

"친구들 사이에서 제일 인기가 좋은 건 이 모델인데 말이야."

여직원이 최신 기종 중 하나를 샘 앞에 내놓았다. 액정이 커다란 스마트폰이었다. 나온 지 얼마 안 된 물건이 인기가 좋다면 얼마나 좋은 걸까? 그리고, 친구들 사이에서? 샘, 네게 친구가 생겼니? 머릿속에 떠오른 생각을 입밖에 내지 않기 위해 나는 입을 굳게 다물었다. 샘역시 마찬가지였다. 여직원이 내놓은 물건에는 눈길도 주지 않고 샘은 진열대 안의 핸드폰들을 쳐다보기 시작했다. 샘이 맨 끝 쪽에 있던 물건을 가리켰다. 샘이 가리킨 것은 다른 핸드폰에 비해 상대적으로 초라한 자그맣고 하얀 전화기였다. 의외라는 듯 여직원이 말했다.

"그건 한참 전에 나온 물건인데? 요즘 그런 걸 쓰는 친구는 거의 없을 거야."

뚫어져라 샘이 여직원을 바라봤다. 당황한 듯 여직원이 나를 쳐다봤다. 나는 샘이 가리킨 물건을 살폈다. 핸드폰에 대한 지식은 없었지만 한눈에 봐도 요즘 유행과는 거리가 먼 물건이었다. 그것은 커다란 액정도, 그 액정 위에 손을 놓려 조작하는 터치스크린도, 갖가지 기능도 없는 아주 간단한 전화기였다. 여직원에게 물었다.

"이 전화기는 사용하는 데 문제가 있습니까?"

여직원이 고개를 저었다.

"그런 건 아니지만 너무 오래된 기종이에요. 그냥 전화만 걸고 받을 수 있는 정도예요. 요즘 핸드폰들은 훨씬 다양하게 쓸 수 있거든요."

여직원의 설명이 길게 이어졌다. 각종 학습용 앱들과 화려한 게임들, 복잡한 일정의 관리나 다양한 벨소리를 사용할 수 있는 전화기들이 잔뜩 나와 있었다. 여직원이 설명을 하는 동안에도 샘의 손가락은 여전히 하얀 전화기에 머물러 있었다. 여직원에게 말했다.

"이걸로 하죠."

잠시 나를 바라보던 여직원이 입술을 쭈뼛거렸다.

"이건 공짜로 나가는 물건이에요."

내 이름으로 계약을 하고 핸드폰을 개통했다. 샘의 전화번호를 내 핸드폰에 저장하고 가게를 나섰다.

여름해는 길게 머무르지만 모습을 감출 땐 순식간이었다. 거리의 상점들이 불을 밝히고 있었다. 우리 둘은 천천히 병원을 향해 걸었다. 샘은 새로 산 전화기를 열어 이것저것 버튼을 눌러보았다.

"기왕 사는 것이니 조금 더 좋은 물건을 고르는 게 좋았을 텐데 말이다."

흘깃 나를 돌아본 후 샘은 다시 전화기에 집중했다. 나는 샘에게 손을 내밀었다. 샘이 그 자리에 멈춰 섰다.

"엄마의 전화번호를 저장해줄게."

샘이 전화기를 건넸다. 채연의 전화번호를 누르고, 이름을 '채연'이라 입력했다. 잠시 손을 멈췄다가 이름을 지웠다. 다시 '엄마'라고 입력했다. 내 번호를 눌렀다. 하지만 이름을 입력할 수 없었다. 통화버튼을 누르고, 내 전화기에 신호가 가는 것을 확인한 후 샘의 전화기를 닫았다. 전화기를 샘에게 돌려주었다.

"통화목록의 맨 위에 있는 번호가 내 번호야."

걸음을 옮기며 나는 말했다.

"무슨 일이 있으면 꼭 연락해야 한다."

샘이 뒤따라왔다.

상점가를 벗어나기도 전에 샘은 전화기에 익숙해진 것 같았다. 찰칵, 하는 전자음이 들렸다. 샘을 돌아봤다. 샘은 전화기 폴더를 열어 열심히 주변의 사진을 찍고 있었다. 샘이 손을 놀릴 때마다 찰칵, 찰칵 하는 소리가 들렸다. 그때마다 밝은 빛이 주변에 퍼졌다가, 이내 사라졌다. 샘이 내게 전화기를 들이댔다. 잠시 그대로 몸이 굳었다. 몇 초 동안 전화기의 액정화면으로 나를 살피던 샘이 전화기를 닫았다.

몇 군데의 음식점과 커피숍을 지나쳤다. 치킨과 맥주를 파는 술집도 있었고, 편의점도 있었다. 샘은 고개를 숙인 채 걸었고 나는 그 곁에서 앞서거니 뒤서거니 나아갔다.

상점가 한복판에 대형 전자제품 매장이 들어서 있었다. 다른 가게들과 비교도 할 수 없을 만큼 큰 유리창 안에서 대낮처럼 환한 빛이 뿜어져나왔다. 그곳에서 흘러나오는 빛에 비하면 다른 가게들의 빛은 작은 벌레의 꼬리에 달린 깜부기불 같았다. 빛 속으로 몸을 들이고 매장 안을 들여다봤다. 매장 안에는 크고 작은 화면들이 가득 놓여 있었고, 그 화면들 속에는 수많은 익숙한 동작들이 들어차 있었다. 드라마 속의 가족이 함께 모여 식사를 하고 있었다. 투수가 공을 던지고 타자가 배트를 휘둘렀다. 경주용 자동차들이 트랙을 달리고, 깡마른 여자아이들이 춤을 추며 노래를 불렀다. 선명한 녹색의 나뭇잎 위에 알록달록한 색깔의 벌레가 날개를 폈고, 양손에 기관총을 든 남자가 소리를 질렀다. 세상의 모든 풍경이 거기 모여 있는 것 같았다.

문득 뒤를 따르던 인기척이 느껴지지 않았다. 고개를 돌렸다. 쇼윈도 한쪽에 샘이 멈춰 서 있었다. 못이 박힌 듯 샘은 움직이지 않았다. 나는 샘에게 다가갔다. 샘은 창가에 놓인 텔레비전 중에서 비교적 작은 화면 앞에 서 있었다. 샘의 얼굴을 봤다.

그 순간 나는 적잖이 당황했다. 잔뜩 놀란 표정으로 샘이 텔레비전 화면을 들여다보고 있었다. 미간을 찌푸리고 있었지만 눈이 잔뜩 커져 있었다. 입을 살짝 벌린 채 샘은 도무지 움직이지 않았다. 처음 보는 얼굴이었다. 방해가 되지 않도록 조심스레 허리를 굽혀 샘을 바라봤다. 샘은 완전히 방심상태였다. 눈의 초점이 풀리거나, 그대로 쓰러져도 이상하지 않을 것 같았다.

나는 샘이 들여다보고 있는 화면을 봤다. 처음 눈에 들어온 것은 울창한 수풀이었다. 어딘가의 숲 한가운데 널찍한 흙바닥이 펼쳐져 있었다. 회색의 덩어리 하나가 흙바닥을 나뒹굴었다. 몇 초쯤 나는 그 덩어리가 무엇인지 파악할 수 없었다. 덩어리가 몸을 일으키고 자세를 잡았다. 그제야 덩어리의 형체를 제대로 파악할 수 있었다. 과도하게 부푼 어깨 위에 날카로운 이빨이 돋은 머리가 자리해 있었다. 흉하게 들린 코 위에 박힌 눈은 노란색이었다. 덩어리는 일종의 괴물이었다. 좀더 정확히 말해 괴물처럼 보이게 만들어진 복장을 입은 무언가였다. 복장이 보다 정밀했다면 진짜 괴물로 여길 수도 있었을 것이다. 하지만 그 복장은 몹시 초라하고 조악했다. 잔뜩 과장된 몸통에 비해 팔과 다리는 일반적인 성인 남성의 그것만했고, 그나마도 회색의 타이즈로 어설프게 마무리되어 있었다. 손끝에는 날카로운 발톱이 달려 있었는데, 한눈에 봐도 플라스틱과 천으로 만든 장갑임을 알 수 있었다. 전체적인 생김새는 SF나 공포영화에 등장하는 여러 괴물들의 모사 같았는데, 뭔가를 보고 베낀 것이라기엔 너무 어설픈 행색이었다.

괴물이 양손을 들어올렸다. 어디선가 조그맣게 동물 우는 소리 같은 것이 들렸다. 그 소리는 옆에 놓인 커다란 텔레비전 소리에 묻혀 제대로 들리지도 않았다. 괴물이 몸을 흔들며 계속해서 울음소리를 냈다. 비대한 몸과 어울리지 않는 가는 팔다리 때문에 괴물의 몸짓은 위압적이라기보다 우스웠다.

바로 그때 누군가 괴물에게 뛰어들었다. 머리끝부터 발끝까지 검은 복장을 한 건장한 남자였다.

검은 복장? 정확한 표현이 아니다. 남자의 복장은, 글쎄, 일반적으로 우리가 알고 있는 옷이라기보다, 전투경찰이나 특수부대원들이 입는 방탄용, 혹은 호신용 전투복처럼 보였다. 판판한 쿠션을 대어 각이 지게 만들어 몸을 가리는 옷. 동그란 모양의 쿠션이 어깨를 감싸고 있었다. 팔뚝까지 올라간 장갑과 정강이까지 덮고 있는 부츠는 한 쌍인 듯 비슷한 문양이 그려져 있었다. 팔꿈치와 무릎엔 어깨와 마찬가지로 동그란 보호대가 씌워져 있고, 가슴은 둥근 곡선을 그리는 방탄조끼로 가려져 있었으며, 복부 한가운데에는 커다랗고 동그란 장식이 달려 있었다. 그것이 허리띠인 모양이었다. 특히 우스운 것은 하반신

이었다. 잔뜩 무장한 다른 부위와는 달리 하반신은 검은색 타이즈만
입은 채 드러나 있었다. 남자의 정면 모습이 떠올랐다. 머리에 쓴 투
구가 눈길을 끌었다. 조악한 다른 부위와는 달리 남자의 검은 투구는
매우 정교하게 만들어져 있었다. 눈 부분은 길쭉한 검은 유리로 가려
져 있었고, 그 아래는 은색의 플라스틱으로 매우 세밀하게 코와 입의
형체가 도드라져 있었다. 남자가 오른손을 들어 회색의 괴물을 가리
켰다. 왼손은 허리춤에 올라가 있었고 양다리는 쩍 벌린 상태였다. 조
그맣게 남자의 목소리가 들렸다.

"너는, 결코, 수, 없을 것이다!"

남자의 목소리는 다른 텔레비전의 소리에 가려져 제대로 알아들을
수 없었다. 남자가 말을 마치자 괴물이 다시 한번 팔을 치켜들고 몸을
떨었다. 동물의 울음소리가 난 것 같았지만 이번엔 화면의 괴물이 소
리친 것이라고 확신할 수 없었다. 곁에 놓인 다른 텔레비전 속의 사자
가 입을 벌리고 있었기 때문이다. 그 순간, 화면이 멈추고 날카로운
필체의 글씨가 떠올랐다. '다음 편에 계속!'

화면이 사라지자 과자 광고가 시작됐다. 샘은 그제야 정신을 차린
듯 훅, 하고 숨소리를 냈다. 샘을 살폈다. 흥분이 가시지 않은 듯 샘은
숨을 몰아쉬며 텔레비전 화면에 눈을 고정시키고 있었다. 아이가 몹
시 걱정됐다. 샘의 안색을 살폈다. 약간 붉게 달아오른 것처럼 보인
것은 착각이었을지도 모르지만 표정은 확실히 잔뜩 놀라 있었다. 좀
더 몸을 숙여 샘에게 가까이 가려 했을 때 샘이 나를 알아채고 흠칫
몸을 떨었다. 샘이 한 걸음 뒤로 물러섰다. 서둘러 몸을 일으켰다. 우
리 둘은 서로를 마주 보고 그 자리에 서 있었다.

작은 텔레비전의 화면이 다시 바뀌었다. 샘과 나는 동시에 텔레비

전으로 고개를 돌렸다. 오른손은 앞으로 뻗고 왼손은 허리춤에 올린 검은 복장의 남자가 이런저런 무술 동작을 해 보였다. 그 위로 과장된 필체의 제목이 떠올랐다. 속으로 나는 그 제목을 읽었다.

변신왕 체인지킹

날이 완전히 저물고 늦여름의 들뜬 바람이 불어왔다. 어두워진 세상에서 샘과 나는 같은 화면을 바라봤다.

5. 변신왕 체인지킹

 날들이 흘러갔다. 채연은 치료를 받았고, 나는 업무에 복귀했으며, 샘은 학교에 다녔다. 채연은 간간이 고통스러워했고, 어떤 날은 쾌활했다. 치료에 따라 채연의 상태는 매일매일 달라졌다. 결혼한 이후로 지금까지 채연은 단 한 번도 자신의 몸상태에 대해 말해준 적이 없었다. 몇 번인가 나는 채연에게 병의 예후에 대해 물었다. 그때마다 채연은 내 질문을 모른 척했다. 어떨 때는 농담으로 받아넘겼고, 어떨 때는 입을 다물었다. 사실 걱정할 일은 없었다. 자궁경부암 2기의 완치율은 높은 편이었다. 의사들의 말과 태도를 보면 채연의 치료는 순조롭게 진행되는 모양이었다. 방사선치료와 항암치료를 통해 암세포를 줄인 후, 수술로 암 환부를 제거하기만 하면 채연은 다시 건강해질 터였다. 그럼에도 나는 줄곧 불안했다. 회사의 업무를 통해 이런 사실을 이미 알고 있었지만, 핏기 없는 채연의 얼굴이나 죽죽 갈라진 입술을 보고 있으면 채연이 그대로 말라붙어 사라지는 것은 아닌지 걱정이 됐다. 내겐 이런 일을 의논할 상대가 없었다. 채연과의 결혼은 회사에 비밀이었고, 마음을 토로할 친구도 없었다. 오직 채연과 마주 앉아 그녀를 바라보는 것만이 나의 유일한 위로였다.

회사일은 큰 어려움이 없었다. 늘 해오던 일들이 다시 반복됐고, 배운 대로 일을 처리하면 그뿐이었다. 안이 던져준 반려 건이 유일한 문제였다. 팀장과 몇 번 정도 상의를 거친 끝에 보험계약자가 이의를 제기할 때까지 기다리기로 결정했다. 그후 계약자인 아이의 아버지에게서 특별한 연락은 없었다. 같은 부서의 직원들과 회식이 있었고, 건성으로 참여를 하다 중간에 빠져나왔다. 다음날 동료들은 내게 애인이 생긴 것 아니냐고 농담을 걸었다. 나는 웃음으로 그 농담을 받아넘겼다. 며칠 후, 동료 여직원과 함께 점심을 먹던 중 다른 부서의 누군가가 내게 마음이 있다는 이야기를 듣게 됐다. 잠시 생각을 하다 얼마 전부터 사귀는 사람이 생겼다고 말했다. 반나절도 지나지 않아 여자친구가 생겼다는 소문이 부서에 퍼졌다. 이후, 정시 퇴근을 할 때마다 팀장의 핀잔이 심해졌다. "어이 영호씨, 애인이 중요해, 일이 중요해?" 하지만 불필요한 간섭이나 관심을 받는 일은 확실히 줄어들었다. 잘된 일일지도 모른다고, 나는 생각했다.

샘과 부딪치는 일은 거의 없었다. 그것이 가장 곤란한 일이었다. 아침에 일어났을 땐 샘을 볼 수 없었다. 이미 등교했거나, 내가 출근할 때까지 밖으로 나오지 않았기 때문이다. 채연의 몸상태가 괜찮을 때는 병원으로 가면 샘을 만날 수 있었다. 돌아오는 길은 고역이었다. 언제나 그렇듯 나는 샘에게 간간이 말을 걸었지만 정해진 것처럼 대답은 없었다. 어느샌가 나 역시 샘에게 입을 닫았다. 이윽고 아무런 말도 없는 것이 당연하게 되어버렸다. 처음 샘을 만났을 때 나는 샘과 말을 하지 않는 사이가 되는 것이 두려웠다. 하지만 막상 말을 하지 않고 보니 의외로 그 상태가 편했다. 그것은 아주 창피한 일이었다. 샘과 말을 하지 않아도 된다는 것에서 나는 안도감을 느꼈기 때문이다. 억지로라도 입을 열어보려 했지만 한번 입을 닫자 그뒤로는 단 한마디도 제대로 뗄 수 없었다. 채연에게 샘의 생각을 알아봐달라고 부탁한 적이 있었다. 샘이 나를 어떻게 생각하는지 알고 싶었다. 채연에게 샘은 아무 문제 없다고 답했다고 한다. 나는 아무 문제 없다고 답하는 샘을 상상할 수조차 없었다. 샘의 목소리를 들은 적도 없었기 때문에.

샘의 담임과 아이에 대해 상담을 한 적이 있었다. 담임선생은 샘이 학교에 잘 적응하고 있으며 아무런 문제도 없다고 말했다. 아무런 문제도 없다. 샘은 누구에게나 아무런 문제가 없었다.

샘이 어떤 말과 행동을 하는지 물어보려 했지만 입이 떨어지지 않았다. 나는 샘에 대해 남들에게 이야기하는 것에 거부감을 느끼고 있었다. 그것은 어쩐지 고자질처럼 여겨졌다. 채연도, 샘의 담임도 우리 둘의 상황에 대해 아는 것이 없었다.

하지만 무슨 문제가 있느냐고 누가 물어온다 해도 딱히 할 말은 없었다. 가끔 일과가 끝나면 함께 있어야 하는 경우가 있었다. 우리는 될 수 있는 한 서로에게 방해가 되지 않도록 행동했다. 밥을 짓고, 반찬을 마련해놓으면 샘은 자기 손으로 저녁을 차려먹었다. 함께 밥을 먹은 적은 없었다. 우리는 언제나 따로 식사했고 남은 그릇은 각자 씻었다. 눈을 마주칠 필요도, 말을 걸 필요도 없었다.

샘의 유일한 취미는 텔레비전이었다. 샘은 방 밖으로 거의 나오지 않았으나 텔레비전을 볼 때만은 예외였다. 샘이 밖으로 나오면 나는 방으로 들어갔다. 며칠 지나지 않아 일종의 규칙 같은 것이 생겼다.

집에 돌아오면 따로따로 밥을 먹는다. 밤이 되기 전에는 샘이 밖으로 나오지 않는다. 그동안 나는 거실에서 시간을 보낸다. 그리고 샘이 나오면 나는 안방으로 들어가 잠을 청한다. 우리는 거의 마주치지 않았다. 어떠한 부딪침도, 다툼도 없었다. 말이 없다는 것 외에 우리는 아무런 문제도 없었다. 어쩌면 말이 없기 때문에 부딪치지 않았던 것인지도 모른다. 하지만 적어도 겉으로 보기에 우리는 그저 평온했다.

어쩌면 정말로 아무 문제가 없는 것일지도 모른다. 처음부터 샘과 다정다감한 부자 사이가 될 거라고 생각한 적은 없었다. 그저 마음 편한 상대가 되어줘야겠다고 생각했을 뿐이다. 예상보다 시간이 조금 더 걸릴 뿐 우리 둘 사이의 거리는 이 정도가 적당하고 당연한 것일지도. 차차 그렇게 생각하게 됐고, 그럴수록 샘과의 대화는 더욱 요원해졌다.

그때쯤, 기다렸다는 듯 문제가 생겼다.

채연의 몸상태가 유독 좋지 않은 날이었다. 퇴근시간에 전화했을 때, 채연은 병원에 들르지 말고 그냥 집에 들어가는 것이 좋겠다고 말했다. 그대로 나는 집으로 돌아왔다.

현관에 샘의 신발이 놓여 있었다. 안방으로 들어가 옷을 벗고 몸을 씻었다. 편한 옷으로 갈아입은 후, 거실에서 잠시 텔레비전을 봤다. 특별히 흥미가 가는 프로그램이 없었으므로 텔레비전을 끄고 잡지를 뒤적거렸다. 샘이 방에서 나왔다. 나는 샘에게 인사한 뒤 방으로 들어갔다. 침대에 누워 손이 가는 대로 책을 읽다 어느샌가 잠이 들었다.

설핏 잠이 깬 것은 새벽이었다. 침대에 누워 멍하니 천장을 보다 몸을 일으켰다. 약간의 갈증이 느껴졌다. 나는 방을 나왔다.

처음 거실로 나왔을 땐 아무런 낌새도 느낄 수 없었다. 불이 꺼진 거실은 평소와 다를 바 없었다. 냉장고에서 물을 꺼내 마시고 잠시 숨을 돌렸을 때, 리모컨이 거실 바닥에 떨어져 있는 것이 보였다.

생각해보면 특별히 이상할 것 없는 일이었다. 평소처럼 샘이 거실로 나오고 내가 방에 들어간 것뿐. 샘은 리모컨을 소파 한쪽 늘 정해진 곳에 놓아두었다. 하지만 오늘은 텔레비전 앞에 놓고 들어간 것뿐이다. 그런 일을 잊었다고 해서 그걸 이변이라 할 순 없었다. 한데 텔레비전 앞에 떨어져 있던 리모컨을 줍기 위해 허리를 굽혔을 때 비로소 어떤 이질감을 느꼈다. 얼굴 한쪽으로 온기가 느껴졌다. 텔레비전에서 약간의 열이 새어나오고 있었다. 텔레비전의 수신기에 찍힌 시간을 확인했다. 새벽 세시를 넘어가고 있었다.

리모컨을 들고 몸을 일으켰다. 잠시 망설이던 나는 텔레비전의 화면과 그 뒤쪽을 손으로 짚어보았다. 미지근한 열기가 손에 전해졌다.

이 시간까지 텔레비전을 보고 있었나?

그런 일을 갖고 문제삼을 생각은 없었다. 다만,

내가 나올 거란 걸 어떻게 알았을까.

어쩌면 잠을 깨며 나도 모르게 소리를 냈을지도 모른다. 비몽사몽 간에 뒤척였다거나, 바로 몸을 일으킨 것 같긴 했지만 꽤나 시간이 걸렸을지도. 샘은 나와 마주치는 것을 싫어한다. 잠에서 깬 내 소리를 듣고 그대로 방에 들어가버린 것이다. 특별히 이상할 것은 없다. 그런데,

무얼 보고 있었지?

리모컨을 만지작거리며 어떻게 해야 할지 고민했다. 샘과 있었던 일을 남에게 말하는 것이 고자질처럼 여겨지듯, 샘이 하는 일을 캐고

다니는 것은 염탐 같았다. 내키지 않는 일이었다. 하지만 내키지 않더라도 알아두어야 하는 것 아닐까? 쓸데없이 참견할 마음은 없지만 채연이 없는 동안 샘을 보호하는 것은 내 책임이었다. 그렇다면 아이의 관심사를 파악하는 것은 당연한 의무일지도 모른다.

나는 마음을 정했다. 리모컨으로 텔레비전을 켜고 볼륨 조절 버튼을 눌렀다. 볼륨의 크기는 2였다. 거의 들리지 않는 수준의 음량이었다. 채널을 확인했다. 처음 텔레비전을 켰을 때 나오는 디지털 방송의 소개 화면이 흐르고 있었다. 디지털 방송은 시청한 목록을 확인하는 것이 가능하다. 나는 버튼을 눌러 그동안 시청한 프로그램의 목록을 켰다.

내심 샘이 성인영화 같은 것을 본 것이길 바랐다. 그런 것이라면 안심할 수 있을 것 같았다. 그건 적어도 샘이 또래의 다른 아이들과 다를 바 없다는 뜻이니까.

시청목록이 화면에 표시됐다. 목록에 표시된 프로그램은 단 하나뿐이었다.

변신왕 체인지킹

목록에 의하면 샘은 '변신왕 체인지킹'이라는 프로그램을 24화까지 본 상태였다. 시청목록은 오십 개까지 확인할 수 있었다. 목록의 아래 항목을 확인했다. 24화부터 역순으로 1화까지 변신왕 체인지킹을 시청했다는 기록이 남아 있었다. 1화 바로 아랫줄엔 49화라고 찍혀 있었다. 그리고 다시 49화부터 역순으로 기록이 이어졌다. 모두 변신왕 체인지킹이었다.

잠깐 봤던 화면으로 짐작하기에 체인지킹은 어린이용 SF액션극일 것이다. 일종의 만화영화라고 생각해도 될 것이다. 열세 살이라면 아직 저런 프로그램을 좋아하는 나이일지도 모른다. 밤늦도록 저런 프로그램을 보는 것을 두고 이상하다고 할 순 없는 일이다.

머리로는 모두 이해하고 있었다. 전혀, 이상할 것 없다. 하지만 이해하는 것과는 별개로 묘한 기분이 들었다.

대체 저 프로그램을 몇 번이나 본 것일까?

목록은 오십 개에서 끊어졌으므로 샘이 언제부터 어느 정도로 체인지킹을 봤는지 알 길이 없었다. 그러나 내게는 설명할 수 없는 확신 같은 것이 있었다.

핸드폰을 사던 날 전자매장 앞에서 넋이 나간 표정을 하고 있던 샘의 얼굴이 떠올랐다. 아마도 그때부터 지금까지 샘은 체인지킹을 봐왔을 것이다. 목록에 다 실릴 수 없을 만큼 많이, 오랫동안.

샘은 텔레비전을 좋아한 것이 아니었다. 샘은 오직 체인지킹을 봤을 뿐이다. 어떻게 그 사실을 지금까지 모를 수 있었을까. 단순히 서로 말을 하지 않았기 때문에? 샘은 내 시야가 닿는 곳에선 체인지킹을 보지 않았다. 오직 내가 없는 자리에서, 비밀스럽게, 볼륨을 최대한 낮추고 체인지킹을 봤다. 대체 왜 이런 일을 내게 숨기려 했을까?

목록에 실린 체인지킹의 에피소드 중 3화를 골라 확인버튼을 눌렀다. 광고가 흐른 후 프로그램이 시작됐다. 너무 크지 않을 정도로만 음량을 키웠다.

"그날, 체인지 혹성은 멸망했다."

비장한 목소리의 해설이 흘렀다. 컴퓨터 그래픽으로 혹성이 폭발하는 장면이 나왔다.

"하지만 살아남은 생존자가 있었다."

아이의 검은 그림자가 떠올랐다. 왜소한 아이의 체구가 점점 부풀었다. 어느새 아이의 그림자는 어른의 것이 되어 있었다.

"체인지 혹성의 왕자, 체인지킹! 이제 왕자는 자신의 두번째 고향을 지키기 위한 복수를 시작한다."

뭔가 이해할 수 없는 해설이었다. 어떤 부분이 잘못된 것인지 눈치챌 겨를도 없이 화면 위에 과장된 글씨가 떠올랐다. 변신왕 체인지킹. 그리고 외침이 들렸다.

"변! 신!"

기타의 빠른 속주가 이어지고 경쾌한 주제가가 흘렀다. 화면 속 검은 복장의 남자가 다양한 무술동작을 해 보였다. 간간이 다양한 괴물들의 모습이 등장했고 검은 복장의 남자와 괴물이 다투는 장면이 나왔다. 남자가 팔을 휘두를 때마다 알록달록한 색깔의 광선이 뿜어져나왔다. 조잡하기 이를 데 없는 컴퓨터 그래픽이었다. 화면 아래엔 주제가 가사가 자막이 되어 흘렀다.

위대한 용사의 혈통, 살아남은 생존자,
불꽃같은 분노로, 악에게 복수하리.
곰, 호랑이, 독수리, 사슴. 동물의 힘은 모두 나의 친구.
아아, 체인지킹, 놀라운 전사.

참고 들어주기 힘들 만큼 유치한 가사가 힘찬 곡조에 실려나왔다. 저절로 눈이 찡그려졌다. 특히 곰, 호랑이, 독수리, 사슴 하는 부분에서 검은 복장의 남자는 각기 다른 자세를 지어 보였고, 그때마다 허리의 버클이 돌아가며 문양이 바뀌었다. 아마도 곰과 호랑이 그리고 독수리의 힘을 필요할 때마다 바꿔 사용한다는 뜻 같은데, 그렇다면 사슴의 힘은 대체 무엇일까? 고개를 절레절레 흔들며 텔레비전을 껐다. 방에 들어가려 몸을 일으키다가, 나는 그 자리에 그대로 멈춰 서고 말았다.

샘의 방문이 살짝 열려 있었다. 열린 문틈으로 샘이 보였다. 방 안은 어두웠고 샘의 표정은 확인할 수 없었다. 뭔가 설명할 말을 찾았지만 당황스러워 어떤 말도 할 수 없었다. 아니, 무슨 말을 한다 한들 샘이 거기에 반응하기는 할까? 입을 떼고, 아, 아 거리고 있을 때 샘이 말없이 방문을 닫았다. 나쁜 짓을 하다 들킨 것처럼 가슴이 콱 가라앉았다. 나는 서둘러 방으로 들어가 문을 닫았다.

불이 꺼진 방 한가운데에 서서 나는 거칠게 숨을 쉬었다. 몹시 부끄러웠다. 얼굴이 화끈 달아올랐다. 샘은 어디부터 지켜본 걸까. 어디서부터 봤든 달라질 것은 없다. 나는 샘의 '비밀'을 엿본 것이다. 그리고 샘은 그런 나를 엿봤다. 아무 말도 없이. 우리는 서로의 주위를 돌며 서로를 훔쳐보고 있었다.

정말로 나와 샘 사이엔 아무 문제도 없는 걸까? 도저히 그렇다고 대답할 수 없었다. 그리고 이런 문제는 그 누구에게도 설명할 수 없었다.

아침이 되자마자 다른 때보다 출근을 서둘렀다. 얼굴도 씻는 둥 마는 둥 하고 옷도 제대로 챙기지 않았다. 그저 샘이 깨기 전에 집을 나서고 싶은 마음뿐이었다. 다행스럽게도 샘과 마주치는 일은 없었다. 어쩌면 샘 역시 같은 마음으로 나를 피한 것일지도 모른다.

회사에서 일을 하는 동안에는 차라리 마음이 편했다. 전날 새벽의 일을 떠올리면 가슴에 커다란 바위라도 얹힌 듯 마음이 무거웠지만 그래도 참을 수는 있었다. 하지만 퇴근시간이 되어가자 점점 더 불안해지기 시작했다. 샘을 다시 만났을 때, 어떤 표정을 지으면 좋을까?

나는 채연에게 전화했다. 며칠째 채연은 힘든 치료를 받고 있었다. 힘없는 목소리로 채연은 곧장 집으로 가라고 말했다.

처리해야 할 업무를 확인했다. 평소에는 넘쳐흐르던 일이 뚝 끊겨 있었다. 가까운 자리의 동료들에게 급한 업무가 없느냐고 물었다. 시큰둥한 얼굴로 동료들은 고개를 저었다. 할 일이라도 있다면 야근을 핑계로 늦게 들어갈 수 있을 텐데, 그날따라 사무실의 모든 직원들이 퇴근을 서둘렀다. 천천히 짐을 챙기긴 했지만 고작해야 정시에서 몇십 분이었다. 지하철을 타고 집으로 돌아왔다. 몇 대의 전철을 그대로 보냈지만 역시 몇십 분 정도 지체됐을 뿐이었다. 동네로 접어들며 당장 필요한 물건들을 헤아려봤다. 비누나 간단한 양념 같은 게 떠오를 뿐이었다. 발길을 돌려 대형 할인마트로 갔다. 잔뜩 시간을 들여 별로 필요하지 않은 물건들을 골랐다. 비누를 고르고 간장과 된장을 집었다. 집에 잔뜩 남은 세제와 섬유유연제를 담고, 쓸데없는 과자나 우유, 치즈와 버터를 샀다. 양말과 내의를 고르고, 가전제품 매장을 돌아다니며 전기주전자나 특별히 살 계획 없었던 커피머신 같은 것을 들여다봤다. 살 만한 물건이 없었다. 에어컨이나 세탁기 같은 것을 당장 바꿀 순 없는 노릇이니까. 시간을 확인했다. 아홉시를 조금 넘어서고 있었다. 아무리 버텨봐도 더이상은 무리였다. 근처 술집에서 술이라도 한잔할까 생각했지만 전날 그런 일이 있었다고 술냄새를 풍기며 들어간다는 것은 더 치사한 짓 같았다.

어깨를 늘어뜨린 채 장바구니를 들고 무빙워크에 올랐다. 바로 앞에 대여섯 살 정도 되어 보이는 아이가 엄마의 팔을 붙잡고 뭔가 몹시 졸라대고 있었다. 아이가 우는 소리를 냈다.

"생일 지나면 사준다고 했잖아."

엄마의 표정은 변함없었다.

"조용히 해. 집에 파워레인저가 몇 개인지 알아?"

"집에 있는 건 다 정글포스잖아. 엔진포스는 하나도 없어!"

아이가 소리를 질렀다. 바로 그때, 어떤 생각이 떠올랐다.

파워레인저라면 알고 있었다. 샘이 관심을 쏟고 있는 체인지킹과 같은 형식의 어린이용 SF액션극이었다. 몇 번인가 파워레인저 안에 등장하는 로봇이나 주인공 들이 사용하는 칼 혹은 총의 장난감을 본 적이 있다. 같은 형식의 드라마라면 체인지킹 역시 그런 완구가 나와 있지 않을까? 나는 그대로 완구매장이 있는 층으로 갔다.

완구매장에는 크고 작은 상자들이 탑처럼 쌓여 있었다. 어떤 상자는 주머니에 쏙 들어갈 만큼 작았고, 어떤 것은 두 팔로 다 안을 수 없을 만큼 컸다. 자그마한 블록을 조립하여 비행기나 탱크, 혹은 성을 만드는 장난감도 있었고, 더 복잡한 부품을 맞추는 프라모델들도 잔뜩 있었다. 몇 개의 모퉁이를 돌아 파워레인저류의 장난감이 모여 있는 판매대를 찾았다.

판매대를 채우고 있는 것은 크게 두 종류의 장난감들이었다. 가장 덩치가 큰 것은 파워레인저에 등장하는 변신로봇의 완구였다. 몇 종류를 눈으로 훑었다. 가장 먼저 눈에 들어온 것은 '파워레인저 와일드 스피릿 야수거신 와일드 킹라이노'였다. 얼굴에 커다란 칼날이 달린 코뿔소 형태의 로봇이었는데, 인간 형태로 변신이 가능한 모양이었

112

다. 그 곁에는 '파워레인저 미라클포스 천상합체 미라클킹'과 '파워레인저 미라클포스 천상합체 미라클그랜드'가 놓여 있었다. 미라클킹과 미라클그랜드 사이에 어떤 공통점과 차이점이 있는 것인지 짐작할 수 없었다. 판매대를 돌며 각종 완구들의 살폈다.

'파워레인저 미라클포스 천상합체 미라클얼티밋' '파워레인저 트레저포스 고고합체 그랑보이저' '파워레인저 엔진포스 엔진합체 엔진킹' '파워레인저 엔진포스 엔진합체 스카이킹' '파워레인저 캡틴포스 해적합체 캡틴킹' '파워레인저 캡틴포스 해적합체 수호신' 등이 진열대에 정리되어 있었다. 언뜻 보기엔 무질서한 진열이었지만 자세히 살펴보면 미묘하게 다른 명칭에 따라 각각의 시리즈가 분류되는 모양이었다. 하지만 각 시리즈를 구분해낼 자신은 없었다. 명칭들은 다들 비슷비슷한 단어의 조합으로 이루어져 있었고, 크고 작은 특징이 있긴 했지만 내 눈에는 거의 다 같은 장난감으로 보였다. 문득 이런 종류의 완구를 고르는 것이 태어나서 처음이란 사실이 떠올랐다. 내가 어릴 적에도 장난감은 많았다. 하지만 이렇게까지 다양하면서도 비슷한 체계를 가진 완구의 시리즈는 접해본 적이 없었다. 나는 '파워레인저 캡틴포스 해적합체 매직드래곤' 앞에서 걸음을 멈췄다. 혼자서 찾아봤자 아무 소용이 없을 것 같았다.

근처에 지나다니는 점원을 찾았다. 판매대 한쪽 게임기 코너에서 기웃거리고 있는 젊은 남자 점원에게 다가갔다.

"찾는 장난감이 있습니다. '체인지킹'의 완구는 어디에 있나요?"

점원이 고개를 갸웃했다.

"킹이요? 무슨 킹?"

파워레인저의 장난감이 모여 있는 쪽을 가리켰다.

"저런 형태의 어린이 드라마인데, 거기 관련된 완구가 있을까 싶어서."

점원이 눈썹을 찡그리며 말했다.

"파워레인저 시리즈는 저기에 다 모여 있는데요. 저기 없어요?"

"아니, 그게 파워레인저하고는 조금 다르고."

"어떻게 다른데요?"

"로봇 같은 게 아니라, 주인공이 직접 변신해서 싸우는."

아, 하며 점원이 알았다는 듯 고개를 끄덕였다. 점원이 앞장서 걸었다. 점원은 파워레인저와 약간 멀리 떨어진 곳에 있는 다른 판매대로 향했다.

"이런 것 말씀하시는 건가요?"

파워레인저의 변신로봇에 비해 상대적으로 크기가 작은 상자들이 가득 쌓여 있었다. 완구 중 하나를 들어 이름을 읽었다. '가면라이더 더블 변신벨트 더블 드라이버'라고 적혀 있었다. 상자에 그려진 인물은 체인지킹에 등장하는 검은 복장의 남자와 매우 흡사한 생김새를 하고 있었다. 정교하게 만들어진 투구와 전투복, 그리고 과장된 자세. 아마도 변신에 사용되는 허리띠를 재현한 장난감인 모양이었다. 굳이 따지자면 체인지킹은 파워레인저보다 이쪽에 더 가까운 드라마인 것 같았다. 점원에게 고맙다고 인사한 후, 나는 상자를 눈으로 훑기 시작했다.

판매대는 모두 가면라이더 시리즈로 채워져 있었다. '가면라이더 더블' '가면라이더 디케이드' '가면라이더 파이즈' '가면라이더 덴오' '가면라이더 카부토' 각양각색 가면라이더들의 변신도구가 늘어서 있었다. 처음 살펴본 더블 드라이버 이외에도 디케이드라이버, 파이즈

샷, 덴가면 소드, 카부토 젝터 등 다양한 장난감들이 있었다. 장난감들은 허리띠나 팔찌, 혹은 무기로 사용하는 칼이나 모조 핸드폰 종류였다. 어디에도 체인지킹 관련 상품은 없었다.

다시 점원을 불렀다.

"아무리 찾아봐도 체인지킹은 없습니다."

난감한 표정을 짓던 점원이 매장 한쪽의 검색대로 나를 안내했다. 점원이 물었다.

"제목이 정확히 뭐라고요?"

"체, 인, 지, 킹입니다."

한 글자 한 글자를 힘주어 말했다. 무척 우스운 짓을 하는 것 같은 기분이 들었다. 점원이 컴퓨터 화면의 검색창에 제목을 쳤다. 고개를 갸웃하며 점원이 말했다.

"관련 상품이 없다고 나오는데요. 제목이 확실한가요?"

잠시 망설인 후 다시 물었다.

"그럼 변,신,왕,체,인,지,킹, 이라고 하면요?"

점원이 고개를 저었다.

"없습니다."

가볍게 한숨을 쉬었다. 점원이 나를 돌아봤다.

"간혹 이런 경우가 있긴 합니다. 아이에게 사줄 장난감을 고르러 왔는데 제목을 제대로 기억하지 못해서 물건을 찾지 못하는 거죠. 제목이 확실한가요?"

변신왕 체인지킹이라는 단순명료한 제목을 틀릴 리는 없었다. 제목은 확실했다.

"그럼 관련된 완구가 나와 있지 않은 거네요. 아니면 나와 있더라도 너무 오래전에 나온 거라 생산이 중단된 것일 수도."

그러고 보니 얼핏 살펴본 체인지킹의 화면은 무척 오래된 것처럼 보이기도 했다.

"나온 지 오래돼서 생산이 중단된 완구는 구할 방법이 전혀 없나요?"

"글쎄요. 인터넷을 뒤져보면 나오지 않을까요?"

말을 마친 점원이 돌아섰다.

할인마트 일층의 계산대에서 바구니에 담은 물건의 값을 치른 후 나는 마트 근처의 피시방으로 갔다. 자리를 잡고 양손 가득 들고 있던 물건이 담긴 봉투를 옆자리에 놓은 후 검색엔진을 켰다. 검색창에 '체, 인, 지, 킹'이라고 쳐넣었다.

몇 개의 검색 결과가 나왔다. 대부분의 검색 결과는 체인지킹과 관련된 것이라기보다 '체인지'라는 단어에 집중된 것들이었다. 사진이나 게시물에 '체인지'라는 단어만 붙어 있으면 모두 결과로 내보내는 모양이었다. 혹시나 하는 마음에 검색 결과를 모두 클릭해서 확인했지만 체인지킹에 대한 정보는 없었다. 검색엔진을 바꿔 새로 검색을 시도했다. 서너 개의 검색 결과가 더 출력되긴 했지만 변변한 정보는 없었다.

그때, 어떤 게시물이 눈에 띄었다. 다른 게시물에 덧글로 달린 매우 짧은 글이었다.

우리나라에선 특촬물 못 만들어 만들어봤자 체인지킹 ㅋㅋㅋㅋㅋ

그 밑의 덧글들은 모두 ㅋ으로 가득한 웃음뿐이었다.

특촬물이라는 단어가 눈에 띄었다. 나는 검색엔진에 특촬물이라고 쳤다. 매우 다양한 검색 결과가 쏟아져나왔다. 특촬물이란 특수촬영물의 준말이었다. 파워레인저나 가면라이더 시리즈처럼 가면을 쓴 주인공들이 등장하는 어린이용 드라마 장르를 일컫는 말이었다. 일본에서 시작된 장르이고 한국에서도 몇 편 제작되긴 했지만 성공을 거둔 작품은 없었다. 형식으로 살펴보자면 체인지킹 역시 특촬물로 분류되는 드라마일 텐데 이상할 정도로 정보가 없었다. 이해할 수 없는 일이었다. 디지털 방송의 다시보기 목록에 실릴 정도라면 어느 정도의 인기는 끌었다는 소리일 것이다. 그런데 어쩜 이렇게 정보가 없을까. 다시 한번 체인지킹에 대한 덧글들을 읽어나갔다. 호의적인 반응은 아니었다. 덧글을 클릭했다. 포털 사이트의 카페 서비스로 화면이 넘어갔다. 잠시 기다리자 카페에 가입한 사람만 게시물을 검색할 수 있다는 메시지가 나왔다. 카페의 대문에 적힌 설명을 읽었다. 주로 파워레인저나 가면라이더 같은 일본의 특수촬영물에 대한 정보를 공유하는 카페였다. 여기에서라면 체인지킹에 대한 정보를 얻을 수 있지 않을까? 나는 곧장 카페에 가입신청을 하고 자리에서 일어났다.

집의 불은 꺼져 있었다. 현관에 가지런하게 샘의 신발이 놓여 있었다. 샘이 걱정됐지만 방문을 두드릴 엄두가 나지 않았다. 마트에서 사온 물건을 정리하고 몸을 씻었다. 거실에서 잠시 주저하다 텔레비전을 켰다. 소리가 나지 않도록 음량을 줄인 후, 시청목록을 확인했다. 목록은 체인지킹의 30화에서 끊겨 있었다. 샘은 여전히 체인지킹을 보는 모양이었다.

방에 들어가 노트북을 켰다. 인터넷을 연결한 후 카페의 가입신청을 확인했다. 아직 가입 승인이 나지 않은 상태였다. 노트북을 끄고 자리에 누웠다.

어쩌면 좋은 기회일지도 모른다는 생각이 들었다. 이대로 샘과의 대화가 영영 끊길 수도 있었다. 곤란한 모습을 들키긴 했지만 어쨌거나 샘의 관심사 중 하나를 알아낸 것이다. 체인지킹에 대한 정보를 모으고 괜찮은 장난감이라도 구할 수 있다면 샘의 마음에 들 수 있지 않을까? 최소한 예전보다 말을 붙이는 것이 쉬워지긴 할 것이다. 나는 눈을 감았다.

6. 정말 몹쓸 놈입니다

카페의 가입신청은 다음날 오후에 승인이 났다. 곧장 체인지킹에 대한 정보를 구하고 싶었지만 질문 게시판에 글을 올리기 위해선 일정한 조건을 통과한 뒤 등급 조정을 받아야 했다. 가입인사를 남기고 삼 회 이상 출석할 것, 그리고 타인의 게시물에 다섯 개 이상의 덧글을 다는 것이 조건이었다. 팀장의 눈을 피해 가입인사를 적고, 각각 다른 게시물에 덧글을 달았다. 좋은 정보입니다, 감사합니다, 잘 읽었습니다, 흥미롭네요, 즐거웠습니다. 창을 껐다 끄기를 반복하며 삼 회 출석까지 마친 뒤, 카페의 주인에게 등급 조정을 부탁하는 쪽지를 보냈다. 퇴근 무렵 등급이 조정되었다는 쪽지가 왔다. 직원들이 하나둘 사무실을 빠져나갔다. 텅 빈 사무실에서 나는 될 수 있는 한 공손하게 질문을 올렸다.

변신왕 체인지킹'에 대한 정보를 알고 싶습니다.

컴퓨터를 끄고 회사를 나왔다. 채연에게 전화했다. 병원으로 와도 좋다는 대답을 들었다.

샘 역시 병원에 와 있었다. 내가 도착하자 힐끔 나를 쳐다보던 샘이 병실을 나섰다. 채연을 돌아봤다.

"기분이 좋지 않은 모양이야."

대수롭지 않은 듯 채연이 말했다. 뜨끔한 기분이 들었다. 내 얼굴을 살피던 채연이 피식 웃으며 말을 이었다.

"학교에서 친구들하고 조금 다퉜대. 당신 때문이 아냐."

나 때문이 아니라고? 과연 그럴까? 샘이 보던 프로그램을 확인했던 새벽이 떠올랐다. 열린 문틈으로 샘은 내가 하는 일을 가만히 지켜보고 있었다. 정말로, 나 때문이 아닌가?

친구들하고 다퉜다고? 정말로? 내 앞에서 샘은 한마디도 하지 않았다. 몇 주간의 생활 끝에 깨달은 것이 있다. 서로 말을 하지 않으면 다툴 일은 없다. 샘은 친구들에게서 말을 할까? 샘이 누군가와 대화하는 모습은 도무지 상상이 가지 않았다. 어쩌면 기분이 상한 것은 내가 샘이 보는 방송을 엿보았기 때문이고, 채연에게는 친구들과 다툰 거라고 둘러댄 건 아닐까?

이런저런 생각이 한꺼번에 뒤엉켜 머리가 복잡했다. 자리에 앉아 채연을 돌아봤다. 광대뼈 주변이 움푹 들어가 있었다. 지난 며칠간 치료를 받으며 제대로 밥을 먹지 못했을 것이다. 조심스레 물었다.

"밥은 먹었어요?"

채연이 묘하게 미소지었다. 나도 채연을 따라 웃어 보였다.

샘과 집으로 돌아가며 나는 몹시 불편한 기분을 느꼈다. 도저히 샘의 앞에 나서서 걸을 수가 없었다. 나는 한두 걸음 정도 뒤떨어져 터벅터벅 발을 옮겼다. 작고 왜소한 샘의 몸이 눈에 들어왔고 그럴 때마다 문틈으로 나를 지켜보던 샘의 모습이 떠올랐다. 민망함 때문에 몇 번이고 눈을 질끈 감거나 고개를 다른 곳으로 돌려야 했다. 사과를 해야 할까? 하지만 어떻게 말을 꺼내면 좋을까. 내겐 샘에게 전할 변변한 말이 없었다.

유일한 기대는 체인지킹뿐이었다. 체인지킹에 대한 좋은 정보를 얻기만 한다면 샘과 말을 트는 것이 조금은 수월해지지 않을까? 적어도 지금보다는 말을 붙이기가 쉬울 것이고, 그 과정에서 자연스레 사과할 수도 있을 것이다. 조바심과 기대감이 섞여 저절로 걸음에 힘이 들어갔다.

집에 들어서자마자 씻지도 않고 노트북을 켰다. 화면이 켜질 때까지의 짧은 대기시간이 더할나위없이 길게 느껴졌다. 곧바로 카페에 접속해 게시물을 확인했다.

게시물에 달린 답변은 없었다. 뿐만 아니라 다른 질문 게시물에 비해 조회수도 현저히 낮았다. 내가 달아놓은 게시물 위에는 서너 개의 새로운 질문이 달려 있었다. 나보다 늦게 게시된 질문이었음에도 그 글들에는 성실한 답변이나 가벼운 농담 같은 것이 달려 있었다.

어찌 된 영문인지 알 수 없었다. 질문을 올리는 규칙 같은 게 있는 것인가? 다른 게시물들을 살펴봤다. 내가 올린 질문과 특별히 다른 점은 없었다. 그렇다면 이건 지명도 혹은 친밀감의 문제였다. 사람들에게 내가 아직은 낯선 존재인 것이다.

카페의 다른 게시물들을 읽었다. 다양한 글들이 있었다. 어떤 글은 70년대 일본의 특수촬영 기술에 대한 세밀한 분석을 담고 있었고, 어떤 글은 신작 가면라이더 시리즈의 주인공에 대한 정보로 이루어져 있었다. 사진을 게시한 가벼운 농담이나 의견 교환 같은 글들도 있었다. 대다수의 글은 아주 전문적인 용어나 한정적인 은어, 혹은 축약어로 이루어져 있었는데, 나로서는 전혀 알 수 없는 말들이었다. 비로소 나는 내가 완전히 문외한인 어떤 영역에 발을 들였음을 깨달았다. 나는 노트북을 한쪽으로 치우고 침대에 누웠다.

다른 일 같았더라면 그쯤에서 발을 뺐을 것이다. 배경지식도 없고, 어떻게 접근해야 할지도 알 수 없었다. 무엇보다 나는 애초부터 특수촬영물이라는 장르에 전혀 관심이 없었다. 모르는 것도 모자라 관심도 없는 영역에 굳이 몸을 들이밀 이유는 없었다. 게다가 이 영역에 적응한다는 것이 샘과의 관계 개선에 도움이 된다는 보장도 없었다. 눈을 감았다. 앞이 깜깜해졌다. 왜소한 샘의 등이 깜박이다가 사라졌고, 쓸쓸하게 웃고 있는 채연의 얼굴이 떠올랐다. 나는 몸을 일으켰다.

같은 질문을 올렸다. 이번엔 보다 정중하게.

'변신왕 체인지킹'에 대한 정보를 청합니다. 아주 사소한 내용이라도 좋습니다.

아이가 체인지킹을 너무 좋아하는데 도무지 정보를 찾을 수가 없다, 도움을 주실 수 있는 분을 찾고 있다는 내용의 글을 적었다. 카페에서 나와 새 창을 열었다. 검색엔진을 켠 후 '특촬물'이라고 쳐넣었다. 몇 군데 다른 포털 사이트의 카페목록이 떠올랐다. 검색된 모든 카페에 가입을 신청했다. 바로 가입이 되는 카페에는 새롭게 체인지킹에 대한 정보를 청하는 글을 썼다.

쓸모없는 짓일지도 몰랐다. 하지만 이대로 아무것도 하지 않고 손을 놓고 있는 것은 더 무책임한 짓 같았다. 어쨌거나 지금은 할 수 있는 일을 모두 해봐야 했다. 그것이 그저 지극히 소극적이고, 어린애 장난 같은 짓이라 하더라도.

아침에 출근하자마자 카페에 올린 게시물을 확인했다. 바로 가입신청이 가능했던 두세 개의 카페에는 아직 아무 답변도 올라오지 않았다. 하지만 정작 참담했던 것은 맨 처음 가입한 카페의 게시물이었다. 세 개의 덧글이 달려 있었지만, 기대에 차서 확인해보니 밑도 끝도 없이 ㅋ이라는 글자가 몇 줄이나 이어진 덧글이 하나. 그 아래에는 다음과 같은 덧글이 달려 있었다.

도배 도배 도배 도배 도배 도배 도배 도배 도배 도배 도배 도배 도배……

그 아래 덧글은 카페지기의 경고였다.

삼 회 이상 도배성 글을 올리시면 자동 강퇴됩니다 ㅋㅋ

도배에 대한 경고는 그렇다 쳐도 맨 끝에 붙은 ㅋ이란 글자가 무척 불쾌했다. 나는 카페지기의 아이디를 클릭해 그의 블로그로 들어갔다. 고등학교 생활에 대한 글이 몇 개 보였다. 즉, 카페지기는 아직 고등학생이었던 것이다. 덧글을 단 다른 사람의 블로그에도 찾아가봤다. 한 사람은 블로그를 하지 않고 있었고, 다른 한 사람은 각종 만화영화와 특촬물에 관한 블로그를 운영하고 있었는데, 역시 간간이 학교생활에 대한 글이 눈에 띄었다. 카페지기와 마찬가지로 고등학생이거나 중학생일 것이다.

허탈한 기분이 들었다. 샘과 같거나 혹은 그보다 약간 나이가 많은 아이들에게 답을 구하고 있었던 건가? 체인지킹에 대한 정보를 얻을 수만 있다면 상대방의 나이 같은 건 문제가 되지 않았다. 하지만 내 질문엔 아무 대답이 없을 뿐 아니라, 경고만 돌아온 것이다. 시간을 들여 카페에 적응하고 그 구성원들과 잘 어울린다면 다른 길이 생길지도 모른다. 하지만 애초에 중고등학생들과 잘 어울리는 방법을 알고 있다면 무엇 때문에 이런 곳에서 고생을 한단 말인가? 카페 창을 닫았다. 한숨이 나왔다.

점심시간이 지나고 다시 퇴근시간이 됐다. 컴퓨터를 끄려고 하는데, 혹시나 하는 마음이 들었다. 우선 특별한 절차 없이 바로 가입된 카페에 올린 질문 게시물을 확인했다. 변변한 대답은 없었다. 가입신청이 통과된 카페에 들렀다. 대부분이 다른 카페들과 같은 분위기였다. ㅋ자가 반복되는 덧글이나 알 수 없는 은어들로 범벅된 게시물들. 정말이지 ㅋ자는 이제 꼴도 보기 싫었다. 짜증스러운 기분으로 승인이 허락된 마지막 카페를 클릭했다. 화면이 바뀌었다. 카페의 첫 페이지에 적힌 문구가 눈을 확 끌었다.

19세 이상 이용 가능한 카페입니다.

서광이 비치는 기분이었다. 나는 다른 어느 때보다 꼼꼼히 카페의 공지사항을 읽었다. '어른의 마음'이라는 제목의 카페는 19세 이상의 남성들이 주로 이용하는 특촬물 관련 카페였다. 이곳 역시 게시물에는 ㅋ자가 반복되거나 은어가 남발되고 있었지만 어쩐지 다른 카페들보다 차분한 분위기였다. 잠시 고민하다 카페지기의 아이디를 클릭했다. 카페지기는 블로그를 운영하고 있었다. 프로필 페이지를 확인해 카페지기의 나이를 가늠해보았다. 스물네 살, 블로그의 글들을 넘겨보니 공익근무요원으로 복무하고 있는 듯했다. 이런 사람이라면, 조금은 말이 통하지 않을까? 적어도 중고등학생들에게 매달리는 것보다는 나을 것 같았다.

특촬물에 대한 질문이 오고 가는 게시판을 클릭해 글을 올리려다 손을 멈췄다. 밑도 끝도 없이 체인지킹에 대한 정보를 요청했다간 전과 같은 꼴을 면치 못할 것 같았다.

주위를 둘러봤다. 사무실은 텅 비어 있었다. 마음을 정하고 카페지기의 아이디를 클릭했다. 쪽지 보내기 항목을 선택한 후, 쪽지를 쓰기 시작했다.

제 이름은 이영호입니다. 나이는 서른둘입니다. 어떤 특수촬영물에 관한 정보가 꼭 필요합니다. 검색도 해보았고, 다른 카페에도 질문을 올렸지만 원하는 정보를 찾을 수가 없었습니다. 어떠한 간단한 정보라도 상관없습니다. 갑자기 이런 쪽지를 받게 되어 놀라셨겠지만 도움을 청합니다.

마지막에 전화번호를 적어넣고 쪽지를 보냈다.

채연에게 전화를 했다. 일찍 집으로 돌아가겠다고 하자 그러라는 대답이 돌아왔다. 샘은 병원에 있었다. 저녁을 먹인 후 집에 돌려보내겠다고 채연이 말했다.

집으로 오는 내내 전화기를 손에 쥐고 있었다. 욕실에도 전화기를 가지고 들어갔다. 전화기를 곁에 두고 거실 소파에 앉아 책을 읽었다. 책을 읽는 동안에도 온 신경은 전화기에 쏠려 있었다. 현관문 비밀번호를 누르는 소리가 들리고 곧이어 샘이 들어섰다. 나를 돌아보지도 않고 샘은 제 방으로 들어갔다. 나는 슬그머니 전화기를 들고 내 방으로 들어갔다.

침대에 앉아 멍하니 시간을 보냈다. 괜히 전화기를 들여다보다 이것저것 설정을 바꿨다. 바꾼 배경화면과 착신음이 너무 생소해서 전화기를 통째로 교체한 것 같은 기분이 들었다. 결국 이전의 화면과 벨소리로 돌려놓고 전화기를 침대에 두었다. 노트북을 켰다.

쪽지의 답장이 와 있었다. 내용은 짧았다.

어떤 특촬물이요?

지금껏 보아온 덧글이나 게시물과는 달리 지극히 간소한 글이었다. 오히려 그런 간소함에 더욱 신뢰가 갔다. 답장을 보내기 위해 창을 열고 체인지킹에 대한 문의를 적어내리다 손을 멈췄다. 만일 이 사람도 체인지킹에 대한 정보가 없다면? 그걸로 대화는 끝이 날 것이다. 간단하게 처리할 문제가 아니었다. 쪽지를 고쳐썼다.

간단하게 말씀드릴 문제가 아닙니다. 불편하실 수도 있겠지만 만나서 이야기할 수 있을까요? 편한 시간에, 계신 곳으로 제가 찾아뵙겠습니다. 시간과 장소를 알려주십시오. 절대 이상한 짓을 하려는 것이 아닙니다.

쪽지를 완성한 후, 한동안 내용을 훑어보다 맨 마지막의 '절대 이상한 짓을 하려는 것이 아닙니다'라는 부분을 지웠다. 쪽지를 보낸 후 노트북을 앞에 놓고 기다렸다. 몇 번이고 인터넷 창을 닫았다 새로 열고, 화면을 새로 고쳤다. 한 시간 남짓 후에야 겨우 답장이 왔다.

내일 일곱시쯤, 잠깐 뵐 수 있을 것 같아요.

안도감이 가슴에 퍼졌다. 쪽지에 적힌 약속장소를 적고 고맙다는 답장을 보낸 후 노트북을 껐다. 불을 끄고 침대에 누웠다. 샘을 만난 후 처음으로 일이 잘 풀려가는 것 같은 느낌이 들었다.

하루 업무를 정리하고 카페지기와 약속한 곳으로 향했다. 카페지기는 지하철 2호선의 사람이 붐비는 역에서 공익근무요원으로 복무하고 있었다. 약속장소는 카페지기가 근무하는 역의 출구였다. 일곱시가 되어갈 무렵 역의 출구에 닿았다. 몇 번이고 출구 번호를 확인한 뒤 나는 카페지기를 기다렸다. 십오 분쯤 지났을 때 누군가 등을 가볍게 건드렸다.
도수 높은 안경을 쓴 깡마른 남자가 어색한 웃음을 흘리며 내게 알은척을 했다.
"이영호씨죠?"
고개를 숙여 인사했다. 머쓱한 표정을 지으며 남자가 나를 따라 고개를 숙였다. 주머니를 뒤져 명함을 꺼내 건네자 명함을 슬쩍 훑어본 남자가 더욱 머쓱한 표정을 지었다.

"저는 이런 거 없어서요. 아직 공익이라. 닉이 어떻게 되세요?"

"닉이요?"

"음, 그러니까 카페에서 사용하는 이름."

"아이디를 물으시는 건가요?"

잠시 나를 살펴보던 남자가 웃음을 터뜨렸다. 남자가 말했다.

"아니, 됐어요."

살짝 민망한 기분이 들었지만 신경쓰지 않기로 했다. 남자에게 물었다.

"성함을 여쭤봐도 될까요?"

잠시 생각하던 남자가 말했다.

"블루 투."

"네?"

"그냥 편하게 '블루'라고 부르시면 돼요."

빙긋 웃어 보인 후 남자가 곧장 말을 이었다.

"뭐, 이름이 편하시면 이름을 알려드리죠. 영호님."

남자가 장난기 섞인 눈을 내게 맞췄다. 어쩐지 놀림을 당하고 있는 것 같은 기분이 들었다.

"아뇨, 블루님이라고 부르겠습니다."

우리는 잠시 멀뚱히 서 있었다. 나는 말했다.

"일단 어디에 들어가서 얘기하시죠. 근처에 괜찮은 곳이 있나요?"

잠시 생각을 하던 블루가 앞장을 섰다. 나는 블루를 따라갔다.

블루가 이끈 곳은 역 근처의 프랜차이즈 햄버거가게였다. 한쪽 구석 길쭉한 붉은 의자에 앉으며 블루가 말했다.

"아직 저녁을 먹지 못해서요."

밥을 먹을 거라면 좀더 제대로 된 식당이 있을 텐데, 하는 생각이 들었지만 입밖에 내지 않았다. 카운터에서 블루는 세트로 된 메뉴를 주문했고 나는 커피를 시켰다. 블루가 돈을 꺼내기 전에 당연한 듯 내가 값을 치렀다. 잠시 후 햄버거 세트와 커피가 나왔다. 우리 둘은 자리로 돌아왔다. 햄버거의 포장을 벗기며 블루가 말했다.

"궁금하신 특촬물이 뭔데요?"

블루가 햄버거를 베어물었다. 커피를 한 모금 마신 후 조심스레 입을 뗐다.

"변신왕 체인지킹입니다."

블루가 눈썹을 찡그렸다.

"킹? 체인지킹?"

햄버거를 우물거리며 블루가 말을 이었다.

"체인지킹에 대해 궁금하신 게 뭔가요?"

입안에 든 것을 삼키고 콜라를 한 모금 마신 후 블루가 물었다.

"특별히 이거다 할 것은 없습니다. 그 드라마에 대한 정보라면 뭐든 알고 싶습니다."

멀뚱히 나를 바라보던 블루가 내게 물었다.

"궁금하신 이유는요?"

꼭 필요하지만 그만큼 불편한 이야기였다. 그저 체인지킹에 대해 묻는 걸로는 원하는 정보를 얻기 힘들 것이다. 샘의 흥미를 끌 수 있는 이야기와, 샘이 체인지킹에 관심을 갖는 이유를 알아야만 했다. 그런 부분을 설명하기 위해선 내게 일어난 일들을 알려줄 필요가 있었다. 하지만 그 일들을 알려준다고, 이해받을 수 있을까? 채연과 나,

그리고 나와 샘의 관계를 블루가 이해할 수 있을까? 다시 커피를 마시며 할 수 있는 이야기를 가늠했다.

"아이가 하나 있습니다."

나는 조심스레 입을 뗐다.

"엄밀히 말해 제 아이는 아닙니다. 저와 재혼을 한 사람의 아이죠."

블루는 입을 다물고 내 이야기를 기다렸다. 하지만 곧바로 말문이 턱하니 막혔다. 그 이상 어떤 이야기도 더 할 수 없었다.

"그래서요?"

블루가 재촉하듯 대꾸했다. 미간을 찌푸린 채 나는 블루 앞의 테이블을 뚫어져라 바라봤다. 다시 블루가 물었다.

"아이 나이는요?"

"열세 살입니다."

블루가 고개를 갸우뚱했다.

"아이 나이가 꽤 되네요. 영호님은 꽤 어려 보이는데."

블루가 말을 이었다.

"어쩌다가 그런 결혼을 하신 거예요?"

채연과 결혼한 이후, 처음으로 들어보는 질문이었다. 그 이유를 물어본 사람은 주변에 단 한 명도 없었다. 누구에게도 채연과의 결혼 사실을 알린 적이 없었기 때문이다. 막상 그 질문을 대하고 보니 내겐 대답할 말이 아무것도 없었다. 어떻게 그런 일을 설명할 수 있을까. 채연과 결혼하게 된 이유를 어떻게 이해받을 수 있을까. 나는 그저 입을 다물 수밖에 없었다.

내 눈치를 살피던 블루가 다시 입을 열었다.

"아무튼 그래서요?"

다시 할 말을 정리했다. 그 이후에 벌어진 일은 한결 설명하기가 쉬웠다. 샘과 체인지킹, 할인매장에서 헤맸던 일과 다른 특촬물 카페에서 당한 일들. 요 며칠간 벌어진 일들을 그럭저럭 블루에게 설명할 수 있었다. 햄버거와 콜라를 번갈아 먹고 마시며 블루는 내 이야기를 들었다. 모든 설명이 끝나자 블루가 고개를 끄덕였다.

"인터넷 카페 활동은 처음이시죠?"

"네."

그럴 줄 알았다는 듯 블루가 웃었다.

"이런 종류의 카페들은 유독 폐쇄성이 강해요. 취미의 종류가 마니악하면 마니악할수록 섞이는 게 쉽지 않죠. 나이나 직업 같은 걸로 서로를 가르는 기준도 확실하고 각각의 카페마다 통용되는 규칙도 달라요. 처음 찾아가셨던 카페는 아마 어린 학생들이 주축이 된 카페일 거예요. 영호님 나이로 그런 곳에 섞이는 건 불가능하죠. 그런 점에서 저희 카페로 오신 게 정답이긴 한데,"

잠시 다른 곳을 바라보며 블루가 인상을 찡그렸다.

"그렇더라도 체인지킹에 대한 정보를 얻는 건 쉬운 일이 아닐 거예요."

"어째서죠?"

"너무, 수준이 낮거든요, 체인지킹은. 대화의 주제로 삼을 만한 구석이 없어요."

무슨 소리인지 이해할 수 없었다. 블루가 말을 이었다.

"아까, 할인매장에서 체인지킹의 완구를 구하러 다녔다고 하셨죠?"

고개를 끄덕였다.

"원래 특촬물이란 건 콘텐츠만으로 돈을 버는 장르가 아니에요. 다른 시리즈의 완구들을 보셨죠? 시리즈가 진행되는 동안 주인공들이 사용하는 장비는 점점 파워업을 해나가요. 새로운 로봇과 보다 강화된 전투복이 나오고 기존의 로봇과 새로 등장한 로봇이 합체를 하는 식이죠. 그런데 이 주기가 정확히 계산되어 있어요. 이를테면 새 학기가 시작되는 시기에 새로운 시리즈가 방영되는 식이에요. 이게 거의 1월 즈음이에요. 왜 그런 것 같아요?"

멍한 눈으로 블루의 다음 이야기를 기다렸다. 블루가 말을 이었다.

"아이들의 새뱃돈 때문이에요. 주 시청층 아이들의 지갑이 두둑해질 때를 노려서 새 시리즈를 방송하고 아이들이 완구를 살 수 있게 하는 거죠. 이야기가 진행되면서 새로운 장비가 등장하는 것도 마찬가지예요. 어린이날 즈음에 새로운 로봇이 등장하고, 여름방학 즈음해서 새 장비가 나오고, 마무리로 크리스마스 시즌에 최종 형태가 등장하는 식이죠. 한마디로 특촬물이란, 이야기 외에 완구를 판매하기 위한 수단이기도 해요. 특촬물을 즐긴다는 건 단순히 그 시리즈의 이야기만 보고 즐기는 게 아니에요. 그건 관련된 상품을 사모으고 시리즈의 유사성과 차이점을 비교, 관찰하면서 어떤 전체적인 흐름을 찾아내고 이를 다시 수집하는 행위를 뜻해요. 생각해보세요. 아무리 잘 만든 특촬물이라고 해도 대상 연령층은 결국 초등학생 아니면 중학생들이에요. 이야기 자체에 무슨 깊이가 있겠어요? 나이가 들어서도 특촬물을 즐긴다면, 그건 이야기 외부의 어떤 흐름을 즐긴다는 뜻이에요."

블루가 빨대로 콜라를 빨아들였다. 예상하지 못했던 이야기였지만 또 한편으로 그제야 납득이 가기도 했다. 특정한 만화영화나 아이돌

가수에 탐닉하는 젊은 남자들에 대한 이야기라면 들은 바 있었다. 쉽게 접할 수 없을 뿐 그런 모든 취미들에는 나름의 즐기는 방법이 있을 것이다. 특촬물도 마찬가지였다. 나름의 향유 방법이 있는 것이다.

"그런데 체인지킹은 그게 불가능해요."

블루가 딱 잘라 말했다.

"어째서요?"

잠시 말을 멈추고 있던 블루가 쿡쿡거리며 웃었다.

"처참하게 망했거든요."

다 먹은 햄버거의 포장지를 접시에 담아 한쪽으로 치우며 블루가 말을 이었다.

"체인지킹의 완구를 못 찾아내신 게 아니에요. 처음부터 완구 같은 건 나올 수가 없었어요. 방송이 시작된 지 몇 주 되지 않아 방송의 내용을 문제삼아 항의하는 사람들이 생겨났어요."

"그건 왜죠?"

"그건 잘 모르겠어요. 하지만 얼마 지나지 않아 항의하던 사람들도 모두 없어졌죠."

"없어져요? 왜요?"

"아무도 보지 않았으니까."

킬킬거리며 블루가 말했다.

"정확히 몇 퍼센트인지는 기억나지 않지만 제가 알기론 일 퍼센트도 나오지 않았을걸요? 어린이용 방송이라 해도 공중파에서 방영된 건데 그 수준이면 완전히 망한 거죠."

"하지만 디지털 방송의 다시보기 메뉴에 체인지킹이 있던데요? 그 정도로 실패한 프로그램이 어떻게 다시보기 메뉴에 들어간 거죠?"

"그건 주연배우 때문이에요."

"주연배우?"

"체인지킹 역할을 맡았던 배우가 최근에 엄청나게 인기를 끌었거든요. 이름 들어보신 적 있으실걸요?"

블루가 말해준 배우의 이름은 알고 있었다. 유망주로 손꼽히는 젊은 남자배우였다.

"그 배우의 데뷔작이 체인지킹이었어요. 가끔 그 배우가 예능 프로그램에 나오면 체인지킹을 찍을 당시의 화면이 나오곤 했어요. 그때마다 당사자인 배우는 표정관리 전혀 못 하고 인상을 구겼는데, 사람들이 그런 얼굴을 보는 걸 좋아했죠. 막 인기를 끌던 당시에는 그 배우가 어딜 가든 체인지킹의 화면이 나왔어요. 몇 번인가 그 배우 자신도 체인지킹을 조롱하는 농담을 하기도 했고요. 그것도 이젠 다 지난 얘기가 되어버렸지만, 어쨌거나 체인지킹이 디지털 방송의 다시보기 메뉴에 들어간 건 그 이유 때문일 거예요. 솔직히 그 배우 아니면 대체 누가 체인지킹을 보겠어요? 끝까지 볼 수가 없는 수준인데."

"그렇게 형편없습니까?"

"직접 보신 적 있으세요?"

"지나가면서 몇 번 보긴 했지만 전 편을 본 적은 없습니다."

"그럼, 우선 직접 보시는 게 낫겠네요. 말로는 도저히 설명을 못 해요. 어디부터 욕을 해야 할지 알 수 없을 정도."

블루가 비웃는 표정으로 고개를 절레절레 흔들었다.

생각이 복잡했다. 그렇게 형편없는 프로그램인데 샘은 대체 왜 그렇게 체인지킹을 열심히 찾아 보는 걸까. 블루가 건넨 이야기의 어느 부분에 생각이 미쳤다.

"방송 내용에 항의하는 사람이 있었다고 하셨죠? 어떤 부분이 항의를 받은 겁니까?"

블루가 고개를 갸우뚱했다.

"어떤 부분 때문에 그런 건지는 모르겠어요. 솔직히 체인지킹을 끝까지 본 사람 자체가 드물어요. 항의가 있었다면 프로그램의 질에 관련된 것 아닐까요? 하지만 설사 항의가 없었다고 해도 프로그램이 계속 방영되기는 힘들었을 거예요. 안 좋은 소문이 너무 많았거든요."

"안 좋은 소문이라면?"

"가벼운 소문으로는, 감독과 각본가 사이의 불화설 같은 것. 둘이 너무 사이가 안 좋아서 감독은 각본가의 대본을 무시했고, 각본가는 감독이 없을 때 촬영장을 지휘했고, 뭐 그런 일. 근데 그런 건 다 흘러다니는 소문일 뿐이에요. 안 좋은 소문으로 따지면 그거 말고도 되게 많아요. 어떤 건 그냥 괴담이죠. 특히 슈트액터에 관한 소문."

"슈트액터?"

"아, 특수복장을 입고 연기를 하는 사람들이요. 스턴트맨이라고 하면 이해가 빠르시려나?"

나는 고개를 끄덕였다. 블루가 이야기를 계속했다.

"어차피 드라마에 등장하는 복장을 입으면 얼굴이 드러나진 않으니까, 슈트액터는 몇몇 사람들이 여러 역할을 하는 경우가 많죠. 그런데 체인지킹의 슈트액터를 담당한 사람 중에 좀 특이한 사람이 있었다나봐요."

"특이한 사람?"

"네. 소문에 의하면 전신에 화상을 입은 흉측한 외모의 남자가 체인지킹을 담당했대요. 스태프들 중에서도 그 사람의 얼굴을 제대로 본 사람은 없었다고 하더군요."

잠시 눈썹을 찡그리던 블루가 갑자기 생각난 듯 아, 하고 탄성을 질렀다.

"그러고 보니 유독 화재에 관련된 소문이 많았던 것 같네요."

"화재요?"

"네, 또다른 소문에 의하면 화상을 입은 건 각본가였다는 얘기도 있고요. 심한 화상을 입고 집 안에 은둔한 사람이었다봐요. 혹은 촬영 도중에 세트가 전소됐다고 했던가? 아니면 복장이 전부 타버렸다고 했던가? 애써 만들어놓은 각본이 전부 다 타버려서 후반부의 극전개가 엉망이었다는 얘기도 있고, 방영되지 못한 숨겨진 결말 부분을 누가 태웠다고도 해요. 소문들이 전부 사실일 리는 없지만 아무튼 유독 화재에 대한 소문이 많았던 걸 보면 실제로 어딘가에서 화재 같은 게 났을지도 모르겠네요."

블루가 남은 콜라를 홀짝거렸다. 분명 괴상한 소문들이긴 했지만 그 이야기들과 샘의 연관성을 찾을 수는 없었다.

"다른 소문들은 없나요?"

"나머지는 그저 허무맹랑한 이야기예요. 주제가를 거꾸로 돌리면 이상한 메시지가 잡음과 섞여 나온다든가, 변신 복장에 숨겨진 상징 같은 게 있다든가, 등장한 배우 중에 연쇄살인범이 있었다든가 하는 식의. 거의 다 체인지킹에 대한 조롱의 의미로 지어낸 이야기들이죠. 그런 소문들을 다 정리한 글을 본 적이 있어요. 제가 말씀드린 것도 그 글에서 읽은 거예요."

정신이 번쩍 드는 것 같았다.

"그 게시물은 어디서 볼 수 있습니까?"

블루의 얼굴에서 갑자기 웃음기가 사라졌다. 한참 동안 나를 바라보던 블루가 중얼거렸다.

"하기야, 체인지킹에 관한 거라면 여기서 이러는 것보다는."

말끝을 흐리며 블루가 입을 닫았다. 조바심이 났지만 나는 차분히 블루의 말을 기다렸다. 블루가 머리를 긁었다.

"원래 우리 카페는 훨씬 규모가 컸어요. 몇 년 전까지만 해도 한국에서 특촬물을 다루는 카페 중에서 제일 큰 카페였습니다. 게시물의 양이나 질도 그렇고, 회원수는 말할 것도 없고. 그런 거 전혀 모르셨죠?"

고개를 끄덕였다. 블루가 한숨을 쉬었다.

"지금은 회원이 많이 줄었죠. 예전 카페에는 당시 나온 특촬물에 대한 정보가 거의 전부 다 정리되어 있었죠. 그때도 카페지기는 저였어요. 가끔 그런 자료들을 지나가며 읽어보긴 했어요. 제가 아는 체인지킹에 대한 정보는 모두 그때 읽은 것들입니다. 하지만 지금은 그 글들을 읽는 게 불가능해요. 전부 지워졌거든요."

블루가 한숨을 쉬었다. 이해할 수 없었다.

"지워져요? 어째서?"

블루가 눈썹을 찡그렸다.

"글을 쓴 놈이 싹 삭제해버렸어요."

삭제?

"인터넷상의 게시물 아닙니까? 누군가 파일을 받아서 저장한 사람이 있지 않을까요?"

"당연히 백업파일이 있었죠. 저도 갖고 있었어요. 하지만 글을 쓴 놈이 집요하게 쫓아다니며 백업파일을 삭제하도록 요구했어요. 몇 명한테는 저작물에 관한 소송까지 걸었고요. 일이 커지니까 다들 귀찮아져서 결국 당시의 글들은 전부 삭제했죠."

어처구니없는 이야기였다. 소송이라니. 특촬물 관련 카페의 게시물에 소송을 건다고? 인상을 찌푸린 채 블루가 말했다.

"카페가 지금 그 꼴이 된 것도 다 그 일 때문이에요. 예전 카페가 그렇게 커진 건 솔직히 그 글을 쓴 놈의 덕이 컸거든요. 끔찍할 정도로 정보도 많고 글도 열심히 쓰는 놈이었어요. 그런데 어느 날 무엇 때문인지는 몰라도 자기 글을 다 내리고 카페도 나가겠다는 거예요. 몇 번이고 만나서 설득했는데 도무지 듣질 않았어요. 그러더니 정말 자기가 쓴 글을 다 지워버렸더라고요. 웃기는 게 뭔지 아세요?"

내가 알리가 있나. 고개를 저었다.

"그놈이 자기 글을 지우고 나니까 카페에 남은 글이라곤 되지도 않는 농담이나 허접한 사진들뿐이었어요. 한마디로 특촬물에 대한 심도 깊은 정보라고는 하나도 남지 않게 되어버린 거죠. 사실 그놈이 카페에 버티고 있을 땐 다른 사람이 굳이 그런 종류의 정보나 분석 게시물을 올릴 필요가 없었어요. 언제나 그놈이 한발 먼저 더 좋은 글을 올렸으니까. 게다가 그놈은 다른 사람이 틀린 정보를 올리는 것을 절대로 용납하지 않았어요. 어설픈 글을 올렸다가는 놈에게 처참할 정도로 망신을 당했죠. 시간이 지나자 아무도 제대로 된 글을 올리지 않게 됐어요. 놈이 있을 땐 그래도 괜찮았어요. 어차피 좋은 글은 놈이 다 썼으니까. 그런데 그놈이 자기 글을 없애버리니까 하찮은 농담만 남게 된 거예요. 그것뿐이면 괜찮았을지도 몰라요. 글을 쓴 놈이 카페를 탈퇴한 뒤 얼마 지나지 않아 그놈의 게시물을 복원하는 사람들이 생겼어요. 다들 그놈 글의 백업파일을 갖고 있었으니까. 그런데 그놈은 자기가 쓴 글을 다른 사람이 올릴 때마다 귀신같이 알아채고 다시 나타났어요. 그리고 자기 글을 올린 사람들을 몰아붙였죠. 지속적으로 협박하고, 말을 듣지 않으면 소송을 걸어대고."

"게시물 하나 올린 걸로 소송이 되나요?"

"나도 모르죠. 실제로 어떤 분들은 어차피 소송 걸려도 흐지부지 넘어가게 되어 있으니까 버티자고 했어요. 하지만 그냥 글 하나 올렸을 뿐인데 경찰서에서 소환장 같은 게 날아오면 일단 겁나잖아요. 기껏해야 카페 활동일 뿐인데. 몇 달에 걸쳐서 툭하면 소송이니 소환이니 그러니까 다들 질린 거죠. 백업파일을 올렸던 사람들이 탈퇴하기 시작하고, 다른 사람들도 카페 활동에 재미를 잃어가니까, 저도 어쩔 수 없이 그놈 글은 카페에 올리지 못하게 했어요. 그런데 그러고 나서 보니까, 카페가 완전히 망해 있더라고요."

입에 올리는 것만으로도 짜증이 나는 듯 블루의 얼굴은 일그러져 있었다. 하지만 내 신경은 온통 다른 쪽에 쏠려 있었다. 블루가 말한 그 게시물을 올린 사람이라면 체인지킹에 대해 뭔가 알고 있지 않을까? 내 표정을 읽은 듯 블루가 말했다.

"사실은 아까 체인지킹 이야기를 들었을 때부터 그놈 생각을 했어요. 그건 완전히 망한 시리즈예요. 특촬물을 아무리 좋아해도 그 작품은 참고 볼 수가 없어요. 아니, 어쩌면 특촬물을 좋아하기 때문에 체인지킹은 참을 수 없는 건지도 모르죠. 그 작품의 존재 자체가 특촬물에 대한 모욕이라고 여기는 사람들도 있거든요. 하지만 그놈은 체인지킹에 대해서도 해박하게 꿰뚫고 있었어요. 원하는 정보가 있으시다면 아마 놈에게 묻는 게 정답일 겁니다."

망설일 이유가 없었다.

"그 사람과 만나게 해주실 수 있습니까?"

뚫어져라 나를 바라보던 블루가 더러운 벌레라도 씹은 듯이 입술을 찌그러뜨리며 말했다.

"저는 그놈하고는 두 번 다시 만나지 않을 겁니다."

표정만으로도 블루가 그 사람에게 얼마나 시달렸는지 알 수 있었다. 어쩔 수 없이 다시 물었다.

"그럼 그 사람의 연락처라도 좀 알려주십시오."

곤혹스러운 듯 블루는 얼굴을 손으로 쓸어내렸다.

"집에 가면 이메일 주소가 있을 거예요. 지금도 그 계정을 사용하는지는 모르겠지만. 쪽지로 알려드리죠."

"이메일 주소보다는 핸드폰 번호를 알려주시면."

"그놈은 핸드폰을 사용하지 않습니다."

핸드폰을 사용하지 않는다? 요즘 시대에? 블루가 말을 이었다.

"사정이 있으시니 어쩔 수 없다는 건 이해하지만요, 저 같으면 그런 놈과 굳이 얽히진 않을 겁니다. 뭐, 지금 상황에서 제가 아무리 설명해봐야 소용없을 것 같지만,"

일어설 채비를 하며 블루가 말했다.

"일단 직접 한번 만나보세요. 집에 돌아가면 그놈 연락처를 보내드리죠."

블루가 자리를 떴다. 블루의 등에 대고 나는 황급히 물었다.

"그놈 이름이 뭐죠?"

나도 모르게 그 남자를 '놈'이라 부르고 말았다. 황급히 말을 삼켰지만 블루도 알아챈 모양이었다. 블루가 피식 웃었다.

"라이더레인저."

블루의 표정이 굳어졌다. 블루가 말을 이었다.

"조심하세요. 그놈은 정말 몹쓸 놈입니다."

7. 쓴맛을 보여주지

집에 돌아오자마자 노트북을 켰다. 블루로부터 쪽지가 와 있었다. 나는 쪽지에 적힌 이메일 주소를 메모했다. 블루의 마지막 말이 떠올랐다. 조심하세요. 하지만 아무리 생각해봐도 어린이용 드라마의 정보를 묻는 데 그렇게 조심할 일이 있을까 싶었다. 그놈은 정말 몹쓸 놈입니다. 대체 얼마나 몹쓸 성격이기에 그렇게 학을 떼는 것일까.

뾰족한 다른 방법이 없었다. 일단 부딪쳐보는 수밖에. 나는 이메일을 쓰기 시작했다.

라이더레인저님께.
'어른의 마음' 카페지기 블루 투님에게서 라이더레인저님의 이야기를 전해들었습니다.

가만히 모니터를 들여다봤다. 라이더레인저님께, 블루 투님에게서. 내가 지금 무슨 짓을 하고 있는 거지? 몹시 우스꽝스러운 장난에 휘말린 기분이었다. 마음을 다잡고 메일을 계속 써내려갔다.

라이더레인저님께.

'어른의 마음' 카페지기 블루 투님에게서 라이더레인저님의 이야기를 전해들었습니다.

제 이름은 이영호입니다.

나이는 서른둘이고 생명보험회사에서 일을 하고 있습니다.

특수촬영물에 대한 해박한 지식을 갖고 계신 걸로 알고 있습니다.

라이더레인저님이라면 제게 도움을 주실 거라는 추천도 있었습니다.

저는 어떤 특수촬영물에 대한 정보를 찾고 있습니다. 정보라고 해봐야 거창한 것은 아니고 그저 단편적인 일화나 이야기라고 해도 좋습니다.

바쁘실 테지만 실례가 안 된다면 만나뵙고 이야기를 나누었으면 좋겠습니다.

메일의 끝에 제 연락처를 남기겠습니다. 언제 이 메일을 확인하실지 모르겠지만 기다리고 있겠습니다.

건강하십시오.

메일의 끝에 전화번호를 적고 블루가 보내준 이메일 주소로 메일을 발송했다.

노트북을 닫고 거실로 나왔다. 현관에 샘의 신발이 있었다. 아마 한참 전에 돌아왔을 테고 내가 들어와 있는 것도 알고 있을 것이다. 방 안에서 전혀 나오지 않는다는 것이 샘이 나의 귀가를 알고 있다는 증거였다. 가벼운 옷을 챙겨 화장실로 들어갔다. 몸을 씻고 옷을 갈아입

은 후 거실루 나왔다

흘깃 텔레비전을 봤다. 저절로 리모컨으로 눈이 갔다. 부담이 되긴
했지만 체인지킹에 대한 샘의 관심이 여전한지 확인하고 싶었다. 텔
레비전을 켜고 음량을 확인했다. 음량은 여전히 2에 머물러 있었다.
소리를 완전히 줄이고 시청목록을 켰다. 샘이 본 가장 최근 방송은 체
인지킹의 2화였다. 다시 한 바퀴를 돈 모양이다. 혹은 한 바퀴를 돌고
다시 한 바퀴를 돌았거나. 어느 쪽이든 샘은 내가 모르는 사이에 체인
지킹의 모든 에피소드를 보고, 그걸 다시 돌려 보고, 계속해서 보고
있는 것이다. 안심이 되기도 불안하기도 했다. 샘이 체인지킹에 대한
관심을 거두지 않고 있다면 체인지킹이야말로 샘에게 다가갈 열쇠가
될 것이다. 하지만 또 한편으로 샘이 이 방송에 집착하는 이유를 이해
할 수 없었다. 블루의 말에 의하면 체인지킹은 특촬물을 좋아하는 이
조차, 아니 특촬물을 좋아하면 좋아할수록 도저히 용납할 수 없는 드
라마라고 했다. 블루가 들려준 소문들이 떠올랐다. 드라마 방영 초기
의 항의, 감독과 각본가와의 불화, 화상을 입은 배우, 전소된 세트, 혹
은 장비, 혹은 각본, 혹은 필름. 대체 이 프로그램의 어떤 부분이 샘의
관심을 끈 걸까?

시청목록을 확인했던 새벽이 떠올랐다. 어둠 속에서 샘은 가만히
내 행동을 지켜보고 있었다. 하지만 그건 특별한 경우였다. 평소의 샘
은 내가 거실에 있으면 밖으로 나오지 않는다. 리모컨으로 시청목록
에 올라와 있는 체인지킹의 2화를 틀었다. 음량을 약간 키우고 그 자
리에 선 채로 체인지킹을 봤다.

"그날, 체인지 혹성은 멸망했다. 하지만 살아남은 생존자가 있었
다."

전에 봤던 별이 폭발하는 장면과 들어본 적이 있는 음성의 해설이
흘렀다.

"체인지 혹성의 왕자, 체인지킹! 이제 왕자는 자신의 두번째 고향
을 지키기 위한 복수를 시작한다."

아이의 그림자가 자라 어른의 모습이 되었다. 기타의 반주와 함께
경쾌한 주제가가 흘렀다. 다시 들어도 도저히 적응이 안 되는 주제가
였다. 저렇게 유치한 가사가 아이들에게는 통한단 말인가? 어린이용
방송의 주제가라고 해도 그걸 만든 건 어른일 텐데. 끄고 싶은 충동을
억지로 참으며 방송을 봤다.

익숙한 얼굴의 배우가 산길을 비틀비틀 걷고 있었다. 최근 인기를
얻은 남자배우였다. 한쪽 팔을 잡고 걷는 것이 어딘가 다친 것처럼 보
였다. 배우가 갑자기 놀란 얼굴로 걸음을 멈췄다. 험상궂은 인상의 갑
옷을 입은 사내가 나무 뒤에서 모습을 드러냈다. 배우가 소리쳤다.

"가르카슈, 네가 어떻게!"

더빙된 성우의 목소리가 흘러나왔다. 입 모양과 목소리가 묘하게
어긋나 있어 어색한 느낌을 주었다. 가르카슈라는 이름의 갑옷 사내
가 비웃었다.

"왕자, 도망칠 수 있을 거라고 생각했나?"

배우는 극 중에서 왕자라 불리는 모양이었다. 왕자의 얼굴이 일그
러졌다.

"더러운 배신자 같으니. 절대 너를 용서하지 않겠다."

화가 난 건지, 우는 건지 알 수 없는 얼굴로 왕자가 가르카슈에게
소리쳤다. 용서할 수 없는 연기력이었다. 가르카슈가 과장된 웃음을
터뜨렸다.

"우하하하하, 용기는 가상하구나. 하지만 그것도 여기까지다."

가르카슈가 손에 들고 있던 지휘봉을 왕자에게 내뻗었다. 가르카슈의 지휘봉은 당구채의 앞을 잘라내고 손잡이 쪽에 금색의 술을 달아 놓은 것 같은 생김새였다. 가르카슈가 소리쳤다.

"변신 마인 볼티마! 공격하라!"

가르카슈 뒤쪽에서 분장을 한 괴물이 튀어나왔다. 어깨 위에 뭉툭한 파이프 두 개가 솟아 있는 회색 괴물이었다. 전체적인 모습은 두 발로 선 곰이나 의인화된 돼지처럼 보였다. 뭔가 납득이 가지 않았다. 가르카슈란 이름의 사내는 아마 왕자를 노리는 무리의 간부 정도가 될 것이다. 정말로 왕자를 해치고 싶다면 굳이 모습을 드러내어 위협을 할 것이 아니라 조용히 왕자를 공격하면 되는 것 아닐까? 간부 정도 되면 그 정도 힘은 있을 것 아닌가? 그리고 굳이 부하에게 공격을 지시할 이유가 뭔가? 그냥 직접 공격하면 되지 않나?

내 의문과는 상관없이 볼티마란 이름의 괴물이 크게 울부짖었다. 그러자 어깨 위의 파이프 두 개에서 연이어 작은 불꽃이 터져나왔다. 왕자 앞에서 폭연이 일었다. 왕자가 몸을 한 번 굴린 후 자세를 바로 잡았다. 팔찌가 채워진 왼쪽 손목을 가슴께로 올리던 왕자의 표정이 갑자기 굳어졌다. 메아리 효과가 들어간 목소리가 울렸다.

'명심하십시오, 왕자님. 지금 왕자님은 체인지킹의 힘을 완벽하게 다룰 수 없습니다. 연속으로 변신을 하셨다간 위험해질 수가 있습니다.'

무척이나 분한 듯 왕자는 가슴께로 들었던 왼손으로 땅바닥을 내리쳤다. 가르카슈가 다시 왕자 앞에 섰다. 신이 나는 듯 가르카슈가 웃음을 터뜨렸다.

146

"크하하하하! 이제 끝이다, 왕자!"

비슷한 대사는 방금 전에도 하지 않았나, 가르카슈? 다시 한번 가르카슈가 당구채에 금색의 술을 단 지휘봉을 앞으로 뻗었다. 볼티마의 어깨에서 다시 불꽃이 일었다. 몸을 일으키는 왕자의 모습이 슬로모션으로 비춰졌다. 두 번의 폭발이 왕자의 발치에서 일어났고 느리게 왕자의 몸이 뒤로 날아갔다. 으어어어억, 하는 비명이 잔뜩 늘어진 채 울렸다.

넘어진 왕자의 모습이 비춰졌다. 잠시 땅을 기어가던 왕자가 몸을 일으켰다. 볼티마는 왜 왕자의 발치에 포탄을 쏜 것인가? 왕자의 몸을 겨냥했다면 그 자리에서 왕자를 해치울 수 있었을 텐데. 결심이 굳은 듯 왕자의 표정이 변했다. 왕자가 왼손을 가슴께로 들어올렸다. 왕자가 외쳤다.

"변! 신!"

당황스러운 전개였다. 어이, 어이. 연속으로 변신하면 위험한 거 아니었어? 나의 감상과는 상관없이 왕자의 변신이 시작됐다. 차고 있던 팔찌에서 빛이 퍼져나오더니 장면이 바뀌어 팔을 벌리고 선 왕자의 주변에 서로 다른 색깔의 빛나는 구체들이 모여들었다. 구체들은 왕자의 곁에서 각기 다른 모습의 동물 형태로 변하더니 이내 왕자의 몸과 합쳐졌다. 동물의 형체가 왕자와 합쳐질 때마다 왕자의 복장이 하나씩 갖춰졌다. 어깨와 팔꿈치, 무릎의 보호대가 씌워지고 장갑과 장화가 생겨났다. 곰과 호랑이, 독수리가 왕자의 몸속에 깃들었다. 주제가에 따르면 마지막은 사슴일 것이다. 생각대로 마지막 빛나는 구체가 검은 사슴의 형태로 모습을 바꿨다. 사슴이 왕자의 몸과 합쳐지자 왕자의 머리에 검은 투구가 씌워졌다. 눈 부위는 검은 유리로 완전히 가려졌고, 은색의 재질로 코와 입의 형태가 도드라졌다. 왕자가 두 다리를 벌리고 양팔을 휘저으며 일종의 무술동작 같은 것을 해 보였다. 왕자가 외쳤다.

"체이인, 지, 킹!"

변신을 끝낸 체인지킹의 몸에서 알록달록한 광선이 발사되고 발치에서 색색가지 폭연이 일었다. 체인지킹이 가르카슈를 손가락으로 가리켰다.

"이젠 끝이다, 배신자. 쓴맛을 보여주지!"

체인지킹이 쓴맛, 이란 단어에 특별히 힘을 주었다. 쓴맛, 이라. 배신자에 대한 응징으로는 부족하지 않은가.

가르카슈가 크게 당황하며 한발 뒤로 물러섰다. 이봐, 가르카슈. 너는 왕자를 몇 번이나 해치울 수 있었어. 왜 새삼스레 당황하지? 가르카슈가 볼티마에게 명령했다.

"해치워라, 볼티마."

볼티마를 남겨둔 채 가르카슈가 모습을 감췄다. 아무리 생각해도 가르카슈는 진심으로 체인지킹을 해치울 마음이 없는 모양이었다. 이런 상황이라면 당연히 볼티마와 함께 체인지킹에게 덤벼들어야 하는 것 아닐까? 2대 1이라면 승산도 올라갈 텐데 말이다. 충직한 볼티마는 이런 사실을 아는지 모르는지 다시 울부짖었고, 체인지킹이 자세를 잡았다. 소문이 사실이라면 체인지킹과 볼티마 중 누군가는 전신에 화상을 입은 남자라는 건가? 겉으로는 두 사람의 차이를 도무지 알 수 없었다.

나는 텔레비전을 껐다. 리모컨을 소파에 두고 방으로 들어갔다. 방 한가운데 서서 잠시 고민했다.

특촬물 시리즈를 제대로 본 적은 없었지만 지나가는 눈으로 살펴본 파워레인저 같은 드라마는 그나마 모양새를 갖추고 있었다. 스무살을 넘어서도 여전히 특촬물을 즐기는 블루 같은 사람들도 있다. 분명히 특수촬영물에는 나름의 즐기는 방법이 있는 것이다. 하지만 체인지킹은 그런 수준이 아니었다. 유치함을 넘어서 온몸에 닭살이 돋을 정도로 형편없는 화면이었다. 배우들의 연기는 서툴렀고, 대사는 유치했다. 연기가 서툴러서 대사가 더욱 유치하게 느껴진 것일 수도 있고, 대사가 유치해서 서투른 연기가 나온 것일 수도 있었다. 아무튼 엉망진창이었다. 그뿐 아니라 주인공의 복장이나 괴물의 분장, 사용되는 특수효과도 수준 이하였다. 대체 저런 프로그램을 반복해서 보는 이유가 뭘까. 샘의 나이를 감안한다 해도 도무지 이해가 가질 않았다.

나는 노트북을 켰다. 혼자서 고민할 문제가 아니었다. '어른의 마음' 카페에 다시 접속해서 조금 더 정보를 훑어볼 생각이었다. 카페에 막 로그인을 했을 때 새 메일이 도착했다. 라이더레인저로부터의 답장이었다. 뛸 듯이 기뻤다. 답신이 오는 것에는 조금 시간이 걸릴 거라고 예상하고 있었기에 기쁨은 더했다. 서둘러 메일을 열었다. 답신은 단 한 줄이었다.

그 멍청한 퍼렁이 새끼하고나 놀아.

한동안 나는 움직일 수 없었다.
뭐지, 이놈은?
특별히 화가 난 것은 아니었다. 블루에게서 전해들은 라이더레인저

의 괴팍한 성격을 감안하면 거절은 당연한 일일지도 모른다. 하지만
거절을 염두에 둔 무시라면 모를까 기껏 답장을 보내면서 달랑 한 줄
이라니. 게다가 이 난데없는 조롱은 대체? 몹시 당황스러웠다. 어떻
게 할까 고민하다 다시 답장을 썼다.

　갑자기 연락을 드리는 것에 불쾌하실 거라고 생각했습니다.
　저도 상황이 급하지 않았다면 이런 메일을 보내진 않았을 겁니다.
　당장 모든 사정을 설명드릴 순 없지만 어쨌든 저는 라이더레인저님
의 도움이 무척 필요한 상황입니다.
　메일로 말씀드리긴 힘들 것 같고, 혹시 연락처를 남겨주신다면 편
한 시간에 연락을 드리겠습니다.
　아니면 라이더레인저님이 생활하는 곳 근처에서 만나뵙는 것도 좋
을 것 같습니다.
　이미 블루 투님과도 만남을 가진 적이 있습니다.
　실제로 만나서 이야기를 나누니 말이 잘 통하더군요.
　귀찮으실 수도 있겠지만 도움을 청합니다.
　부탁드립니다.

　맨 마지막 줄의 부탁드립니다, 를 지웠다가 다시 적었다. 그리고 앞
에 '제발'이라고 덧붙인 후 메일을 보냈다. 침대에 걸터앉은 채 노트
북을 무릎에 올려놓고 기다렸다. 십 분도 되지 않아 답장이 날아왔다.

　멍청한 새끼들 둘이 만나면 원래 말이 잘 통하는 법이지.

두번째 조롱이었다. 어떻게 받아들여야 할지 알 수 없었다. 무시한다면 계속해서 메일을 보낼 것이고, 거절한다면 설득할 셈이었다. 하지만 밑도 끝도 없는 조롱은 어떻게 받아들여야 할까.

그때 전화벨이 울렸다. 생소한 번호였다. 노트북에서 눈을 떼지 못한 채 전화를 받았다.

"블루입니다. 라이더레인저한테 뭐라고 하신 거예요?"

다짜고짜 블루가 따져물었다.

"네? 무슨 말씀이신지."

"저한테 그놈이 메일을 보내왔단 말이에요. 자기 이야기를 남에게 함부로 했다고 가만 놔두지 않겠대요. 그놈한테 뭐라고 하신 거예요?"

"아니, 전 그저 블루님에게서 소개를 받았다고."

"그런 이야기를 하시면 안 되죠! 제가 말했잖아요, 몹쓸 놈이라고!"

분명히 몹쓸 놈이라는 이야기는 들었다. 딱 두 통의 메일을 받았을 뿐이지만 라이더레인저는 확실히 몹쓸 놈이었다. 하지만 블루는 내게 자기가 한 말을 전하지 말라고 경고한 적이 없었다. 그리고 블루의 이야기를 하지 않고 어떻게 라이더레인저에게 말을 붙일 수 있단 말인가. 하지만 그렇게 따져물을 수도 없었다. 블루는 이미 패닉 상태였다.

"아, 진짜! 이제 어떻게 하면 좋아요! 겨우 카페가 정상화됐는데. 다 망쳤잖아요."

카페? 대체 무슨 소리지?

"카페하고 무슨 상관이 있길래."

"와서 직접 보세요. 그럼 알 거 아니에요."

전화기를 목에 끼우고 손을 놀려 카페에 접속했다.

카페의 대문이 변해 있었다. 새까만 배경에 밑도 끝도 없이 '접근불가'라는 붉은색 글씨가 떠올라 있었다.

"대문이 변했군요."

"대문만 변한 줄 아세요? 눈 크게 뜨고 잘 보시라고요."

블루가 벌컥 성을 냈지만 그 외에 뭐가 달라진 건지 얼른 알 수 없었다.

"카페에서 나갔다가 다시 들어가봐요. 아니면 새로고침을 해보든가."

블루가 말했다. 새로고침 버튼을 눌렀다. 그제야 이상한 점이 눈에 들어왔다. 카페의 대문 한쪽에 표시된 회원수의 숫자가 변해 있었다. 자세히 살펴보진 않았지만 내가 가입할 당시에 카페의 구성원은 약 오천 명 정도였다. 그러던 것이 지금은 사천 명가량으로 줄어 있었다. 다시 한번 새로고침 버튼을 눌렀다. 회원수가 또 줄어들어 있었다.

"카페에 가입한 사람들이 탈퇴를 하고 있군요. 왜죠?"

"탈퇴가 아니에요. 추방당하고 있는 거예요."

"추방이요? 대체 누가?"

"누구겠어요!"

블루가 소리쳤다. 순한 성격인 줄 알았는데 의외로 신경질적인 남자였다.

"라이더레인저가 카페를 해킹하고 있습니까?"

"그렇게 복잡한 게 아니라,"

풀이 죽은 목소리로 블루가 말을 이었다.

"그놈이 제 아이디와 비밀번호를 알아요."

이건 또 무슨 소리지?

"라이더레인저가 블루님의 아이디와 비밀번호를 안다고요? 아니, 남에게 알려진 비밀번호를 왜 바꾸질 않았어요?"

"그게 카페를 다시 열 때의 조건이었으니까요."

기어들어가는 목소리로 블루가 말을 이었다.

"전부 다 설명하려면 얘기가 길어져요. 영호님이야 체인지킹 때문에 들어오신 거니까 상관없겠지만 우린 완전히 망했어요."

"추방당한 분들이 다시 가입을 하면 되지 않나요?"

"탈퇴라면 모를까 추방이면 한동안 그 카페엔 다시 가입할 수 없어요. 그리고 설사 가입이 된다 해도 어지간히 오래 활동한 사람 아니면 누가 다시 가입하겠어요? 겨우 회원수를 다시 늘려놓았는데 이게 뭐예요? 제가 말했잖아요. 그런 놈과는 얽히지 않는 게 좋다고."

할 말이 없었다. 하지만 그저 연락을 한 것만으로 이런 일이 생길 줄은 정말 몰랐다. 게다가 블루의 태도 역시 도무지 이해되질 않았다. 블루의 아이디와 비밀번호를 라이더레인저가 안다고? 그리고 카페를 다시 열 때의 조건이라니?

전화기 너머로 블루가 한숨을 쉬었다.

"이미 벌어진 일은 어쩔 수 없는 거고, 앞으로는 연락하지 마세요."

블루가 일방적으로 전화를 끊었다. 한참 동안 전화기를 목에 끼운 채 가만히 있었다. 무슨 일이 벌어지고 있는 것인지 도무지 이해할 수 없었다. 최근 들어 부쩍 자주 느끼는 감정이었다. 이해할 수 없는 아이들, 이해할 수 없는 아이, 이해할 수 없는 드라마, 그 드라마를 좋아하는 이해할 수 없는 사람들. 어느새 내 주변엔 이해할 수 없는 일들이 가득했다.

전화기를 내려놓고 인터넷 창을 닫으려는데 새 메일이 와 있었다. 짐작했던 대로 라이더레인저였다. 메일의 내용은 이전처럼 단 한 줄 뿐이었다.

당신을 어떻게 제재하면 좋을까? 직접 말해봐.

제재? 누가 누구에게 무슨 제재를 한다는 걸까? 대체 잘못한 사람이 누가 있다고. 불쾌한 기분이 솟았다. 정말이지 몹쓸 놈이다. 나는 답장을 보냈다.

제재든 뭐든 하시려면 만나야겠군요.

예의고 뭐고 생각할 겨를이 없었다. 잠시 후 답장이 날아왔다.

멋지군, 계속 그렇게 멋진지 두고 보겠어.

핸드폰의 문자수신음이 울렸다. 이름도 전화번호도 찍혀 있지 않은 문자에는 날짜와 시간, 그리고 만날 장소가 적혀 있었다. 이틀 후, 여덟시. 블루의 경우와 마찬가지로 지하철 2호선 어느 지하철역이 약속 장소였다. 뭔가 특촬물 마니아들 사이의 법칙 같은 것인가? 약속장소를 잡을 때는 2호선 역으로 하는 것이? 맨 밑에 적힌 문장이 눈에 띄었다. '전화기를 켜둬.'

새로운 메일이 없는 것을 확인한 후 노트북을 껐다. 그대로 침대에 몸을 눕혔다. 어쨌거나 라이더레인저라는 놈과 만날 수는 있는 건가?
아무것도 이해할 수 없는 가운데 무언가 삐걱거리며 움직여가기 시작
했다.

8. 귀찮아지겠어

다음날 회사에 출근하자마자 팀장이 회의실로 나를 불렀다. 회의실에는 세 사람이 앉아 있었다. 부장과 팀장에게 인사했다. 부장 곁에 앉아 있던 남자가 눈에 들어왔다. 검은 양복을 입은 땅딸막한 남자. 안이었다.

"오랜만이오. 다시 만나지 않았다면 더 좋았겠지만."

안이 내게 알은척을 했다. 살짝 고개를 숙이고 자리에 앉았다. 부장과 팀장은 잔뜩 인상을 찡그리고 있었다. 예감이 좋지 않았다.

"아이 아버지가 소송을 준비하고 있어."

들고 있던 볼펜으로 관자놀이를 쿡쿡 누르며 팀장이 말했다. 안이 앞으로 나섰다.

"아직 단정하긴 이릅니다. 본사 쪽에 소명서를 제출한 것뿐이니까."

안이 부장을 돌아봤다.

"실제로 소송에 들어가면 불리한 건 그쪽이죠."

안을 향해 눈을 돌리며 부장이 말했다.

"어떻게 하는 게 좋겠습니까?"

"본사 쪽의 방침은 뭡니까?"

안이 되물었다. 팀장이 대답했다.

"좀 기다려보자는 거였습니다. 이대로 넘어가면 제일 좋고."

"이의를 제기하면 그때 가서 생각하고? 거참, 적극적이시군."

안이 입꼬리를 올려 웃었다. 부장의 얼굴이 굳어졌다. 신경쓰지 않는다는 듯 안은 만면에 웃음을 지었다.

"반려된 심사를 다시 통과시키는 건? 예전 그대로의 보험금을 지급하는 거요."

팀장이 고개를 저었다.

"그건 안 됩니다. 애초에 보험금을 그냥 지급했다면 모를까, 이미 반려가 된 걸 다시 통과시킬 순 없습니다. 최소한 지급액을 조정하기라도 해야 합니다."

그럴 줄 알았다는 듯 안이 고개를 끄덕였다.

"그럼 우선 당사자를 만나봐야겠군요. 뭘 원하는지 들어보고 결정합시다."

안이 나를 돌아봤다.

"움직입시다."

팀장이 고개를 끄덕였다.

"들었지? 오늘부터 이분 따라다니면서 일 처리해."

안이 자리에서 일어섰다. 안이 내게 물었다.

"차 가져오셨소?"

나는 고개를 저었다.

"그렇게 좋은 차를 갖고 있으면서 왜 안 타고 다니시오?"

"영호씨, 차 샀어?"

팀장이 나를 흘깃 쳐다봤다. 팀장과 눈이 마주쳤다. 인상을 찡그리는 팀장을 보고 있으니 심장이 오그라드는 기분이었다. 서둘러 말했다.

"빌린 차였습니다."

"그때는 그런 말 없었잖소?"

"상황을 자세히 설명할 상황이, 그러니까 빌린 차고……"

두서없이 말이 흘러나왔다. 잠시 입을 다물고 있던 안이 피식 웃으며 내 곁을 지나쳤다.

"뭐, 알겠소. 그럼 내 차로 가지."

회의실을 나서는 안의 등에 대고 부장이 말했다.

"잠깐 이 친구랑 이야기 좀 하고 보내겠습니다."

슬쩍 뒤를 돌아본 후 안이 고개를 끄덕였다.

"주차장에서 기다리고 있겠소."

안이 회의실을 나간 후 부장이 내게 물었다.

"영호씨, 일 시작한 지 얼마나 됐지?"

직접 대답하기 전에 팀장이 대신 답했다.

"심사팀에서만 오 년입니다."

부장이 고개를 끄덕였다.

"피곤한 일에 휘말렸군. 뭐, 이제 슬슬 그럴 때지."

"이쪽은 뭐, 서류대로만 처리하면 되니까요. 그렇지, 영호씨?"

뭔가에 쫓기는 것처럼 팀장이 부장의 눈치를 보며 내게 대답을 구했다. 고개를 끄덕이며 수긍하는 대답을 하려는데 부장이 무겁게 입을 열었다.

"일이야 서류대로만 해도 되지. 피곤한 건 안이야."

'피곤한 건 아니야'라고 들릴 수도 있었지만 부장의 말은 묘할 정도로 확실히 안에 대한 이야기로 들렸다.

"전에 안을 만나본 적 있어?"

"반려 건이 시작됐을 때 한 번 만난 것이 전부입니다."

그렇군, 하며 부장이 고개를 끄덕였다.

"심사 업체 쪽에서는 꽤나 유명한 사람이야. 실적도 만만찮고."

팀장이 다시 끼어들었다. 부장이 코웃음을 쳤다.

"실적이 좋은 게 당연하지. 없는 일도 만들어내니까."

부장이 말을 툭 뱉었다. 팀장과 내가 부장을 돌아봤다.

"몇 번인가 안이 일하는 걸 본 적이 있지. 원래는 군인이었어. 알고 있었나?"

고개를 가로저었다. 군인?

"정확히 말하면 헌병대 수사과 출신이야. 경력을 인정받아서 특채됐지."

부장이 팔짱을 꼈다. 곤혹스러운 듯 인상을 찡그리며 부장이 말했다.

"업무능력은 탁월해. 요령도 있고 인맥도 풍부하지. 다른 무엇보다 교묘하고 집요해. 하지만 그만큼,"

부장이 나를 똑바로 바라봤다.

"무리하는 경우가 많지. 너무 많이 나가."

그런 면이라면 이미 잘 알고 있었다.

"알다시피 우리는 섣불리 움직일 수 없는 입장이야. 일이 복잡해질 것 같으면 차라리 보험금을 지급하는 게 더 간단할 수도 있다고. 하지만 안이 끼면 얘기가 달라져. 쓸데없이 일이 커지지. 자네가 해야 할 일이 뭔지 알겠어?"

다짐을 받듯 부장이 나를 바라봤다. 가만히 부장의 말을 기다렸다.

"안을 막아. 이 이상 일을 키워선 안 돼. 십중팔구 안은 경찰을 끌어들이려 할 거야. 수사가 시작되고, 소송이 벌어지고. 그럼 피곤해지는 거야. 어쨌거나 이 일을 캐낸 건 안이니까 안의 의사를 완전히 무시할 순 없겠지. 그렇게 되면 앞으로 심사 업체와 일하는 게 껄끄러워질 수도 있으니까. 하지만 그렇다 하더라도 최대한 조용히 처리해야 해. 적당한 선에서 아이 아버지와 협상하고 물러서는 게 좋아. 안이 다른 마음을 먹는 것 같으면 바로 보고하고. 알겠어?"

"알겠습니다."

굳은 표정으로 고개를 끄덕이고 자리에서 일어섰다. 한숨을 쉬며 부장이 고개를 저었다.

"아무튼, 몹쓸 놈이 끼어들었어."

여기도 몹쓸 놈인가? 아무튼 요즘은 몹쓸 놈들 투성이다.

지하주차장으로 내려갔다. 두리번거리며 안을 찾고 있을 때 한쪽 구석에서 클랙슨 소리가 울렸다. 안이 운전석 문을 열고 나왔다. 안의 차로 걸어갔다. 운전석에서 내린 안은 조수석으로 돌아갔다.

"피곤해서 말이지. 운전하시오."

나는 잠자코 운전석에 앉았다. 조수석의 안을 향해 물었다.

"어디로 가면 됩니까?"

"아이의 병원 근처에서 만나기로 했소."

160

안의 내비게이터에 서울 시내의 병원 이름이 찍혔다. 나는 차를 출발시켰다. 차가 회사 건물을 빠져나왔을 때, 안이 물었다.

"그쪽 부장님이 뭐라고 하시던가?"

운전에 신경쓰는 척하며 대답을 피했다.

"일을 키우지 말라고?"

씨익 웃으며 안이 조수석 의자를 뒤로 젖혔다. 들으라는 듯 안이 혼잣말했다.

"본사 분들은 피곤하겠어. 눈치봐야 할 게 많아서. 영호씨도, 부장님도."

나는 그저 묵묵히 운전에 집중했다. 안이 계속해서 말을 걸었다.

"회사에 차를 산 걸 말하지 않았소?"

대답 대신 기어를 바꾸고 속도를 올렸다. 나를 바라보는 안의 시선이 느껴졌다. 안이 코웃음을 쳤다.

"이거야, 원. 말 안 통하는 아이랑 다니는 것도 아니고."

어쩐지 뜨끔한 기분이 들었다. 슬쩍 안을 돌아봤다. 안은 똑바로 나를 바라보고 있었다. 천천히 입을 열었다.

"군인이셨다고 하더군요."

안이 고개를 끄덕였다.

"저는 당신 부하가 아닙니다. 같이 일을 하는 사이죠. 안 그렇습니까?"

가만히 나를 들여다보던 안이 미소지었다.

"그래서 삐지셨군? 부하 취급하는 거 같아서."

안이 킬킬거렸다.

"불쾌하셨다면 사과하지. 앞으론 조심하겠소."

담배를 꺼내 입에 물며 안이 말을 이었다.

"정확히 말하면 군인은 아니오. 군인이었던 적도 있었지만 줄곧 군무원이었지. 군대 안 다녀오셨다고 했지? 헌병대가 뭐하는 곳인지는 알고 있소?"

안이 연기를 뿜었다. 차 안이 금세 연기로 가득 찼다. 연기를 피하듯 나는 고개를 저었다.

"간단히 말하면 군대 안의 경찰이오. 탈영한 놈들도 잡고, 나쁜 짓한 놈들도 잡고. 군인인 동시에 경찰이지. 그 경력을 인정받아 심사업체에서 일하고 있는 거요. 그런데,"

안이 비웃음을 흘렸다.

"막상 해보니 도통 마음에 안 들어. 다들 어쩜 그렇게 무른지 말이야."

동의를 구하듯 안이 나를 바라봤다.

"안 그렇소? 문제가 있으면 당연히 그걸 해결하고 가야지."

사거리에서 신호에 걸렸다. 자동차를 멈추고 안을 힐끔 돌아봤다.

문제라. 이 남자는 뭐가 문제인지 아는 걸까? 대체 어떻게 그런 걸 아는 걸까. 군인인 동시에 경찰이어서? 안은 연신 웃고 있었다. 입꼬리가 씰룩이고 눈에는 잔뜩 주름이 잡혀 있다. 누가 봐도 웃는 얼굴이다. 하지만 또 한편으로 안의 얼굴은 그저 처음부터 그렇게 생긴 게 아닐까 싶을 정도로 딱딱하게 굳어 있었다. 문제가 있으면 해결해야 한다고? 지금 내겐 문제가 있다. 그 문제에 대해 이야기하면, 안은 과연 어떤 해결책을 내놓을까?

눈을 돌렸다. 신호가 바뀌었다. 차를 출발시켰다. 지금은 그런 일을 고민할 때가 아니었다.

약속장소인 병원 근처에 닿았다. 비교적 사람이 뜸한 프랜차이즈 커피숍을 골라 들어갔다. 커피숍 이층의 흡연석에 자리를 잡았다. 앉자마자 안이 시간을 확인했다.

"삼십 분쯤 시간이 있군. 확인 좀 해봅시다."

나는 회사에서 챙겨온 서류를 꺼냈다. 커피숍 테이블에 서류를 펼치려고 하는데 안이 손을 저었다.

"그건 더 읽을 필요가 없소. 새로운 서류들이 필요하지."

"무슨 서류 말입니까?"

"정밀검사진단서, 의사의 소견서, 그리고,"

안이 미소지었다.

"고소장."

서류를 챙겨넣으며 나는 말했다.

"아직 방침이 정해진 게 아니지 않습니까? 아이 아버지와 이야기를 해보고 결정하기로 했잖습니까?"

"그거야 당신 부장 앞이니까 그렇게 말한 거고. 이제부터는 우리 둘이 결정할 일이지."

"제겐 권한이 없습니다."

"천만에. 당신에겐 권한이 있어. 그것도 무지막지한 권한이."

입을 다물고 안을 바라봤다.

"무슨 권한 말씀입니까?"

웃음을 머금고 안이 말했다.

"나를 못 본 체할 권한."

안이 의자 뒤로 팔을 펼쳐 걸쳤다.

"간단한 거요. 오늘 이야기가 잘 풀리면 다 좋은 거지. 아이 아버지가 지급액의 삭감을 받아들인다면 그다음부터는 단순한 숫자 싸움이야. 계약자가 자신의 과실을 인정하면 본사 방침대로 몇백, 혹은 몇십만원을 깎는 거야. 나는 그냥 손 터는 거고. 하지만, 그렇게 되지 않으면?"

담배를 입에 물고 안이 말했다.

"바로 그때부터 새로운 서류들이 필요한 거지. 고소장, 진단서, 소견서. 당신은 가만히 있으면 돼. 내가 다 알아서 할 테니까. 이쪽 방면으로 아는 사람들이 좀 있거든."

안이 연기를 뿜었다. 나는 손으로 연기를 털어내며 물었다.

"도대체, 그렇게까지 아이 아버지를 의심하는 근거가 뭡니까?"

"아이 아버지에 대해서라면 이미 모두 말씀해드렸을 텐데?"

"전에 그런 사고를 당해봤기 때문에 자기 아이에게 또 그랬을 거라는 이야기? 그게 근거가 됩니까?"

"그것 말고도 근거는 얼마든지 있소. 당장 오늘 이 자리만 해도 그렇지."

안이 담배를 끼운 손가락으로 테이블을 두드렸다.

"보험에 문제가 생겼을 때 당사자들은 보험회사 사람들을 병원 외의 다른 장소에서 만나지 않아. 아이가 다친 경우도 마찬가지지. 한사코 다친 아이 앞에서 만나려 들어. 본능적으로 그게 더 유리하다는 걸 알고 있기 때문이야. 하지만 아이 아버지는 병원 근처에서 만나자고 했어. 대체 왜?"

안이 몸을 뒤로 젖혔다.

"자신의 아내와 아이 앞에서 이 이야기를 하는 게 싫으니까. 다 찔리는 게 있으니 그런 거 아니겠소?"

갑자기 피곤이 몰려왔다. 손으로 눈 주변을 어루만지며 나는 말했다.

"억측입니다. 그런 일을 하실 거라면 못 본 체할 수 없습니다."

잠시 나를 노려보던 안이 담배를 비벼끄며 중얼거렸다.

"이건 뭐, 말이 통하지 않는군."

말이 안 통하는 건 내 쪽에서도 마찬가지다. 우리 둘은 한동안 입을 다물고 있었다.

불현듯 안이 왜 이리 이 문제에 집중하는지 궁금했다. 이전에도 심사 업체의 사람들을 만나본 적이 있었다. 그들은 분명 지급될 보험금에 대해 전문적인 의심을 품는 사람들이었다. 하지만 안처럼 이렇게 문제를 파고들거나 집중하는 사람은 본 적이 없었다. 대체 왜 이러는 거지? 실적 때문에? 묻고 싶었지만 쉽게 입이 떨어지지 않았다. 가만히 안을 바라보고 있을 때, 안이 표정을 바꿨다.

"저기 오는군."

계단 밑에서부터 남자의 머리가 올라오고 있었다. 터걱터걱, 조용한 커피숍에 남자의 발소리가 울렸다. 소리가 울릴 때마다 남자의 머리가 솟아올라왔다. 이윽고 남자가 완전히 모습을 드러냈다. 환하게 웃으며 안이 손을 흔들었다. 안이 중얼거렸다.

"웃어."

황급히 웃음을 지으며 자리에서 일어섰다. 남자의 발소리가 다시 들렸다. 남자가 내 앞에 섰다. 동글게 깎은 짧은 머리의 허여멀건 남자였다. 뿔테안경을 코에 걸친 남자는 하얀 물감을 풀어놓은 것처럼 희미한 인상이었다. 안이 남자에게 나를 소개했다.

"본사에서 나온 이영호씨, 그리고 이쪽은."

"김윤필입니다."

남자가 말했다. 허리를 숙여 인사하려다가 문득, 남자의 손을 확인하고 싶은 마음이 들었다. 나도 모르게 오른손을 내밀었다.

"이영호입니다."

순간적으로 윤필이 주저하는 것처럼 보인 것은 내 선입견이었을까? 하지만 이미 저지른 일이었다. 지금 와서 내민 손을 거둘 수도 없었다. 머뭇거리며 윤필이 내 손을 잡았다.

남자치곤 작은 손이었다. 안이 말했던 거친 절단면의 촉감은 느껴지지 않았다. 다만 사람의 손가락과 거의 흡사한 느낌의 단단한 관절이 만져졌다. 나도 모르게 맞잡은 손에 힘이 들어갔다. 짧은 순간 이질감이 느껴졌고 나는 곧바로 손을 놓았다. 윤필의 안색을 살폈다. 다행스럽게도 불쾌한 기색은 없었다.

"화장실에 다녀와야겠습니다."

윤필이 말했다.

"아이쿠, 그러십시오. 기다리겠습니다."

호들갑을 떨며 안이 화장실을 가리켰다. 윤필이 천천히 화장실 쪽으로 움직였다. 화장실로 윤필이 들어가자 안이 나를 돌아보며 웃었다.

"일부러 악수했나?"

안이 내 곁으로 자리를 옮겼다.

"의외로 호기심이 풍부하군. 마음에 들어."

어쩐지 안에게 휘둘리는 듯한 기분이 들었다. 불쾌한 기분을 삼키며 나는 자리에 앉았다. 잠시 후, 물이 뚝뚝 떨어지는 손을 손수건으로 닦으며 윤필이 자리에 앉았다. 협상이 시작됐다.

166

기본적인 사항에 대한 설명은 내 몫이었다. 최초 계약할 당시의 서류를 펼쳐놓고 몇 가지 사항을 점검했다. 윤필은 말없이 설명을 들었다. 잠자코 있던 안이 본격적인 용건을 꺼내들었다.

"원래대로라면 당연히 보험금이 지급되어야 하는 상황이죠. 그런데 계약서에도 나와 있다시피 계약자에게 책임이 있는 것으로 판단될 때는 지급액에 약간의 조정이 가해집니다. 심사가 반려된 것은 바로 그 때문입니다."

사진처럼 자리에 붙박여 있던 윤필이 꿈틀 몸을 일으켰다. 윤필은 두 팔을 늘어뜨리고 고개를 숙인 채 테이블에 코를 박고 서류를 읽었다. 정말로 서류를 읽는 것인지, 아니면 테이블의 무늬를 눈으로 좇고 있는 것인지, 그저 아무 생각도 없는 것인지 알 수 없었다. 한참 시간이 지나고 나서야 윤필이 고개를 들었다.

"제게 무슨 책임이 있다는 건지 모르겠군요."

윤필이 물었다. 입을 다문 채 잠시 기다리고 있던 안이 서류의 항목 하나를 가리켰다.

"고의 혹은 중대한 부주의에 대한 항목입니다."

"고의, 요?"

표정 없이 윤필이 되물었다. 손을 내저으며 안이 너털웃음을 흘렸다.

"아이고, 아니요. 그게 아니라, 중대한 부주의, 말입니다. 고의라뇨. 말도 안 되죠."

웃는 얼굴로 안이 말을 이었다.

"누가 고의로 자제분의 팔을 부러뜨리겠습니까?"

가만히 안을 바라보고 있던 윤필이 느리게 숨을 들이쉬었다. 윤필이 말했다.

"중대한 부주의, 라고 하셨는데 대체 어떤 부분이 중대한 부주의라는 건지 알 수가 없군요."

인형처럼 윤필의 입이 까딱거렸다. 말을 마친 윤필은 오른손으로 테이블에 놓인 컵을 집어들었다. 윤필의 약지와 소지는 가지런히 컵에 닿아 있었다. 두 개의 손가락은 컵을 집고 있는 검지와 중지에 비하면 너무나도 나란히 자리하고 있어 더욱 부자연스러워 보였다. 윤필이 컵을 입에 가져갔다. 물을 마신 후 윤필이 말했다.

"저희 부부는 그저 잠을 자고 있었을 뿐입니다. 잠을 잔 것이 중대한 부주의입니까?"

"아이구, 아니죠. 그런 말이 아니라,"

야단스럽게 손을 내저으며 안이 말을 이었다.

"무슨 일이 일어난 것인지 명확히 모르고 계시잖습니까? 사고란 게 늘 재발의 위험성을 안고 있는 겁니다. 상해보험은 단순히 다친 분들의 치료비나 피해 보상을 해드리는 것이 아닙니다. 불행한 일이 다시 일어나지 않도록 예방하는 역할도 하고 있지요. 이대로는 같은 사고가 또다시 일어나지 않는다는 보장이 없습니다. 잠결에 깬 자제분이 서툴게 걷다가 넘어진 것인지, 아니면 내외분께서 몸을 뒤척이다 자제분의 팔을 내리깐 것인지, 혹은 누군가 부러뜨린 것인지 모르는 겁니다. 같은 사고가 또 벌어지면 어찌시겠습니까? 팔이 부러지는 것은 무척, 고통스러운 일입니다."

안의 말은 무척 유려했다. 하지만 안의 의도를 알고 있는 내게는 모든 이야기가 그저 위험천만한 자극으로 들렸다. 정작 당사자인 윤필은 아무 동요도 없었다. 가만히 눈을 내리깔고 있던 윤필이 말했다.

"같은 사고가 일어나지 않도록 조심하는 것은 우리 가족의 일입니다. 그쪽 회사에서 상관할 일이 아니죠."

윤필의 목소리는 물기 하나 없이 말라 있었다. 감정이 전혀 섞이지 않은 건조한 말투.

"그런 이유로 보험금이 나오지 않는다는 것은 이해할 수 없군요."

잠시 침묵이 흘렀다. 안이 난처한 듯 웃음을 흘렸다. 명백히 꾸며낸 표정이었다. 일부러 난처한 기색을 보여 이쪽의 성의를 확인시키면서 정말로 노리는 것을 관철시키려는 것. 안이 조심스럽게, 아니 조심스러운 것처럼 말했다.

"하기야 이 상황을 그냥 받아들이실 순 없겠죠. 어쨌거나 지급되어야 할 보험금이 나오지 않고 있으니 말입니다. 그래서 제가 제안드릴 것이 하나 있습니다."

안이 환하게 웃었다. 완전히 경계를 푼 것 같은 인상 좋은 얼굴. 안이 말했다.

"자제분이 정밀진단을 받는 겁니다. 믿을 만한 의사에게 맡겨 확실한 소견서를 얻는 거죠. 그럼 그 소견서를 근거로 제가 반려된 보험금의 지급을 추진하겠습니다. 그리 긴 시간이 걸리진 않을 겁니다."

흘깃 윤필의 표정을 살폈다. 아무 변화도 없었다. 안이 말을 이었다.

"그렇게 되면 좋은 점은 또 있습니다. 자제분의 팔이 부러진 이유가 무엇인지 확실히 알게 되죠. 그럼 같은 사고가 또 일어나는 것을 예방할 수 있습니다. 그것이 다른 무엇보다 중요한 일 아닐까요? 모두가 만족할 만한 해결책이죠."

안이 말을 마치자 주변의 소리가 잦아들었다. 누구도 쉽게 입을 열지 않았다. 윤필은 텅 빈 시선을 테이블에 고정시키고 있을 뿐이었다.

갑자기 윤필의 얼굴이 움찔거렸다. 윤필이 입을 찢어 크게 하품했다. 지금 상황에 몹시 어울리지 않는 일이었다. 힐끔 안의 얼굴을 봤다. 안의 한쪽 입술이 올라갔다. 비웃음, 혹은 쓴웃음. 몹시 가슴이 답답했다. 나도 모르게 입을 열었다.

"최선은 아니지만,"

윤필이 나를 돌아봤다.

"더 간단한 해결책이 있습니다."

안의 발이 내 발을 툭 건드렸다. 실수로 건드린 것인가? 안의 시선은 윤필에게 고정되어 있었다. 아마도 쓸데없는 말을 하지 말라는 경고일 것이다. 개의치 않고 나는 말했다.

"이미 반려된 심사는 없는 것으로 하고 새롭게 심사에 들어가는 겁니다. 그렇게 되면 번거로운 절차 없이 바로 보험금을 지급해드릴 수 있습니다. 자제분이 정밀 진단을 받으실 필요도 없고, 반려된 심사의 재검토를 위해 기다리실 필요도 없습니다. 물론 지급되는 보험금이 약간 삭감되긴 하겠지만 아주 미미한 액수일 겁니다."

안이 나를 돌아봤다. 웃고는 있지만 눈썹이 찌그러져 있었다. 나는 윤필을 향해 눈을 돌렸다. 가만히 나를 응시하던 윤필이 입을 열었다.

"말씀하신 걸 들어보면 결국 이전의 심사는 반려된 그대로 남는다는 거군요?"

"그렇습니다."

"그리고 같은 건에 관해 새로운 심사를 진행하겠다는 거고요."

나는 고개를 끄덕였다. 고개를 숙이고 잠시 생각에 잠겨 있던 윤필이 눈을 들었다.

"그렇다면 보험금이 삭감되는 이유가 뭡니까?"

"네?"

"같은 건을 심사하는 거라면 최초 산정된 보험금이 지급되는 게 당연하지 않습니까? 재심사를 한다고 해서 보험금이 깎일 이유가 없죠."

똑바로 나를 바라보며 윤필이 말했다. 나는 신중하게 말을 골랐다.

"단순한 절차의 문제입니다. 최초에 반려된 심사를 재검토하기 위해선 소명자료가 필요합니다. 하지만 재심사는 다르죠. 새로운 건으로 취급되기 때문에,"

"이미 벌어진 일을 새롭게 취급한다고 해서 뭐가 달라지는 건지 모르겠군요."

말을 끝맺기도 전에 윤필이 끼어들었다. 안이 여유로운 태도로 의자에 몸을 깊이 묻었다. 한번 당해보라는 뜻일 것이다. 목소리를 가다듬었다.

"반려된 심사는 이미 반려된 것으로 이를 재심사하기 위해선,"

"그러니까, 그 재심사의 대상이 같은 사고 아닙니까? 보험금이 달라지는 이유가 뭐죠?"

무표정한 얼굴의 윤필이 높낮이 없는 목소리로 물었다. 대답할 말을 찾고 있을 때 안이 먼저 말했다.

"이전의 건에 관해 계약자의 부주의가 인정되는 겁니다."

윤필과 내가 안을 돌아봤다. 의자에 몸을 묻은 채 안이 미소를 지었다.

"즉, 아드님의 사고에 관해 부모님의 부주의가 있었음을 받아들이고, 거기에 따른 삭감을 감수하시는 거죠. 최초 저의 제안과 크게 다를 것은 없습니다. 다만 이쪽은 삭감된 돈을 쉽게 받는 것이고, 제 제

안은 온전한 돈을 어렵게 받는 겁니다. 어쩌시겠습니까?"

안이 몸을 일으켰다.

"아드님이 팔을 다친 것에 대한 책임을 인정하시고 삭감된 돈을 받으시겠습니까? 아니면 진단을 받으시겠습니까?"

안과 나를 번갈아가며 바라보던 윤필이 허공을 바라봤다. 윤필이 말했다.

"알고 계시겠지만, 제겐 장애가 있습니다."

의외의 이야기였다. 알고 있었지만, 먼저 이야기를 꺼낼 줄은 몰랐다.

"프로그래머라고는 해도 일종의 장애자 특채 같은 것이죠. 저는 사고란 게 어떤 것인지 알고 있습니다. 그건, 아무도 예상하지 못하는 순간에 찾아드는 겁니다."

윤필의 눈을 봤다. 검게 가라앉은 눈동자. 도무지 무슨 생각을 하는 건지 알 수 없었다.

"저는 그런 일을 아주, 잘 알고 있습니다."

평온하기 짝이 없는 말투였지만, 이상하리만치 서늘하게 들렸다. 똑바로 앞을 바라본 채 윤필이 말을 이었다.

"저는 오랫동안 제 가족에게 있을 수 있는 사고에 대해 고민했습니다. 보험은 그래서 든 것입니다. 불행한 일이 생겼을 때를 대비하기 위해."

안이 아주 작게 숨을 내쉬었다. 경우에 따라선 코웃음처럼 들릴 수도 있었다. 윤필은 안의 의중을 알아채지 못한 것 같았다. 혹은 알아차렸어도 신경쓰지 않겠다는 것일 수도 있었다. 윤필이 말을 이었다.

"저희 쪽의 부주의에 대해 말씀하신다면 되묻고 싶군요. 저희 부부의 잘못이라곤 아직 어린아이와 함께 잔 것뿐입니다. 잠든 사이에 무슨 일이 생겼는지는 저도 모릅니다. 앞으로 저희는 이십사 시간 교대로 아이를 지키고 있어야 합니까?"

"아니, 그런 말이 아니라,"

툭, 다시 안이 내 발을 건드렸다. 나는 입을 다물었다. 윤필이 말했다.

"사고에 대한 부주의는 인정할 수 없습니다. 정밀진단을 말하셨지만 그 역시 마찬가지입니다. 우리 애는 아직 어린 나이입니다. 이 이상 병원에서 번거로운 일을 겪게 하고 싶지는 않군요. 최초의 심사 그대로 보험금을 지급해주십시오."

윤필이 입을 닫았다. 침묵이 흘렀다.

"병원에 돌아가야 할 시간이군요."

윤필이 말했다. 자, 하고 손을 마주치며 안이 말했다.

"그럼 오늘은 여기까지로군요. 번거롭게 해드려 죄송합니다. 다음에 연락드리죠."

안이 고개를 숙였다. 윤필이 일어섰다. 엉거주춤한 자세로 나도 따라 자리에서 일어났다. 윤필이 막 돌아서려는데 안이 입을 열었다.

"그런데 오늘 손가락은,"

넉살 좋게 웃으며 안이 말했다.

"꼭 진짜 같군요. 뭘로 만든 겁니까?"

명백한 도발이었다. 잠시 오른손을 내려다보던 윤필이 고개를 들며 말했다.

"실리콘입니다."

"오, 그래요. 참 잘 만들어졌습니다."

자리에서 일어나며 안이 오른손을 내밀었다. 윤필은 가만히 있을 뿐이었다.

"자제분의 팔이 빨리 낫길 빕니다."

가만히 안을 바라보던 윤필이 슬쩍 고개를 숙여 인사한 후 돌아섰다. 크게 기지개를 켜며 윤필이 계단을 내려섰다. 뭔가 귀찮은 일을 끝냈다는 듯한 몸짓이었다. 계단을 돌아설 때쯤 윤필은 늘어지게 하품을 하고 있었다. 코웃음을 치며 안이 중얼거렸다.

"빌어먹을 자식, 아무렇지도 않은 모양이군."

안이 의자에 몸을 던졌다.

"대체 왜 도망칠 구석을 준 거요? 대안을 제시하더라도 마지막의 마지막에 했어야 했는데. 이 상황에서 다른 방법이 있다는 걸 알려주면 절대로 응하지 않지."

안이 퉁명스레 말했다.

"이야기가 험해지는 것 같아 거든 것뿐입니다."

"이 정도가 험한가? 더 몰아붙였어야 해. 하품하는 것, 당신도 봤잖소."

안이 혀를 찼다.

"아무튼 귀찮아지겠어."

더 할 말이 없었다. 나는 인상을 구기며 의자에서 일어났다.

"회사로, 돌아가보겠습니다."

안이 고개를 끄덕였다. 돌아서는 등에 대고 안이 말했다.

"첫 협상 망친 것, 축하하오. 똑바로 보고하시오."

굴욕감이 들었다.

9. 우리들은 모두 꽃으로 태어났습니다

　회사에 돌아오자마자 팀장에게 윤필과 있었던 일을 보고했다. 보다 부드럽게 벌어진 일을 전하고 싶은 마음이 굴뚝같았지만 그랬다간 나중에 귀찮은 일이 생길지도 몰랐다. 나는 가능한 한 있는 그대로 상황을 전했다. 팀장이 잔뜩 인상을 구겼다.

　"조용히 처리하는 건 물 건너갔군."

　귀찮은 듯 팀장이 손을 내저었다. 나는 자리로 돌아왔다.

　점심시간이 끝나가고 있었다. 동료들은 모두 식사를 하러 나간 뒤였다. 재킷을 챙겨입으며 팀장이 밥을 먹으러 가자고 했다. 아침부터 한 끼도 먹지 못한 상태였지만 딱딱한 팀장의 얼굴을 보고 있으니 저절로 식욕이 가셨다. 나는 정중히 거절했다.

　"하기야, 일을 그렇게 해놓고 밥맛이 나겠어?"

　한마디를 보태며 팀장이 사무실을 나섰다. 거절하길 잘했다는 생각이 들었다.

　잠시 멍하니 앉아 있다가 지갑을 챙겨들었다. 엘리베이터 버튼을 누르고는 편의점에서 라면을 살까, 삼각김밥을 살까 고민하고 있는데 핸드폰이 울렸다. '이진희 선생'이라는 이름이 떠 있었다. 이름을 확인한 순간 점심은 물론 저녁까지도 먹지 못할 듯한 예감이 들었다. 엘리베이터에서 돌아서서 전화를 받았다. 의례적인 인사를 주고받은 뒤 잠시 뜸을 들이던 이진희 선생이 말했다.

"샘에게 일이 생겼습니다."

이 시간에 갑자기 전화를 했다면 당연히 그렇겠지. 이진희 선생의 다음 말을 기다렸다.

"샘이 친구들과 싸움을 벌였습니다."

약간은 의외였다. 샘에게 일이 생긴다면 그건 의사소통에 관련된 문제일 거라고 생각해왔기 때문이다. 하기야 어떤 면에서는 싸움도 의사소통의 문제다.

"샘은 괜찮습니까? 혹시 다쳤다거나."

"샘도 다치긴 했지만 입술이 터진 정도입니다. 다친 걸로만 치면 상대 아이들이 훨씬 심하죠. 한 명은 여기저기 멍이 들었고, 다른 한 명은 팔이 부러졌습니다."

상대가 한 명이 아니란 말인가? 그리고 팔이 부러져? 이것저것 따질 겨를이 없었다.

"지금 학교로 가겠습니다."

전화를 끊은 후 나는 곧장 회사를 나섰다.

택시를 잡아타고 학교로 갔다. 택시에서 내려 교무실까지 한달음에 뛰어갔다. 오후 수업중인 학교는 조용했다. 조심스레 교무실의 문을 열고 들어섰다. 내가 들어서는 것을 본 교감선생이 자리에서 일어났다. 교감선생에게로 다가갔다.

가쁜 호흡이 진정되질 않았다. 숨을 몰아쉬며 교감선생에게 머리를 숙였다. 잠시 나를 바라보던 교감선생이 말했다.

"뛰어오신 겁니까?"

나는 고개를 끄덕였다. 교감선생이 미소를 지었다.

"놀라신 것은 알겠지만 크게 걱정할 일은 아닙니다."

교감선생이 문을 향해 걸어갔고, 나는 교감선생의 뒤를 따랐다.

"아이들이 싸우는 것은 그리 드문 일이 아니니까요. 상대 아이 중에 크게 다친 아이가 있긴 하지만 그것도 우연이 겹친 것뿐입니다."

"우연이요?"

"자세한 상황은 이진희 선생님께 들으십시오. 제가 알기론 사고였다고 합니다. 넘어지면서 팔이 부러진 거라고 하더군요. 물론 그것도 그리 유쾌한 일은 아니지만 말입니다."

교무실을 나선 후 교감선생이 계단 쪽으로 걸음을 옮겼다.

"샘은 상담실에 있습니다. 우선은 샘을 만나보시고 말씀을 나누시죠."

교감선생을 따라 이층 상담실로 갔다. 교감이 상담실의 문을 열었다. 창문 앞에 널찍한 책상이 놓여 있었다. 샘은 책상 앞에 앉아 있었다. 고개를 숙인 샘의 왜소한 등이 눈에 들어왔다. 교감이 말했다.

"이진희 선생님을 모시고 오겠습니다. 샘과 이야기를 나누고 계시죠."

나를 남겨두고 교감선생이 상담실을 빠져나갔다. 조심스레 나는 샘의 곁으로 다가갔다. 샘은 미동도 없었다. 나는 샘의 곁에 의자를 끌어와 앉았다.

창문으로 바람이 불어오고 있었다. 살짝 드리워진 노란 커튼이 공기가 움직일 때마다 나풀거리며 춤을 췄다. 간간이 운동장에서 체육수업중인 아이들의 고함소리가 들렸다. 샘의 일만 아니라면 한가하고 나른한 오후였다.

나직하게 한숨이 나왔다.

"곤란한 일을 겪게 됐구나."

나는 중얼거렸다. 샘이 내 쪽을 향해 눈을 돌렸다. 왼쪽 입술이 붉게 물들어 있었다. 연고를 발랐는지 상처 주변이 번들거렸다. 천천히 손을 들어 왼쪽 입술을 가리켰다.

"아프냐?"

우두커니 나를 바라보고 있던 샘이 눈을 돌렸다. 샘이 자리에서 일어섰다. 샘은 몇 걸음을 옮겨 상담실 벽에 붙은 포스터를 들여다보기 시작했다. 나는 샘이 들여다보는 포스터를 눈으로 좇았다.

학교폭력 방지에 관한 포스터였다. 노란 바탕에 커다란 꽃 사진이 실려 있었다. 문구를 읽었다. '우리들은 모두 꽃으로 태어났습니다.' 아래쪽에는 학교폭력을 당했을 때 상담할 수 있는 곳과 경찰서의 전화번호가 적혀 있었다. 이상한 포스터라고 생각했다. 사진과 문구가 너무 추상적이었고 서로 어울리지 않았다. 상담센터와 경찰서의 전화번호가 함께 실려 있는 것도 우스운 일이었다. 정말로 폭력을 당하는 아이라면 둘 중 어느 곳에 먼저 전화를 걸까?

"네가,"

등을 돌린 샘을 향해 나는 말했다. 샘은 그저 그 자리에 앉아 있을 뿐이었다.

"네가 싸움을 잘하는 줄은 몰랐다."

언제나처럼 샘은 반응이 없었다.

"하지만 앞으로는 이런 일이 없으면 좋겠구나."

누구에게랄 것도 없이 나는 되는대로 말을 뱉고 있었다.

"싸운 것이 문제가 아니라, 네가 걱정되어서야. 너에게 무슨 일이 생기면 엄마,"

엄마라는 말이 나오자 샘이 흠칫 몸을 떨었다. 샘이 조심스레 나를 돌아봤다. 어쩐지 더 말을 이을 수가 없었다. 하지만 이대로 말을 멈추는 것도 우스울 것 같았다.

"그러니까, 너에게 무슨 일이 생기면 엄마가 무척 슬퍼할 거다. 그리고,"

한층 목소리가 낮아졌다.

"나도 무척 슬플 것 같구나."

잠시 그대로 있던 샘이 이내 고개를 돌렸다. 마지막 말을 샘이 들었는지 못 들었는지 알 수 없었다.

상담실 문이 열렸다. 이진희 선생이 상담실로 들어서며 나에게 인사했다. 나는 자리에서 일어나 머리를 숙였다. 샘을 돌아보며 이진희 선생이 말했다.

"샘, 교실로 돌아가 있으렴."

샘이 교실로 돌아가고 이진희 선생은 샘이 앉았던 자리에 앉았다. 잠깐 숨을 고른 후 이진희 선생이 말했다.

"팔이 부러진 아이는 병원에 있다가 아이 어머니와 함께 집으로 돌아갔습니다. 다른 한 아이는 양호실에 있고요."

"신경써주셔서 감사합니다."

"어찌 된 일인지 들어보셨나요?"

나는 고개를 저었다. 자세를 바로잡으며 이진희 선생이 말했다.

"싸움이 벌어진 건 점심시간입니다. 다친 아이들의 말에 의하면 교실을 나서는데 앉아 있던 샘이 갑자기 달려들었답니다. 한쪽 아이의 등을 발로 찼다고 하더군요."

샘이 먼저 달려들었다는 건가? 그리고 등을 발로 찼다고?

"등을 차인 아이는 넘어지다가 팔을 잘못 짚었답니다. 그때 팔이 부러진 거죠. 곧바로 다른 아이와 샘이 엉겨붙었다고 합니다. 하지만 역부족이었던 것 같습니다. 주변 아이들의 말에 따르면 샘은 몹시 격분한 상태였다고 하더군요. 몇 아이가 달라붙어 겨우 샘을 떼어냈답니다."

도무지 이해가 가지 않았다. 샘이 격분했다? 처음 본 순간부터 지금까지 나는 샘이 감정을 드러내는 것을 단 한 번도 보지 못했다. 대체 뭣 때문에?

"이유가 뭐죠?"

잠시 나를 바라보던 이진희 선생이 한숨을 쉬었다.

"그걸 알 수가 없습니다. 다친 아이들은 샘이 왜 그랬는지 도무지 모르겠다고 하네요. 그리고 샘은,"

뜸을 들이고 있던 이진희 선생이 조심스레 말을 이었다.

"싸운 이유에 대해서는 완전히 입을 닫고 있습니다. 반성을 하고 있다는 의사표시는 했습니다. 부끄럽고 다친 아이들에게 미안하다고 하더군요. 하지만 싸운 이유는 말하지 않았습니다. 혹시 샘에게 들은 이야기가 있으신가요?"

"한마디도 듣지 못했습니다."

이진희 선생이 눈살을 찡그렸다.

"곤란한 일이군요. 싸운 이유를 반드시 알아야 할 텐데요. 왜 이런 싸움이 벌어졌는지를 알아야 다음에 같은 일이 생기는 것을 방지할 수 있겠죠."

기시감이 들었다. 아침부터 온통 비슷한 일 투성이였다. 팔이 부러진 아이들, 원인을 알 수 없는 사고, 이유를 알 수 없는 싸움. 이진희 선생이 물었다.

"집에서 샘은 어떤가요? 특별한 이야기는 없었습니까?"

이진희 선생이 의도한 바는 아니겠지만, 내게 그 질문은 쉽게 대답할 수 없는 것이었다. 다시 가슴이 답답해왔다. 안과 김윤필 사이에서 그랬던 것처럼. 이진희 선생 등뒤의 포스터가 눈에 들어왔다. '우리들은 모두 꽃으로 태어났습니다.'

"혹시 다른 일이 있었던 건 아닙니까?"

의아한 얼굴로 이진희 선생이 나를 바라봤다. 며칠 전, 병원에서 샘을 만났을 때의 일이 떠올랐다. 채연에게 전해들은 바로는 학교에서 친구들과 다퉜다고 했다. 나는 그 말을 믿지 않았다. 나 때문에 기분이 상한 것을 둘러대기 위해 꾸민 말이라고 생각했다. 하지만 어쩌면 정말로 친구들과 다툰 것이 아닐까? 그리고 그 다툼이 단순한 의견 대립 같은 게 아니라면? 나는 말했다.

"그러니까, 아무 이유 없이 샘이 싸움을 벌이진 않았을 것 같습니다. 그러니까, 샘이 그렇게 화를 냈다면 뭔가 이유가 있지 않겠습니까?"

이진희 선생의 얼굴이 딱딱하게 굳었다. 이진희 선생이 물었다.

"무슨 말씀을 하시는 거죠?"

망설이며 말을 잇지 못하고 있을 때 이진희 선생이 입을 열었다.

"싸움의 이유를 대라면 수백 가지도 더 댈 수 있습니다. 발을 밟았다, 무시했다, 말다툼이 생겼다. 그중 무엇 때문에 싸움이 벌어진 건지를 알아야 하는 겁니다. 다친 아이들은 무슨 일 때문에 그런 건지 짐작도 못 하고 있습니다. 그렇다면 샘이 말을 해야 하는 게 아닐까요?"

"그러니까 말씀드리는 겁니다. 샘이 말을 하지 못하는 이유가 있다면요? 그러니까, 평소에도 놀림을 받았다거나, 아니면 더 지독한 일을 당해와서 사람들에게 이야기할 수가 없다거나. 그럴 가능성은 없을까요?"

이진희 선생이 나를 뚫어져라 바라봤다.

"지금 그러니까, 저희 학급에 집단 따돌림 같은 것이 있지 않느냐는 말씀이신가요?"

"그렇게 단정지어 말씀드리는 것은 아닙니다. 하지만 한 번쯤 고려해볼 수 있는 게 아니냐는 겁니다. 며칠 전에도 샘은 학교에서 친구들과 다퉜다고 했습니다. 그 이유는 아십니까? 이번 싸움의 이유도 모른다고 하셨잖습니까."

이진희 선생의 얼굴이 붉게 달아올랐다. 숨을 깊이 들이쉬며 이진희 선생이 말했다.

"샘 또래의 아이들은 다른 나이대보다 훨씬 복잡합니다. 어른들의 사고방식을 뻔히 이해하면서도 아이처럼 생각하고, 어른스럽게 행동하는 법을 알지만 부러 제멋대로 굽니다. 이런 아이들을 어른의 관점으로 바라보면 도무지 이해할 수 없는 일들이 생기죠."

내 주변엔 이미 너무나도 이해할 수 없는 일들이 너무 많이 생겨나고 있었다. 나는 이진희 선생의 말을 기다렸다.

"그런 관점에서 이번 일을 보면 이해할 수 없는 부분이 많을지도 모르죠. 샘이 얌전한 아이라는 것은 잘 알고 있습니다. 그런 아이가 갑자기 이렇게 큰 싸움을 일으켰으니 놀라신 것도 이해합니다. 하지만,"

말을 이으려던 이진희 선생이 입을 닫았다. 잠시 나를 바라보던 이진희 선생이 천천히 말했다.

"하지만, 문제의 원인을 찾으려면 가정환경 역시 살펴봐야 하지 않을까요? 아버님이 제게 말씀해주신 거라곤 샘의 어머니와 재혼하셨다는 것뿐입니다. 그 일에 관해 샘과 대화해보신 적이 있습니까?"

이진희 선생이 계속해서 말을 쏟아냈다.

"아버님과 어머님 사이에 있었던 일이라면 그건 분명 사생활의 영역이겠죠. 하지만 샘은 두 분의 사생활에 큰 영향을 받을 수밖에 없습니다. 그런 부분에 관해서 저는 아무것도 들은 바가 없습니다. 당장 어머님의 문제를 볼까요? 암 투병중이라고 하셨죠? 어떤 상태인가요? 고통을 받고 계신가요? 그래서 그걸 지켜보는 샘이 상처받을 수도 있는 상황인가요? 아버님과 어머님의 나이 차이가 꽤 나지요? 두 분은 어떻게 만나셨나요? 아버님은 샘에 대해 어느 정도로 책임감을 갖고 계십니까? 이런 결혼을 하신 이유가 뭐죠? 제게 아무것도 알려주지 않으셨잖습니까? 제가 무얼 할 수 있을까요? 그래놓고 이제 와서 그 책임을 학교에 돌리려고 하시는 건 너무 무책임한 일 아닌가요?"

말을 마친 이진희 선생이 잠시 숨을 골랐다. 블루에게도 그렇고 며칠 사이 비슷한 질문을 계속해서 받고 있었다. 채연과 결혼을 한 이유라. 내가 그걸 설명할 수 있을까.

침묵이 흘렀다. 다행히 흥분이 가라앉는 듯 이진희 선생의 얼굴이 제 색깔로 돌아왔다. 자세를 바로잡으며 이진희 선생이 말했다.

"따돌림에 대해 물으신다면 확실히 말씀드리겠습니다. 저희 학급에 따돌림은 없습니다. 오직 싸움이 있었을 뿐입니다."

찬찬히 이진희 선생의 얼굴을 들여다봤다. 단정하게 묶은 검은 머리와 뿔테안경, 단순한 디자인의 하얀 블라우스와 회색 스커트. 잡티하나 없이 매끄러운 피부와 옅은 화장. 처음 봤을 땐 선생이라는 직업에 어울리는 단정한 인상의 여성이라고 생각했는데, 흥분해서 말을 쏟아낼 때 보니 의외로 격정적이고 신경질적인 면이 있는 모양이다. 다른 무엇보다 고집이 무척 세 보였다. 나와 비슷한 또래의 이 여성이 자기 학급에 문제가 있을 때 그것을 인정할까? 딱딱하게 굳은 이진희 선생의 얼굴을 바라봤다. 숨을 고른 후 최대한 정중하게 말했다.

"알겠습니다. 제가 실례했습니다."

어색한 침묵이 흘렀다. 이진희 선생이 말했다.

"다친 아이와 그 부모님께 사과를 하셔야 할 겁니다. 양호실에 있는 아이에게는 그렇다 치더라도 팔이 부러진 아이는 꼭 찾아보셔야 합니다. 병원비에 관련된 부분도 해결하셔야 하니까요."

"알겠습니다. 언제 찾아뵈면 좋을까요?"

"곧장 가시는 게 좋을 것 같군요. 아이의 부모님께는 미리 연락해놓겠습니다."

잠시 생각한 후 이진희 선생이 말을 이었다.

"샘의 처분에 관해서는 샘으로부터 자초지종을 들은 후 결정하겠습니다. 반성하고 있다는 의사는 표시했지만 이유에 대해서는 차차 확인해야 합니다. 집에서 물어보신 후, 제게 다시 연락주세요."

어려운 이야기였다. 샘으로부터 싸운 이유에 대해 들을 수 있을까? 가장 간단한 방법은 채연에게 상황을 알리고 그녀가 샘에게 싸운 이유를 듣는 것이었다. 하지만 채연에게 이 일을 알리는 것이 과연 좋은 일일까? 하지만 숨기는 것도 쉬운 일은 아니었다. 그러기 위해선 샘과 우선 말을 맞춰야 했다. 대답을 기다리듯 입을 다물고 있는 이진희 선생에게 말했다.

"알아본 후 연락드리겠습니다."

이진희 선생이 고개를 끄덕였다. 선생에게 다친 아이의 집 주소를 받아적은 후, 우린 둘 다 상담실에서 나왔다.

교실로 올라갔다. 샘은 수업중이었다. 이진희 선생이 교실에 들어가 샘을 데리고 나왔다. 책가방을 챙겨든 샘에게 이진희 선생이 다짐을 받았다.

"확실히 사과할 거지?"

샘이 고개를 끄덕였다. 이진희 선생이 웃으며 샘의 머리를 쓰다듬었다. 나와의 언쟁 때문에 샘에게 마음을 달리 먹진 않을 것 같아 안심이 됐다. 이진희 선생에게 허리를 숙여 인사한 후 샘과 함께 학교를 빠져나왔다.

교문 앞에서 다친 아이의 집 주소를 확인했다. 차를 타고 가기엔 애매한 거리였다. 뒤따르던 샘을 향해 나는 물었다.

"걸어갈까?"

대답 없이 샘이 앞서 걸었다.

찻길과 붙은 인도를 오 분 정도 걸었다. 나도 샘도 말이 없었다. 사거리의 신호등에 닿았다. 사거리의 우측에 천변으로 건너가는 다리가 있었다. 다리를 건너 천변으로 방향을 틀어 걸으면 집에 닿게 된다. 하지만 다리를 건넌 후 그대로 직진하면 채연이 있는 병원으로 갈 수 있었다. 다친 아이의 집은 사거리에서 직진해 한참을 가야 했다.

빨간불이 켜진 신호등 앞에서 나는 채연이 있는 병원 쪽을 바라봤다. 어떤 이야기를 어디까지 전해야 할지 알 수 없었다. 샘에게 눈을 돌렸다. 샘 역시 병원을 바라보고 있었다.

신호등이 녹색으로 바뀌었다. 신호를 기다리던 사람들이 바쁘게 횡단보도를 건넜다. 샘은 움직이지 않았다. 다시 신호가 바뀔 때까지 샘은 그 자리에 우두커니 서서 병원 쪽을 바라보고 있었다. 잠시 후 다리 쪽으로 건너가는 보행신호가 켜졌다. 샘에게 다가갔다.

"엄마에게 가도 좋아."

샘이 나를 돌아봤다. 나는 어색하게 웃었다.

"친구에게는 나중에 학교에서 직접 사과하렴. 부모님께는 내가 사과할게. 그러니 너는 엄마에게 가도 된다."

망설이듯 샘이 다시 한번 병원 쪽을 돌아봤다. 다리로 건너가는 보행신호가 깜박이고 있었다. 조바심이 났다. 나도 모르게 샘의 어깨를 슬쩍 밀었다.

"가도 된다."

무표정한 얼굴로 다시 나를 돌아보던 샘이 마음을 정한 듯 횡단보도를 뛰어 건넜다. 빨간불이 켜지기 직전에 샘은 건너편에 닿았다. 차들이 움직이기 시작했다. 나는 샘을 향해 손을 들었다. 말없이 나를 바라보던 샘이 몸을 돌려 다리를 건너갔다. 종종걸음으로 샘은 병원을 향해 뛰었다. 세차게 달리기 시작한 자동차들이 샘과 나 사이로 횡횡 바람 소리를 냈다. 샘의 뒷모습이 사라질 때까지 바라보다 다친 아이의 집을 향해 걸었다.

다친 아이가 사는 곳은 아파트단지였다. 이진희 선생이 적어준 집 주소 앞에 섰다. 옷매무새를 다듬고 숨을 고른 후 초인종을 눌렀다. 인터폰에서 여자의 목소리가 흘러나왔다.

"샘의 아,"

쉽사리 입이 떨어지지 않았다.

"샘의 보호자입니다."

잠시 후 문이 열렸다. 짧게 커트한 머리의 중년 여성이 위아래로 나를 훑었다. 머리를 숙여 인사했다.

"많이 놀라셨죠. 사과드리러 왔습니다."

여자가 고개를 끄덕였다.

"샘은, 먼저 집으로 돌려보냈습니다. 많이 반성하고 있고, 나중에 자제분에게 따로 사과하도록 시켰습니다. 정말 죄송합니다."

여자가 얇게 한숨을 쉬었다.

"아이 어머니가 아프다고요?"

이진희 선생을 통해 샘의 상황을 들은 모양이었다. 나는 고개를 끄덕였다. 여자가 다시 한숨을 쉬었다.

"애들 싸움이니까 일을 크게 만들고 싶진 않네요. 싸운 애 상황을 들어보니 딱하기도 하고."

여자가 문을 활짝 열었다.

"들어오세요. 차라도 한잔하시죠."

"아닙니다. 그저 사과를 드리러 온 거니까요. 정말 죄송합니다. 그리고,"

손을 내저으며 나는 말했다.

"아이에게도 직접 사과하고 싶습니다."

여자가 등뒤를 향해 아이의 이름을 부르며 소리쳤다.

"이리 나와봐."

쭈뼛거리며 아이 하나가 현관 앞에 섰다. 오른쪽 팔에 깁스를 한 아이는 제 어머니와 키가 거의 비슷했다. 샘과 비교하면 머리 하나는 더 클 듯싶었다. 눈치를 살피는 아이를 향해 부드럽게 말했다.

"샘이 무척 미안해하고 있더구나. 학교에서 만나면 정식으로 사과할 거야. 나도 정말 미안하다."

풀이 죽은 얼굴로 아이가 고개를 끄덕였다. 아이의 어머니를 봤다.

"병원비에 관련된 부분은 저희가 다 해결하겠습니다. 제게 연락주십시오."

여자에게 전화번호를 가르쳐주었다. 다시 한번 인사했다.

"나중에 기회가 된다면 또 사과드리겠습니다."

용무가 끝난 것을 눈치챈 아이가 돌아서려 했다. 나는 서둘러 물었다.

"그런데 말이다,"

아이와 아이 어머니가 동시에 나를 바라봤다.

"샘과 왜 싸웠는지 말해줄 수 있니?"

물끄러미 나를 바라보던 아이가 고개를 저었다. 나는 고개를 끄덕였다.

"너도 잘 모르는구나. 알겠다. 미안하다."

아이 어머니가 인사했고 문이 닫혔다.

아파트단지를 벗어나며 나는 줄곧 씁쓸한 기분이었다. 아이 어머니에게 더 심한 꼴을 당할 수도 있었다. 아이 어머니가 화를 참은 것은 채연의 병에 대해 알았기 때문일 것이다. 암에 걸린 여자, 그 여자의 아이. 내가 아픈 사람을 사랑하고 있다는 것, 그리고 샘이 불행한 아이라는 것. 아이의 어머니는 그런 일들을 다시 한번 상기시켜주었다.

왔던 길을 거슬러 걸었다. 천변을 넘는 다리 앞에서 전화기를 꺼냈다. 회사 쪽에서 걸려온 부재중전화가 몇 통 쌓여 있었다. 나는 채연의 번호를 눌렀다. 채연은 전화를 받지 않았다. 한번 더 전화를 걸었지만 마찬가지였다. 병원으로 전화를 했다. 치료에 들어갔다는 답이 돌아왔다. "아이도 일찍 돌아갔어요." 간호사가 말했다. 다리를 건넌 후 병원 쪽을 바라보다 천변을 향해 발길을 틀었다.

집에 돌아왔을 때 날은 완전히 저물어 있었다. 현관에 샘의 신발이 놓여 있었다. 가득 쌓인 빨래를 세탁기에 넣고 거실을 치웠다. 몸을 씻은 후 소파에 앉았을 때 전화기가 울렸다. 문자메시지였다. 이름도, 전화번호도 찍혀 있지 않았다. 라이더레인저였다. 대체 어떤 방법으로 이런 문자를 보내는 걸까? 특별한 프로그램이라도 있나? 문자의 내용을 확인했다.

내일 약속 잊지 않았겠지.

굳이 확인문자까지 보내는 걸 보면 이놈도 혹시 나를 만나기를 기다리는 걸까? 친절한 답문자를 보낼까 싶기도 했지만 하루 종일 시달리느라 더 발휘할 친절이 내겐 남아 있지 않았다. 손가락을 놀려 '내일 뵙죠' 하고 짤막하게 답장을 보냈다. 전화기를 들고 방에 들어가 불을 끄고 눈을 감았다. 잠시 후 전화기가 울렸다. 손을 뻗어 전화기를 확인했다. 어둠 속에서 전화기의 옅은 빛이 퍼졌다.

내일은 긴 하루가 될 거야.

친절한 놈이다. 협박만큼은 빼먹질 않는다.

긴 하루라? 오늘보다 더?

전화기를 끄고 눈을 감았다. 얼마나 길어질지 두고 보자, 라이더레
인저.

10. 지금 그리로 간다

출근 직후 팀장에게 호출을 받았다. 각오했던 일이었다. 갑자기 자리를 비운 것에 대한 추궁을 들었다. 반려 건을 핑계로 둘러대자 팀장은 잔뜩 찡그린 표정으로 나를 돌려보냈다.

자리에 돌아와 안에게 전화했다. 당장 김윤필 쪽의 움직임은 없었다. 이제부터 어떻게 할지 묻자 퉁명스러운 말투로 안은 말했다.

"이쪽에서 먼저 움직인다면 그건 신고요. 그래도 되겠어?"

가당찮은 소리.

"상황을 기다리죠."

"그렇게 말하지 않아도 그러고 있소. 그런데 이 허여멀건 놈, 도무지 전화를 안 받아. 며칠 내로 시간 좀 내시오. 직접 찾아가봐야겠어."

알았다고 대답한 후, 전화를 끊으려는데 안이 다급하게 말했다.

"그런데 말이오,"

느물거리는 말투로 안이 말을 이었다.

"영호씨에 대해 좀 궁금한 게 생겼는데 말이야."

안이 뜸을 들였다. 필시 웃는 얼굴일 것이다. 눈은 전혀 움직이지 않은 채 입가 주름을 크게 그리며. 안의 말을 기다렸다.

"병원에 자주 드나드신다면서?"

안이 병원의 이름을 댔다. 채연의 병원이었다.

"아는 사람이 거기에서 일을 하고 있어서 말이지. 어디 아픈 거요?"

등줄기에 식은땀이 흘렀다. 나는 되는대로 입을 열었다.

"허리입니다."

"호오, 이번에도 허리?"

전화기 속에서 안이 킬킬거렸다.

"조심하시오. 젊은 나이에 허리 때문에 병원이라니."

안이 대꾸하기 전에 전화를 끊었다.

한참 동안 자리에 앉아 안의 말을 되새겼다. 아는 사람이 병원에서 일을 하는 것은 충분히 있을 수 있는 일이다. 당장 나만 해도 일을 하며 얼굴을 익힌 사람의 수가 꽤 된다. 안의 업무와 경험을 생각하면 이런저런 정보를 주고받는 병원 종사자가 한둘이 아닐 것이다. 하지만 그런 사람들과 나에 대한 이야기가 어떻게 연결될 수 있을까. 몇 번을 고쳐 생각해도 결론은 하나였다. 안은 내 뒷조사를 한 것이다.

대체 왜? 내가 안보다 좋은 차를 타고 다녀서? 안의 업무능력에 대해서라면 익히 들은 바가 있다. 안이 작심하고 조사한다면 채연과 내 관계가 밝혀지는 것은 시간문제였다. 물론 죄를 지은 것은 아니다. 하지만 암 보험금을 탄 여덟 살 연상의 고객과 심사팀의 직원이 결혼하는 것은 결코 보기 좋은 그림이 아니다. 제대로 설명해내지 못하면 큰 문제가 될 것이다. 바로 그 이유 때문에 지금까지 회사에도 결혼 사실을 숨겨온 것이었다.

한참을 고민한 끝에 일단은 상황을 지켜보기로 했다. 단순히 생각하면 안은 함께 일하는 사람의 신상을 조사한 것뿐이다. 혹은 정말로 우연히 채연의 병원에 내가 드나드는 것을 알게 됐거나. 특별히 튀는 행동을 하지 않는 한 이대로 조용히 넘어갈 수도 있는 일이었다. 다만 당분간은 안에게 고분고분하게 굴 필요가 있을 것이다.

답답한 마음을 애써 누르며 업무를 처리했다. 퇴근시간이 되자마자 짐을 챙겨들고 라이더레인저와 약속한 곳으로 향했다.

약속장소인 지하철역은 어느 대학교의 이름이 붙은 혼잡한 역이었다. 오고 가는 사람들이 헤아릴 수 없이 많았다. 출구 앞에서 전화기로 시간을 확인했다. 일곱시 사십분, 약속시간 이십 분 전이었다. 출구 근처의 편의점에서 캔커피를 하나 사서 마시며 라이더레인저를 기다렸다.

9월이었다. 해가 점점 짧아지고 있었다. 당장 한 달 전에는 이즈음만 해도 아직 사위가 밝았는데, 지금은 어슴푸레 어둠이 깔리고 있었다. 캔커피를 홀짝이며 주변을 두리번거렸다. 전화기가 울렸다. 생소한 번호였다.

"여보세요?"

조심스레 입을 뗐다. 상대방은 말이 없었다.

"이영호입니다."

여전히 상대방은 말이 없었다. 어찌할 바를 몰라 가만히 있는데, 전화기 속에서 킬킬거리며 웃는 소리가 들렸다.

"도착했나?"

잔뜩 잠긴 목소리였다. 낮고 칼칼한 음성. 하지만 어딘지 모르게 들뜬 어린애 같은 분위기가 깔려 있었다. 이상하게도 목소리의 주인이 라이더레인저라는 것을 확신할 수 있었다.

"그래."

순간적으로 반말이 튀어나왔다.

"아, 네. 그렇습니다. 도착했습니다."

서둘러 고쳐 말하자 다시 킬킬거리는 웃음소리가 들렸다.

"입고 있는 옷은?"

"네?"

"당신이 입고 있는 옷."

"아, 그러니까 양복이고."

이미 와 있는 건가. 주위를 두리번거렸다. 전화기를 들고 있는 남자들이 몇 눈에 띄었다. 저들 중 하나가 라이더레인저인가?

"검은 바지에 하얀 와이셔츠입니다."

순순히 입고 있는 옷을 말해주었다. 라이더레인저가 빠르게 물었다.

"넥타이는 무슨 색이지?"

"회사 밖에서는 매지 않습니다."

"양복 상의는 입고 있어?"

"가방 안에 넣었습니다."

"상의 색깔은?"

밑도 끝도 없는 질문이었다. 나는 입을 다물었다. 잠시 침묵이 흘렀다. 그때 귓가에 컴퓨터 자판을 두들기는 소리가 났다. 통화를 하며 라이더레인저는 컴퓨터를 사용하고 있었다. "어, 음" 하는 소리를 내던 라이더레인저가 말했다.

"가방 안에 든 상의를 꺼내 입어. 음, 그리고."

라이더레인저가 말을 맺지 못하고 웅얼거렸다. 그러는 동안에도 쉴 새없이 자판을 두들기는 소리가 들렸다. 대체 무슨 짓을 하고 있는 거지? 참지 못하고 나는 물었다.

"지금 뭘 하시는 겁니까?"

자판 두들기는 소리가 끊겼다. 잠시 입을 닫고 있던 라이더레인저가 말했다.

"뭘 하긴, 널 만나려 하고 있지."

"그런 거라면."

다시 주변을 둘러봤다. 전화기를 들고 있는 남자 한 명 한 명의 얼굴을 새기듯 살펴보며 나는 말했다.

"제 앞에 나오셔야죠."

라이더레인저가 잠시 입을 닫았다. 전화기 안에서 라이더레인저의 숨소리가 들렸다. 라이더레인저가 말했다.

"나를 만나고 싶은 것 아니었나?"

"그랬죠."

"그럼 내 말을 들어야지."

아이를 구슬리는 듯한 말투가 무척 거슬렸다. 대체 무슨 수작을 부리는 거지? 라이더레인저가 말을 이었다.

"일단 가방 안에 들어 있는 상의를 꺼내 입어."

"싫습니다. 이해할 수 없는 요구에 무조건 응할 순 없습니다."

짜증을 참지 못하고 나는 말했다. 라이더레인저가 코웃음을 쳤다.

"이해할 수 없는 요구라면 그쪽이 먼저 아니었나? 변신왕 운운하며 연락을 해온 게 누구지?"

대꾸할 말이 없었다.

"상의를 입으란 것뿐이야. 알아볼 수 있게. 그게 싫다면 지금 당장 전화를 끊어도 상관없어."

라이더레인저가 킥킥거렸다.

"아쉬운 건 너잖아?"

분을 삼키며 전화기를 목에 끼웠다. 가방 속에서 검은색 양복 상의를 꺼내 입었다. 가방을 고쳐들고 말했다.

"상의, 입었습니다."

다시 자판 두들기는 소리가 들렸다. 참지 못하고 나는 말했다.

"지금 도대체 뭐하는 겁니까?"

"상의가,"

잠시 뜸을 들인 후, 라이더레인저가 말했다.

"검은색이군."

이놈, 근처에 와 있다. 다시 주변을 둘러봤다. 아무리 살펴봐도 라이더레인저처럼 보이는 남자는 없었다. 문득 라이더레인저에 대해 아는 것이 아무것도 없다는 걸 깨달았다. 대체 라이더레인저처럼 보이는 놈은 어떤 놈일까. 어쩌면 저기 저 슈트를 차려입은 남자가 라이더레인저일지도 모른다. 몸에 착 달라붙은 작은 티셔츠에 머리를 노랗게 물들인 청년 혹은 기타를 등에 멘 저 긴 머리 남자가 그놈일지도. 전화기 저편에서 다시 자판 두들기는 소리가 났고, 라이더레인저가 말했다.

"어울리는군, 그 옷."

라이더레인저가 키득거렸다. 라이더레인저가 말했다.

"상복이야."

누군가 등뒤에서 몸을 부딪쳐왔다. 실수로 부딪친 것이라고 하기엔 꽤 거센 압력이었다. 한 발자국 앞으로 밀려났다. 인상을 찡그리며 뒤를 돌아보는데 머리가 갑자기 옆으로 돌아갔다. 다음 순간 따뜻한 온기가 콧속에 들어차고, 뒤따르듯 극심한 고통이 덮쳐왔다. 나도 모르게 허리가 꺾였다. 헉헉거리며 숨을 몰아쉬었지만 아픔 때문인지, 코피 때문인지 호흡을 가다듬을 수 없었다. 다시 한번 머리가 돌아갔다. 이번엔 고통이 먼저였다. 누군가 왼쪽 얼굴을 후려친 것이다. 그대로 길바닥에 나뒹굴었다. 투둑, 하는 소리가 들렸다. 옷이 뜯어지는 소리였다. 누군가 쓰러진 내 양복깃을 잡아당기고 있었다. 반사적으로 옷깃을 잡아쥐었다. 또 한번 왼쪽 뺨에 불이 붙는 듯한 느낌이 스치고 지나갔다. 비로소 덜컥 겁이 났다. 눈을 감았다. 가방을 쥐고 있던 손이 거세게 흔들렸고 나는 가방 손잡이를 놓쳤다. 오른손으로 코를 움켜쥐고 왼손으로 바닥을 짚으며 가까스로 눈을 떴다. 엉금엉금 기듯이 자세를 바로잡고 몸을 일으켰다. 멍한 눈으로 주위를 둘러봤다. 주변을 둘러싼 사람들이 놀란 눈으로 나를 바라보고 있었다. 비틀거리며 발걸음을 옮겼다. 사람들이 두려운 것을 피하듯 길을 터주었다. 눈앞의 풍경은 아무 특이할 것이 없었다. 그저 번잡한 거리의 풍경일 뿐이었다. 반대방향으로 몸을 돌렸다. 마찬가지였다. 가방을 가져간 사람의 흔적은 찾을 수 없었다.

다리에 힘이 풀렸다. 나는 길가 건물의 화단에 등을 대고 주저앉았다. 그제야 전화기에 생각이 미쳤다. 처음 쓰러졌던 곳을 향해 몇 걸음을 뗐다. 바닥을 눈으로 훑고 있을 때 누군가 전화기를 주워 건네주었다. 피가 흐르는 코를 쥐고 있었기에 제대로 인사할 수가 없었다. 왼손으로 전화기를 받아들고 화면을 확인했다. 전화는 끊어지지 않은 채였다. 전화기를 귀에 댔다.

역시 자판을 두들기는 소리. 간간이 킥킥거리는 소리가 섞여 있었다. 분노와 함께 오기가 솟았다. 방금 전의 화단께로 돌아와 그 위에 전화기를 올려두고 상의를 벗었다. 상의 소매로 코 주위를 닦았다. 무척 쓰라렸다. 소매를 코에 대고 고개를 한껏 뒤로 젖혔다. 피가 잦아들었다. 화단에 올려둔 전화기를 들었다. 역시 통화상태가 계속되고 있음을 확인한 후, 크게 심호흡을 하고 천천히 입을 열었다.

"방금 전엔,"

끔찍하게 갈라진 목소리가 새어나왔다. 기침을 몇 번 했다. 목소리를 가다듬은 후 다시 말했다.

"방금 전엔 너냐?"

목소리가 갈라진 것은 가라앉았지만 코맹맹이 소리가 섞여 있었다. 콧물을 들이마시듯 코로 세게 숨을 들이쉬었다. 입속 가득 피맛이 돌았다. 자판 소리가 멈추고 웃음소리가 커졌다.

"그럴 리가. 난 폭력 같은 건 쓰지 않아."

장난기 섞인 목소리로 라이더레인저가 말했다.

"말과 행동이 다르군."

화단에 침을 뱉었다. 침 속에 피가 잔뜩 섞여 있었다. 다시 화가 치밀었다.

"이대로 경찰서로 가려는데, 네 생각은 어때?"

애써 흥분을 눌러참으며 나는 말했다.

"그야 네 맘이지. 하지만 그래봤자 나하고는 상관없는 일인걸?"

라이더레인저가 대수롭지 않다는 듯 말했다.

"나는 그저 너하고 전화통화를 한 것뿐이잖아? 가방을 뺏긴 건 네 잘못이고. 그게 나하고 무슨 상관이지?"

"글쎄? 경찰도 그렇게 생각하는지 두고 볼까? 게시물 몇 개로 신고까지 해본 놈이니 잘 알 거 아냐? 신고를 하면 너만 골치 아파지지."

잠시 침묵이 흘렀다. 라이더레인저가 말했다.

"말했다시피, 네 맘이야. 하지만 그랬다간 가방은 물론이고, 체인지킹도 다 날아가겠지."

라이더레인저가 웃었다.

"변신왕에 대해 알고 싶은 거 아니었어?"

기묘한 기분이 들었다. 이런 상황에서도 라이더레인저는 체인지킹에 대한 정보를 두고 나와 흥정하고 있었다. 사람을 습격하고 가방을 뺏어간 녀석치고는 너무 순진한 반응 아닌가?

정말로 우연히 벌어진 일인가? 그럴 리 없었다. 그렇게 생각하기엔 모든 타이밍이 너무 딱딱 들어맞는다. 습격을 한 것은 라이더레인저가 아닐 것이다. 전화통화와 습격의 시기가 잘 맞지 않는다. 다른 무엇보다 계속해서 들리던 자판 소리. 필시 라이더레인저는 어딘가 다른 곳에서 컴퓨터를 사용해서 이곳 상황을 파악하고 있을 것이다.

"코피는 어때? 멎었나? 어이쿠,"

라이더레인저가 웃음을 터뜨렸다.

"두리번거려봐야 소용없어. 널 때린 놈은 이미 한참 멀리 도망쳤으니까."

퍼뜩 정신이 들었다. 라이더레인저는 어디선가 이 상황을 지켜보고 있는 게 확실했다. 코피가 난 정도는 설명을 통해 알 수 있겠지만 습격한 사람을 찾기 위해 내가 주변을 두리번거렸다는 걸 파악하는 건 조금 다른 일이다.

대체 어떻게? 가장 간단한 해답은 라이더레인저가 이곳에 와 있다는 것. 습격 당시부터 지금까지 근처의 어딘가에서 모든 상황을 지켜본 것이다. 자판 소리는 아마 노트북을 사용하는 것이겠지. 만일 그게 아니라면 누군가 이 상황을 지켜보며 알려주고 있는 것이다. 마음을 다잡고 될 수 있는 한 아무렇지 않은 듯 몸을 일으켰다. 조심스레 시선을 옮겼다. 분명 가까운 어딘가에 라이더레인저, 혹은 라이더레인저에게 상황을 알려주는 놈이 있을 것이다.

"이런, 상의를 버렸군. 괜찮겠어? 그런 옷은 비싸지 않나?"

라이더레인저가 놀리듯 물었다. 전화기를 쥔 손이 덜덜 떨릴 정도로 화가 났다. 욕을 퍼부어주고 싶은 마음을 꾹 참았을 때, 어떤 생각이 들었다. 차분히 벌어진 일을 되짚어보았다. 습격을 당하고 코피가 났다. 라이더레인저는 그 상황을 알고 있다. 나뒹굴어진 채 가방을 뺏겼고, 그후 습격한 놈을 찾기 위해 주변을 두리번거렸다. 그 역시 라이더레인저는 알고 있었다. 화단에 몸을 기대고 상의로 피를 닦았다. 라이더레인저는 여기까지 알고 있었다. 하지만 그 모든 행동은 몇 분 전의 것이었다.

혹시 이놈, 상황을 실시간으로는 파악하지 못하는 것 아닌가? 대답처럼 라이더레인저가 말했다.

"화단에 침을 뱉으면 안 돼."

확실하다. 라이더레인저는 몇 분 전의 상황을 보고 있는 것이다. 실시간이 아니다. 대체 어째서? 누군가 중계를 하고 있다면 바로 상황을 파악할 수 있을 텐데? 다시 자판 소리가 났다. 의문이 풀렸다. 라이더레인저는 컴퓨터를 사용해서 몇 분 정도 늦게 나를 지켜보고 있는 것이다. 누가 채팅 같은 것으로 상황을 알려주는 건가? 그건 아니다. 벌어진 일을 말로 전달하는 것은 어려울 테고, 말투를 들어봐도 실제로 보고 있는 것 같다. 아마도 실시간 동영상 같은 것이겠지. 그거라면 서비스의 종류에 따라 몇 분 정도 늦게 화면이 전달되기도 한다.

찾아야 할 대상이 명확해졌다. 디지털 카메라나 휴대용 웹캠 같은 장비를 들고 있는 사람. 들키지 않도록 눈을 돌렸다. 왼쪽 건물 모퉁이에 시선이 닿았을 때, 눈에 익은 모자 하나가 눈에 띄었다. 파란색 야구모자였다. 모자를 쓴 남자의 얼굴은 확인할 수 없었다. 은색의 카메라가 얼굴 가까이 있었기 때문에. 하지만 얼굴을 보지 않아도 모자를 쓴 사람이 누구인지 짐작할 수 있었다. 블루 투였다.

숨을 깊이 들이쉬었다. 기지개를 펴듯 몸을 펴보았다. 얻어맞은 곳은 얼굴뿐이었다. 몸에는 아무 이상이 없었다. 다행스러운 일이었다.

"가방을 찾고 싶어?"

라이더레인저가 말을 이었지만 나는 듣지 않았다. 가만히 전화기를 화단에 내려놓은 후 다른 곳을 쳐다보는 척하다가 그대로 몸을 돌려 블루를 향해 내달렸다. 순간 멈칫하던 블루가 다급하게 몸을 돌려 뛰기 시작했다. 거리가 꽤 떨어져 있었으나 먼저 움직인 쪽은 나였고, 블루는 당황해서 제대로 몸을 가누지 못했다. 내 앞의 사람들은 저절로 길을 비켜주었다. 아마도 형편없는 내 몰골 때문이었을 것이다. 하지만 블루는 사람들을 헤치고 나아가야 했다. 몇 발자국 떼지도 못하고 블루는 내게 따라잡혔다. 팔을 뻗어 블루의 뒷덜미를 낚아챘다. 블루의 마른 몸이 휘청거렸다. 블루의 뒷덜미를 양손으로 고쳐잡고 벽쪽으로 밀어붙였다. 블루의 얼굴이 건물 기둥에 부딪히는가 싶더니 녀석은 곧장 바닥으로 굴렀다. 카메라가 땅에 떨어졌다. 블루의 멱살을 움켜잡았다. 몇 대쯤 때려줄까 싶었지만 울상이 된 블루의 얼굴을 보니 그런 마음이 가셨다, 전화기를 놓아둔 화단 쪽으로 녀석을 끌고 갔다. 블루가 발버둥을 쳤다. 녀석을 돌아보며 말했다.

"몇 대 맞은 후에 경찰서로 갈래?"

블루가 움직임을 멈췄다. 멱살을 쥔 채 숨을 골랐다.

"잠자코 따라오면 그냥 보내줄 수도 있어."

그제야 블루는 고분고분해졌다. 블루의 멱살을 쥔 채 화단에 둔 전화기를 들었다. 전화기 속에서 라이더레인저가 연신 "여보세요, 여보세요?" 하고 외쳤다. 블루를 돌아보며 물었다.

"놈의 집 주소를 아나?"

잔뜩 일그러진 얼굴로 블루가 겨우 고개를 끄덕였다. 전화기에 대고 말했다.

"지금 그리로 간다. 기다려."

나는 전화를 끊었다.

11. 올바른 선택을 해

택시를 타고 가는 동안 블루는 말을 멈추지 않았다. 처음에는 풀 죽은 변명을 늘어놓았다. 카페를 정상화시키기 위해선 어쩔 수가 없었다, 라이더레인저가 집요하게 강요했다, 자기도 정말 하고 싶지 않았다, 등등. 나는 아무런 말 없이 창밖만 바라봤다. 곧이어 변명은 짜증 섞인 투정으로 변해갔다. 따지고 보면 이게 다 영호님 때문이다, 그러게 라이더레인저에게는 함부로 다가가지 말라고 하지 않았느냐, 어떤 면에서는 영호님이 자초한 걸지도 모른다, 등. 역시 아무 대답도 하지 않았다. 블루는 마침내 울상이 되어 사정하기 시작했다.

"제발요, 제가 집 주소를 알려준 걸 알게 되면 이번에야말로 그놈은 날 가만두지 않을 거예요."

못내 신경이 쓰이는 듯 택시기사가 룸미러로 우리 둘을 쳐다봤다. 유리창에 비친 내 얼굴은 엉망이었다. 피가 말라붙은 코는 벌겋게 부어 있었고, 입 주변도 형편없이 터져 있었다. 창문에 걸친 팔로 이마를 짚으며 블루에게 말했다.

"계속 입을 나불거리면 경찰서로 차를 돌릴 거야."

표정을 일그러뜨렸지만 그래도 블루는 입을 닫지 않았다.

"아니, 저는 그저 상황을 찍기만 했을 뿐이고."

"강도를 당하는 상황을 말이지? 좋은 사연이군. 경찰서에서 마저 말해볼래?"

그제야 블루는 입을 닫았다.

터진 입술이 아렸다. 불쑥 샘의 얼굴이 떠올랐다. 상담실에서 아프냐고 물었을 때 샘은 아무 대답도 하지 않았다. 입술의 감각을 헤아려 보았다. 아프기도 했지만 그보다 입을 움직일 때마다 느껴지는 이질 감이 더 귀찮고 성가셨다. 그렇구나, 샘. 이런 기분이었구나. 어쩐지 대답을 들은 것 같은 기분이 들었다.

힐끔 블루를 돌아봤다. 체념한 듯 블루는 고개를 떨구고 택시의 시트에 몸을 묻고 있었다.

"가방을 가져간 건, 어떤 놈이지?"

블루에게 물었다. 머뭇거리는 블루에게 몸을 돌렸다.

"대체 누구야? 카페의 멤버인가?"

블루는 대답하지 않았다. 그저 이리저리 시선을 돌리며 눈치를 볼 뿐이었다. 짜증이 났다.

"알았다. 남은 일은 라이더레인저에게 물어보지."

다시 창밖으로 시선을 돌렸다. 블루가 입을 달싹거렸다.

"카페 멤버이긴 한데요, 저도 아주 친한 건 아니고."

"그놈과 라이더레인저는 무슨 사이인데? 그놈도 너처럼 아이디와 비밀번호를 뺏긴 건가?"

"그건 아니고요, 그놈은 조금 더 복잡해요."

그러시겠지. 잠자코 블루의 말을 기다렸다. 블루가 한숨을 쉬었다.

"몇 년 전 일인데, 다른 특촬물 카페에서 성추행사건이 있었어요."

블루가 몹시 거북한 표정을 지었다.

"오프라인 모임을 했는데 거기 나온 사람 중에 중학교 여자애가 있었대요. 어쩌다보니 다 같이 술을 먹게 됐는데, 밤이 늦어서 방을 잡고 놀기로 했다나봐요. 여자애는 술이 약한 편이어서 일찍 잠이 들었는데, 새벽녘에 누가 여자애 몸을 만진 거예요. 놀란 여자애가 사람들을 깨우고, 여자애를 만진 사람은 잡혔죠. 경찰에 신고를 하진 않았지만 한동안 그쪽 카페가 시끌시끌했어요. 오프 모임에서 사고가 터지는 게 드문 일은 아니지만, 여자 멤버의 성추행사건은 흔한 게 아니잖아요. 무엇보다 이런 종류의 사건은 일단 터지고 나면 금세 퍼지고요. 여자애를 만진 사람은 당장 카페에서 쫓겨나고 한동안 이 바닥에서 활동하질 못했어요."

잠시 입을 닫고 있던 블루가 다시 한숨을 쉬었다.

"그런데 몇 년 전에 우리 카페에서 활동하는 사람 중에 여자애를 성추행한 범인이 있다는 소문이 돌았어요. 당시에 다른 카페에서 쫓겨난 놈이 시간이 지난 후에 아이디를 바꿔서 우리 카페에 가입했다는 거죠. 다들 누가 수상하다, 누가 범인이다, 이러긴 했지만 확실히 누군지는 밝혀지지 않았죠. 그러는 사이에 소문은 사라졌어요. 한데,"

블루가 눈썹을 찡그렸다.

"라이더레인저는 누가 그짓을 했는지 알고 있었던 거예요. 가방을 가져간 놈이 바로 그때 그 사건의 범인이에요. 몇 번인가 라이더레인저가 귀찮은 심부름을 맡기는 걸 본 적이 있어요. 아마도 정체를 폭로하지 않는 대가로 라이더레인저에게 협력하는 거겠죠."

어처구니없는 이야기였다.

"그러니까, 너희 카페에 소아성애자가 있고, 라이더레인저는 그걸 빌미로 놈을 수족처럼 부린다는 거냐?"

"소아성애자라뇨, 그런 거 아니에요. 폭행 같은 게 있었던 것도 아니고, 그저 여자애가 자고 있으니까 가슴을 만지는 정도였어요."

"그러니까 중학교 여자애의 몸을 말이지? 그것도 술을 먹여서 취하게 만든 후에. 지금 이게 변명이 될 일이라고 생각해?"

한동안 빤히 내 얼굴을 들여다보던 블루가 천천히 입을 열었다.

"사건이 있었던 건 오 년 전이에요. 지금 그놈은 스무 살이고요."

"그런데?"

"성추행사건을 일으켰을 때, 그놈은 중학생이었어요. 그 나이 때, 그런 일은 충분히 있을 수 있는 일이잖아요, 한때의 실수고."

천연덕스레 블루가 말했다. 몹시 혼란스러웠다. 정말로 그런가? 그 나이 때, 그런 일은 충분히 있을 수 있는 것인가? 십대 때 성적인 호기심이 왕성한 건 그렇다 치자. 하지만 그렇다고 모임에서 만난 여자애의 몸을 만진다고? 그런 일을 실수라 할 수 있을까? 가만히 블루의 얼굴을 들여다봤다. 방금 전까지의 곤혹스러운 표정은 온데간데없었다. 이런 것이 일반적인 사고방식일까? 아무런 양심의 가책도 없는 행동들이?

새하얀 윤필의 얼굴이 떠올랐다. 무표정한 샘의 얼굴도 눈에 선했다. 샘도 그런 걸까? 윤필이나, 블루나, 성추행을 했던 놈이나, 라이더레인저처럼, 샘도 그런 걸까? 분명 윤필과 블루, 그리고 샘에겐 비슷한 구석이 있었다. 아무런 자성 없는 기계적인 반응들. 머릿속이 복잡했다.

"가방을 가져간 놈이 스무 살이라고?"

블루가 고개를 끄덕였다.

"그럼 라이더레인저는? 그놈은 몇 살이지?"

블루의 얼굴이 다시 일그러졌다. 제 잘못에 대해서는 아무 관심도 없고, 곤란한 상황이 닥치면 그저 괴로워할 뿐이다. 갑자기 블루가 무척 싫어졌다.

"확실히는 몰라요, 그저 서른은 넘었을 것 같아요."

블루가 눈을 감고 머리를 감싸쥐었다. 어두운 택시 안에서 블루가 중얼거렸다.

"피곤하네."

나 역시, 같은 심정이었다.

블루가 알려준 동네로 택시가 접어들었다. 몇 군데의 교차로에서 블루는 기사에게 방향을 지시했다. 그리고 택시가 멈췄다.

한적한 주택가였다. 연립주택이 모여 있는 골목에서 블루가 손가락을 들었다.

"저기예요."

블루가 가리킨 곳은 단독주택이었다. 다른 연립주택과는 달랐다. 낮은 담장으로 둘러싸인 정원이 있는 집은 삼층으로 되어 있었다. 일층과 이층 위에 조금 폭이 좁은 삼층이 올려진 형태였다.

천천히 집 쪽으로 걸어갔다. 일층에는 불이 켜져 있었지만 이층과 삼층은 어두웠다. 집 안에서 새어나오는 빛에 의지해 담장 안쪽을 살폈다. 멀리서 보면 그럴듯한 정원이었지만 가까이에서 들여다보니 야트막한 풀들이 제멋대로 자라 있었다. 특별히 손질을 하는 것 같진 않왔다. 다시 집을 바라봤다. 생각하기에 따라선 부유하다고 할 수도 있었지만, 군데군데 칠이 벗겨진 벽을 보면 쇠락한 집이라고 볼 수도 있었다.

그때 삼층 쪽에서 옅은 빛이 일렁였다. 불이 꺼진 줄 알았는데 커튼을 쳐놓은 모양이었다. 누군가 슬쩍 커튼을 걷어 바깥쪽을 살피고 있었다. 얼핏 사람의 그림자가 비쳤다. 라이더레인저일까? 나는 몸을 낮췄다. 등뒤에서 블루의 인기척이 느껴졌다. 곁에 다가온 블루가 머뭇거리며 말했다.

"저는, 이제, 그러니까 집까지 데려다드렸으니까."

주위가 어두워서 블루의 표정을 제대로 파악할 수 없었다. 말투로 봐선 울상을 짓고 있을 것이다. 다시 삼층 쪽을 돌아봤다. 커튼이 드리워져 있었다. 나는 몸을 세웠다.

"웃기지 마. 놈을 만날 때까지 너도 내 옆에 있어야 해."

전화기를 꺼내 통화목록에서 라이더레인저의 번호를 찾았다. 전화를 걸었지만 몇 번 신호음이 가다가 전화는 끊어졌다.

"받을 리가 없지."

혀를 차며 중얼거릴 때, 우물쭈물하며 블루가 말했다.

"그거 라이더레인저 번호가 아닐 거예요."

눈을 찡그리며 블루를 봤다.

"라이더레인저는 핸드폰을 쓰지 않아요. 그 번호는 아마도,"

몹시 하기 힘든 말을 꺼내려는 듯 블루가 주저했다. 가만히 블루를 쏘아보자 한숨을 토해내듯 녀석은 말했다.

"아마도, 가방을 가져간 사람의 번호일 거예요."

기가 막힐 노릇이었다. 성큼성큼 걸어 단독주택의 대문 앞에 섰다.

초인종을 가리켰다.

"라이더레인저를 불러내."

못이 박힌 듯 그 자리에 서 있던 블루가 고개를 저었다.

"불가능해요."

혀를 차며 블루에게 다가갔을 때, 블루가 다급하게 말했다.

"아니, 싫다는 게 아니라."

블루를 노려봤다. 하아, 하고 탄식을 토하며 블루가 고개를 숙였다. 체념한 듯 블루가 손짓했다.

"이쪽으로 오세요."

집 뒤쪽의 작은 문으로 블루가 나를 이끌었다. 블루가 문의 비밀번호를 눌렀다. 문이 열렸다. 뒷마당으로 들어서니 집의 외부에 난 철제 계단 하나가 삼층까지 이어져 있었다. 블루가 계단을 가리켰다.

"라이더레인저가 사는 곳은 삼층이에요. 현관 비밀번호는 1975."

이놈들에게 비밀번호는 대체 무슨 의미인 걸까. 서로가 이렇게 번호를 공유하는데. 블루에게 말했다.

"따라와."

블루는 완강하게 고개를 저었다.

"그건 안 돼요, 정말로. 여기까지 데려다드린 것만으로도 전 라이더레인저에게 완전히 찍혔을 거예요."

"찍히는 건 무섭고, 경찰에 잡혀가는 건 괜찮아? 따라와."

"제발요, 한 번만 봐주세요. 하고 싶어서 한 게 아니에요. 원래는 저더러 영호님을 때리고 가방을 가져오라고 했다고요. 도저히 그럴 수가 없어서 촬영만 하기로 한 거예요. 비밀번호까지 다 알려드렸잖아요. 이제 들어가시기만 하면 된다고요."

삼층에서 밖을 살펴보던 사람의 그림자가 떠올랐다. 아마도 놈은 집 안에 있을 것이다. 하지만 어쩐지 심술이 나서 이대로 블루를 돌려보내기가 싫었다.

"놈이 집에 없으면 어쩔 건데? 너도 같이 기다려야 해."

"절대로 그럴 리 없어요. 들어가시면 틀림없이 만날 수 있어요. 라이더레인저는 집 밖으로 나오지 않아요."

확신에 찬 어조로 블루가 말했다.

"그게 무슨 소리야? 나오지 않는다니?"

"유명한 이야기예요. 길면 십 년, 짧게 잡아도 삼 년 동안 집 밖으로 나온 적이 없대요."

"사람이 집 밖으로 나오지 않고 어떻게 살아? 필요한 물건이나 할 일이 있으면?"

"필요한 물건은 전부 배달을 시키고, 할 일이 있으면 남을 부린다고요. 제가 오늘 거기 왜 나갔겠어요. 다 라이더레인저가 시킨 거라고요."

"그걸 시킨다고 해?"

"카페의 복구가 걸려 있었다고요. 어떻게 만든 카페인데."

기가 막힐 노릇이었다. 삼층을 올려다봤다. 집 밖으로 나오지 않는다?

거의 울 것 같은 표정을 짓고 있는 블루를 돌아봤다. 하기야 여기까지 왔으니 블루는 이제 필요 없을지도 모른다. 나는 심술을 눌렀다.

"집으로 가. 다시 연락하지."

겨우 살아난 것처럼 블루의 얼굴이 풀렸다. 블루가 크게 허리를 숙여 인사했다.

"고맙습니다."

인사를 마친 블루는 등을 돌려 골목을 향해 뛰어가기 시작했다. 한참 동안 블루의 뒷모습을 바라봤다. 도무지 이해할 수 없는 놈이었다. 속을 감추고 있다가도, 한순간에 모든 것을 드러내고, 비열하게 변명을 늘어놓다가도, 어린아이처럼 좋아한다. 샘이나 샘 또래의 아이들을 이해할 수 없는 것은 당연한 일일지도 모른다. 어쨌거나 이십 년 가까이 나이 차이가 나니까. 하지만 블루와 나는 기껏해야 여덟 살 차이다. 여덟 살이 그렇게 큰 나이 차인가? 도무지 서로를 이해할 수 없을 만큼? 여덟 살 차이라면 채연과 나도 마찬가지인데.

계단을 향해 발을 들었다. 라이더레인저가 들을 수 있도록 큰 소리를 내어가며 한 걸음 한 걸음 계단을 디뎠다. 철제계단에 발소리가 텅텅 울렸다.

라이더레인저는 삼십대라고 했다. 나와 비슷한 나이다. 놈을 이해할 수 있을까? 어쨌거나 만나보기 전에는 알 수 없는 일이었다. 삼층 현관 앞에서 비밀번호를 눌렀다. 1, 9, 7, 5. 불현듯 이 번호가 무슨 의미를 가진 것인지 궁금했다. 나중에 확인해봐야 할 것이다. 신호음이 울리고 문이 열렸다. 어깨를 펴고 숨을 깊이 들이쉬었다. 코에 얼얼한 느낌이 되살아났다. 불쑥 화가 났고, 저절로 몸에 힘이 들어갔다. 문손잡이를 잡고 돌렸다.

커다란 방이었다. 일종의 원룸 같은 구조였지만 음식을 만들고 그릇을 씻는 공간은 없었다. 현관 바로 오른쪽에는 나무로 된 문이 살짝 열려 있었다. 문 안쪽은 화장실이었다. 현관의 왼쪽 끝에 아래층으로 내려가는 계단이 나 있었다. 계단 앞의 벽면을 따라 침대 매트리스가 놓여 있었다.

방 안은 어두웠다. 현관에서 마주 보이는 창문에는 두꺼운 커튼이 쳐져 있었다. 창문 옆에 세워진 길쭉한 입식 스탠드가 유일한 조명이었다. 방바닥에 몇 장의 티셔츠와 옷가지가 널브러져 있었다. 뭔가 딱 멈춰 있는 것처럼 답답한 냄새가 났다. 악취는 아니었지만 창고 같은 곳에서 맡을 수 있는 무거운 공기가 방 안에 가득했다.

방의 한쪽 벽은 커다란 진열장이었다. 검은 칠이 된 진열장은 바닥부터 천장까지 들어차 있었다. 진열장의 한쪽 칸에는 반짝반짝 빛나는 변신로봇 완구나 알록달록한 가면, 칼이나 총과 같은 장난감 들이 줄을 맞춰 놓여 있었다. 또다른 칸에는 하얀 라벨이 달린 비디오테이프와 DVD, 그 옆칸에는 검푸른색의 두꺼운 서류파일이 늘어서 있었다.

맞은편 벽을 메우고 있는 것은 위압적으로 생긴 커다란 책상이었다. 두 개의 모니터가 놓인 책상 앞에 남자 하나가 어깨를 구부정하게 모은 채 웅크려 앉아 있었다. 스탠드의 불빛을 몸으로 막고 선 채 남자는 미동조차 하지 않았다. 분명 내 기척을 알아챘을 텐데도 남자는 아무 반응이 없었다. 하지만 그것은 도리어 당연한 일처럼 여겨졌다. 그 무반응이야말로 라이더레인저에게 가장 어울리는 반응일 듯싶었다. 어떻게 입을 떼야 할지 알 수 없었다. 친숙한 사람에게 인사하는 것은 쉬운 일이다. 그에 대해 아는 대로 말하면 된다. 생소한 사람에게 인사하는 것도 간단하다. 예의를 지키며 정중하게 말을 붙이면 된다. 적대적인 사람은 무시하거나, 오히려 정중하게 대하거나 맞서면 된다. 방식이 복잡할 뿐 어려울 것은 없다. 하지만 이 남자는? 라이더레인저는 어떻게 대하면 좋은가? 친숙하지도 않고 생소하지도 않다. 그렇다면 적대적인 사람을 대하는 것처럼 행동하면 되나? 분명 이 남자는 내게 줄곧 폭언을 해왔다. 사람을 시켜 나를 때리고 가방을 가져가기도 했다. 하지만 그 모든 일들에도 불구하고 라이더레인저는 적대적인 사람으로 여겨지지 않았다. 라이더레인저는 그러니까, 나와는 다른, 무언가 빗나간, 알 수 없는 자였다. 무시하는 것은 불가능했다. 이미 라이더레인저의 집에까지 발을 들였으니. 정중하게 대할 수도 없었다. 그러기엔 너무 많이 당했으므로. 맞서기도 힘들었다. 아무 반응도 없기 때문에.

라이더레인저에게 할 수 있는 일이 아무것도 없었다. 얻어맞은 코가 욱신거렸고, 몹시 피곤했다. 희미한 스탠드 불빛을 감싸고 있는 어둠 속으로 나는 한없이 작게 찌부러지고 있었다. 눈물이 날 만큼 무력감이 들었다.

그때 라이더레인저가 움직였다. 어깨가 살짝 들썩거리더니 천천히 팔이 책상 아래로 내려갔다. 책상 밑에서 라이더레인저는 가방을 들어올렸다. 빼앗긴 가방이었다. 라이더레인저가 뒤를 돌아봤다. 불빛에 반사된 라이더레인저의 얼굴은 제대로 형체를 알아볼 수 없었다. 라이더레인저의 입꼬리가 올라갔다 내려왔다.

"지금 가방을 가져가면,"

나직하면서도 날카로운 목소리. 어딘지 모르게 속삭이는 것 같은 말투로 라이더레인저가 말했다.

"아무 일도 없어. 이대로 끝, 영원히 안녕."

의자에 등을 기대며 라이더레인저가 말을 이었다.

"하지만 그 이상 다가오면, 괴로워질 거야. 몰라도 되는 걸 알게 되겠지."

라이더레인저가 몸을 돌렸다. 회전의자가 삐걱댔다. 라이더레인저는 귀를 완전히 가린 긴 머리를 하고 있었다. 통통한 체격이었지만 팔과 다리는 아무런 굴곡 없이 얇았다. 회색 티셔츠에 짙은 청색 반바지를 입고 있었는데, 코에는 두꺼운 안경이 얹혀 있었다. 의자에 몸을 묻은 라이더레인저는 어딘지 모르게 거만한 모습이었지만 동그랗게 나온 배가 우스꽝스러워 보였다. 라이더레인저가 가방을 앞으로 내밀었다.

"올바른 선택을 해."

구두를 벗지도 않은 채 방으로 들어섰다. 라이더레인저에게서 건네받은 가방을 바닥에 내려놓았다. 그리고 말없이 그 자리에 서서 라이더레인저를 바라봤다. 한참 동안 나를 보던 라이더레인저가 피식 웃음을 흘렸다. 라이더레인저는 옆으로 손을 뻗어 조금 작은 의자 하나를 내놓았다. 의자에 앉아 몸을 폈다. 라이더레인저가 말했다.

"좋아, 시작할까."

라이더레인저는 몸을 돌려 컴퓨터를 조작하기 시작했다.

"내게 이런 짓을 한 이유를 알고 싶다."

될 수 있는 한 감정을 싣지 않고 나는 물었다. 힐끔 나를 바라본 라이더레인저가 다시 자판을 두들겼다. 라이더레인저가 말했다.

"그게 중요해?"

아무런 반응도 없을 때가 차라리 나았다. 뻔뻔스러운 대답에 새삼 화가 치밀었다.

"그저 도움을 청한 것뿐이었어!"

소리를 질렀다.

"그리고 난 거절했지. 그렇지 않나?"

두 개의 컴퓨터 모니터를 번갈아 쳐다보며 라이더레인저가 대답했다. 격양된 감정은 가라앉지 않았다. 나는 다시 소리쳤다.

"정중하게 대했잖아. 그런데 도대체 왜!"

라이더레인저가 손을 멈췄다. 라이더레인저가 나를 돌아봤다. 비웃음을 흘리며 라이더레인저가 말했다.

"정중이라, 남의 집에 신발도 벗지 않고 들어온 놈이 할 말 같진 않군."

라이더레인저가 킬킬거리며 웃었다. 기가 막힐 노릇이었다. 몸을 숙여 구두를 벗었다. 벗은 구두를 현관 쪽으로 내던졌다. 구두가 바닥을 굴렀다. 라이더레인저는 웃음을 멈추지 않았다.

"착각하지 마."

라이더레인저가 나를 향해 몸을 돌렸다.

"가만히 있는 내게 흙발로 뚜벅뚜벅 걸어들어온 건 바로 너야. 그럼 네가 무례한 거잖아. 난 거기에 응대해줬을 뿐이야."

"그 대가로 가방을 가져갔나?"

"그 가방은 지금 누구에게 가 있지? 어디에 버리거나 팔았나? 돌려받았잖아?"

"돌려받은 걸로 끝이냐? 그럼 날 때린 이유는?"

라이더레인저가 잠시 숨을 골랐다. 천천히 라이더레인저가 말했다.

"난 때리라고 한 적 없어. 가방을 가져오라고 했을 뿐이지. 겁을 먹은 소마 녀석이 지레 지나치게 움직인 거야."

소마? 의아한 표정을 읽은 듯 라이더레인저가 말했다.

"널 때린 놈. 소마가 놈의 아이디지."

다시 화가 났다.

"아, 그 소아성애자 말인가? 중학생 때 여자애를 성추행한? 말 잘 했군. 너와의 문제가 해결되더라도 그놈은 용서 못 해. 그놈만은 경찰에 넘길 생각이다."

라이더레인저가 나를 훑어봤다.

"소마에 대해서는 퍼렁이에게 들었나? 그 자식, 여전히 입이 싸군."

라이더레인저가 웃었다.

"전해듣는 것과 사실은 다르지. 그 정도를 구별할 나이는 되는 줄 알았는데?"

"나이가 어릴 때 있었던 일이라고 넘어갈 셈이야? 치졸하군."

"그런 게 아니라,"

라이더레인저가 웃었다.

"소마의 입장에서 그 일은 억울할 수도 있다는 거야. 어쨌거나 다른 녀석들이 한 짓까지 전부 뒤집어쓴 거니까. 그런 건 몰랐지?"

나는 입을 다물었다. 라이더레인저가 말을 이었다.

"사건을 일으킨 건 소마 한 사람이 아니야. 정확히 말해서 그날 모임에 있던 녀석들 전부가 잠이 든 여자애를 만졌지. 다음날 여자애가 일어나 신고를 하겠다고 하자 다른 애들이 모두 입을 맞춘 거야. 소마 혼자서 여자애를 건드린 걸로."

"누명을 쓴 거란 말이야?"

"엄밀히 말해 누명은 아니지. 어쨌거나 소마 녀석도 여자애를 건드리긴 했거든. 하지만 그건 다른 놈들도 마찬가지였어. 추행을 당한 여자애는 완전히 곯아떨어져 있었어. 몸을 만져도 일어나지 않을 거라고 생각했겠지. 그리고 그 자리에 있었던 녀석들은 모두 하나같이 멍

216

청한 놈들이라 들킨 후의 일 같은 건 생각하지도 않았을 거야. 하지만 잠에서 깬 여자애가 울고불고 하면서 점점 더 일이 커진 거야. 여자애를 설득해서 어물쩍 넘어가보려고 했지만 안 통하니까, 말을 바꾼 거야. 우리는 가만히 있었다, 너를 만진 건 소마 한 놈뿐이다. 여자애는 비몽사몽 상태였고 다른 놈들이 반복해서 이야기하니까 그냥 그렇게 믿어버린 거지. 결국 그 모든 일을 소마가 혼자 덮어썼고."

"도대체 왜? 소마라는 놈은 왜 그런 일을 받아들인 건데?"

빤히 나를 바라보던 라이더레인저가 다시 킬킬거리며 웃었다.

"당신, 이런 카페는 처음이지?"

웃음이 가시지 않은 얼굴로 라이더레인저가 말을 이었다.

"소마는 초등학교 때부터 특촬물 카페 활동을 해왔어. 변신완구를 사모으고, 아직 소개되지 않은 특촬물 영상을 찾아보고, 틈만 나면 다른 카페 회원들과 어울려 다녔지. 학교생활에는 애초부터 관심이 없었고, 친구는 전부 다 이쪽 사람이었어. 그런 녀석에게 카페가 어떤 의미였을 거 같아? 놈은 그 카페 말고는 아무 소속도 없는 사람이었어. 카페가 집이고, 카페 회원이 가족이자 친구고, 특촬물이 삶이지. 그런 놈을 구슬리는 건 아주 간단한 일이야. 성추행사건이 불거지면 카페가 위험해진다, 너는 아직 중학생이니 큰 벌을 받진 않을 거다, 일이 잠잠해지면 우리가 감싸주마. 당연히 받아들일 수밖에 없지. 다른 무엇보다."

숨을 고르고 라이더레인저가 말했다.

"소마는 그날의 일에 대해 죄책감을 느끼고 있었어. 그래서 그 모든 일을 순순히 덮어쓴 거야."

의외의 이야기였다.

"그러니 소마를 소아성애자라고 말하는 건 심한 짓이야. 변태라든 가, 비겁했다든가, 멍청했다고 욕할 순 있겠지. 하지만 그 일에 관해 진심으로 반성하고 죗값을 치르고 있는 건 소마뿐이야. 일을 벌여놓 고 달아나기에 급급했던 놈들과는 비교할 수가 없지. 그런데도 그 불 쌍한 놈을 꼭 궁지로 몰아야겠어?"

분명 블루에게 전해들은 것과는 다른 상황이었다. 하지만.

"그 일과 내게 한 일은 전혀 다른 거야. 그리고 반성을 하고 있다면 다시는 그런 짓을 하지 말아야 하는 것 아닌가?"

"당신을 성추행한 것도 아니잖아? 가방을 가져오는 과정에서 벌어 진 일일 뿐이야."

"마찬가지잖아. 대체 왜 내 가방을 가져간 거냐고!"

"그야, 내가 시켰으니까."

라이더레인저가 빙글빙글 웃었다.

"내가 시켰어. 사건의 전말을 알게 된 후에 종종 놈의 뒤를 봐줬지. 그 보답으로 놈은 밖에서 벌어지는 귀찮은 일을 맡았고. 일종의 상부 상조지. 나는 놈의 비밀을 지켜주고, 놈은 내 일을 돕고. 네가 얻어맞 은 건 그 과정에서 벌어진 사고일 뿐이야."

"사람을 두들겨패는 게 사고라고?"

라이더레인저가 살짝 눈썹을 찡그렸다.

"아까부터 자꾸 네가 맞은 것만 강조하는데,"

이리저리 내 얼굴을 살피며 라이더레인저가 말을 이었다.

"어디 부러지기라도 했나? 왜 그렇게 엄살이 심하지?"

"엄살?"

무릎에 내려놓았던 손에 저절로 힘이 들어갔다. 라이더레인저가 움찔했다. 한 대 때릴까, 하는 생각이 들었을 때 라이더레인저가 말했다.

"원하는 걸 얻기 위해선 대가를 치러야 해."

라이더레인저는 의자에 몸을 묻었다.

"그렇게 생각하면 마음이 편하지 않겠어? 가방은 돌려받았으니 고작 피가 조금 난 것뿐이잖아."

두꺼운 안경 너머에서 라이더레인저가 눈을 끔벅였다. 스탠드 불빛이 라이더레인저의 까만 눈동자를 더욱 도드라지게 했다. 사람을 시켜 남의 물건을 가져오고서 어떻게 저런 표정을 지을 수 있는 걸까. 도저히 라이더레인저를 이해할 수 없었다. 그리고 이해할 수 없었으므로 아무 말도 할 수 없었다. 나는 의자에 몸을 묻고 머리에 손을 짚었다. 화를 낼 수도 없을 만큼 피곤했다. 되는대로 입을 열었다.

"내가 뭘 원하는데?"

어리석은 질문이었지만, 솔직한 심정이기도 했다. 대체 나는 뭘 원하고 있는 걸까. 무엇 때문에 봉변을 당하고 생판 모르는 사람의 방까지 쳐들어온 걸까. 내가 지금 무얼 하고 있는 건지, 그리고 무얼 할 수 있을지 알 수 없었다.

"퍼렁이에게 얘긴 들었어."

라이더레인저가 말했다.

"의붓아들과 친해지고 싶다고?"

블루, 이 빌어먹을 자식. 말을 전해도 저렇게 전하다니. 아니, 문제는 블루가 아니라 라이더레인저인가? 짜증이 났다. 전혀 신경쓰지 않고 라이더레인저가 말했다.

"그애와 친해지기 위해서 공통의 화제를 찾고 있는 거라면 변신왕

이야말로 제격이지. 캐면 캘수록 이상한 드라마거든. 변신왕에 대해 네가 이해하기만 한다면, 그애와 말을 트는 건 일도 아니야."

라이더레인저가 한쪽 입꼬리를 올려 웃었다. 원래 그런 표정인지, 아니면 비웃는 건지 알 수 없었다. 가슴이 답답했다.

"갑자기 이렇게 협조적인 이유가 뭐야?"

말 속에 신경질이 묻어나왔다. 다시 피식, 웃음을 흘리며 라이더레인저가 말했다.

"흥미가 생겼어."

"경찰에 알릴까봐 겁먹은 건 아니고? 엊그제 네가 보낸 쪽지에는 그런 내용이 전혀 없었잖아. 나에 대한 흥미가 갑자기 생겼나?"

"무슨 소리를 하는 거야? 너 따위에게 흥미가 있을 리가 없잖아."

표정을 싹 바꾸며 라이더레인저가 말했다. 아무리 들어도 저 재수 없는 말투에는 적응이 되질 않는다.

"흥미로운 건 네 의붓아들이야."

또 의붓아들. 일일이 화를 내기도 귀찮았다. 몸을 바로 세우며 라이더레인저를 마주 봤다.

"먼저 네 이름을 말해라."

라이더레인저가 의아한 표정을 지었다.

"라이더레인저라고 부르면 되잖아."

"아니, 그건 이름이 아니야. 유치하기 짝이 없는 별명 말고, 진짜 네 이름을 말해."

잠시 망설이던 라이더레인저가 입을 열었다.

"민."

컴퓨터 쪽으로 몸을 돌리며 민이 말했다.

"그게 내 이름이야. 하지만 부를 땐 라이더레인저라고 하라구."

나는 고개를 끄덕였다.

"알겠다, 민. 시작해봐."

민이 컴퓨터를 조작했다. 화면이 어두워졌다.

12. 대체 뭘 하고 있는 거냐?

커다란 액정화면에 몇 번인가 본 적이 있는 타이틀이 떠올랐다. 민이 컴퓨터 곁의 스피커를 만지자 경쾌한 기타 반주가 흘렀다. 체인지킹이 시작되고 있었다. 민이 나를 돌아봤다.

"집의 텔레비전은 디지털 방송이지?"

나는 고개를 끄덕였다. 민이 화면을 가리켰다.

"네가 본 화면이 이건가? 잘 살펴봐."

한동안 모니터를 바라봤다. 집에서 본 화면 그대로였다. 나는 고개를 끄덕였다. 민이 마우스를 놀렸다. 또다른 모니터에 새로운 영상이 흘렀다. 새로운 영상도 체인지킹이었다.

"이건 어때? 잘 봐."

두번째 화면을 들여다봤다. 첫 화면과 다를 바 없는 영상이었다.

"차이점을 모르겠는데?"

힐끔 나를 돌아본 민이 고개를 끄덕였다.

"처음이라는 걸 감안해도 둔하군. 일단 알겠어."

민이 몸을 돌렸다.

"네 의붓아들이 관심을 갖는 건 변신왕의 몇번째 에피소드지?"

또다시 의붓아들. 일부러 저러는 건가? 민의 얼굴을 살폈다. 표정에 악의는 없어 보였다. 뭐가 문제인지 알 수 없었다. 항의하고 싶은 마음도 들지 않았다. 한숨을 쉬며 나는 대답했다.

"특정한 에피소드에 집중하는 것 같진 않아. 그냥 처음부터 끝까지 계속해서 이어 보는 것 같은데."

"유독 자주 보는 에피소드 같은 것도 없어?"

"잘 모르겠어. 있다 하더라도 확인할 길이 없어."

민이 멀뚱히 나를 바라봤다.

"그 정도도 물어볼 수 없는 사이냐? 뭔가 되게 멍청하게 들리는군."

대답 대신 입을 다물었다. 민이 인상을 찡그렸다. 잠시 침묵이 흘렀다.

"체인지킹이 항의를 받은 이유는 뭐야?"

답답한 마음에 되는대로 질문을 던졌다.

"그건 알아서 뭐하게?"

민이 대꾸했다.

"그냥 궁금해서."

"주로 들어왔던 항의는 괴상한 설정 때문이었어. 그러다가 열세번째 에피소드에서 격렬한 항의가 시작됐지."

"격렬한 항의? 어째서?"

"그건 조금 이따가 말해주지. 사실 항의의 이유를 딱 짚어낼 수도 없어. 그 내용들이 너무 다양하거든."

"그렇게나 항의가 많았어?"

"흠을 잡으려면 한도 끝도 없는 프로그램이었으니까. 당장 제목부터 그렇잖아."

민이 비웃음을 흘렸다. 모니터를 가리키며 민이 말했다.

"이거 전체 제목이 뭔지 알아?"

"변신왕 체인지킹이잖아."

"일단 그거부터 이상하지 않아? 한글로 바꾸면 '변신왕 변신왕'이 잖아."

킬킬거리며 민이 말을 이었다.

"체인지킹, 이란 것도 이상한 거야. 드라마 속의 주인공 이름이 뭔지 알아?"

이름? 비웃는 표정으로 민이 나를 살펴봤다.

"그래, 이름. 유치하기 짝이 없는 체인지킹, 같은 별칭이 아니라 주인공의 진짜 이름이 뭐였을까?"

아무리 기억을 더듬어봐도 체인지킹의 이름은 떠오르지 않았다.

"모르겠어."

"당연해. 왜냐하면 한 번도 이름이 나온 적이 없거든. 드라마가 끝날 때까지 주인공은 이름으로 불린 적이 없어."

민이 말을 이었다.

"첫 회부터 마지막 회까지 주인공은 변신 전에는 '왕자', 변신 후에는 '체인지킹'이었어. 이것도 뭔가 이상한 거 모르겠어?"

나는 고개를 저었다.

"설정에 의하면 변신왕은 체인지 혹성이라는 외계의 별 출신이야. 그중에서도 그 별 왕족의 마지막 생존자. 그래서 주변 사람들은 변신

전의 변신왕을 '왕자'라고 부르는 거야. 그런데 변신'왕'이잖아? 하지만 주변의 모두가 변신 전의 변신왕을 '왕자'라고 부른단 말야. 뭔가 앞뒤가 안 맞지."

생각지도 못했던 문제였다. 민이 말했다.

"이런 문제는 한두 가지가 아냐. 전체적으로 짜임새가 전혀 갖춰지지 않았거든. 예를 들어 극 중 등장했던 변신도구의 장난감을 제작하려는 시도가 있었어. 그런데 제작에 흥미를 보인 완구회사들이 전부 떨어져나갔지. 수익배분 문제인지 아니면 제작에 착수하기 전에 드라마가 망해서 그런 건지는 몰라도. 주제가 문제만 해도 그래. 완성된 곡이 표절로 밝혀졌거든. 이런 문제들은 특촬물 제작에 관한 노하우의 부족이라고 생각할 수도 있지만 그것만으로는 기본 설정이나 이야기 전개의 혼란을 설명할 수가 없어. 아까 말한 항의의 이유에 대해 말해볼까? 이거 에피소드 하나를 끝까지 다 본 적 있어?"

"아니."

민이 헛웃음을 흘렸다.

"당신, 의붓아들하고 친해지고 싶은 거 맞아?"

마우스를 움직여 컴퓨터에 새 화면을 띄우며 민이 말했다.

"중요한 장면을 보여주지. 잘 봐."

체인지킹의 한 장면이 나왔다. 코끼리 형태의 괴물과 검은 전투복의 체인지킹이 싸움을 벌이고 있었다. 체인지킹이 발차기를 날리자 코끼리 괴물이 뒤로 나동그라졌다. 코끼리 괴물이 몸을 추스르며 일어서자 체인지킹이 외쳤다.

"이제, 끝이다!"

주위의 배경이 컴퓨터 그래픽으로 바뀐다. 체인지킹이 양팔을 펼치자 커다란 원이 그의 등뒤로 떠오른다. 펼친 양팔을 수직으로 세우자 등뒤의 원에서 문양들이 빛을 발한다. 체인지킹이 소리친다.

"필승, 체인지 블라스트 너클!"

민이 큰 소리로 웃었다.

"와, 진짜 들을 때마다 미치겠다. 필승이래."

체인지킹의 주먹이 빛난다. 그대로 체인지킹이 코끼리 괴물의 복부를 주먹으로 친다. 두어 걸음 괴물이 뒤로 물러난다. 체인지킹이 뒤돌아서 자세를 잡자 커다란 폭발이 일어난다.

민은 몸을 아예 뒤로 젖힌 채 웃음을 멈추지 못하고 있었다. 분명 우스꽝스러운 장면이긴 했지만 저렇게 웃을 만한 일인가? 내 생각을 눈치챈 듯 민이 웃음을 조금 거뒀다. 민이 말했다.

"원래 저 기술의 이름은 '필살 체인지 블라스트 너클'이었어. 그런데 '필살'이란 단어가 아이들에게 안 좋은 영향을 끼칠 수 있다는 항의가 들어오자 '필승'으로 바꾼 거지. 도대체 무슨 차이인지 모르겠어. 정작 중요한 항의는 하나도 받아들이지 않았으면서."

민이 화면을 가리켰다.

"지금부터 잘 봐."

괴물이 쓰러진 자리에 생소한 사람의 모습이 떠올랐다. 컴퓨터 그래픽으로 희뿌옇게 윤곽이 그려진 기묘한 복장의 남자였다. 과장된 몸짓과 표정으로 남자가 입을 열었다.

"왕자님, 명심하십시오. 다르칼을 너무 믿어선 안 됩니다."

빛이 퍼지고 컴퓨터 그래픽으로 치장된 남자의 모습이 사라졌다. 민이 화면을 정지시켰다. 나는 민을 돌아봤다. 민이 말했다.

"설정에 의하면 변신왕의 모성인 체인지 혹성을 습격한 건 '에보리안'이라는 바이러스 생명체야. 에보리안은 살아 있는 생명에 달라붙어 그 몸을 지배하고 변형시키지. 변신왕의 아버지, 그러니까 왕자의 아버지인 진짜 왕은 에보리안의 습격으로 체인지 혹성이 궤멸상태에 이르자 왕자를 지구로 피신시키고 에보리안이 다른 별을 습격할 수 없도록 체인지 혹성을 파괴한 거야. 그런데 에보리안은 체인지 혹성의 폭발 와중에도 살아남았어. 그리고 살아남은 에보리안의 잔당이 지구에 쳐들어온 거야."

민이 화면을 뒤로 돌렸다. 다시 그 기묘한 복장의 남자가 등장했다.

"즉 에보리안은 전부 변신왕의 고향인 체인지 혹성 사람들이 변한 모습이야. 이들은 전투가 끝나면 본모습으로 돌아와 왕자에게 감사를 전하거나, 원망하거나, 이후의 전투에 도움이 될 충고를 하지. 어린이용 특촬물의 결말에는 어울리지 않는 설정이지. 이런 걸 누가 좋아하겠어? 에피소드 하나가 끝날 때마다 본모습으로 돌아온 사람들이 이별의 인사를 전하는데."

민이 화면을 또다시 뒤로 돌렸다.

"이건 본 적 있지?"

체인지킹의 제목 화면이 떠올랐다. 별이 폭발하는 장면이 나오고, 이어 해설이 흘렀다.

"하지만, 살아남은 생존자가 있었다. 체인지 혹성의 왕자, 체인지킹! 이제 왕자는 자신의 두번째 고향을 지키기 위한 복수를 시작한다."

민이 킬킬거렸다.

"엄밀히 말해 변신왕은 마지막 생존자가 아니야. 에보리안에 의해 변형된 체인지 혹성 사람들이 있으니까. 하지만 변신왕을 마지막 생존자로 만드는 건 다른 사람이 아닌 변신왕 자신이지. 싸움이 계속되고 이겨나갈수록 변신왕은 진짜 최후의 생존자가 되는 거야. 변신왕이 방송되는 내내 지적받았던 게 바로 이 부분이었어. 비뚤어진 설정에 뒷맛이 쓴 결말."

화면으로 눈을 돌렸다. 해설의 마지막 부분이 새삼 마음에 걸렸다. 두번째 고향을 지키기 위한 복수. 지키기 위한 복수라. 저게 지금 말이 되는 건가? 따지고 들자면 끝이 없을 것 같았다.

"열세번째 에피소드가 나간 후에 일어난 격렬한 항의는 무슨 이유야?"

나는 화제를 돌렸다. 민이 다시 컴퓨터를 조작했다. 화면이 바뀌었다. 음침한 분위기로 꾸며진 세트 장면이었다. 분장을 한 사람 서넛이 세트 중앙의 커다란 눈알을 중심으로 서 있었다. 그중 하나는 눈에 익은 인물이었다.

"가르카슈."

나는 중얼거렸다. 민이 고개를 끄덕였다.

"가르카슈는 아는 모양이군. 등장하는 간부 중 제일 복잡한 이력을 갖고 있는 인물이지. 원래는 체인지 혹성의 왕가를 모시는 신하였는데, 에보리안이 습격하자 왕가를 배신하고 목숨을 부지한 거야. 변신왕을 제거하려다 실패하고 에보리안에게 강제로 몸을 점거당한 다음에야 자신의 잘못을 뉘우치게 돼. 뭐, 그게 중요한 건 아니고."

민이 화면을 조금 앞으로 돌리고 스피커의 음량을 키웠다.

"지금부터 잘 봐."

세트 안쪽에는 촉수가 달린 커다란 눈이 그려진 벽이 있었다. 벽이 반으로 갈라져 천천히 열리고 있었다. 열린 벽 안쪽에서 보라색의 연

228

기가 뿜어져나왔다. 음산하고 기분 나쁜 배경음악이 흘렀다. 흡사 강
도 높은 공포영화의 한 장면 같았다. 이윽고 벽이 완전히 열리고 어둠
속에서 무언가 떠올랐다. 녹색의 촉수 같은 것이 모습을 드러냈다. 아
니, 촉수란 말은 정확하지 않을 것 같다. 그것은 일종의 손이었다. 어
떤 흉측한 무엇인가의 팔에 달린 두 개의 녹색 손. 세 갈래로 갈라진
길쭉한 손가락을 지닌 울퉁불퉁한 녹색의 손바닥이 세트 중앙을 향해
뻗어나오고 있었다. 손바닥에서는 쉴새없이 걸쭉한 녹색의 액체가 흘
렀고, 세트에 서 있던 기묘한 분장을 한 이들의 표정이 딱딱하게 굳어
졌다. 그들 앞에 녹색 손이 손바닥을 세웠다. 가르카슈가 팔을 가슴께
에 올리며 외쳤다.

"황제 폐하!"

다른 인물들도 팔을 가슴께까지 올리며 고개를 숙였다. 민이 화면
을 정지시켰다.

"에보리안의 지도자인 메타몰 황제의 첫 등장 장면이야. 보면 알겠
지만."

민이 화면 가운데 보이는 황제의 손을 가리켰다.

"다른 분장은 형편없이 대충 때웠으면서 이 손만큼은 어디에 내놔
도 손색이 없을 만큼 잘 만들었단 말야."

민이 나를 돌아보며 씩 웃었다.

"흉측하기 짝이 없게."

화면에 보이는 손을 살펴봤다. 확실히 그 손은 다른 어떤 분장보다
도 정교해 보였다. 불룩 튀어나온 관절의 굴곡과 간간이 드러난 뼈와
혈관들이 한데 어우러져 더할나위없이 징그러웠다.

"이 에피소드가 방송된 직후, 변신왕에 대한 항의는 정점을 찍었

어. 저녁시간대에 방송되는 아이들 프로그램치고는 너무 자극적이었지. 정작 웃기는 건,"

민이 손을 놀렸다. 화면이 바뀌었다. 밋밋한 마스크를 덮어쓴 근엄한 복장의 인물이 화면에 드러났다. 마스크를 쓴 인물이 손을 들어올렸다. 세 갈래의 손가락으로 이루어진 녹색의 손이었다.

"메타몰 황제의 본모습은 시시하기 짝이 없었다는 거지. 뭐, 손이 등장했던 에피소드에서 너무 항의를 심하게 받아서 몸을 사린 걸지도 모르지만."

민이 웃음을 흘렸다. 하지만 나는 황제의 녹색 손에서 눈을 뗄 수 없었다. 세 개의 손가락이라. 당연한 것처럼 윤필의 얼굴이 떠올랐고 기분이 몹시 나빠졌다.

숨을 깊이 들이쉬며 의자에 몸을 묻었다. 민이 나를 돌아봤다.

"의붓아들이 이 프로그램을 좋아하는 이유가 뭔지 짐작이 가?"

나는 고개를 저었다.

"전혀. 네 이야기를 듣기 전에는 그냥 어린애의 특이한 관심 같은 거라고 생각했어. 하지만 이젠 정말 이해를 못 하겠어."

"유독 좋아하는 에피소드가 있다면 조금 더 쉽게 이유를 알 수 있어. 예를 들어 이 열세번째 에피소드를 특별히 좋아하는 거라면."

민이 입을 찢어 웃었다.

"네 의붓아들이 지독한 변태라는 거지. 변태가 아니라 하더라도 최소한 공포영화 마니아의 기질이 있다는 뜻이야. 음침하고 흉측한 걸 좋아하는 아이라는 뜻."

민이 심술맞게 말했다. 혼란스럽고 막막해 대꾸할 기분이 아니었다. 눈가를 손으로 문지르며 나는 말했다.

"다른 소문들은 어때. 얽힌 이야기가 많던데. 화상을 입은 배우가 연기를 했다든가. 촬영장에 화재가 있었다든가."

민이 코웃음을 쳤다.

"그건 예전에 내가 썼던 글에 적힌 내용이잖아. 퍼렁이가 말해준 거냐?"

고개를 끄덕였다. 민이 성가신 표정을 지었다.

"대부분은 낭설이야. 그 글은 그냥 재미로 쓴 거고. 제작 당시에 안 좋은 소문이 많긴 했지. 애초에 변신왕을 만든 제작사는 영화사의 스턴트 장면이나 고발 프로그램의 대역 재연 장면을 주로 찍던 곳이었어. 그런 제작사가 어째서 특촬물에 손을 댄 건지는 알 수 없지만, 드라마를 찍는 동안에는 사고의 연속이었다고 하더라고. 당연히 그럴 수밖에 없지. 특촬물이란 건 정말로 찍기 어려운 장르야. 고도의 액션 연기와 스턴트가 필요하고 매회 폭발물을 다뤄야 하지. 특수복장의 제작에도 비용은 물론 높은 수준의 기술이 요구되고, 배우들 역시 어색한 대사들을 무리 없이 소화할 수 있을 정도의 연기력을 갖춰야 해. 그 모든 것을 아우를 수 있는 각본도 갖춰져야 하고, 디렉팅 역시 세심하게 이뤄져야 되는 거야. 하지만 변신왕은 그것들 중에서 단 하나도 갖추지 못했어. 막연히 어린이용 드라마니까 만들기 쉽겠거니 하고 덤볐다가 결과물이 이 지경으로 나온 거지."

민이 모니터를 향해 까딱까딱 손가락을 놀렸다.

"이 시리즈를 만드는 동안 제작사는 부도 위기에 몰렸어. 그 과정에서 여기저기 돈을 끌어다 쓰고, 또다시 이상한 작품에 손을 댔다가 완전히 망해버렸지. 지금은 당시에 일했던 스태프들을 찾는 것도 불가능해. 애초에 제작환경 자체가 지극히 방만한 곳이었으니 안 좋은 소문은 점점 더 커진 거지. 거기에 변신왕에 대해 불만을 품은 특촬물 마니아들도 괴소문에 한몫했고."

"너도 그중 한 명이고?"

민이 고개를 저었다.

"천만에. 나는 그냥 관심이 많았던 거지. 안 좋은 소문을 만들 마음은 없었어."

아무래도 이놈은 관심이 많은 사람을 괴롭히는 타입인 것 같다.

"소문 중에 믿을 만한 건 하나도 없어?"

잠시 입을 다물고 있던 민이 조심스레 입을 열었다.

"다른 건 모르겠는데, 각본가에 관한 건 조금 의문점이 있어."

민이 손가락으로 머리를 긁었다.

"전에 꽤 자세하게 뒤져봤어. 타이틀롤은 물론이고 방송사의 소개 페이지나 보도자료까지 전부. 어디에도 각본가의 이름은 적혀 있지 않았어. 당연히 이전이나 이후의 경력도 알려진 바가 없어."

"어떻게 그럴 수 있지?"

"단순히 생각하면 뭔가 이유가 있어서 이름을 숨긴 거겠지. 이를테면 작품이 경력에 도움이 되지 않을 거라고 판단해서 자신의 이름을 감춰달라고 부탁한 거야. 혹은 각본을 전담한 작가가 있었던 게 아니라 그때그때 사람을 구해 글을 쓰게 한 것일 수도 있고."

허공을 바라보며 민이 눈썹을 찡그렸다.

"하지만 그렇게 생각하기에 변신왕의 극본은 너무 일관적이야. 일관적으로 형편없고, 일관적으로 괴상망측하지. 경험이 있는 작가의 각본이라고 생각하기엔 너무 질이 낮고 여러 사람이 쓴 거라고 생각하기엔 공통된 정서가 있지."

인상을 쓴 채 민이 나를 돌아봤다.

"그런 부분을 감안하면 조금 특이한 결론이 도출되지. 아무리 형편 없는 드라마라고 해도 어떤 사람에게 전체 각본을 맡기는 건 간단한 일이 아니겠지?"

나는 고개를 끄덕였다. 민이 말을 이었다.

"그런 경우엔 둘 중 하나야. 첫번째는 각본가의 역량이 지극히 출중한 경우. 글재주가 확실하면 경력이 일천하더라도 전체 각본을 맡을 수 있겠지. 하지만 알잖아? 절대로 글을 잘 쓰는 사람이 아니야. 그렇다면 두번째 경우지."

팔짱을 끼고 생각을 집중하며 민이 말했다.

"각본을 맡은 사람이 제작사와 깊은 연관이 있는 경우. 즉 오너거나 혹은 최소한 일정액 이상의 자본을 투자한 경우야. 어떤 식으로든 제작환경을 좌지우지할 수 있는 사람인 거지. 그 가능성 말고는 저렇게 형편없는 각본을 사용할 이유가 없어. 그렇게 생각하면 몇 가지 의문이 풀려. 아무런 노하우도 없는 제작사가 어째서 특촬물에 손을 댔는가. 자본을 투자한 사람이 그걸 원했기 때문이지. 그렇다면 형편없는 짜임새도 이해할 수 있어. 누군지는 알 수 없지만 드라마를 마음대로 좌지우지하는 사람이 있었던 거야. 감독이나 다른 스태프들의 의견이 제대로 수렴되지 않는 환경이었던 거지. 그런 환경에서 제대로 된 특촬물이 나올 리가 없잖아."

민이 다시 나를 바라봤다.

"물론 드라마를 망친 사람이 각본가라는 증거는 없어. 그렇지만 현시점에서 제일 혐의가 짙은 사람은 역시 이름이 드러나지 않은 작가야. 촬영현장에서 흘러나온 소문들 역시 대부분은 각본가의 정체에 관련된 거야. 화상을 입고 은둔한 사람이다, 라는 소문에서 슈트액터 중 한 명이 화상을 입은 사람이다, 로 발전하거나 혹은 현장이 불탔다, 로 이어진 거지."

말을 마친 민이 입을 다물었다. 잠시 침묵이 흘렀다.

처음의 기대와는 전혀 다른 일이 벌어지고 있었다. 민을 만나는 과정도 그랬지만, 만나서 나눈 이야기는 몹시 당황스러운 것이었다. 애초에 기대한 것은 샘과 말을 틀 수 있는 단편적인 정보, 혹은 샘의 환심을 살 수 있는 체인지킹에 관한 아이템을 얻는 일 정도였다. 하지만 체인지킹에 대해 들으면 들을수록 걱정이 쌓였다. 형편없는 드라마를 좋아하는 거라면 상관할 일이 아니었다. 하지만 온갖 나쁜 소문이 돌고 괴상망측한 분위기에 음험한 가치관이 깃들어 있는 드라마라면? 체인지킹에 빠져 있는 샘을 그냥 두고 봐도 되는 걸까? 하지만 그렇다고 샘을 막을 수 있을까? 채연에게 고자질하는 것? 가슴이 답답했다. 몸을 세우고 숨을 깊이 들이쉴 때 민이 말했다.

"뭐, 네 의붓아들이 변신왕에 대해 관심을 갖는 이유를 확실히 알순 없지만 그애의 관심을 끌 수 있는 방법은 없지 않아."

민을 돌아봤다. 빙글빙글 웃으며 민이 나를 바라봤다. 민의 눈동자가 뿔테안경 안쪽에서 빛나고 있었다. 만난 지 몇 시간 되지 않았지만 민의 성격을 어느 정도는 파악할 수 있었다. 기본적으로는 솔직한 편일 것이다. 느낀 것을 가차없이 말하는 성격. 하지만 그와 동시에 고집스럽고 심술맞기도 하다. 자신의 흥미가 동한다면 무슨 일이든 감수할 테지만 역으로 흥미가 없는 일에 관해서는 철저하게 무관심하다. 이런 놈에게는 관심을 보이는 것이 무의미하다. 스스로 입을 열도록 내버려두어야 한다. 나는 입을 다물고 민의 말을 기다렸다.

장난기가 가득한 눈을 이리저리 굴리던 민이 천천히 입을 열었다.

"네 의붓아들이 좋아할 만한 게 얼마든지 있다구. 못 알아듣겠어?"

될 수 있는 한 표정을 드러내지 않으며 고개를 끄덕였다.

"알아들어. 그래서?"

가만히 나를 바라보던 민이 말했다.

"뭔가 사정이라도 해보지그래?"

짜증이 났다. 불현듯 안과 함께 윤필을 만나던 때가 떠올랐다. 답답한 마음에 아무 말이나 지껄였다간 낭패를 보게 된다. 일부러 심드렁한 태도를 보이며 나는 말했다.

"네가 알고 있는 게 뭔지 말해준다면 사정이든 뭐든 할 수 있지. 돈을 내라고 하면 그렇게 할 셈이야. 그런데,"

팔짱을 끼며 나는 물었다.

"사정을 하면 들어줄 건가?"

민이 나와 눈을 맞췄다. 호오, 하고 과장되게 감탄한 표정을 지으며 민이 말했다.

"꼴에 자존심은 있다 이거야? 의붓아들하고 말도 못 트는 주제에?"

자극하기 위해 일부러 저런 말투를 쓰는 건지, 아니면 원래 말버릇이 그런 건지 알 수 없었다. 딴청을 피우듯 다른 곳을 바라봤다.

"그건 내 사정이고."

다시 침묵이 흘렀다.

몇 분 정도 가만히 있던 민이 마우스를 놀렸다.

"가벼운 맛보기 하나만 보여주지."

두 개의 화면에서 체인지킹이 흘러나왔다. 민이 마우스와 키보드를 함께 놀렸다. 이윽고 두 개의 모니터에서 똑같은 장면이 함께 펼쳐졌다. 민이 두 개의 모니터를 번갈아가며 가리켰다.

"아까는 못 알아봤지? 다시 잘 봐."

시키는 대로 두 개의 화면을 비교해서 쳐다봤다. 두 화면 사이에 미묘한 이질감이 들었다. 분명 같은 체인지킹이었다. 한쪽은 집에서 본 것과 다를 바 없는 화질이었다. 하지만 다른 한쪽은, 글쎄, 딱히 말로 형용할 수 없는 두터운 질감 같은 것이 있었다. 질감? 아니, 질감이란 말은 정확하지 않을지도 모른다. 질감이라기보다 일종의 얇은 막 같은 것이 화면을 감싸고 있는 느낌이 들었다. 물론 특별히 어느 부분이 뿌옇다거나 색감이 크게 변해 있는 것은 아니었다. 집에서 보던 체인지킹과 비교하면 화질이 떨어지는 것처럼 여겨지기도 했다. 그러나 화질이 떨어져 보이는 화면이야말로 보다 정돈되고 꽉 차 있는 것 같은 느낌이 들었다. 무슨 이유인지 도무지 알 수가 없었다. 나는 민을 돌아봤다. 민이 킬킬거렸다.

"이제 좀 눈에 들어오나보지?"

민의 말을 기다렸다. 뜸을 들이던 민이 선심을 쓰듯 미소지으며 입을 열었다.

"한쪽은 너희 집과 같은 방식이야. 이른바 말하는 디지털 TV의 출력 방식을 그대로 적용한 거지. 하지만 다른 쪽은,"

민이 새로운 화면을 가리켰다.

"변신왕이 촬영되던 방식 그대로 출력한 거야. 필름의 질감을 그대로 살린 화면이지."

나를 향해 민이 몸을 돌렸다.

"알고 있겠지만 요즘 우리가 접하는 화면들은 거의 다 디지털 방식으로 촬영되는 것들이야. 예전에 비해 훨씬 선명하고 질감도 살아 있지. 그런데 말이야, 예전의 영화들은 모두 필름으로 찍었던 것 알고 있지?"

나는 고개를 끄덕였다. 민이 말을 이었다.

"필름으로 찍힌 영화를 디지털 TV로 방송하기 위해선 화면의 질감을 바꾸는 작업이 필요해. 인코딩이니 뭐니 되게 복잡한 이야기지. 아무튼 그런 영화들 중에서는 방송된 화면이 원래의 질감과 크게 다른 경우가 종종 있어. 필름 방식의 카메라를 통해 촬영된 장면을 디지털 화면으로 바꾸는 동안 원래의 질감이 미묘하게 달라지는 거지. 요즘 영화들은 애초부터 디지털 화면을 염두에 둔 것들이라 그 차이가 좀 덜한 편이지만, 비교적 옛날 영화들, 특히 십몇 년 전에 찍힌 것들은 유독 그 차이가 두드러져. 차이가 큰 것들 중에는 필름으로 봤을 땐 그럴듯한 장면이 디지털 TV로 보면 아주 조악한 세트 장면처럼 보이는 경우도 있지."

민이 모니터를 향해 고갯짓을 했다.

"변신왕은 필름 방식의 카메라로 촬영됐어. TV의 다시보기로 볼 수 있는 변신왕은 기존의 화면을 디지털로 바꿔놓은 거야. 원래부터 조악한 화면이긴 했지만 디지털로 보면 더욱 형편없는 그림이 되는 거지. 보다 선명한 색감과 질감이 어색한 부분을 더욱 두드러지게 하는 거야. 이게 무슨 뜻인지 알겠어?"

잠자코 민의 말을 기다렸다.

"디지털 TV로 보는 변신왕은 원래의 변신왕보다 더 형편없어 보여. 변신왕을 제대로 감상하기 위해선 필름 방식으로 봐야 해. 그래야만 조금이라도 더 원래 화면의 느낌을 되살려 볼 수 있어."

민이 비웃음을 흘렸다.

"물론 그래봤자 변신왕이긴 하지만."

다시 한번 모니터를 들여다봤다. 확실히 두 개의 화면에는 미묘한 차이가 있었다. 그리고 그 차이는 공들여 들여다보면 볼수록 점점 더 커 보였다. 그런데, 어딘지 모르게 후련하지 않은 구석이 있었다.

"하지만,"

민이 나를 돌아봤다.

"샘이 이런 차이를 알 리가 없잖아."

나도 모르게 중얼거렸다.

"샘?"

"아, 내."

아들, 이라고 말하려다 말고 나는 입을 다물었다. 눈치챈 듯 민이 고개를 끄덕이며 뒷말을 대신해주었다.

"아, 네 의붓아들?"

한숨을 쉬며 고개를 끄덕였다.

"그애는 이런 차이를 몰라. 그애가 본 건 디지털 TV의 체인지킹이라구. 샘이 체인지킹에게 관심을 갖는 이유는 조금 다른 거야."

가만히 있던 민이 고개를 끄덕였다.

"그럴 수도 있지. 그래서 맛보기라고 했잖아. 그냥 이런 차이가 있다는 걸 알려준 거야."

손을 놀려 컴퓨터의 화면을 바꾸며 민이 말했다.

"내가 짐작하는 이유는 좀 다른 거야."

민을 돌아봤다. 심술궂은 웃음을 흘리며 민이 나를 마주 봤다. 고약한 자식. 지금 물어본다 해도 절대로 대답을 들을 순 없을 것이다. 몸을 뒤로 젖혔다. 새삼스레 피곤한 기분이 들었다. 시선을 돌려 시계를 찾았다. 방 안 어디에도 시계는 없었다. 핸드폰을 꺼내어 시간을 확인했을 때 부재중전화 몇 통이 찍혀 있었다. 열한시를 넘어가고 있었고, 안으로부터 다섯 통, 채연에게서는 열 통이 넘게 전화가 걸려와 있었다. 누구에게랄 것도 없이 짜증이 솟았다. 다시 코가 욱신거렸다.

나는 의자에서 일어섰다. 민이 나를 올려다봤다. 모니터를 가리키며 나는 물었다.

"필름 방식으로 체인지킹을 보려면 어떻게 해야 하지?"

"필름 방식으로 된 변신왕을 구해야지. 그걸 VHS 비디오테이프로 녹화하거나 컴퓨터상에서 질감을 조정하는 거야."

"해줄 수 있나?"

뚫어지게 나를 바라보던 민이 웃음을 흘렸다.

"어떨 거 같아?"

정말이지 질리는 녀석이다. 애써 마음을 다잡았다. 샘은 디지털 TV의 체인지킹을 보고 관심을 가진 것이다. 화질 같은 것은 큰 문제가 아니다. 무엇보다 민 역시 다른 이유를 짐작하고 있다고 하지 않나. 확인해야 할 것은 그런 것들이다.

내려놓았던 가방을 집어들며 현관 쪽으로 몸을 돌렸다. 아무렇게나 집어던진 구두를 신으며 말했다.

"내일 다시 오지."

민이 킬킬거렸다.

"그건 네 마음이지만."

나를 돌아보며 민이 말했다.

"오늘은 특별 서비스 같은 거였어. 다음에도 이렇게 말이 잘 통할 거라고 생각하면 곤란해."

이게 말이 잘 통한 거란 말인가. 정말이지 말이 안 통하는 놈이다. 똑바로 몸을 세우며 나는 말했다.

"내일 다시 오지."

돌아보지도 않은 채 민은 연신 웃기만 했다. 문을 열고 나섰을 때 등뒤에 대고 민이 말했다.

"다음에 올 땐 팔을 하나 부러뜨려야 할 거야."

큰 소리가 나도록 문을 세게 닫았다. 철제 현관문에서 쾅 하고 터지는 소리가 났다. 계단을 내려가 집을 빠져나왔다.

주변은 온통 어두웠다. 민의 집은 다른 연립주택과 조금 떨어져 있었다. 멀리 골목 끝에서 가로등이 뿌옇게 빛을 발하고 있었지만 그 희미한 불빛은 민의 집에는 닿지 않았다. 어딘가에서 몹시 멀리 떨어져 나온 것 같은 기분이 들었다. 주변을 둘러봤다. 지나다니는 차는 물론 없었고, 변변한 표지판 하나 보이지 않았다. 어느 쪽이든 큰길로 나가야 했다. 나는 앞에 펼쳐진 골목 사이의 길을 따라 걸음을 옮겼다.

전화기를 꺼내 채연의 번호를 불러냈다. 몇 번이고 그 번호를 누르려 했지만 용기가 나지 않았다. 요 며칠간 채연의 얼굴을 보지 못했다는 사실이 떠올랐다. 전화를 건다면 목소리라도 들을 수 있을까? 하지만 너무 늦은 시간이었다. 잠이라도 자고 있다면 방해가 될 것이었다. 안의 번호를 띄웠다. 진심으로 전화하고 싶지 않았다. 일 문제라면 업무시간에 하는 것만으로도 충분하다. 그 일이 윤필에 관한 것이라면 업무시간에도 상관하고 싶지 않았다.

골목 주변의 연립주택에서 불빛들이 새어나왔다. 층이 낮은 곳은 열린 창문으로 집 안까지 훤히 들여다볼 수 있었다. 보지 않으려 해도 몇 군데 집 안의 풍경이 눈에 들어왔다. 형광등이 하얗게 켜진 거실이 있었다. 간간이 사람의 그림자가 비쳤다 사라지곤 했다. 창가에 책상이 놓인 집도 있었다. 의자에 앉은 남자가 골똘한 표정으로 무언가를 들여다보고 있었다. 모르는 사람들이 사는 모르는 집 사이로 나는 가만히 걸었다.

어느 집 앞을 지나갈 때 정해진 것처럼 집 안의 불빛이 꺼졌다. 노란 가로등이 보도블록을 밝히고 있었다. 순간 걸음을 딱 멈췄다. 고개를 숙이고 내 발끝에서 퍼지는 그림자를 바라봤다. 규칙적으로 맞물린 직사각형의 보도블록 위에 검은 그림자가 흔들리고 있었다.

걸어온 방향으로 몸을 돌렸다. 멀리 정원이 있는 민의 집이 보였다. 이해할 수 없는 구조의 집이었다. 세를 들어 사는 것 같진 않았다. 그랬다면 굳이 이층과 통하는 계단이 나 있을 리는 없었다. 하지만 그렇다면 왜 밖으로 바로 연결된 통로를 따로 둔 것일까. 민의 방 창문이 눈에 들어왔다. 커튼을 걷었는지 불빛이 새어나왔다. 민이 나를 지켜보고 있는 걸까? 확실하지 않았다.

"거기서 대체 뭘 하고 있는 거냐."

민에게 묻듯 중얼거렸다. 그것은 나에게도 해당하는 질문이었다. 여기서 대체 뭘 하고 있는 거냐.

고개를 숙이고 구두 끝을 바라보다가 다시 걸음을 옮겼다. 쓸데없는 질문이었다. 어차피 누구도 대답하지 않을 것이므로.

갈 곳 없이 막막한 마음으로 터벅터벅 걸어 큰길로 나왔다. 길을 따라 걷다 눈에 띄는 택시를 잡아타고 집으로 돌아왔다.

13. 계산을 한 것이 아닙니다

출근을 하기 위해 탄 버스에서 채연에게 전화했다. 채연은 전화를 받지 않았다. 몇 분 기다린 후 다시 전화를 걸려는데, 벨소리가 울렸다. 안이었다. 한숨을 쉬며 전화를 받았다.

"비싼 몸이시군."

안이 슬쩍 비꼬았다. 나는 대답하지 않았다.

"뭐, 바빴다고 해둡시다. 용건은 다른 게 아니라."

안의 목소리가 한층 낮아졌다. 좋지 않은 용건일 것이 뻔했다.

"아이 아버지가 움직였소. 본사 쪽에 다시 한번 소명서를 보냈더군."

한숨인지 웃음인지 알 수 없는 숨소리가 몇 번 들렸다. 안이 말을 이었다.

"이번엔 법원에 제출할 서류까지 곱게 복사해서 보냈소. 뭔가 저지르긴 할 모양이야."

전화기를 잡은 손에 저절로 힘이 들어갔다.

"이제부턴 어떻게 되는 겁니까?"

얕보이긴 싫었지만 마음보다 먼저 말이 나왔다.

"일단 본사 쪽의 처리는 잠시 미뤄뒀소. 당신 지점으로 연락이 가는 건 며칠 후가 될 거요. 여기서 더 틀어지면 소송이지. 하지만 말했다시피 그렇게 되면 불리한 건 그쪽이니 일을 거기로 끌고 가진 않을 거요. 십중팔구는 본사를 들쑤셔서 여러 사람을 피곤하게 만들겠지. 경우에 따라선 언론 쪽에 흘린다거나."

"어느 쪽이든 복잡해지겠군요."

"일은 이미 복잡해졌소. 문제는 그런 게 아니야."

버스 안이 흔들렸다. 손잡이를 고쳐쥐고 자세를 바로 잡으며 나는 안의 말을 기다렸다. 잠시 입을 다물고 있던 안이 조심스레 말을 이었다.

"혹시, 신상에 아무런 문제도 없으시오?"

불길한 기분이 들었다. 어떤 대답을 해야 할까. 말을 고르고 있을 때 안이 덧붙였다.

"아이 아버지의 새로운 소명서에는 우리 두 사람의 접객 태도에 대한 항의도 잔뜩 실려 있었소. 어차피 이 일 자체는 어떤 식으로든 해결이 나게 되어 있지. 내 식으로 해결하든, 당신들 식으로 해결하든. 거기까지는 누가 죽고 사는 문제가 아니오. 그런데 본사 쪽에서 우리 둘에 대한 항의를 받아들이면 뒤따르는 게 있소. 당신과 나에 대한 감사 말이지."

다시 뜸을 들인 후, 안이 물었다.

"그래서 묻는 거요. 주변에 아무 일도 없소?"

다시 버스가 흔들렸다. 몸이 비틀거렸다. 그때 전화기가 다시 울렸다. 화면을 확인했다. 채연으로부터 전화가 걸려오고 있었다. 안과 통화중이었기에 전화를 받을 수가 없었다. 전화기를 들고 가만히 있었다. 잠시 후 문자메시지가 도착했다.

'내가 전화할게.'

나는 차라리 눈을 감았다. 전화기를 귀에 대고 말했다.

"만나서 드릴 말씀이 있습니다."

안이 천천히 대답했다.

"그럽시다."

오전시간이 어떻게 흘러갔는지 모르겠다. 갖가지 문제들이 온통 마음을 어지럽혔다. 채연으로부터의 전화, 샘의 싸움, 윤필의 보험금, 안과의 문제, 민의 태도, 채연과 나, 샘과 채연, 샘과 체인지킹, 체인지킹과 민, 민과 윤필, 윤필과 안, 나와 안. 두서없는 생각들이 무질서하게 떠올라 쳇머리를 흔들었다. 버릇처럼 컴퓨터를 들여다보고 있었지만, 지금 이 순간 처리하는 업무는 나중에 다시 손을 봐야 할 것 같았다. 정신이 완전히 다른 곳에 팔린 터라 얼굴에 난 상처를 걱정하는 동료들의 말에도 크게 마음이 쓰이지 않았다.

점심시간이 되자마자 사무실을 나왔다. 안과 약속한 곳으로 걸음을 옮겼다. 회사 근처의 편의점 파라솔 의자에 앉아 안이 담배를 피우고 있었다. 안에게 다가섰다. 내 얼굴을 본 안이 인상을 찡그렸다.

"일이, 확실히 있으시군."

일부러 다른 곳을 봤다. 안은 담배꽁초를 발로 비벼껐다.

"점심 전이지요? 갑시다."

안이 걸음을 옮겼다.

안이 향한 곳은 냉면집이었다. 채연과 함께 냉면을 먹은 바로 그곳. 몹시 질 나쁜 장난에 휘말린 것 같은 기분이었다. 계절이 지나 몇 개월 사이 냉면집에는 눈에 띄게 손님이 줄어 있었다. 우리는 구석의 테이블에 앉았다.

"유명한 집이라고 하더구만. 몇 번인가 먹어보려고 했는데 이제야 맛을 보겠어."

안이 물냉면을 시켰고, 나는 비빔냉면을 시켰다.

음식이 나오길 기다리는 동안 안은 한마디도 하지 않았다. 점원이 가져다준 젓가락을 놀려 무김치를 집어먹거나 두꺼운 도자기 컵에 담긴 육수를 마시다가 멀뚱히 창밖을 바라보곤 했다.

먼저 말을 꺼내야 하나. 하지만 건넬 말이 없었다. 본사 쪽의 감사에 대해서라면 대충은 알고 있었다. 고객으로부터 항의가 있을 때 본사 쪽의 직원이 내려와서 자초지종을 확인하는 것은 흔한 일이니까. 하지만 그 범위가 어디까지인지 알 수 없었다. 윤필과 있었던 일만을 다룬다면 별문제 없을지도 모른다. 설사 이쪽의 과실이 인정된다 해도 약간의 질책을 받는 정도일 것이다. 그러나 사적인 영역으로 문제가 확대된다면? 채연과 나의 관계를 회사 쪽에서 인지한다면?

"나한테,"

육수가 든 두꺼운 도자기 컵을 입에 가져가며 안이 말했다. 입으로 바람을 후후 불어 육수를 한 모금 마신 후, 안이 컵을 내려놓았다.

"나한테 딸이 하나 있소."

테이블에 올린 팔로 턱을 괴고 안이 말했다. 두툼한 안의 턱이 손에 눌려 찌그러졌다.

"원래대로라면 고등학생이오. 지금은,"

잠시 말을 멈췄다가 안이 말을 이었다.

"지금은 소년원에 들어가 있지. 좋은 말로는 감호소니 뭐니 그러지만, 그냥 소년범 형무소요. 아직 애들이 들어가는 감옥."

안이 창밖으로 시선을 돌렸다.

"내달이면 그애가 집으로 돌아온다오."

안이 입을 닫았다. 점원이 냉면을 가져왔다. 면을 가위로 자르고 우리는 먹기 시작했다.

"당신 차례요."

후룩 소리를 내며 면발을 입에 넣은 후 안이 말했다.

"이게 내 가장 큰 문제요. 이제 영호씨 차례요."

젓가락을 멈추고 안을 바라봤다. 안이 빠르게 면을 집어삼켰다. 안과 식사를 하는 것은 처음이었지만 그 먹는 모습은 어쩐지 평소의 안과 참으로 어울렸다. 젓가락 가득 면을 들어올려 덤벼들 듯 빠르게 입에 넣는 모습. 입안 가득 면을 씹으며 안이 나를 바라봤다.

"얼굴은 왜 그런 거요."

시선을 떨궜다.

"넘어졌습니다."

한동안 내 얼굴을 훑어보던 안이 "그렇군" 하며 고개를 끄덕였다. 어느새 안은 냉면 한 그릇을 다 먹고 숨을 돌리고 있었다. 되는대로 손을 놀려 음식을 먹고 있긴 했지만 내 몫의 냉면은 도무지 양이 줄지 않았다. 반 정도 음식을 먹고 젓가락을 내려놓았다. 양해를 구하지도 않고 안이 남은 냉면을 자기 쪽으로 가져갔다. 안이 비빔냉면을 먹기 시작했다. 묘한 기시감이 들었다.

"나는 영호씨가 싫지 않소."

무심히 안이 말했다. 안을 쳐다봤다. 머쓱한 듯 안은 냉면그릇만 바라봤다.

"이유를 말하라고 하면 글쎄."

잠시 말을 멈추고 있던 안이 다시 손을 놀려 냉면을 먹었다.

"나한테."

잠시 말을 멈추었다가 안은 말을 이었다.

"나한테는 아들도 있었소."

안은 젓가락으로 남은 냉면의 면발을 모아 한 번에 그것들을 삼켜 넣고는 입맛을 다셨다. 물을 마시며 안이 말했다.

"지금은 없소."

입가를 휴지로 닦으며 안이 말을 이었다.

"감사라면 이전에도 받아본 적 있소. 소년원에 들어간 딸의 문제는 지겹게 날 괴롭혔지. 하지만 자살한 큰아들의 문제는 아무도 건드리지 않더군. 따지고 보면 딸이 엇나간 것도 다 아들이 죽은 뒤의 일인데 말이오. 사람들은 당장 벌어진 일에만 신경을 쓰지. 그게 편하니까. 난 그런 것이 신물이 나도록 싫소. 그냥 벌어진 일이 어디 있어? 전부 비틀비틀 이어지는 거지."

남의 일을 이야기하듯 담담한 표정이었다. 안이 나를 바라봤다.

"처음 영호씨를 봤을 때부터 꽤나 익숙한 기분이 들었소. 왜 그랬는지 지금에야 알 것 같군. 넘어진 얼굴을 보니 확실히 알겠어. 아들 놈도 꽤나 많이 넘어지고 다녔지."

안이 피식 웃었다.

"영호씨는 그애와 비슷한 분위기야. 희미하고 속을 알 수 없는 얼굴. 그렇지만 금세 무슨 말이든 다 털어놓을 것 같은 쓸쓸한 표정."

그릇을 한쪽으로 치우며 안이 어깨를 폈다.

"혹시 회사에서 괴롭히는 사람이 있으면 지금 다 말해보시오."

안이 껄껄거렸다. 분위기에 어울리지 않는 농담이었지만 왠지 어쩐지 몹시 우스운 기분도 들었다. 나 역시 피식 웃어버렸다. 웃음을 풀지 않은 채 안이 말을 이었다.

"하지만 지금 시점에선 영호씨에 대한 나의 감상 같은 건 중요한 게 아니라오."

안의 얼굴은 웃는 그대로 굳어져 있었다.

"이대로 김윤필이 문제를 제기하면 본사 쪽에서는 시늉으로라도 영호씨와 나에 대한 감사를 시작할 거요. 내 쪽은 아무 문제 없소. 말했다시피 몇 번이나 받아봤으니까. 지금보다 상황이 안 좋았던 적도 많았지. 난 괜찮아. 하지만 영호씨는 어떻지?"

안의 얼굴에서 웃음기가 가셨다.

"대체 그 여자와 왜 결혼한 거요?"

대체 모두들 왜 이런 걸 묻는 걸까. 잠시 눈을 감았다가 떴다. 가만히 안을 바라봤다. 그다지 놀랍지도 당황스럽지도 않았다. 아침에 안의 전화를 받자마자 어쩐지 안이 채연과 나의 사이를 알고 있을 거라는 예감이 들었기 때문이다. 안이 몸을 뒤로 젖혔다.

"처음부터 무슨 뒷조사를 하려고 했던 건 아니야. 그저 몇 가지 우연이 겹치다보니 자연스레 알게 된 거요. 직급에 어울리지 않는 차가 좀 의문스러웠는데, 아는 친구로부터 영호씨가 그 병원에 자주 온다는 이야기를 들었지. 아마 내가 일하는 곳과 같은 보험회사라 신경이 쓰였던 모양이오. 영호씨가 드나드는 곳이 암병동인 것도 알고 있었소. 병원에 드나드는 이유를 물었을 때 허리 핑계를 댔지요? 그래서 조금 더 알아본 거요. 그러다보니 당신과 그 여자의 관계까지 닿게 된 거지."

안이 한숨을 쉬었다.

"아시다시피 보험사기에는 관계자가 끼어 있는 경우가 많지. 당신 역시 그런 인간이 아닌가 했소. 그 여자와는 물론이고 김윤필 건에도 개입되어 있는 게 아닌가 싶어서."

살짝 인상을 구기며 안이 창밖을 바라봤다.

"하지만 알아보니 돈 때문은 아닌 거 같더군. 여자의 보험금은 지급됐을 테니, 사기를 칠 목적이었다면 지금까지 거길 드나들 필요가 없을 테고 말이야."

짜증이 나는 듯 안은 손을 들어 앞머리를 헝클었다.

"아이 이야기도 들었소. 아이와 몇 번이고 병원을 드나들었다면서? 그래서 조금은 믿게 됐소. 사기라면 아이까지 책임지진 않겠지."

안이 나를 돌아봤다.

"하지만 그렇다 하더라도 쉽게 받아들일 수는 없소. 누가 봐도 이상한 관계잖아. 여덟 살 연상에 암 투병중인 애 딸린 이혼녀. 거기에 심사팀의 젊은 사원이 끼어 있으면 대체 누가 그걸 곧이곧대로 보겠소."

안이 물었다.

"설명해보시오. 그 여자와 결혼한 이유를."

입을 다물었다. 안이 재차 채근했다.

"물론 암에 걸렸다고 해서 당장 죽는 게 아니란 건 알아. 아마 병은 곧 낫겠지. 하지만 그걸 다 건사하며 지내면, 그 여자와, 그 여자의 아이와 단란한 가정이 되는 건가?"

답답한 듯 안이 손을 벌려 보였다.

"대체 그런 일을 하려는 이유가 뭐요? 여자에게 재산이 있나? 당신에게 좋은 차를 선물할 만큼? 그래서 그 여자와 결혼한 거요?"

저절로 얼굴이 굳어졌다. 내 표정을 살피던 안이 혀를 찼다.

"영호씨를 비난하려는 건 아니야. 하지만 누구도 이 상황을 이해할 수 없을 거요. 그러니 내게 먼저 설명해보시오. 나를 이해시킬 수 없다면 본사의 감사를 넘기는 건 불가능해."

이상한 말이다. 누가 봐도 이해할 수 없을 텐데, 이해시켜보라는 것은. 나는 그저 가만히 안을 봤다. 한참 동안 눈을 맞추고 있던 안이 신음하듯 말했다.

"미치겠군."

해야 할 말을 떠올렸다. 있는 그대로 말했다.

"저는, 아무것도 잘못한 것이 없습니다."

심하게 말라붙은 목소리가 나왔다. 물을 마시고 말을 이었다.

"그러므로 누구에게 무엇도 설명할 필요가 없습니다. 벌어진 일에 대해서는 어떤 식으로든 책임을 질 겁니다. 그러니 신경쓰실 필요 없습니다."

"책임? 대체 무슨 책임을 진다는 거야?"

안의 목소리가 살짝 높아졌다.

"감사가 내려오면 어떻게 될 것 같아? 보험금을 수령한 암 투병중인 여자와 보험회사의 직원이 결혼했어. 당신 한 사람이 문책을 받거나 잘리는 걸로 끝날 거 같아? 최악의 경우엔 보험사기 혐의를 받게 돼. 그럼 경찰조사야. 당신은 물론 당신과 결혼한 여자도 무사히 넘어갈 수 없어."

퍼뜩 정신이 들었다.

"그 사람은 아무 관계가 없습니다."

"그걸 어떻게 증명할 건데?"

"그 사람은,"

아득하게 할 말들이 멀어졌다. 가까스로 말을 이었다.

"그 사람이, 병에 걸린 것은 저를 만나기 전의 일입니다. 보험금을 받게 된 것도 그렇습니다. 저를 만나기 전에 그 사람은 다른 사람을 만나 아이를 얻었고 다시 혼자가 되었고 병에 걸렸습니다. 누가 잘못한 게 아닙니다. 그건 그냥 그렇게 된 겁니다. 제가 거기에 그냥 끼어든 겁니다.

"그러니까, 그게 문제란 거야. 대체 왜 그 여자와 결혼한 거요? 계산이 안 되나? 아니면 너무 계산을 잘한 거야?"

안의 얼굴이 크게 일그러졌다. 처음 보는 표정이었다. 다시 말을 골랐다. 하지만 말할 수 없는 것이 너무 많았다. 그저 말할 수 없다고 말할 수밖에 없었다. 하지만 말할 수 없다고 말할 바에야 말하지 않는 것이 더 낫지 않을까?

가만히 안을 봤다. 겨우 입을 열었다.

"저는 계산을 한 것이 아닙니다."

안이 나를 마주 봤다. 안의 눈이 살짝 커졌다. 안이 중얼거렸다.

"맙소사, 정말 닮았군."

안이 고개를 저었다. 손을 들어 천천히 눈을 문지르며 안이 말했다.

"요즘 애들은 다 그런 표정을 짓나. 아니면 내가 너무 나이가 들어서 눈이 둔해진 건가. 도무지 속을 알 수가 없어."

침묵이 흘렀다. 말을 하진 않았지만 나 역시 안과 같은 심정이었다.

도무지 다른 사람들의 속을 알 수 없고 누구도 믿을 수 없었다. 그러니 아무 말도 할 수 없다. 한참 동안 우리는 말이 없었다. 가만히 숨을 쉬고 있던 안이 자리에서 일어섰다.

"일단 좀 걸읍시다. 담배가 생각나 견딜 수가 없군."

안이 일어섰다. 카운터에 가서 값을 치르고 나왔다. 먼저 나온 안은 이미 담배에 불을 붙이고 있었다. 안이 회사와 반대방향으로 걸음을 옮겼다.

더위가 확연히 가시고 있었다. 하지만 햇살은 여전히 좋았다. 바람이 불었다. 어디서 떨어진 건지 발치에 신문지 한 장이 바스락거리며 굴러다녔다.

신문지로 된 모자를 쓰고 지하철역을 향해 걸어가던 채연의 뒷모습이 눈에 선했다. 여름이 한창이었을 때의 일이다. 계산, 계산이라. 어떻게 그런 모습을 계산할 수 있을까.

보도블록의 수를 세기라도 하듯이 고개를 숙인 채 천천히 걸음을 옮기는 안을 봤다. 그렇게 대답해볼까? 계산할 수 없는 것이 있다고. 그리고 말로 표현할 수 없는 것들이. 그래서 그녀와 함께 있어야 했다고. 고개를 흔들어 그 생각을 떨쳤다. 이해받을 수 없는, 아니, 이해받을 필요 없는 일이 있는 법이다.

선선한 바람을 맞으며 나는 안과 함께 걸었다. 한참을 걷던 안이 입을 열었다.

"짐작하겠지만 나는 아이들 교육엔 완전히 실패한 사람이야."

안이 담배연기를 뿜었다.

"아무리 애를 써도, 도무지 이해할 수가 없었어. 아들녀석도, 딸도. 아무리 물어봐도 무엇 하나 대답해주지 않아."

누구에게랄 것도 없이 안이 중얼거렸다.

"어디서부터 틀어진 건지 모르겠어. 대체 어쩌다가 이렇게 거리가 멀어진 걸까."

걸음을 옮기고 있던 내게 안이 시선을 돌렸다.

"당신이 뭐, 내 아들뻘은 아니지만 내겐 그냥 마찬가지야. 도무지 모르겠어. 아주 멀고, 도저히 이해할 수 없소."

짧아진 담배꽁초를 길바닥에 버린 후 안이 새 담배에 불을 붙였다.

"김윤필 역시 마찬가지요. 그런 경우를 본 게 한두 번이 아니지. 요즘 젊은 친구들은 계산이 너무 빨라. 편하게 사는 법을 잘 알지. 혼자 그렇게 살아간다면 내가 뭐 할 말이 있겠냐만은, 자식이 끼어들면 문제가 달라져. 남 말 할 입장이 아니란 건 알지만, 애들한테 함부로 하는 꼴은 도저히 참아줄 수가 없소. 죄책감이라 해도 좋고, 피해의식이라 해도 좋아. 김윤필 같은 놈은 그냥 놔둘 수가 없어. 아버지가 되는 건 쉬운 일이 아니란 말야."

뜨끔한 기분이 들었다. 나는 안을 돌아봤다. 안이 한숨을 쉬었다.

"애는 몇 살이오?"

주저하다 대답했다.

"열세 살입니다."

"중학생이로군. 착한가?"

고개를 돌렸다. 샘은 어떤가? 착한가? 알 수 없었다. 안이 중얼거렸다.

"그쪽도 문제가 있는 거로군."

안이 담배를 깊이 빨아들이고 뱉었다. 안이 거듭 말했다.

"아버지가 되는 건 쉬운 일이 아니야."

거리 하나를 지나는 동안 안과 나는 아무 말도 하지 않았다. 이윽고 안이 멈춰 섰다. 담배를 든 채 심각한 표정으로 이마를 긁던 안이 나를 똑바로 바라봤다. 일부러 눈길을 피하지 않았다. 한참 동안 우리는 서로를 봤다.

안이 입을 열었다.

"무슨 일이 벌어져도, 책임을 질 거요?"

고개를 끄덕이며 나는 대답했다.

"예."

안이 피식 웃음을 흘렸다.

"장담하는 것도 닮았군. 무슨 일이 벌어질지도 모르면서."

담배연기를 들이마신 후 다시 뿜으며 안이 내게 가까이 왔다.

"실은 그냥 경찰에 알릴 작정이었어. 하지만 그랬다간 김윤필도 가만히 있지 않겠지. 김윤필은 버틸 수 있을 만큼 버틸 거고, 그러면 일이 점점 커지는 거야. 본사 쪽에서는 책임소재를 명확히 하기 위해서라도 영호씨와 나를 들볶을 거고. 그러면 피차 다 같이 피곤해지는 거야. 지금 시점에서는 김윤필을 공략해야 하오."

안의 얼굴은 익숙한 웃는 표정으로 돌아가 있었다.

"그놈이 이의제기를 철회하도록 해야 해. 놈이 만족할 만한 조건을 제시하든 아니면 다른 수단을 사용하든. 본사 쪽에서 이 일에 대한 방침을 확실히 정하기 전에 빠르게 움직여야지. 시간이 없어. 당장 오늘, 늦어도 내일까지."

무표정한 윤필의 얼굴이 떠올랐다. 그 남자가 만족할 만한 조건이란 게 있을까? 혹은 다른 수단이 과연 통할까.

"어떻게 하실 작정입니까?"

254

나도 모르게 물었다. 안이 대답했다.

"영호씨 문제가 없었더라면 협상했겠지. 하지만 지금 시점에서 협상은 의미가 없을 것 같군. 그럼 남은 방법은 하나지."

"그게 뭡니까?"

안이 잔뜩 인상을 찡그리고 머리를 긁었다. 안이 대답했다.

"협박."

주머니에서 전화기를 꺼내 몇 개의 번호를 찾으며 안이 말했다.

"필요한 준비는 내가 해놓겠소. 영호씨는 당분간 대기하고 있으시오."

안의 표정이 다시 그 사람 좋아 보이는 웃음으로 돌아갔다.

"걱정할 거 없소. 지금 상황에서는 아무리 일이 꼬여봐야 달라질 게 없으니까. 아무것도 하지 않으면 그대로 최악의 상태로 접어들게 되지. 하지만,"

안이 전화기를 귀에 붙이며 말을 이었다.

"그렇게 되기 전까지는 최대한 발버둥쳐봐야지. 전화기 켜두고 기다리시오."

손을 흔들어 인사하며 안이 방향을 틀어 걸어갔다. 우두커니 그 자리에 서서 안의 등을 바라봤다.

회사에 돌아와 자리에 앉았다. 책상 위에 전화기가 놓여 있었다. 바쁘게 나가느라 전화기를 챙기지도 못한 것이다. 전화기를 확인했다. 내심 채연에게 연락이 와 있을 거라고 짐작했지만 걸려온 전화도, 문자도 없었다. 먼저 전화해볼까 하는 마음을 가까스로 참았다. 안과의 대화 때문인지 채연에 대한 걱정은 더욱 커져 있었다. 지난 며칠 동안 안과 윤필에게, 그리고 체인지킹과 민의 일에 휘둘리느라 정작 채연에게는 제대로 신경을 쓰지 못했다. 채연의 번호를 불러냈다. 하지만 통화할 엄두가 나지 않았다. 만일 치료를 받는 도중이라면 어떻게 할까. 아픈 와중이라면. 나는 전화기를 다시 책상에 내려두었다.

오후 업무를 처리하는 동안에도 신경은 전화기에 쏠려 있었다. 세시가 막 지날 때쯤 전화기가 울렸다. 문자메시지였다. 서둘러 전화기를 들었다. 짧은 문자가 하나 와 있었다.

나에 대한 흥미는 여전한가?

아주 잠시 가슴이 뛰었다. 하지만 이내 몸이 식었다. 문자는 민에게서 온 것이었다. 의도한 것은 아니겠지만, 정말이지 정 떨어지게 하는 재주가 있는 녀석이다. 답문을 떠올려봤지만 뚜렷이 할 말이 없었다. 별다른 일이 없다면 찾아가봐야겠지만 안의 연락을 기다려야 했다. 혹은 채연에게서 연락이 올 수도 있었다. 게다가 가뜩이나 피곤한 가운데 민을 만나고 싶지는 않았다. 답문을 보내는 것을 그만두고 전화기를 다시 내려놓았다.

퇴근 무렵 안에게서 연락이 왔다.

"김윤필과 약속을 잡았소. 내일 저녁 시간 괜찮겠소?"

괜찮지 않아도 나가야 할 약속이었다. 약속장소를 확인했다. 윤필의 아이가 입원한 병원 근처의 음식점이었다. 안이 말했다.

"일단은 밥을 먹기로 했소. 약속시간은 일곱시. 즐거운 식사가 될 것 같진 않지만 거쳐야 할 과정이니 하는 수 없지."

잠깐 뜸을 들이던 안이 말했다.

"호락호락한 상대가 아니란 건 알고 있겠지? 마음의 준비를 하시오. 무슨 일이 벌어질지 알 수 없소."

알겠다는 대답을 하고 전화를 끊었다.

사무실의 직원들이 하나둘 회사를 빠져나갔다. 나는 채연에게 괜찮으냐는 문자를 보냈다. 퇴근 후 찾아가겠다는 말도. 한참 동안 답신은 오지 않았다.

집으로 가는 버스에 올랐을 때 전화기가 울렸다. 문자메시지였다.

오늘 오지 않으면 아웃!

또다시 민이었다. 대체 무슨 생각을 하고 있는 건지 알 수 없다. 그렇게 모욕을 주고, 만나는 일을 거부하더니, 사람을 시켜 가방을 가져오게 하고, 직접 만나서는 선선히 이야기를 들려준다. 헤어질 때는 다시 오지 못하게 할 것처럼 굴더니 당장 하루 만에 나를 불러들인다. 안의 혼잣말이 떠올랐다. 아주 멀고, 도저히 이해할 수 없다. 민은 바로 그랬다.

전화기를 집어넣으려는데 다시 전화기가 울렸다. 또다시 문자였다.

채연 환자님은 치료 들어가셨어요. 오늘은 면회금지입니다.

담당 간호사로부터의 답장이었다. 한숨이 나왔다. 아침의 전화를 받았어야 했다. 전화기를 주머니에 넣고 버스의 차창을 바라봤다. 거리는 어두워져가고 있었다. 검은 창문에 희뿌옇게 내 얼굴이 떠올랐다. 입가가 검붉게 부어올라 있었다.

두서없는 생각들이 떠올랐다. 죽은 안의 아들은 어떤 얼굴이었을까. 정말로 그 아이는 지금의 나와 같은 얼굴이었나? 안의 말이 귓가에 맴돌았다. 아마 병은 곧 낫겠지. 하지만 그걸 다 건사하며 지내면, 그 여자와, 그 여자의 아이와 단란한 가정이 되는 건가? 알 수 없었다. 안은 답을 알고 있나? 왜 나에게 그런 걸 물은 걸까. 다시 안의 말이 떠올랐다. 아버지가 되는 건 쉬운 일이 아니야. 아아, 그래. 그건이미 알고 있어. 그거야말로 아주 멀고, 이해할 수 없는 일이지. 버스가 멈췄다. 나는 버스에서 내렸다. 지나가는 택시를 잡아타고 민이 사는 동네의 이름을 말했다.

민의 동네에 오는 길은 무척 멀었다. 익숙한 골목에서 택시가 멈췄다. 민의 집이 보였다. 잠시 길가에 서서 민이 사는 곳을 바라봤다. 창문에는 여전히 커튼이 쳐져 있었다. 언뜻 검은 그림자가 보이는 것 같았다. 어쩌면 그저 커튼이 바람에 흔들리는 것일 수도. 결심을 굳히고민의 집을 향해 걸어갔다.

뒷문으로 돌아가 자물쇠의 비밀번호를 눌렀다. 1, 9, 7, 5. 문이 열렸다. 비밀번호의 의미는 민에게 물어보자. 계단을 올라 민의 방 현관앞에서 같은 번호를 누르고 집으로 들어섰다. 방은 어제와 같았다. 민이 등을 돌렸다.

"여어."

민이 입을 찢으며 웃었다. 나는 구두를 벗었다.

258

14. 우리는 아버지가 없어

"오는 길은 괜찮았나?"

민이 물었다. 웃는 얼굴이 기분 나빴다. 민의 곁에 놓인 의자에 앉았다.

"왜? 또 소마를 대기시켰어?"

"못 만났어? 이번엔 팔을 부러뜨리라고 했는데."

민이 킬킬거렸다. 나는 대꾸하지 않았다. 잠시 나를 훑어보던 민이 코웃음을 치고 고개를 돌렸다. 잠시 기다렸다가 나는 입을 열었다.

"말장난은 그만두지."

민이 나를 돌아봤다.

"하고 싶은 이야기가 뭐지?"

민을 바라봤다. 한동안 나를 들여다보던 민이 웃음을 흘렸다.

"도리어 좀 묻고 싶은데? 내게 듣고 싶은 이야기가 뭐야?"

민이 내 쪽으로 의자를 돌렸다.

"네가 말해봐. 무슨 이야기를 듣고 싶어?"

민이 위아래로 눈을 움직여 나를 훑었다. 짜증을 가라앉히기 위해 숨을 골랐다. 천천히 입을 열었다.

"사정 설명부터 다시 해야 하나?"

"그건 퍼렁이에게 들었다니까! 의붓아들 때문이라며."

짜증이 더해갔다. 웃는 민의 얼굴을 보면 볼수록 화가 났다. 대체 이 남자는 나와 무얼 하고 싶은 걸까. 내게 왜 이러는 걸까.

"도대체 왜,"

가까스로 말을 삼켰다. 화를 내면 그대로 민에게 휘말리게 된다. 화제를 바꿀 필요가 있었다. 잠시 할 말을 생각한 후 입을 열었다.

"도대체 왜 블루를 퍼렁이라고 부르는 거냐?"

"퍼렁이니까. 그러는 넌 왜 퍼렁이를 블루라고 부르는데?"

"자신을 블루라고 소개했으니까."

민이 피식 웃었다.

"그놈이 그렇게 부른다고 그걸 그대로 들어주나? 블루가 무슨 의미 인지 알기나 해?"

"블루에 의미가 있어? 블루는, 그냥 블루지."

"정확히 그냥 블루가 아니지. 블루는 '블루 투'야. 그게 무슨 의미 인지 알아?"

나는 고개를 저었다. 민이 기가 막힌다는 듯 혀를 찼다.

"전대물은 알지?"

"물론."

체인지킹에 대한 정보를 검색하다 알게 된 사실이었다. 전대물이란 파워레인저처럼 다섯 명으로 구성된 주인공들이 등장하는 특촬물의 시리즈를 뜻하는 말이었다.

"전대물의 주인공은 크게 다섯 가지 색깔로 나뉘지. 이야기의 중심이 되는 주인공은 레드야. 붉은색 복장을 하고 있어. 나머지는 블루, 그린, 옐로, 핑크지. 여기에 간혹 다른 색깔이 끼어드는 경우가 있어. 블루 대신 블랙이 들어가거나, 그린 대신 화이트가 들어가는 식이지. 그 차이는 아주 미묘해. 그래서 특촬물을 좋아하는 애들 사이엔 더욱 중요한 정보이기도 하고."

신이 나는 듯 민이 이야기를 늘어놓았다. 이놈은 자신이 관심이 있는 분야에 관해서라면 끝도 없이 떠벌린다. 하지만 그 외의 부분들은 모두 무시하거나 비웃는다. 민이 말을 이었다.

"전대물의 주인공들은 각각 색깔에 따라 캐릭터가 정해져. 예를 들어 옐로와 핑크. 대부분의 경우 이 두 가지 색깔은 여성이 맡게 되지. 그런데 같은 여성이라도 미묘하게 개성이 달라. 핑크는 전형적인 여성의 매력을 대변하는 반면 옐로는 보다 더 쾌활하고 귀여운 쪽이지. 그린은 선량한 남성, 혹은 괴짜 같은 인물이야. 블랙은 마음속에 그늘이 있는 타입이고. 그럼 블루는?"

알 리가 있나. 가만히 민의 이야기를 기다렸다.

"레드와 비교되는 이인자. 뭐 그걸 쿨하고 멋진 성격이라고 하는 놈들도 있는 모양인데 전부 헛소리고. 이인자는 결국 천상 이인자지."

민의 얼굴이 다시 비웃는 표정으로 돌아갔다.

"동호회의 닉네임은 자신이 정하는 거야. 그건 자신들의 개성을 드러내는 이름이라고 할 수도 있지만 동시에 또 한편으로는 자신이 선호하는 어떤 정체성 보여주기도 하는 거야. 퍼렁이는 처음부터 자신의 정체성을 '블루 투'로 결정했어. 그냥 블루도 아니고, 블루 '투'야.

그런 닉네임을 사용하는 놈이 어떤 성격이겠어?"

의문형으로 말을 맺기는 했지만 민은 내 대답을 기다릴 마음이 없었다.

"퍼렁이는 어디서든 최고가 될 자신이 없는 놈인 거야. 그런 일은 꿈도 꾸지 않지. 자신의 능력이 부족하다는 걸 누구보다 잘 알고 있으니까. 하지만 그런 자각과는 별개로 잘난 척은 하고 싶어하지. 그래서 그놈은 언제나 블루 투야. 그 위치에 자신을 놓으면 누구와도 경쟁할 필요가 없지. 퍼렁이의 카페가 잘 굴러갔던 이유도 그 때문이었어. 카페의 주인인 놈이 특별히 나서서 뭘 하질 않았거든. 그걸 두고 다른 놈들은 겸손하다고 치켜세울지도 모르지. 하지만 알잖아? 그놈이 정말 겸손한 성격이던가? 얼굴도 모르는 사람의 쪽지를 받고 만날 생각을 하는 녀석이? 퍼렁이는 잘난 척을 하고 싶어 안달이 난 놈이야. 그러다 막상 일이 터지면 수습을 못 해 쩔쩔매는 거고. 이미 다 겪어봤으니 알잖아?"

처음 블루를 만났을 때를 떠올렸다. 친절했던 그 태도는 정말 일종의 과시였을까? 그다음 만났을 때를 떠올려보면, 확실히 민의 판단이 정확하다고 할 수 있을지도 모른다. 물론 정확한 판단이라고 해서 민처럼 함부로 떠들어대는 것은 전혀 다른 문제지만.

그때 어떤 생각이 떠올랐다. 지금 민은 전대물, 정확히는 일본의 어린이용 TV드라마 시리즈에 관해 이야기하고 있었다. 약간의 위화감이 들었다. 나는 조심스레 물었다.

"왜 전대물이지?"

민이 의아한 표정을 지었다. 나는 물었다.

"지금 네가 예로 든 건 전부 일본의 어린이용 드라마잖아. 전대물이니 특촬물이니 하는 명칭 자체도 일본에서 만들어진 거고. 특촬물이 케이블 TV 같은 데서 가끔 방송된다는 거나 아이들 사이에 꽤 인기가 있다는 건 알아. 하지만 그런 방송 프로그램이 얼마나 영향력이 있는데? 차라리 유명한 만화영화나 게임 같은 것에 푹 빠져 있다면 그건 이해할 수 있지만 특촬물에 빠지는 것은 이해가 안 가. 너도 블루도 왜 그렇게 특촬물에 빠져 있는 거지?"

한동안 입을 다물고 있던 민이 코웃음을 쳤다.

"제일 수준 낮은 특촬물에 빠진 의붓아들을 둔 놈이 할 말은 아닌 거 같은데?"

독설이 돌아올 거라고 예상했다. 마음의 준비를 했지만 막상 실제로 들으니 역시 기분은 나빴다. 최소한 의붓아들이란 말만 하지 않아도 한결 나을 텐데. 의붓아들이란 말을 하지 말아달라고 부탁해볼까? 그런 부탁은 민에게 통하지 않을 것이다. 더 기분 나쁜 말을 듣게 되겠지.

"하지만 그 질문 자체는,"

팔짱을 끼며 민이 잠시 말을 골랐다. 그리고 잠시 후 민의 얼굴에 다시 비뚤어진 웃음이 떠올랐다.

"나쁘지 않군. 의외로 핵심을 찌르고 있어. 준비라도 했나?"

"그럴 리가. 고작 애들 드라마에 대해 이야기하는 건데 무슨 준비까지."

살짝 민을 자극해보려 던진 말이었지만 민은 전혀 신경쓰지 않았다. 민은 자신이 관심을 두지 않은 부분에 관해서는 그저 무감각하다.

잠시 허공을 바라보던 민이 천천히 입을 열었다.

"정말로 잘 만들어진 영화나 애니메이션 같은 것에는 일종의 인력이 있어. 단순히 투입된 자본이나 기술력의 차이일 수도 있지만, 다른 무엇보다 중요한 건 세계의 구축이지. 실제의 세계 혹은 현실의 산물을 대체할 수 있는 개별적인 질감의 구축. 잘 만들어진 세계, 독특한 질감을 가진 좋은 작품들에는 보는 사람을 끌어들이는 힘이 있고, 그 힘이 강하면 강할수록 사람들은 그 작품에서 헤어나오지 못해. 세계의 구축이 정교하면 정교할수록 인력이 강해진다고나 할까? 마치,"

민이 한쪽 손을 천천히 어깨까지 들어올렸다.

"커다란 행성일수록 중력이 강한 것처럼."

민의 손가락이 묘하게 흔들렸다.

"사상에는 거리의 제약이 없어. 좋은 작품의 인력은 시간과 공간을 넘어서 작용해. 이건 아주 단순한 선후의 문제지. 먼저 나온 세계가 뒤에 나온 모든 세계에 영향을 미친다. 축적과 재창조, 그리고 발견과 재발견. 이런 것이 이전의 작품을 구성하던 세계의 모습이야. 하지만 요즘은,"

민이 피식 웃었다.

"요즘은 조금 달라. 좋은 작품이 개별적으로 인정받지 못해. 이젠 그럴 수가 없어. 초기의 영화들, 혹은 애니메이션의 경우에는 작품이 좋으면 인정을 받았어. 뛰어난 작품이 아주 쉽게 눈에 띄었으니까. 그럴 수밖에 없지. 나오는 작품의 수가 한정적이었거든. 하지만 요즘엔 너무 많은 작품이 쏟아져나오지. 그리고 그 작품들은 동시대의 다른 작품들뿐만 아니라, 전 시대의 걸작과도 경쟁해야 해. 세 편 중, 가장 좋은 것 하나를 고르는 건 쉬운 일이야. 하지만 삼백 편에서 한 편을 고르라고 하면? 그게 가능하겠어? 최근의 문화적 산물들은 작품 자체의 함량보다는 마케팅이나 내부를 구성하는 요소들 때문에 주목을 받는 경우가 많아. 작품의 규모가 커지면 커질수록, 그러니까 창작에 개입한 사람들의 수가 늘어나면 늘어날수록 이런 양상이 두드러져. 한 사람이 책임을 져서 끝나는 일이 아닌 거야. 많은 사람의 이권이 개입되어 있으니 보다 신중해지고, 보다 산업과 밀접하게 연관되는 거지. 그리고 산업은 언제나 구성요소들을 기계적으로 나누어 관리하지."

민이 다시 손을 들었다. 이번엔 두 손의 손가락을 곧게 뻗어 구역을 짓듯 허공을 나누기 시작했다.

"산업에 의해 나눠진 작품의 구성요소들은 아주 다양하지. 이야기 외부의 구성요소들, 그러니까 홍보나 디자인 같은 것을 관리하는 건 당연한 일일지도 몰라. 요즘의 관리는 그 정도에서 그치지 않아. 이야기 내부의 구성요소들까지 철저하게 관리되지. 배경, 인물, 소재와 주제, 그러니까 궁극적으론 이야기 그 자체가 관리되는 거야. 그 시점에서 작품 자체의 함량은 사실 아무런 의미가 없어. 하나의 작품이 좋냐좋지 않으냐는 그저 임의적인 판단일 뿐이야. 어차피 그런 판단으로 작품의 성패가 갈리는 게 아니야. 진짜 중요한 건 작품을 이루는 재료들이 어떤 방식으로 어울리는가야. 작품을 이루는 각각의 재료들은 이전 세계의 자장에 놓여 있기 마련이고, 이것들은 각기 다른 방식으로 분해되어 사람들에게 작용해. 이게 무슨 뜻인지 알겠어?"

웃는 얼굴로 민이 말했다.

"이제 원본은 없어. 이미 너무 많은 이야기가 축적됐고, 그 속에서 나올 만한 것은 다 나와버렸어. 너와 나는 무언가의 맥빠진 모방이나 조악한 복제 속에서 사는 거야. 우리가 할 수 있는 일은 아무것도 없어."

민이 팔짱을 꼈다. 민이 말했다.

"애니메이션에 빠져 있는 녀석들은 이런 사실을 몸으로 느끼고 있어. 산업과 가장 밀접하게 연관된 창작품이라 재생산의 메커니즘에 익숙하거든. 하지만 이렇게 만들어진 세계의 인력은 점점 더 희박해지게 되어 있어. 그럴 수밖에 없지. 아무리 좋은 말로 꾸며봐야 그건 단지 반복 재생에 불과하니까. 반복이 거듭될수록 최초의 인력은 약해져. 게다가."

민이 코웃음을 쳤다.

"아무리 정교하게 만들어진 세계라 해도 현실의 질감을 이길 순 없거든. 우리는 모두 주먹을 맞으면 피를 흘리게 되어 있어."

민이 킬킬거렸다. 맞은 곳이 아렸다.

"그런 놈들이 정신을 차렸을 때 뭐가 남아 있을 거 같아?"

팔짱을 풀어 가볍게 손을 펼치며 민이 웃었다.

"아무것도."

민이 어깨를 흔들며 웃었다.

"믿을 수 있어? 단지 만화영화에 빠져 있었을 뿐인데 도무지 이 사회에 적응할 수 없는 인간이 되어 있는 거야. 물론 뭔가를 적당히 좋아할 수도 있겠지. 매일 몇 편의 애니메이션을 보면서 적당히 학교도 다니고, 적당히 직장을 잡고, 적당히 가정을 이루고. 대부분은 그렇게 살아가지. 하지만 말이야, 말했다시피 나오는 이야기의 수가 너무 많아. 진짜 제대로 무언가의 맛을 보려면 머리부터 발끝까지 흠뻑 젖어야 하는데, 한번 발을 들였다간 거기에 빠져 죽어버리는 거야. 뒤늦게 정신을 차려봐야."

펼친 손을 다시 흔들며 민이 말했다.

"아무것도."

민이 말을 이었다.

"인간은 아무것도 없는 걸 견디지 못해. 어떤 인력에 휘말렸다가 정신을 차리고 나면 필연적으로 현실 속에서 움켜쥘 수 있는 걸 찾아 헤매게 되어 있어. 결국 다시 빠져들어갈 인력을 찾아 헤매게 되는데, 한번 눈을 뜨고 나면 다시 눈을 감는 게 무척 어려워지지. 더욱 강력한 인력을 필요로 하게 되는 거야. 그리고 그때부터는 새로운 인력을 스스로 만들어내려고 해. 그건 그리 어려운 일이 아닌 거야. 어차피 재료들은 차고도 넘칠 정도로 많지. 조합, 재조합, 발견, 재발견, 그리고 확대 재생산. 매일 보고 들은 게 그런 것들이니까 그 정도 흉내내기는 어려울 것도 없어. 그런 가운데 비슷한 인간들끼리 뭉치는 거야. 그 속에서 자기들 나름의 규칙을 만들지. 이건 아주 자연스럽게 습득되는 규칙이라 거기에 빠져들지 못한 사람이 억지로 그걸 흉내내려 해봤자 소용없어. 당연한 것처럼 규칙들은 한데 맞물려 새로운 규칙을 만들고, 다시 새 규칙이 만들어지고, 어느 순간 그 규칙들은 매우 강고한 세계를 이루지. 그럼 두 번 다시 원래 발을 딛고 서 있던 곳으로는 돌아올 수 없어. 말 그대로 구제불능의 사회부적응자가 되는 거야."

민이 손가락으로 나를 가리켰다.

"너는 만화영화나 게임에 빠진 놈들은 이해할 수 있다고 말했어. 지금은 어때? 정말로 그놈들을 이해한다고 말할 수 있나? 만화영화와 게임을 한데 뭉뚱그려 말했는데, 사실 그 둘에 빠지는 건 정말로 큰 차이가 있는 거야. 빠지게 되는 과정도, 방식도, 그 안에서 얻게 되는 것도, 느끼는 것도 모두 달라. 물론 마지막 단계에 이르러 더 갈 곳이 없어지면 선택하게 되는 건 모두 비슷하지. 비슷한 놈들끼리 어울려 규칙을 만드는 건데, 그렇다 하더라도 그 안에서 통용되는 규칙들은 달라. 그런 일들을 한데 뭉뚱그려 말할 수 있나? 빠지고 즐기는 건 각자 다 개별적인 행위야. 그 결과가 비슷해 보인다고 해서 같은 걸로 치부할 순 없지. 그런데 너는 아주 쉽게 그걸 이해할 수 있다고 말했어. 대체 왜?"

민이 비웃음을 흘렸다.

"그렇게 사는 걸 쉽게 생각했기 때문이야. 왜 그게 쉽게 생각되는 걸까? 어떻게 그럴 수 있지? 단순히 이해가 부족하기 때문에? 아니야."

똑바로 나를 가리키는 손가락을 가만히 쳐다봤다.

"답은 간단하지. 너 역시 그런 놈들처럼 살고 있기 때문에. 무언가의 인력에 끌려 아무 자성 없이 살아가는 삶이라면 네게도 익숙한 거니까. 말은 하지 않았지만 너는 어딘가에 푹 빠져 사는 삶이 어떤 것인지 아주 잘 알고 있어. 애니메이션이니 영화니 게임이니 하는 예를 들었지만, 지금 이 시대에 그렇게 살지 않는 사람은 없어. 세계의 구축이 정교하면 정교할수록 인력은 강해져. 그런데 인력이란 건 세상 어디에나 있어. 돈은 인력이야. 명예도 인력이지. 야심도, 자존심도 모두 인력이야. 하다못해 장래희망이나 목표, 꿈 같은 것도 인력이지. 거기에 빠지고 즐기는 느낌은 분명 판이하게 다르겠지만 인력에 끌린다는 건 결국 행위의 결과만으로는 만화영화나 게임에 빠지는 것과 다를 바가 없어. 그저 사람들이 더 많이 줄을 선다는 것이 다를 뿐이야."

찌르는 것처럼 민의 손가락은 나를 향해 뻗어 있었다. 곧게 뻗은 민의 손가락은 말할 수 없이 기분 나빴다.

"너는 그저 강한 인력을 쫓아가는 사람일 뿐이야. 많은 수의 사람들이 끌리는 인력을 받아들이는 거지. 줄이 가장 긴 곳에 선 거야. 너 같은 놈들은 언제나 있었어. 그런 놈들이 서로를 경쟁으로 몰아넣고,

남을 짓밟는 거야. 그래야만 자기 몫이 생긴다고 믿으니까. 그런 계산밖에 못 하는 거지. 그런 놈들이 다른 사람을 해치고, 죽이고, 전쟁을 일으키는 거야. 대체 왜 그러는 거지?"

순간, 민이 무슨 이야기를 하는 건지 이해할 수 없었다. 분명한 건 이유를 알 순 없지만 나를 비난하고 있다는 것. 가슴이 답답했다.

"뭐 그 이유에 대해선 차차 이야기하도록 하지. 어쨌거나 내가 하고 싶은 말은,"

민이 손가락을 치웠다. 답답한 마음이 조금 가셨다.

"너는 막다른 곳을 전혀 몰라. 줄이 긴 곳에 살면 막다른 곳을 알 수가 없어. 때문에 너는 누구도 이해할 수 없어. 너에 비하면 어딘가의 애니메이션에 빠져 있는 사회부적응자가 훨씬 용감하지. 그놈들은 적어도 위험을 감수하고 있어. 때로는 막다른 곳에 갔다가 돌아오려고 안간힘을 쓰기도 하지. 하지만 긴 줄에 몸을 맡긴 놈들은 그런 감각을 몰라. 자신들이 뭔가 확실한 걸 쥐고 있다고 쉽게 믿어버리지."

민의 얼굴에 다시 웃음이 돌았다.

"네가 의붓아들과 친해지지 못하는 건 바로 그 때문이야. 넌 너무 쉽게 살았어. 아무런 자성도 없고, 그저 정해진 대로, 그럴듯하게 여겨지는 것을 취하며 다가오는 것들에 관성적으로 반응한 거야. 그애를 이해할 수 있을 리가 없지. 그애는,"

민이 펼친 손을 자기 가슴 쪽으로 끌어 들였다.

"굳이 말하자면 이쪽의 사람이니까. 그애는 막다른 곳이 어딘지 알아. 끝을 찍어본 거야."

비로소 화가 치밀었다. 하지만 민의 이야기는 끝나지 않았다. 민이 말을 이었다.

"최초 네가 물은 것은 어째서 특촬물이냐는 거였지? 만화영화나 게임에 빠지는 과정과 느낌이 판이하게 다른 것처럼 특촬물에 빠지는 과정과 느낌도 당연히 달라. 특촬물에는 특촬물 나름의 리듬이 있어. 그리고 그 리듬은 결코 영화나 애니메이션에서는 느낄 수 없지."

민이 살짝 눈썹을 찡그렸다.

"설명하기 미묘한 지점이지만,"

잠시 웅얼거리던 민이 말을 이었다.

"특촬물에는 일종의 중간적인 부분이 있어. 다뤄지는 이야기는 매우 단순하고 명쾌하지. 네가 말한 것처럼 애들 대상 드라마이기 때문에 그런 걸까? 그런데 조금만 더 깊이 들어가보면 아동용이기 때문이라는 이유만으론 설명할 수 없는 부분들이 있어. 특촬물의 역사는 삼십 년이 넘어. 그 긴 시간 동안 왜 이야기의 수준에 변함이 없었던 걸까? 물론 좀더 복잡한 내러티브와 좀더 꼬인 이야기들이 있긴 했지. 하지만 그건 극히 미묘한 정도였을 뿐이야. 대체 왜 그 긴 시간이 지나는 동안 특촬물의 이야기들은 다른 식으로 변화하거나 발전하지 않은 걸까? 간단한 이유지. 보는 사람들이 지금과 같은 특촬물에 만족하기 때문에. 단순명료한 이야기에 괴상한 균열이 있는 화면들. 그리고 그 균열을 외부의 산물들이 메워주는 거야. 애니메이션처럼 기술이 집적된 창작물도 아니고, 영화처럼 그저 매끄럽고 화려하지도 않아. 분명히 손을 뻗으면 잡을 수 있을 것 같기도 한데, 조금만 집중하면 전부 가짜란 걸 알 수 있지. 특촬물을 좋아하는 건 바로 그 간극을 즐기는 거야. 피딱지를 떼어내는 것처럼 쉴새없이 저 세계가 가짜란 사실을 깨달으면서도, 어느 순간 다시 거기에 발을 들이고, 다시 정신을 차렸을 때의 허무감을 값비싼 장난감으로 채우는 거지. 이야기에 질려갈 때쯤에는 새로운 시리즈가 나오고 다시 이전과 같은 행위들이 반복되는 거야. 특촬물을 좋아하는 동안에는 바로 그런 일들을 즐길 수가 있어."

민의 고개가 몽롱하게 들렸다. 민이 숨을 깊이 들이쉬었다. 민을 따라 나도 심호흡을 했다. 민이 말했다.

"변신왕은 바로 그 지점에서 실패한 거야."

민의 얼굴에 비웃음이 스쳤다.

"처음 그 드라마를 만들려고 했던 사람이 정확히 어떤 마음을 먹은 건지는 몰라. 대충 이해할 뿐이지. 분명 특촬물을 만드는 일엔 변태적인 도취가 섞여 있지. 온몸을 덮는 복장 속에 들어가 우스꽝스러운 동작을 하는 일을 떠올려보라구. 움직일 때마다 흙먼지가 날리고 몸에는 온통 땀투성이지. 그 더럽고 냄새나는 몸 곁에서 쉴새없이 폭발이 일어나고 화염이 솟아. 열악하고 위험한 환경은 분명 가학적이면서도 피학적이지. 그런 걸 만들고 싶어하는 건 이해할 수 있어. 하지만 솜씨가 너무 좋지 않았던 거야. 더 매끄럽게 표면을 갈고 닦으면서 나름의 균형을 잡았어야 했는데 그걸 하지 못한 거야. 결과적으로 변신왕에는 울퉁불퉁 거친 부분만 남게 됐지. 잘려나간 팔처럼, 뜯겨져나간 손가락처럼."

민이 나를 똑바로 바라봤다. 윤필의 얼굴이 떠오르는 것을 피할 수 없었다. 이 녀석, 뭔가 알고서 말하는 건가? 하지만 그럴 리가 없었다. 고약한 우연이었다.

"몇 년간, 매끄럽게 표면을 닦아놓은 특촬물에 빠져 있던 녀석들이 그 거친 부분을 보면서 무슨 생각을 했을 거 같아? 말했다시피 특촬물의 리듬에서 가장 중요한 건 현실이면서도 현실이 아니라는 것, 단순명료하면서도 묘하게 꼬여 있다는 것, 결과적으로 어떤 중간적인 지점에서 빠져나갈 수 없다는 것이지. 변신왕은 그렇지가 않아. 변신왕은 보는 사람으로 하여금 끝도 없이 바깥으로 튕겨져나가게 만들어. 의도는 그렇지 않았을 거야. 만드는 사람들의 안간힘이 보이거든. 하지만 어떤 시도도 그 이야기의 조악함을 메우진 못했어. 결과적으로, 특촬물에 대해 잘 아는 놈이 변신왕을 보면 끝없이 기분이 나빠지지. 보고 싶지 않은 걸 계속 보게 하는 거야. 그 조악한 분장, 유치한 특수효과, 허술하기 짝이 없는 이야기. 그걸 보는 기분을 군이 비유하자면,"

민이 심술 맞게 웃었다.

"좋아하는 여자아이가 다른 남자와 자는 모습을 보는 기분?"

민이 킬킬거렸다. 민이 말을 이었다.

"그럼 생각해봐. 대체 네 의붓아들은 왜 변신왕을 좋아하지? 특촬물을 좋아하는 놈들로 하여금 끝도 없이 자기혐오를 불러일으키는 그 빌어먹을 특촬물을."

민의 얼굴에서 살짝 웃음이 사라졌다.

"처음 퍼렁이에게 네 의붓아들의 이야기를 들었을 때부터 조금 이상했지. 특촬물을 좋아하는 놈이라면 말했다시피 약간의 압박감을 견디면서 그 드라마를 볼 수도 있지. 하지만 네 아들은 그런 것도 아니잖아? 애초에 특촬물에 관심을 갖고 있지 않았어. 그런데 왜?"

민이 똑바로 나를 바라봤다. 나는 아무런 대답도 할 수 없었다. 무력감이 들었다. 나는 정말 아무것도 모르는구나.

"나 역시 며칠 동안 고민했어. 그러다 너를 봤지."

민의 입꼬리가 한쪽으로 올라갔다.

272

"너를 보자마자 답을 알았어."

그것은 지금껏 봤던 민의 얼굴 중에서 가장 고약한 표정이었다.

민이 손을 놀렸다. 모니터에 체인지킹의 한 장면이 떴다.

"변신왕이 어떻게 끝나는지 알아?"

민이 나를 돌아봤다. 나는 고개를 저었다. 나는 체인지킹의 결말을
보지 못했다. 나는 체인지킹의 결말을 모른다. 나는 아무것도 모른다.
민이 비웃었다.

"당연히 에보리안의 우두머리와 싸워 이기면서 끝나겠지. 조금은
머리를 쓰는 게 어때?"

아, 그런 거였나? 하지만 나는 모른다. 멍하니 화면을 바라봤다.

검은 가면을 쓴 체인지킹이 어두침침한 공간에 들어섰다. 한쪽에
촉수가 달린 눈이 새겨진 벽이 있었다. 에보리안의 본거지, 혹은 그
본거지처럼 꾸며놓은 세트였다. 민이 다시 컴퓨터를 조작했다. 화면
이 빠르게 돌아갔다. 메타몰 황제가 모습을 드러내고, 체인지킹의 몸
이 격렬하게 떨리고, 잠시 화면이 툭툭 끊기다가, 장소가 변하고, 조
잡한 빛이 날아다니고, 그리고,

민이 컴퓨터를 만졌다. 화면이 정상 속도로 돌아왔다. 메타몰 황제
가 바닥에 쓰러져 있었다. 체인지킹이 변신을 풀었다. 왕자가 메타몰
황제에게 달려갔다. 최근 인기를 끌고 있다는 왕자 역의 젊은 배우가
소리쳤다.

"아브지!"

순간적으로 대사를 알아듣지 못할 뻔했다. 찢어지는 목소리에 심
하게 부정확한 발음이었기 때문이다. 배우는 쓰러진 황제에게 달려가
그를 품에 안았다. 민이 화면을 정지시켰다.

"여기까지만 봐도 알겠지?"

민이 화면을 가리켰다.

"에보리안의 우두머리가 왕자의 아버지야. 이 싸움을 끝으로 왕자는 드디어 체인지 혹성 최후의 생존자가 됐지."

민이 웃었다. 납득이 가지 않았다.

"왕자의 아버지면 체인지 혹성의 왕이잖아?"

"그렇지."

"체인지 혹성은 에보리안의 습격으로 멸망한 거고."

"그랬지."

"대체 왜 체인지 혹성의 왕이 자신의 별을 멸망시킨 건데?"

장난스러운 얼굴로 내 얼굴을 들여다보던 민이 말했다.

"진짜 놀라운 거 하나 가르쳐줄까?"

나는 민의 말을 기다렸다. 화면을 가리키며 민이 말했다.

"전 편을 통틀어 그 이유는 나오지 않아. 그저 왕이 에보리안을 불러들였고, 에보리안의 힘을 빌려 메타몰 황제가 됐으며, 그 과정에서 체인지 혹성이 멸망했다. 그 사실만 밝혀질 뿐이야. 왜 그랬는지 힌트조차 없어. 그리고 자신을 꺾은 왕자에게 대견하다, 네가 진정한 체인지 혹성의 후계자다, 앞으로 지구에서 행복하게 살아라, 그러고는 그냥 끝."

민이 키득거렸다.

"진정한 체인지 혹성의 후계자가 되든 말든, 이제 그 별 사람은 왕자 하나 덜렁 남았는데 후계자가 무슨 의미가 있어. 그리고 지구에서 행복하게 살라니, 그럼 다른 선택이 뭐가 있는데?"

놀리듯 민이 말했다.

확실히 우스꽝스러운 결말이긴 했다. 하지만 어떤 면에서는 그런 점이 더욱 체인지킹스러운 것일지도 모른다. 민을 돌아봤다.

"이걸 보여준 이유가 뭐야?"

민이 슬쩍 웃음을 거뒀다. 민이 몸을 내 쪽으로 숙였다. 뭔가에 찌든 것 같은 민의 체취가 훅 느껴졌다. 민이 슬쩍 나를 올려다봤다. 민이 말했다.

"너, 아버지 없지?"

민이 숨을 삼킨다. 그리고 숨을 뱉는다. 민의 숨은 덥고 축축했다. 몸이 차갑게 식었다. 나는,

아무 대답도 하지 않았다.

하지만 민은 대답을 들은 것처럼 웃음을 터뜨렸다. 그것은 지금까지 들어본 민의 웃음 중에서 가장 크고 긴 웃음이었다.

"처음부터 알았다니까! 네가 왜 그러는 건지. 너와 너를 닮은 녀석들이 왜 그러는 건지. 그리고 네 의붓아들이 왜 그러는 건지."

몸을 흔들며 몹시 신이 나는 것처럼 민이 말했다. 나는 대꾸하지 않았다. 체인지킹의 화면에 손가락질을 하며 민이 말했다.

"답은 이거야. 처음부터 이게 답이었어. 네 의붓아들이 변신왕에 빠진 것도, 네가 나를 찾아온 것도, 네가 의붓아들과 친해지지 못하는 것도, 네가,"

발작을 하듯 학학, 거칠게 숨을 쉬며 민이 배를 움켜잡았다. 너무 웃어 배가 아픈 모양이었다. 하지만 그 와중에도 여전히 웃음을 거두지 못한 채 민이 말을 이었다.

"네가, 그 지경이 된 것도, 다 이거 때문이야. 우리는,"

호흡을 고르며 민이 말을 이었다.

"우리는 아버지가 없어."

민이 몸을 뒤로 젖혔다.

"우리는 그래서 이렇게 된 거야. 너도, 나도, 그리고 네 의붓아들도. 우리는,"

민이 팔짱을 꼈다.

"우리는 아버지 없는 세대의 마지막 생존자야."

민은 회전의자에 한껏 몸을 묻었다. 통통한 몸이 의자에 깊이 도사리고 있었다. 방 안의 불은 침침했다. 의자에 몸을 묻은 민의 얼굴은 음영이 두드러져 뒤틀려 있었다. 민이 말을 이었다.

"네 의붓아들은 그래서 변신왕에 빠진 거야. 그애는,"

하얗게 눈동자를 빛내며 민이 말했다.

"보다 적극적으로 길을 찾고 있어. 그애는 살아남은 마지막 후예가되려는 거야."

뜸을 들이듯 잠시 말을 멈춘 후 민이 입을 열었다.

"변신왕을 보는 동안 그애는 직감했을 거야. 아버지가 없는 자신의 마지막을. 비로소 깨달은 거지. 자신에게 살아갈 방법을 가르쳐줄 사람은 없다는 걸. 그애는 이제 스스로 살아가는 방법을 배우려는 거야. 맞설 준비를 하는 거지. 이 세계의 압력에, 그 확연한 질감에 맞서 자신의 인력을 찾으려는 거야. 그 수단으로 특촬물을 이용할지, 아니면 다른 무언가를 찾아낼지는 모르겠지만, 어쨌거나 그애는 이제 걸음을 뗀 거야. 굉장하지 않아? 그렇게 어린 나이에, 누구의 인도도 받지 않고 스스로."

민이 킬킬거렸다.

"너 같은 놈은 결코 그애를 이해할 수 없어. 왜냐면 너는 비겁한 도

망자니까. 아버지가 없는 세상에서 도망쳐 남들처럼 살아가는 걸 택
했지. 그게 손쉽고 편해 보이니까. 보다 긴 줄에 몸을 맡기지 않은 사
람들을 비웃고 무시하면서 자신들은 뭔가 다른 척 거만하게 굴지. 하
지만 네 의붓아들은 알고 있어. 네 의붓아들은 결코 너와 말을 섞지
않을 거야. 왜냐하면 그애에게 너는 치졸한 쥐새끼에 불과하니까. 너
는 그저 남들이 하는 짓을 따라 하는 것밖에 못해. 그런 식으로는 그
애에게 다가갈 수 없어, 절대로."

민이 확언했다. 참을 수 없을 만큼 화가 났다.

"개소리 하지 마."

억누르려 했지만 목소리가 떨렸다. 침을 삼키고 숨을 고른 후 나는
말했다.

"내가 물은 건 더 단순한 이야기였어. 왜 특촬물이냐고. 고작 일본
에서 만들어진 어린이용 액션 드라마에 그렇게 깊이 빠진 이유가 뭐
냐고."

"그게 중요해?"

"한국 것도 아니고 일본의 특촬물이나 애니메이션에 대해 줄줄 이
야기를 늘어놓는 이유가 뭐야?"

피식 웃으며 민이 몸을 일으켰다.

"지금 네가 입고 있는 옷은 뭐지?"

와이셔츠의 깃을 손가락으로 슬쩍 당기며 민이 말했다.

"한국 옷인가?"

몸을 세우며 민이 말했다.

"네가 다니는 직장은? 뭐하는 회사야? 네 직업은 이 나라 전통에
충실한가?"

민이 살짝 팔을 벌렸다.

"한국 것도 아니고, 라니. 그게 무슨 촌스러운 소리야? 이제 그런 구분은 아무런 의미가 없어. 일본에서 만들어진 전대물이든, 미국에서 재해석한 파워레인저든, 아니면 그런 것들을 조악하게 모사한 변신왕이든 관계없어. 그런 걸 따져봤자 소용없어. 우리는 혼란스럽게 한데 섞여 제멋대로 삐져나온 이야기의 시대에 살고 있는 거야. 그 안에서 관성적으로 취하고 싶은 걸 마음껏 선택해 의미도 모른 채 휘두르는 거지. 증거를 대볼까?"

거만하게 턱을 슬쩍 치켜들며 민이 물었다.

"의붓아들과 말을 트고 싶다고 생각한 이유가 뭐야?"

이건 또 무슨 소리지?

"아이가 왔으니 친하게 지내고 싶은 게 당연하지."

"그러니까, 누가 그러라고 했느냐고. 네 아버지가 그러던가? 의붓아들이 생겼으니 친하게 지내라고?"

민이 웃었다. 얼굴이 달아올랐다.

"말장난 하지 마. 이건 그런 문제가 아니야."

"너야말로 말 돌리지 마. 잠자코 대답이나 해. 누가 네게 의붓아들과 말을 트라고 하던가? 너와 결혼한 아줌마가?"

참을 수 없이 화가 났다. 저절로 주먹에 힘이 들어갔다. 하지만 민은 가차없이 말을 계속했다.

"솔직히 말해봐. 아무도 너에게 그러라고 하지 않았잖아? 그런데 대체 왜 그애와 굳이 친해지려고 하는 거냐고. 이유를 말해볼까?"

민이 몸을 앞으로 숙였다.

"그렇게 하는 걸 봤으니까. TV드라마나 영화에서, 소설이나 만화에서. 의붓아들을 잘 거둬들이는 좋은 새아빠에 대한 이야기라면 차고도 넘칠 만큼 많으니까. 몇 번이고 반복 재생된 이야기니까. 넌 거기에서 보고 배운 거야. 네가 네 의붓아들과 친해지려고 하는 건 네가 원해서 그러는 게 아니야."

가슴이 턱 내려앉는 느낌이 들었다.

"그렇잖아? 정말로 네 의붓아들과 친해지고 싶다면 그냥 말을 걸면 돼. 아이가 대답할 때까지 곁에서 기다리고 계속해서 신경을 쓰면 돼. 굳이 체인지킹을 핑계로 다른 사람을 쫓아다닐 필요가 없어. 그저 시간을 들여 천천히 친해지면 되는 일이었어. 하지만 넌 그렇게 하지 않았어. 그 대신 나를 찾아왔지. 대체 왜?"

주먹의 힘이 풀렸다.

"넌 그애와 친해지고 싶은 게 아냐. 친해지기는커녕 말을 트고 싶어하지도 않아. 하지만 그럴 순 없지. 세상의 수많은 이야기들은 그런 아버지를 용납하지 않으니까. 하지만 넌 변변한 조언을 들을 수가 없었어. 왜냐하면 너에게는 그런 걸 가르쳐줄 아버지가 없으니까. 그래서 넌 네게 익숙한 방법을 찾아내기 시작한 거야. 너는, 그리고 우리 세대는 분해된 이야기에서 세상을 익혔어. 만화와 드라마에서 사는 법을 배웠어. 더욱 현실적이고 더욱 당연한 방법이 있는데, 우리는 그런 길을 택하지 않아. 대신 황당무계하고 어처구니없는 수단을 찾지. 보다 격렬하고 보다 드라마틱한 이야기를 선택하는 거야. 어디선가 들어본 적이 있는 감동적인 이야기의 일부분을 가져와 너의 역사로 삼으려는 거야."

민의 이야기를 막을 수단이 내겐 없었다. 주먹을 풀고 멍하니 민의 이야기를 들었다.

"한국 것도 아니고? 그런 헛소리는 집어치워. 네 인생의 가장 큰 부분을 차지하고 있는 게 뭐야? 아버지의 등? 어머니가 차려준 저녁? 아니, 그런 게 아니야. 네 인생이 정말로 그렇게 감동적이었나? 그건 그냥 재료에 불과해. 언젠가 어디에서 본 적이 있는 이야기의 일부분인 거야."

끝도 없이 민이 말을 쏟아냈다. 나는 의자의 등받이에 몸을 기댔다.

"너는 미국 영화와 일본 만화에서 세상을 배웠어. TV드라마에서 연애를 익혔고, 은행의 저축상품 카탈로그에서 인생을 익혔어. 결혼 정보회사에서 가정을 찾았고, 회사의 매뉴얼에서 윤리를 습득했어. 그래서 넌 지금 여기에 와 있는 거야. 내게 매달리는 게 더 근사한 이야기니까. 지루할 정도로 오랜 시간을 들여 아이와의 거리를 좁히는 것보다 어딘가에 숨어 있던 조력자에게 도움을 얻는 게 더 멋진 이야기니까."

뜸을 들이듯 잠시 입을 다물고 있던 민이 비열하게 웃었다.

"대체 왜 그러는 걸까?"

민이 나를 들여다봤다. 내겐 대답이 없었다. 민이 말했다.

"분명, 아름다운 시절이 있었지. 명징하고 정교한 이치로 이루어진 세상이. 그런 이치가 모두를 구원할 거란 믿음이 남아 있던 시대가. 담론은 아름다웠지. 종교는 완벽했고, 과학은 위대했으며, 철학은 웅장했지. 그리고 그 무수한 아버지들, 혹은 유일한 아버지. 사람들이 믿고 따르던 그 거룩한 원칙들. 진짜 비참한 게 뭔지 알아? 불과 한 세대 전, 그러니까 386이니 뭐니 하는 이름으로 뭉뚱그려 불리던 놈들에겐 여전히 그런 게 있었어. 믿고 따를 것과, 믿고 따를 것에 위배되어 맞서 싸울 것들이. 시간이 지나고 386은 이제 586이 됐지. 참 속

편하지 않아? 그냥 세월을 보낸 것만으로 저절로 업그레이드가 된 거 잖아. 이제 그놈들은 그저 살던 대로 살면 돼. 찬란했던 과거 속에서, 자기 아버지들이 그랬던 것처럼. 하지만 우린? 단지 몇 년, 혹은 몇십 년 늦게 태어났을 뿐인 우리에겐,"

눈을 동그랗게 뜨고, 민이 과장되게 팔을 벌렸다.

"아무것도 없어."

벌렸던 팔로 세차게 박수를 치며 민이 소리쳤다.

"텅 비었어."

손바닥이 부딪치는 소리는 의외로 컸다. 이명이 남을 정도였다. 민이 말을 이었다.

"우리에겐 아버지가 없어. 믿고 따를 커다란 이야기가 없어. 맞서 싸울 적도 없고, 체온을 나눌 친구도 없어. 심지어 우리에겐 우리만의 역사도, 이야기도 없어. 이야기들은 모두 박살났고, 쪼개졌고, 찢어졌 어. 우리가 가진 건 그저 계속해서 반복되는 작은 이야기들뿐이야. 이 젠 그런 것들을 택해 자각 없이 사는 게 편하지. 하지만 지금 네가 절 감하다시피, 그런 식으로 살다보면 문제가 생겼을 때, 그걸 해결할 능 력을 얻지 못하게 돼. 그런 순간이 오면,"

민이 한쪽 손을 어깨 뒤로 획 날렸다.

"휘익, 도망칠 수밖에 없지. 배운 그대로, 익숙한 이야기처럼, 감동 적이고 따뜻한 결말을 향해, 끝도 없이 문제를 뒤로 미루면서, 아무것 도 손대지 않은 채 비틀거리는 몸을 추스르며 습관적으로 하루하루를 사는 거지."

숨을 깊이 들이쉬며 민이 말했다.

"현명하게 살아왔다고 생각했지? 눈앞의 것들을 신중하고 정확하게 계산하며."

민이 비웃었다.

"집어치워, 이 멍청한 새끼야. 우리는 그냥 어디서 주워들은 대로 살고 있는 거야. 우리는 바라는 게 없어. 왜냐하면 아무도 우리에게 무얼 바라면 되는지 가르쳐주지 않았으니까. 그리고 그런 걸 어떻게 얻으면 되는지 가르쳐주지 않았으니까. 적이라도 있었으면, 차라리 싸우다 죽었겠지만 요즘의 우린 서로에게 너무 친절해. 느슨하게 따뜻하고, 적당히 좋아하지. 그러니 싸울 수도 없어. 우리는 그저 남들이 그러는 것처럼 살고 있어. 영화와 만화와 드라마를 흉내내면서. 아버지도 없고, 중심이 되는 이야기도 없고, 믿고 따를 진실도 없어. 신도, 철학도 아무것도 없어. 가진 건 그저 반복 학습된 찌꺼기야. 우리는 어디선가 있었던 이야기들의 흉내일 뿐이야. 위대한 과거의 지루한 모방이야. 비참한 소재의 처참한 패러디야. 우린 아무것도 할 수 없어. 너와 나는, 우린."

민이 팔짱을 꼈다. 그제야 민의 그 자세가 어딘가의 만화영화 주인공과 닮아 있다는 생각이 들었다.

"우리는 체인지킹의 후예야."

민이 겨우 말을 그쳤다. 나는 아무 대꾸도 할 수 없었다. 의자에 앉은 채 나는 눈을 감았다. 몸에 감도는 무력감이 피곤함 때문인지, 아니면 다른 어떤 감정 때문인지 알 수 없었다. 어째서 이렇게 알 수 없는 것 투성이인가.

한참을 그 자리에 앉아 있다 겨우 다리에 힘을 주었다. 민이 나를 올려다봤다. 민이 말했다.

"이제 뭘 좀 깨달았나?"

민은 득의만만한 웃음을 짓고 있었다.

"할 말 없지?"

할 말 따윈 없었다. 현관에 가서 구두를 신었다. 민이 몸을 움직였다. 민이 앉아 있던 회전의자가 삐걱거렸다.

"뭐라도 말을 해봐. 어떤 이야기라도 상대해주지."

상대하고 싶은 마음도 없었다. 문을 열었을 때, 민이 외쳤다.

"내일도 올 거냐?"

민을 돌아봤다. 상체를 앞으로 내민 채 민은 웃고 있었다. 기가 막힌 녀석이다. 아무 말 없이 집을 나섰다.

다시 낯선 동네였다. 어딘가에서 봤던, 하지만 모르는 집들. 어쩐지 설레지만, 왠지 두려운, 나와 관계없는 곳. 머릿속이 텅 빈 것 같았다. 민이 쏟아냈던 그 많은 이야기들을 전부 이해한 것은 아니었다. 그저, 한 가지 말이 귀에 빙빙 돌았다. 넌 그애와 친해지고 싶은 게 아냐. 친해지기는커녕 말을 트고 싶어하지도 않아.

세차게 고개를 저었다. 틀린 말이다. 나는 샘과 대화하기 위해 무던 애를 썼다. 잘난 척을 하며 말을 쏟아내던 민의 얼굴이 떠올랐다. 빌어먹을 자식. 할 말 같은 건 없었지만 민이 몹시 미웠다. 지금이라도 다시 올라가 한 대 때리고 올까. 그러면 지금의 낭패감이 조금은 가실까.

민의 집을 돌아봤다. 커튼 사이로 약한 빛이 새어나오고 있었다.

그때, 골목 끝에서 무언가 눈에 들어왔다. 불빛이 희미한 골목 사이로 사람의 그림자가 스치고 지나갔다. 멈칫하던 어두운 덩어리가 골목 사이로 재빨리 모습을 감췄다. 지나가던 사람일까? 그럴 수도 있었다. 하지만 그렇게 생각하기에 그림자의 주인은 너무 기민한 움직

임을 보였다. 아무리 마음을 돌려보려 해도 내 시선을 눈치채고 몸을
숨긴 것만 같았다.

민인가? 설마 집에서부터 나를 따라왔나?

나는 그림자가 모습을 감춘 쪽을 향해 걸음을 옮겼다. 그때 기다렸
던 것처럼 전화기가 울렸다.

채연이었다. 나는 서둘러 전화를 받았다.

"치료받고 나서 조금 잤어."

채연의 목소리는 거의 기어들어가는 것만 같았다.

"할 이야기가 있는데, 지금 올 수 있어?"

시간을 확인했다. 열시를 넘어서고 있었다. 정식으로 면회를 하기
엔 늦은 시간이지만, 조용히 찾아가면 별문제 없을 것이다. 무엇보다
채연이 오라고 하는데 가지 않을 수는 없었다.

"곧 갈게요."

대답을 마친 후 큰길 쪽으로 걸음을 서둘렀다.

15. 당신은 무얼 하고 있어?

병원 복도의 불은 꺼져 있었다. 될 수 있는 한 소리를 내지 않으려 애를 쓰며 복도를 걸었다. 불이 밝혀진 너스 스테이션을 지나 채연의 병실 문 앞에 섰다. 노크를 하려다 잠시 손을 멈췄다. 혹시 놀라지 않을까? 아주 천천히 문손잡이를 돌렸다. 달칵 하는 소리와 함께 문이 열렸다.

병실의 공기는 무거웠다. 독한 약냄새가 훅 끼쳐왔다. 조금 열린 문 사이로 몸을 집어넣었다.

스탠드의 노란 불빛이 병실을 밝히고 있었다. 창문은 굳게 닫혀 있었다. 가만히 침대에 다가가 섰다. 채연은 목까지 이불을 덮은 채 눈을 감고 있었다. 처음 봤을 때 파랗게 깎여 있던 채연의 머리는 이제 어린 잔디 같은 검은 머리칼이 덮여 있었다. 치료를 받는 동안 눈에 띄게 숱이 줄긴 했지만 그래도 몇 달쯤 지나면 가발 같은 걸 쓰지 않고도 생활할 수 있을 것 같았다. 그렇게 생각하면 삭발은 섣부른 결정이었을지도 모르겠다.

소리가 나지 않도록 신경을 쓰며 의자를 가져다놓고 앉았다. 노란 스탠드의 불빛으로는 채연의 안색을 제대로 살필 수 없었다. 하지만 한눈에 봐도 채연의 볼은 깊이 패어 있었다. 저절로 한숨이 나왔다. 의자에 앉아 허리를 굽힌 채 무릎에 손을 모으고 채연의 얼굴을 들여다봤다.

"회사에서 돌아오는 거야?"

깨어 있었던 건가? 채연이 고개를 돌리며 눈을 떴다. 입가의 상처가 신경쓰였다. 어차피 숨길 순 없을 테지만 살짝 손을 올려 입가를 가렸다. 가만히 나를 들여다보던 채연이 눈을 감았다가, 떴다.

채연은 그저 나를 바라봤다. 나는 미소를 지어보았다. 소용없는 짓이었다. 어차피 손으로 입을 가리고 있었으니. 채연이 숨을 훅 들이쉬었다. 다시 눈을 감았다 뜨고, 채연이 숨을 들이쉬었다, 내쉬었다.

"얼굴 볼 만하네?"

채연이 덤덤하게 말했다. 나는 머쓱하게 손을 내렸다.

"샘의 복수라도 하러 갔어?"

아마도 농담이겠지만, 채연도 나도 웃을 수 없었다.

"몸은 어때요?"

내가 들어도 답답한 말이었다. 하지만 달리 할 말이 없었다. 채연은 그저 뚫어져라 나를 바라보고 있었다. 천천히 채연이 입을 열었다.

"회사일이 바쁜가봐?"

안의 얼굴이 떠올랐다. 그리고 윤필의 얼굴이. 바쁘다고 해야 하나? 하지만, 그런 일을 두고 바쁘다고 할 수 있을까?

"샘의 담임선생님이 다녀갔어."

안과 윤필의 얼굴이 사라지고 이진희 선생의 모습이 떠올랐다. 그

286

렇군. 이제 내가 설명하거나 변명할 것도 없겠군. 형편없는 성적표를 들킨 것 같은 기분이었다.

"좋은 사람이더라. 얌전하고, 조심스럽고."

그리고 고집이 세죠, 라는 말을 삼켰다. 채연이 말을 이었다.

"당신하고 언쟁이 좀 있었다면서? 사과하더라고. 경황이 없어 심한 말을 한 것 같다고."

조금 의외였다. 그런 일에 대해 찾아와 굳이 말을 할 사람 같지는 않았는데. 다시 채연이 숨을 깊이 쉬었다.

"부담스러웠어?"

무덤덤하게 채연이 물었다. 채연을 봤다. 무표정한 얼굴로 채연이 눈을 끔벅거리고 있었다.

"따지고 보면 나도 잘한 건 없지만. 전부 당신에게 미뤄둔 거 같아서 말이야."

가슴이 답답했다.

"말해봐. 당신에게 이 일이 부담스럽고 버거웠던 거야?"

그런 게 아니라고. 말해야 했다. 입을 움직이려 했지만 새삼스레 입술의 상처가 쓰렸다. 이런 꼴로 아니라고 말해봐야 믿음이 갈까. 고개를 숙이고 발끝을 봤다.

"말해봐."

채연의 목소리는 잔뜩 말라붙어 있었다.

"당신은 무얼 하고 있어?"

무얼 하고 있어. 대체 무얼. 그리고 민의 말이 떠올랐다.

우린 아무것도 할 수 없어.

우린 체인지킹의 후예야.

나는 차라리 눈을 감아버렸다.

어둠 속에서 채연의 숨소리가 들린다. 시이, 시이, 규칙적으로 바람이 새는 소리. 눈에 보이지 않아도 그녀가 거기 있음을 나는 안다. 이제 그녀는 내 곁에 있고, 아직 그녀는 내 곁에 있다. 그녀가 그저 내 곁에 있기를 바란다. 그런데 나는 대체 무얼 하고 있는 걸까.

작은 숨소리가 멈추지 않고 들린다. 그녀의 숨소리에 귀를 기울였다. 상처가 난 부분이 아팠다. 그 아릿함이 비로소 내가 살아 있음을 깨닫게 한다. 그리고 다시 숨소리. 그녀 역시 살아 숨쉬고 있다.

다른 사람의 숨소리에 귀를 기울인 적이 있었던가.

기억하고 싶지 않은 일이 떠오른다. 실은, 다른 사람의 숨소리를 듣는 것은, 내겐 무척 괴로운 일이다. 어째서 그런지는 설명할 수 없다. 하지만 민과 만나는 동안 나는 줄곧 그런 일들을 떠올렸다.

참을 수 없이 채연을 끌어안고 싶다. 그녀의 가는 어깨를 두 손으로 잡고, 등까지 팔을 둘러 가슴 가득 그녀를 안고 싶다. 그 때문에 그녀가 바스러져버린다 해도 좋다. 순간, 그녀가 바스러져도 좋다고 생각하는 나를 깨닫고는 크게 놀란다. 어떻게 그런 생각이 가능할까. 그런 생각이 용서받을 수 있을까.

몸서리치며 나는 눈을 떴다. 채연이 나를 바라보고 있었다. 병과 치료와 고통으로 소모된 지친 얼굴. 그리고 깨달았다. 나는 채연을, 한 사람의 여자가 아니라 아픈 사람으로 생각하고 있다는 것을. 그녀를 보는 나의 그런 시선이 너무나도 싫었다. 그 시선으로 인한 판단과 그 판단에 따라 내가 했던 행동들을 모두 내다버리고 싶었다. 대체 이제 어떻게 하면 좋을까. 나는 아무것도 할 수 없는데.

멀리 창밖으로 차들이 지나가는 소리가 들린다. 그리고 입을 다문 아무것도 아닌 소리들이. 채연과 내가 함께 있는 병실의 허공에는 어둠이 떠돌아다니고, 간간이 나는 코를 찌르는 독한 약냄새를 맡는다.

그녀가 덮고 있던 이불이 움직인다. 가는 팔이 뻗어나와 내 손을 가만히 잡는다.

"괜찮아?"

채연이 말했다. 내 손 위에 덮인 그녀의 손을 보며, 비로소 괜찮냐는 물음의 의미를 알았다. 그것은 괜찮지 않아 보일 때 하는 말이었다. 그리고 괜찮기를 바랄 때에. 그 물음에 어떤 대답을 해야 하나.

손을 뒤집어 그녀의 손을 잡았다. 겨우 결심이 선다. 마음속을 맴돌던 말을 헤집었다. 채연의 손을 잡고 나는 물었다.

"샘에 대해 말해줘요."

침을 삼키고 나는 말했다.

"알아야겠어요."

채연의 검은 눈동자가 살짝 흔들렸다. 이내 마음을 다잡은 듯 채연이 똑바로 나를 바라봤다. 채연이 말했다.

"담임선생님이 다녀간 뒤에, 미국으로 전화했어. 샘과 그애의 아버지 사이에 무슨 일이 있었는지 들었지. 달갑지 않은 통화였는데, 이상하게 길어졌어. 하지만 그 긴 이야기 끝에 무얼 알게 됐는지는 모르겠어."

채연이 한숨을 쉬었다.

"어쩌면 도리어 아무것도 모르게 됐는지도 몰라."

채연의 숨소리가 들리지 않았다. 어쩐지 조바심이 났다. 나는 숨을 깊이 들이쉬었다.

"이 이야기를 듣고 나면,"

잠시 말을 멈췄다가,

"당신도 선택을 해야 해."

채연이 나를 봤다. 무슨 결정이 필요한지는 알 수 없었지만 나는 그저 고개를 끄덕였다. 잠시 말을 고르던 채연이 천천히 입을 열었다.

"샘의 아버지에 대해 이야기한 적이 있던가?"

고개를 저었다. 채연이 말했다.

"샘의 아버지는 기타 연주자였어. 록밴드 같은 건 아냐. 재즈나 블루스를 주로 연주했지. 꽤나 일찍부터 외국에서 생활해왔고, 한국에서 활동한 기간은 그리 길지 않아. 대학교에 다닐 무렵, 그 사람을 만나서 결혼했어. 결혼한 지 얼마 안 돼 샘이 태어났는데, 그때쯤 문제가 생겼어. 아이 아버지가 약을 하기 시작한 거야."

채연의 눈꺼풀이 느리게 내려왔다 올라갔다. 나를 보고 있는 것인지 허공을 보는 것인지 알 수 없었다.

"아이 아버지의 문제를 눈치챘을 땐 이미 너무 늦은 상태였어. 중독이 심해지면서 그 사람은 제대로 된 연주를 할 수 없게 됐어. 연주를 할 수 없게 되자 더욱 약에 의존했고 그러면 더더욱 연주를 할 수 없었지. 이혼을 결정할 무렵, 그 사람의 손가락은 거의 제대로 움직이지 않았어. 약에 잔뜩 취한 상태에서 제멋대로 기타를 튕겨대곤 했지. 그 사람의 가족은 전부 미국에 살고 있었고, 형편은 좋은 편이었어. 원래는 한국과 미국을 오가며 활동했는데, 한국 쪽의 일이 모두 끊기자 간단히 제 본거지를 미국으로 옮겼지. 아이 아버지가 샘을 데려가겠다고 했을 때 끝까지 저항했다면 지금 같은 일은 생기지 않았을지도 모르지. 하지만 그때는 나도 어렸고, 다른 사람의 도움 없이 아이를 건사할 자신이 없었어. 새출발 같은 걸 아주 생각하지 않았다고 하

면 그것도 거짓말이겠지. 불안한 마음도 있었지만 그 사람 역시 아이
가 곁에 있으면 아주 막 나가진 못할 거라는 기대도 있었고. 아이 아
버지가 샘을 데려가는 걸 허락한 건 그런 이유야."

눈썹을 살짝 찡그리며 채연이 말했다.

"샘이 자라는 동안, 나는 여기서 자리를 잡아갔지. 연락도 자주 했
고 간간이 샘을 만나러 미국에 갔을 때도 별다른 이변을 눈치채진 못
했어. 몇 번인가 그 사람과 마주친 적이 있어. 처음 만났을 때와는 상
당히 다른 인상이었지만 그건 그 사람이 연주를 그만뒀기 때문이라고
생각했어. 수명이 다한 음악가라고만 여긴 거야. 피폐한 생김새나 초
라한 인상은 그 사람이 하고 싶은 일을 못하고 있기 때문이라고."

좋지 않은 일을 떠올리듯 채연의 표정은 딱딱하게 굳어 있었다. 채
연이 말을 이었다.

"그 사람, 집은 잘사는 편이었으니 겉보기에 샘의 생활은 아무런
문제가 없었지. 일이 자리를 잡아가면서 샘을 데려오는 걸 생각하지
않은 건 아니지만, 또 한편으로는 새삼스럽게 그애를 데려와서 혼란
을 주고 싶지도 않았어. 그러던 중에 그 사람이 체포된 거야. 당장 샘
을 데려와야 한다고 생각했어. 그다음부터는 당신이 아는 그대로야.
소송을 준비했고 건강진단서가 필요했는데, 그러다 병을 알게 됐지.
병을 고치기 전에는 소송에 승산이 없었어. 그때, 당신을 만나게 된
거야. 그리고 샘은 이리로 왔지."

채연이 가볍게 한숨을 쉬었다.

"처음 샘의 문제에 대해 들었을 때는 아이 고모의 과민반응이라고
생각했어. 워낙에 자존심이 센 사람이니 샘을 이리로 보내는 것도 자
기 집안의 망신이라고 여겨서 그런 걸 거라고. 당신과 샘의 관계가 편

하지 않다 느끼기도 했지만 그건 충분히 있을 수 있는 문제이고, 시간이 해결해줄 거라고 생각했어. 그런데, 그게 아니었나봐."

몹시 마음이 무거웠다. 도저히 채연의 얼굴을 그대로 보고 있을 수가 없었다. 시간이라. 정말로 시간이 해결해줄까. 민의 얼굴이 떠올랐다. 가슴이 답답했다.

"담임선생님에게 학교에서의 싸움 이야기를 듣자마자 샘을 불렀어. 무슨 일이 있었던 거냐고 물었지. 샘이 뭐라고 했을 것 같아?"

짐작할 수 있었다.

"단 한마디도 하지 않았어. 과묵한 아이란 건 알고 있었지만 아무 반응도 보이지 않은 건 이번이 처음이야. 아무리 달래고 물어도 단 한마디도 하지 않았어. 결국 아이 고모가 말한 게 사실이었던 거야. 아이 고모에게도 연락했어. 샘과 샘의 아버지 사이에 무슨 문제가 있었느냐고 물었어. 달갑지 않은, 꽤나 긴 통화였는데, 사실상 들은 게 아무것도 없어. 그저 아이 아버지가 샘에게 험한 말을 한 것 같다, 정도야. 어떤 험한 말인지는 그쪽도 몰라. 당연히 샘에게 다시 물었지. 아버지와 사이에서 무슨 일이 있었느냐고. 역시 샘은 입을 열지 않았어."

잠시 말을 멈추고 숨을 고른 후, 채연이 힘겹게 입을 열었다.

"그러니까, 이제 샘에게 문제가 있다는 걸 인정해야 할 거 같아. 그것 때문에 정리해야 할 게 있어."

채연이 가만히 나를 바라봤다.

"나, 수술 날짜가 잡혔어. 이번주 금요일이야."

의외의 이야기였다. 이번주라면 꽤 오래전에 잡힌 날짜일 텐데 그동안 말하지 않았던 건가? 금요일은 당장 이틀 후였다. 놀란 눈으로 채연을 바라봤다.

"원래는 끝나고 나서 이야기할 작정이었어. 치료의 과정일 뿐이니까. 괜히 걱정 끼치기도 싫고."

채연이 받는 치료의 과정은 익히 알고 있었다. 방사선과 약물을 통해 암의 크기를 줄인 후 외과수술로 환부를 제거하는 것이다. 수술이 끝나고 나면 그 뒤엔 통상적인 암치료만 남게 된다. 치료가 끝나가는 것이다.

분명 기쁜 소식이었다. 하지만 좋지 않은 예감이 들었다. 이런 소식을 전하면서 채연의 얼굴은 왜 저렇게 딱딱한 것일까.

"그런데 말이야, 내 치료가 다 끝나면 그때부턴 어떻게 해야 할까?"

채연이 되물었다. 무슨 이야기를 하려는 것인지 알 수 없었다.

"샘에게는 지금까지와 다른 방식의 접근이 필요해. 관심을 더 쏟아야 할 테고, 어쩌면 남에게 도움을 받아야 할지도 모르지. 그런데,"

채연이 물끄러미 나를 바라봤다.

"당신이 그런 일을 감당할 수 있겠어?"

채연을 마주 봤다.

"수술이 코앞으로 다가오니까, 그런 생각이 들더라. 당신은 늘 괜찮다고 말했지만, 그게 정말 괜찮았던 건지 확인해본 적이 없잖아."

채연이 슬쩍 웃었다.

"지금 당신은 괜찮아 보이지 않아."

조용히 가라앉은 채연의 눈에는 조금의 흔들림도 없었다.

"당신이 감당할 수 있을 거라고 믿었던 적도 있었어. 하지만 그 역시, 수술을 받을 때가 되니까 다시 생각하게 되더라고. 당신을 믿는 게 아니라, 믿고 싶었던 게 아닌가 하고."

채연의 입이 가만히 움직였다.

"당신이 감당할 수 있어?"

쉽게 대답할 수 없었다.

"조금 다르게 물어볼까. 당신이 그런 일을 감당할 필요가 있어?"

잘못에 대한 질책도, 행동에 대한 원망도 아니었다. 그것은 그저 다소곳한 질문이었고 그래서 더욱 무게가 실려 있었다.

"감당할,"

목소리가 잔뜩 말라붙어 있었다. 침을 삼키고 나는 말했다.

"감당할 필요가 있느냐는 말은 어울리지 않아요. 나는 샘의,"

아버지, 라고 말해야 했다. 하지만 그 말은 쉽사리 입에서 나오지 않았다. 말을 잇기도 전에 채연이 먼저 답했다.

"처음부터 확실히 짚고 넘어가야 하는 문제였어. 그렇게 하지 못한 건 내 잘못이지. 마음이 약했던 거야. 하지만 이제 좀 정신이 들었어. 아니면, 수술을 앞두고 오히려 정신이 나간 걸 수도 있지. 어느 쪽이든 지금은 결정을 해야 해."

피곤한 듯 눈을 감았다 뜨며 채연이 말했다.

"당신은 내게 큰 위로가 되어줬어. 샘을 데려올 수 있었던 것도 당신 덕이야."

내 손안에 들어 있는 작은 손에서 약한 힘이 느껴졌다. 채연이 나를 잡고 있었다.

"하지만 이후의 일은 문제가 달라. 내게 위로가 되어준다고 당신을 곁에 두고 있는 게 옳은 일인지 잘 모르겠어. 그래서 묻는 거야. 예를 들어,"

채연이 내게서 손을 뗐다. 채연이 말했다.

"지금은 아무 일도 없지만, 결국 당신과 샘 사이에 문제가 생긴다면, 그때 당신은 어쩔 셈이야?"

"그런 일이 생기지 않도록 하겠습니다."

성급하게 말을 뱉었지만 그것은 거짓말이었다. 어쩌면 샘과 나 사이에는 벌써 문제가 생긴 것일지도 모른다. 조심스레 채연이 말했다.

"그건 마음먹은 대로 되는 일이 아니야. 잠깐 눈을 감았다 뜨면 이 모든 일이 사라지기라도 하면 좋겠지만, 그런 일은 없어. 그리고 그보다 더 중요한 건,"

채연이 말을 이었다.

"이런 일이 당신에게 무슨 가치가 있어?"

채연을 마주 봤다. 감정이 실리지 않은 무표정한 얼굴이었다.

"나는 당신이 절실하게 필요했어. 외부적인 조건 때문에라도. 샘을 데려오기 위해선 당신이 필요했지. 이제 그애를 데려왔으니 말을 바꾸는 게 아니냐고 생각할지도 모르겠어. 어쩌면 그런 면이 있을지도 모르지. 하지만 그뿐만은 아니야. 감정적인 측면에서 나는 여전히 당신에게 기대는 부분이 많아. 여전히 당신에게 위로를 받아. 당신이 내 곁에 있으면 어쩐지 지금의 내 처지가 생각나지 않거든. 내 나이도, 아픈 것도, 지나간 시간에 대한 후회도 사라져. 하지만 그건 내 사정일 뿐이야. 병이 낫고 나면 나는 샘에게 집중해야 해. 아마도 다른 일에 신경쓸 여력이 없을 거야. 그건 당신에겐 너무 심한 일이지. 당신은 그런 대접을 받을 이유가 없어."

무덤덤한 채연의 말투는 더욱 가슴에 맺혔다. 채연이 말했다.

"당신은 아직 젊어. 이런 일에 휘말려 괜히 시간을 허비할 이유가 없어. 나는 당신에게 아무런 부탁도 할 수 없어. 그리고 이젠 괜찮으냐고 물을 수도 없어. 당신이 선택해야 해."

어째서 저런 말을 저렇게 아무렇지 않은 얼굴로 하는 걸까. 나는 눈을 감았다. 그대로 잠시 해야 할 말을 떠올려보았다. 몇 마디 그럴듯한 이야기가 생각났다. 달콤하고 굳건하게, 미래를 약속하고 현재의 상황을 뒤바꾸는 말들. 그러나 곧바로 민의 이야기가 귀에 꽂혔다. 그러자 떠올렸던 말들이 모두 흩어졌다. 어떤 이야기도 어디선가 들었던 말의 반복인 것 같았기 때문이다.

이윽고 내겐 아무 말도 남지 않았다. 몸에서 힘이 풀려 움직일 수 없었다. 그저 가만히 숨을 들이쉬고 내쉬었다. 호흡은 점점 가빠졌고, 나는 점점 무력해져만 갔다.

눈을 뜨고 채연을 봤다. 채연은 굳게 입을 닫고 내게 시선을 고정하고 있었다. 다시 말이 튀어나오려고 했다. 매끄럽게 손질된 들어본 말들. 이런 상황에서 던질 수 있는 감동적인 문장들. 입이 쉽게 열리지 않은 것이 어쩌면 마지막 양심이었을지도 모른다.

숨을 고르고 나는 할 수 있는 한 가장 솔직한 이야기를 꺼냈다.

"시간을 주세요."

채연이 고개를 끄덕였다.

나는 한동안 어떻게 해야 할지 알 수 없었다. 눈치를 채기라도 한 듯 채연이 팔을 들었다. 나는 몸을 기울여 채연의 팔 안으로 몸을 넣었다. 볼에 입을 맞추듯, 채연이 귓가에 대고 속삭였다.

"현명한 선택을 하세요."

채연이 등을 두드렸다. 방망이로 두들긴 것처럼 가슴이 아팠다. 몸을 일으켰다. 의자를 제자리에 돌려놓은 후 채연을 봤다. 채연은 다시 이불을 덮고 자리에 누웠다.

"불은 끄지 말아요. 어두운 건 싫으니까."

채연이 말했다. 인사를 건넨 후 병실을 빠져나왔다.

깜깜한 천변을 걸어 집으로 돌아갔다. 차들이 지나갔고 그때마다
덜 식은 바람이 불었다. 제멋대로 자라난 풀들이 물가에 가득했다.

희뿌연 가로등 아래에서 문득 걸음을 멈췄다. 가로등의 노란 불빛
이 물 위에 점점이 흩뿌려져 있었다. 천변에 깔린 보도블록 위에서 가
로등을 가리는 내 그림자를 봤다. 문득 처음 민의 동네에 찾아갔던 일
이 떠올랐다. 민의 동네에 깔린 보도블록과 천변에 깔린 보도블록은
같은 모양을 하고 있었다. 직사각형들이 맞물린 모양. 그리고 그 위에
서 흔들리는 내 그림자. 주변을 둘러봤다. 천변 위에는 연립주택들이
늘어서 있었다. 모두 하나같이 익숙한 모습의 집들이었다. 그 집들은
민의 동네에서 봤던 연립주택과 크게 다를 것이 없었다. 한참 동안 그
풍경을 바라보고 있으니 생경한 곳에 와 있는 것 같은 기분이 들었다.
내가 알던 세상은 익숙하면서도 잘 모르는 집과, 아끼는 사람이 누워
있는 병원으로 이루어진 낯선 동네 같았다. 그곳에서 나는 어디로 가
야 할지 도무지 선택할 수 없었다.

16. 해야 할 일을 해

눈을 떴을 땐 침대 위였다. 머리에 팔을 대고 누운 채 전날 있었던 일을 떠올렸다. 자정이 넘어서 집에 돌아왔다. 잠시 눕는다는 게 그대로 잠들어버린 모양이다. 침대에서 일어났다. 끈적거리는 몸에서 찌든 냄새가 났다. 한심한 일이었다. 그런 일을 겪고도 아무렇지도 않게 잠을 잔다는 것은.

어차피 출근 준비를 해야 할 시간이었다. 방에서 나오는데 현관 쪽에서 인기척이 들렸다. 샘이 신발을 신고 있었다. 나도 모르게 흠칫 움직임이 멈췄다. 힐끔 나를 돌아보던 샘이 놀란 눈으로 내 얼굴을 들여다봤다. 그러고 보니 습격을 당한 뒤 처음으로 샘을 만나는 것이었다. 가만있는 것이 무안하여 손을 들었다.

"안녕?"

목소리가 갈라져 나왔다. 샘은 그대로 몸을 돌려 집을 나갔다. 어쩔 줄을 몰라 한참 동안 손을 들고 있다 천천히 내렸다. 잠시 그 자리에서 발끝을 바라보다 몸을 씻으러 욕실에 들어갔다.

회사로 향하는 버스에 올랐을 때 안에게서 전화가 걸려왔다.

"약속 기억하지?"

여전히 호전적이면서도 퉁명스러운 말투였다. 하지만 기분 탓인지, 아니면 그사이 익숙해진 것인지 조금은 친근하게 여겨지기도 했다.

"물론입니다."

나는 대답했다. 안이 웃음을 흘렸다.

"당연히 그래야지. 영호씨에게 더 중요한 일이니까. 그런데 조금 안 좋은 소식이 있어."

안의 말을 기다렸다.

"아이 아버지가 소명서를 제출했다는 사실이 그쪽 지점에 알려졌어. 이르면 영호씨가 출근하자마자 호출을 받게 될 수도 있고, 조금 늦게 전달이 되더라도 퇴근 전에는 이 문제에 관해 설명을 해야 할 거야. 질책도 뒤따르겠지. 어떻게 해야 하는지 알겠어?"

골치 아픈 이야기였다. 일반적인 경우라면 안 좋은 소리를 들을 땐 듣더라도 부장과 팀장으로부터 방침을 받아야 했다. 하지만 지금은 일반적인 상황이 아니었고, 이 상황을 해결할 열쇠는 안이 갖고 있었다.

"회사를 빠져,"

안이 말했다. 농담인가, 하고 생각했을 때 안이 말을 이었다.

"그대로 회사에 가게 되면 질책은 둘째 치고 이후의 상황에 대한 지시사항을 받게 될 거야. 당연하지만 우린 그 지시를 따를 수가 없어. 우리가 하려는 건 일을 조용히 해결하려는 게 아니야. 설혹 조용해지지 않더라도 윤필을 물러나게 하려는 거지. 그런 일에 회사의 지시사항은 도움이 안 돼."

잠시 뜸을 들인 후 안이 말했다.

"그러니 지금은 지시를 들을 필요가 없어. 회사에 가면 안 돼. 하루 정도의 무단결근은 나중에 어떤 식으로든 둘러댈 수 있지. 뭣하면 내 평계를 대도 좋아. 집 앞에서 기다리고 있었다고 하라고. 경황이 없어 연락도 못 했다고. 일단은 어디에라도 가 있으라고. 전화는 받지 말고. 알았소?"

이해가 가긴 했지만 쉽게 받아들일 수 없는 이야기였다. 부담이 됐다.

"잠시 얼굴이라도 비추고 돌아오는 건 안 됩니까? 출근카드만 체크하더라도."

"그거 찍으러 갔다가 당신 팀장에게 걸리면? 지시사항을 듣지 않은 상태라면 나중에 얼마든지 수습할 수 있어. 하지만 지시를 들은 후에는 그 지시를 따르지 않은 추궁을 받아야 해. 그게 일을 더 키우는 거야."

"하지만 곤란한 상황이라고 해서 회사를 빠지는 건 너무 무책임한 행동 아닙니까."

안이 한숨을 쉬었다.

"어린애 같은 소리를 하는군."

안이 말했다.

"지시를 듣고 그걸 곧이곧대로 따르는 게 책임이라고 생각해? 남이 시키는 대로 하는 건 오히려 무책임이지. 책임을 진다는 건 누구에게 지시받지 않고도 자신이 알아서 해야 할 일을 하는 거야."

대꾸할 말이 없었다.

"알겠습니다."

"좋아. 약속까지는 한나절이 남았으니 우리 둘은 좀 일찍 만나자고. 만나기로 한 음식점 옆에 커피숍이 있소. 거기서 봅시다."

안과의 약속을 여섯시로 당겼다. 안이 말했다.

"뭐, 남는 시간에는 어디 오락실에라도 가 있으시오."

안이 전화를 끊었다. 마지막 말은 농담이었겠지만 전혀 우습지 않았다. 오락실이라니, 그런 곳이 남아 있기나 한가.

그대로 버스에서 내려 문을 연 식당에 들어갔다. 맵고 짠 음식으로 배를 채우고 식당을 나섰다.

발길이 가는 대로 걸었다. 식당 근처에는 주차장으로 사용하는 공터가 있었다. 몇 대의 차들이 들어선 공터에는 철망으로 된 펜스가 둘러쳐져 있었다. 나는 발걸음을 멈췄다. 철망은 도저히 좋아할 수가 없다.

펜스 앞에서 어디로 가야 할지 생각했다. 가장 가고 싶은 곳은 채연의 병원이었지만 아직 생각이 전혀 정리되지 않은 상태였다. 이 시간에 그녀 앞에 나타나는 것은 이상하게 보일 것이다. 채연의 수술은 당장 내일모레였다. 괜한 걱정을 끼치고 싶지 않았다. 샘의 학교에 가볼까? 이진희 선생에게 사과해야 할지도 모른다. 좋지 않은 이야기가 오고 갔지만 먼저 자극한 것은 나다. 하지만 그랬다가는 샘에 대해 이야기해야 할 것이다. 나는 샘에 대해 이야기할 것이 없었다. 마지막으로 떠오른 것은 역시 민이었다. 하지만 놈과의 만남을 상상하는 것만으로도 금세 기분이 나빠졌다. 찾아가 다짜고짜 한 대 때려주고도 싶었지만 놈의 일방적인 설교를 듣는 것은 죽기보다 싫었다. 놈의 말은 가시 같았다. 마음속에 파고들어 아픈 부분을 자극한다.

마름모꼴 모양으로 꼬인 철망을 우두커니 바라봤다. 민의 축축한 호흡과 채연의 마른 숨소리를 생각했다. 정해진 것처럼 옛 기억이 몸을 감았다. 등이 근질거렸다. 가방을 들지 않은 손으로 등을 긁었다. 손을 대자 불이 붙은 것처럼 간지러움은 등 전체로 퍼져나갔다. 가방을 바닥에 떨어뜨리듯 내려놓고 두 손을 다 동원해 등을 긁었다. 두 팔이 몸에 꼬인 것처럼 우스꽝스럽게 몸을 굴렸다. 아무리 손톱을 세워도 간지러움은 도무지 가시지 않았다.

몇 대의 차가 공터를 빠져나가고, 몇 사람이 곁을 스쳐지나가는 동안 나는 한참을 그 자리에서 등을 긁었다. 온몸에 땀이 흐르고 머릿속이 텅 빌 때까지 나는 열심히 등으로 손을 뻗었다. 긁으면 긁을수록 간지러움은 몸 안으로 숨었고 나는 점점 지쳐갔다.

"얼굴이 왜 그래? 또 어디서 넘어졌나?"

약속장소에 모습을 드러낸 안이 눈썹을 찡그리며 물었다.

"제 얼굴이 뭐가요?"

"안색이 좋지 않아. 설마 하루 결근한 것 때문에 그러는 건 아닐 테고."

안이 내 얼굴을 살폈다. 눈을 둘 곳이 없었다. 나는 고개를 숙였다.

"하지만,"

안을 봤다. 흐음, 하고 안이 숨을 골랐다.

"지금 그 얼굴이 평소보다는 더 좋아 보여."

손바닥을 펴 얼굴을 쓸어내리며 안이 말을 이었다.

"평소에는 가면을 쓰고 있는 것 같았거든. 지금 얼굴은 꽤 믿을 만하군. 낙담한 게 영호씨의 진짜 얼굴 같아."

안이 이를 드러내고 웃었다. 빤히 안을 바라보다 나는 천천히 입을 열었다.

"이번 일이 해결되면,"

꽉 막힌 목구멍에서 나도 모르게 말이 솟았다.

"상의드리고 싶은 일이 있습니다."

멀뚱히 나를 바라보던 안이 크게 고개를 끄덕였다.

"그러지. 상의하자고. 대신 술은 영호씨가 사야 해."

껄껄거리고 웃으며 안이 담배를 꺼냈다.

"뭐, 그전에 이번 일부터 잘 넘겨보자고."

연기를 뿜으며 안이 품안에서 서류 한 장을 꺼냈다. 대충 휘갈겨쓴 글씨가 집중해서 보지 않으면 무슨 글자인지 알아보기도 힘들었다. 찬찬히 들여다보니 그것은 약식의 소견서였다.

"아는 의사에게 부탁해 받은 거야."

소견서를 훑어봤다. 말미에 눈에 띄는 대목이 있었다.

'외부의 인위적인 압력에 의한 골절로 추정된다.'

묘한 소견이었다. '인위적인 압력'이란 말은 여러 가지로 해석할 수 있었다. 고의일 수도 있고, 고의는 아니지만 어쨌거나 누군가 팔을 부러뜨렸다는 뜻. '추정된다'라는 말도 거슬렸다. 나도 모르게 살짝 인상을 찡그리고 고개를 갸우뚱거렸다. 피식 웃으며 안이 소견서를 받아들었다.

"이쪽으로 약간만 상식이 있으면 눈치채겠지. 실질적인 효력은 전혀 없어. 하지만 김윤필이 그런 걸 알 리가 없지."

안이 소견서를 집어넣었다.

"이건 압박용이야. 놈을 심리적으로 몰아가기 위한 수단. 진짜 목적은 따로 있지."

안이 입을 찢어 웃었다. 전처럼 눈은 웃지 않는 웃음이었다.

"우리는 놈을 자극할 거야. 놈이 화를 참지 못해 자리를 박차고 나가도록. 언성을 높이는 건 물론이고, 멱살이라도 잡히면 더 좋고."

언뜻 이해가 가지 않았다. 지금 상황에서 그게 무슨 이득일까. 소명서를 철회시키는 게 목적이라면 조금이라도 더 윤필을 설득해야 하는게 아닐까. 안이 말을 이었다.

"시간이 넉넉하다면 천천히 놈을 몰아갈 수도 있어. 진단을 계속트집잡으면서 계약조건을 조금씩 조정해주는 거지. 그럼 느리지만 확실히 승기를 잡을 수 있어. 하지만 우리에겐 시간이 별로 없어. 이번주말을 넘기면 내부감사가 시작될 거야. 그전에 놈이 실수하게 해야해. 감정을 추스르지 못하고 화를 터뜨리도록. 그럼 그걸 빌미로 협상결렬의 책임을 놈에게 돌리는 거야. 우리 쪽의 책임을 털고 나면 그다음부터는 간단해."

전에 안이 했던 말이 기억났다.

"협박입니까?"

안이 미소지었다.

"경찰에 알리겠다는 의사를 놈에게 통보하는 것뿐이야. 일이 잘 풀리면 그 시점에서 놈이 소명서를 철회할 수도 있고, 그렇게 되지 않는다 해도 회사 쪽에 해명할 이유가 생기지. 계약자가 너무 흥분해서 정상적으로 협상을 진행할 수 없었다. 그럼 감사가 시작됐을 때 시선을 분산시킬 수 있지."

안이 두 손을 슬쩍 들어올렸다.

"물론 다 핑계일 뿐이지만, 일단 비는 피하고 봐야 하잖아."

표정 없는 윤필의 얼굴이 떠올랐다.

"그 사람이, 과연 흥분할까요?"

안의 얼굴에서 웃음기가 싹 가셨다.

"쉬운 일은 아니겠지. 하지만 일단 해보는 거야."

몸을 뒤로 젖히며 안이 말을 이었다.

"여차하면 이쪽에도 비장의 무기는 있어. 믿고 가보는 거지."

비장의 무기? 미심쩍은 표정을 지어 보였다. 안이 낄낄거렸다.

"나도 손을 놓고 있진 않았다고. 영호씨는 오늘 좋은 사람 역할이야."

"좋은 사람?"

"간단한 거야. 옆에서 나를 말려. 물론 진심으로 말리라는 건 아냐. 내가 심한 말을 하면 거기에 대해서만 지적하는 거야. 단, 김윤필에게 절대로 말을 걸어선 안 돼. 놈에게 말을 걸면 놈은 안심할 거야. 그럼 곤란하지. 나에게만 말해야 해. 말이 너무 심하다, 같은 이야기만 형식적으로 하면서 나를 부추기라고. 무슨 뜻인지 알겠어? 절대로, 놈과 눈을 마주치지 마."

딱히 내키진 않았지만 다른 방도가 없었다. 나는 고개를 끄덕였다. 안이 시계를 봤다.

"시간이 좀 이르긴 하지만 미리 가 있자고. 나머지는 부딪치면서 생각하고."

안이 자리에서 일어섰다. 나는 안을 따라나섰다.

윤필과 약속한 식당은 숯불이 놓인 고깃집이었다. 저녁시간이었지만 자리는 상당히 많이 차 있었다. 왁자지껄 떠드는 사람들 때문에 몹시 부산스러웠다. 식당 한복판에 안이 자리를 잡았다. 나는 안의 곁에 앉았다. 시끄러운 주변 분위기가 신경쓰였다. 주위를 살피며 안이 말했다.

"일부러 여기로 잡았어. 조용하면 흥분이 가라앉기 쉽거든."

안이 웃어 보였다.

"여기라면 놈이 화를 냈을 때 증인을 구하기도 쉽지."

찬찬히 주변을 살피던 안이 점원을 불렀다. 안은 점원에게 윤필이 앉을 자리의 의자를 바꿔달라고 부탁했다. 의아한 표정을 짓는 점원에게 안은 식당 구석에 놓여 있던 등받이 없는 둥근 의자를 가리켰다.

"저걸 갖다주시오."

점원이 의자를 가져왔다. 안이 흡족한 미소를 지었다.

"앉는 자리도 좀 불편해야지."

반 정도는 재미로 하는 짓 같았다. 의자를 바꾼 후 안이 점원에게 고기를 주문했다. 숯불이 놓이고 불판이 얹혔다. 빨간 고기와 야채가 나왔다. 수저와 작은 그릇이 놓이고 그 곁에 집게와 가위가 놓였다. 안이 불판에 고기를 올렸다. 기름이 끓어올랐다. 살이 타는 냄새가 났다. 적당히 고기가 익자 안이 손을 놀려 고기를 가위로 잘랐다.

"먼저 먹고 있는 게 조금 더 기분 나쁘겠지."

실제로 윤필에게 얼마나 효과가 있을지는 알 수 없었지만 안은 작심하고 심술을 부렸다. 멍하니 고기를 바라보고 있을 때, 안이 젓가락으로 익은 고기 몇 점을 집어 내 앞의 그릇에 놔주었다.

"타기 전에 먹어. 배가 든든해야 무슨 일이든 할 수 있지."

젓가락으로 고기를 집어 입에 넣었다. 안이 상추를 몇 장 그릇에 올렸다. 안을 바라봤다. 안은 고기를 야채로 싸 한입 가득 입에 넣고 있었다. 안이 내게 고기를 먹으라는 눈짓을 보냈다. 다정한 건지, 투박한 건지 알 수 없었다. 아마도 둘 다겠지. 안은 의외로 복잡한 남자다. 나는 안을 따라 고기를 상추에 싸 입에 넣었다. 우리 두 사람은 말없이 우적우적 고기를 씹어먹었다.

고기가 절반쯤 줄어들었을 때 안이 내 발을 툭 건드렸다. 조심스럽게 눈을 돌려 입구 쪽을 살폈다. 하얀 얼굴의 남자가 식당 안을 살피고 있었다. 안이 슬쩍 내 쪽으로 몸을 숙였다.

"이쪽으로 오더라도 일단은 모른 척해."

말을 마친 후 안은 주먹만한 쌈을 입에 넣었다. 잠시 시간이 흐르고 조심스럽게 윤필이 자리에 다가왔다. 안이 미처 다 삼키지 않은 쌈을 우적거리며 윤필에게 자리를 권했다.

"앉으세."

입에 음식을 넣고 하는 말이었다. 그나마도 마지막 요, 라는 말은 거의 발음하지도 않았다. 윤필은 아무렇지도 않은 표정으로 둥근 의자에 앉았다. 윤필이 코에 걸친 뿔테안경을 슬쩍 들어 보였다. 안이 점원을 불렀다. 윤필을 돌아보며 안이 말했다.

"술이라도?"

윤필이 고개를 저었다. 안이 점원에게 윤필의 수저와 그릇을 부탁했다.

안이 말한 대로 나는 윤필에게 눈길을 주지 않았다. 그저 부지런히 젓가락을 놀려 고기를 뒤집거나 입에 넣었다. 안은 한마디도 하지 않았다. 의도한 것이 분명했다. 윤필 역시 마찬가지였다. 젓가락을 들지도 않은 채 윤필은 테이블에 시선을 고정하고 있었다. 침묵이 흘렀고,

그 침묵은 와자지껄한 주변의 소음에 묻혔다.

윤필이 스테인리스 컵에 물을 따랐다. 물을 한 모금 마신 후 윤필이 헛기침을 했다. 기침이 신호라도 된 것처럼 안이 품에서 소견서를 꺼냈다. 윤필의 앞에 안이 소견서를 던졌다. 윤필이 소견서를 향해 눈길을 떨어뜨렸다. 읽어보라는 듯 안이 윤필에게 손을 들어 보였다. 윤필이 천천히 손을 옮겨 접힌 소견서를 폈다. 다 읽기도 전에 안이 입을 열었다.

"종합병원 의사에게 부탁한 거요. 지금 나와 있는 진단으로도 그 정도 소견은 당연하지."

윤필은 아무런 대꾸가 없었다. 찬찬히 소견서를 훑어본 후 윤필이 안에게 눈을 맞췄다.

"어찌시겠다는 건지 모르겠."

"그건 이쪽이 할 말이고. 대체 어쩌려는 거요?"

윤필이 말을 맺기도 전에 안이 끼어들었다. 말을 잇기 위해 윤필이 입을 우물거릴 때 다시 안이 말했다.

"조용히 일이 처리되면 모두가 좋잖소. 굳이 일을 크게 키우려는 이유가 뭔지 알 수 없군."

윤필의 손에서 뺏듯이 소견서를 낚아채며 안이 말을 이었다.

"이젠 좋게 봐주려고 해도 어쩔 수가 없어. 이쪽도 나름대로 준비를 해야 해."

"무슨 준비를 말입니까?"

"그건 겪어보면 알 일이고."

안이 한쪽 입을 비틀어 웃었다. 힐끔 윤필을 바라봤다. 윤필은 흔들림 없이 안을 마주 보고 있었다. 천천히 윤필이 입을 열었다.

"말투와 태도가 이전과 다르군요. 왜지요?"

"말투? 내 말투가 뭐가 어때서?"

"은근히 반말을 섞고 계시군요."

"반말은 무슨. 내가 언제 반말을 했다고 이러나? 안 그래, 영호씨?"

안이 일부러 과장된 몸짓으로 나를 툭 쳤다. 재빨리 머리를 굴린 후 안을 향해 말했다.

"원래 좀 말이 거친 편이시잖아요. 조심하셔야죠."

"아니, 조심이나마나 우리가 뭐 잘못한 게 있어야지. 그쪽 분, 우리하고 같이 이야기하던 거 아니셨소? 근데 왜 난데없이 다른 소리냐고. 뭐가 불만인 거요?"

턱을 흔들며 안이 윤필에게 말했다. 윤필은 가만히 있을 뿐이었다. 안이 말을 이었다.

"솔직히 불만이 있을 게 뭐가 있어. 우리도 회사에 묶인 몸이오. 아주 단순한 행동 하나도 다 정해진 규정과 지침이 있어. 그대로 행동했을 뿐인데 대체 뭐가 문제라고 이러는 거냐고."

안이 규정과 지침을 이야기하는 것은 무척 이상하게 들렸지만 나는 내색하지 않았다. 이번엔 윤필이 먼저 입을 열었다.

"문제라면, 정해진 보험금이 나오지 않는다는 거겠죠."

"소견서 못 봤소?"

"봤습니다."

"그걸 보고도 드는 생각이 없어?"

입을 다물고 있던 윤필이 느리게 말했다.

"제가 그 소견을 보고 무슨 생각을 해야 합니까? 결국 그 서류는 뭔가 외부의 힘에 의해 아이의 팔이 부러졌다는 건데,"

윤필이 몸을 곧게 세웠다.

"팔이 부러졌다면 외부에서 힘이 가해졌을 수밖에 없죠. 그게 저와 무슨 상관이죠?"

안의 얼굴에 비웃음이 돌았다.

"당신 손가락을 생각하면 상관이 있지."

보지 않으려 해도 윤필의 얼굴로 눈이 갔다. 윤필의 얼굴은 그려놓은 것처럼 아무런 변함이 없었다. 비꼬듯 안이 말을 이었다.

"오늘도 가짜 손가락을 끼우고 오셨나? 실리콘으로 만든?"

윤필의 표정은 여전했다.

"제 손가락이 무슨 상관입니까?"

손에 들고 있던 젓가락을 세워 테이블을 두세 번 두드린 후 안이 말했다.

"전에도 보험금을 타신 적이 있으셨던데? 그때는 피해자로."

분위기가 일순 변했다. 어쩌면 기분 탓인지도 모른다. 안과 윤필은 미동조차 하지 않고 있었다. 불판 위에서 고기가 기름 튀는 소리를 내며 타고 있었다. 겉으로 보기엔 아무것도 달라진 것이 없었다. 하지만 주변의 공기가 갑자기 팽팽하게 당겨진 것 같은 느낌이 들었다. 주위 사람들의 소음이 조금 멀어지는 것 같았다.

갑자기 안이 손을 들어올렸다. 점원이 다가왔다. 안이 손가락으로 테이블을 가리켰다.

"불판을 갈아주시오."

점원은 고기에서 흘러나온 기름이 가득한 불판을 들고 갔다. 잠시 후 까맣게 빛나는 새 불판이 숯불 위에 놓였다. 윤필을 마주 보며 안이 말했다.

"보험금을 타본 사람들은 말야, 그 돈이 무슨 복권당첨금인 줄 아는 경향이 있어."

안이 피식 웃었다.

"하지만 그렇지 않아."

안이 오른손을 가슴께로 올려 보였다. 왼손으로 오른손의 약지를 만지작거리며 안이 말을 이었다.

"어딘가에서 돈을 타내기 위해선 대가를 지불해야 하지. 손가락이든, 팔이든."

검은 불판이 달아올랐다. 열기가 훅 끼쳤다.

"전에 당신이 말했잖아? 그런 일에 대해선 당신이 누구보다 잘 안다고. 안 그래?"

가만히 안을 바라보던 윤필이 안경을 벗어 손수건으로 닦았다. 닦은 안경을 테이블에 올려놓고 양손으로 눈 주변을 문지르며 윤필이 말했다.

"무슨 말씀이신지 모르겠군요. 전에 제가 한 말은 사고에 관한 것이었습니다만."

"사고?"

안이 코웃음을 쳤다.

"그런 일을 사고라고 할 수 있나?"

"사고가 아니면요?"

윤필이 테이블에 내려놓았던 안경으로 손을 뻗었다. 안경을 집어 들어 쓰려고 할 때, 안이 입을 열었다.

"당신 하나뿐이면 사고지."

안의 목소리가 한층 낮게 깔렸다.

"당신 형은 어때?"

안경을 집어들던 윤필의 손이 멈췄다. 윤필이 안경을 다시 테이블에 내려놓았다. 조심스레 윤필의 눈치를 살폈다. 표정은 그대로였다. 하지만 들이쉬고 내쉬는 호흡이 조금 거칠어진 것처럼 보이기도 했다. 안경이 벗겨진 윤필의 눈이 기묘하게 번들거렸다. 안이 말을 이었다.

"댁의 형님도 같은 일을 겪었다지? 똑같은 손가락을 잘렸다고?"

슬쩍 몸을 낮추고 윤필을 노려보며 안이 말했다.

"사고로."

몸을 일으키며 안이 말을 이었다.

"하지만 그런 일이 어디 쉽게 일어나나? 형제가 똑같은 부분을 당해?"

윤필의 숨이 보다 거칠어졌다. 어깨가 움직이는 것이 눈에 보일 정도였다. 안은 멈추지 않았다.

"그냥 옛날 일이라고 치면 그만인데 말이야, 거기에 당신 아들의 일이 얽히면 문제가 달라져. 아,"

안이 심술궂은 표정을 지었다.

"당신 아들도 그거였지?"

비웃음을 흘리며 안이 말했다.

"사고."

불판은 텅 비어 있었다. 고기는 절반 정도 남아 있었지만 고기를 구울 엄두가 나지 않았다. 한껏 달구어진 불판에서 가느다랗게 연기가 피어올랐다. 안은 젓가락을 놓고 팔짱을 꼈다.

"사고란 게 말이지,"

눈썹을 찡그린 채 안이 입을 열었다.

"한번 생기면 반복되기 마련이지. 그리고 그 반복엔 다 이유가 있어."

윤필을 향해 고갯짓하며 안이 말했다.

"당신이 말해봐. 당신 주변에 비슷한 사고가 반복되는 이유가 뭐야?"

어깨를 들썩이며 숨을 쉬던 윤필이 입을 열었다.

"비슷한 사고가 아냐."

차분했지만 미묘하게 떨리는 목소리였다. 윤필이 말을 이었다.

"손가락이 잘린 것과 팔이 부러진 건 달라."

"보험에 가입되어 있었다는 점에서는 같지."

안이 대꾸했다. 안이 고개를 흔들었다.

"돈은 중요해. 살아가기 위해선 필요하지. 하지만 누군가의 손가락이나 팔보다 돈이 더 중요한가? 나는 이해할 수 없어."

윤필의 얼굴은 잔뜩 굳어져 있었다. 원래의 표정 그대로였지만 더할나위없이 부자연스러운 얼굴이었다. 안이 말을 이었다.

"사실 처음엔 좋게 일을 끝낼 작정이었어. 어차피 우린 회사 직원에 불과해. 여기서 손을 털고 나가도 아무런 문제가 안 돼. 하지만,"

윤필 쪽으로 안이 몸을 기울였다.

"난 너 같은 놈들이 싫어."

끼웠던 팔을 슬쩍 빼어 손가락으로 윤필을 가리키며 안이 말했다.

"뭐가 중요한지 구분을 못 해. 배운 그대로 행동하고, 아무런 판단도 내리지 않아. 그저 계산만 빠르지."

안이 내 발을 툭 쳤다. 서둘러 안에게 말했다.

"너무 흥분하셨습니다. 이제 그만하세요."

"아니, 그만하긴 뭘 그만해. 영호씨도 생각해봐. 같은 사건으로 세 번이야. 처음 두 번은 이 사람의 형제 문제였지만, 다섯 살밖에 안 된 이 사람 아들은 어떻게 해?"

호들갑을 떨며 안이 말을 이었다.

"이게 그냥 여기서 끝날 일이면 나도 상관없어. 보험금 주고 손 털면 그만이야. 하지만 말야,"

안이 윤필을 돌아봤다. 윤필은 안에게 시선을 고정시킨 채 전혀 움직이지 않았다.

"이런 일은 한 번으로 끝나지 않아. 비틀비틀 계속 이어지지. 이 사람이 그걸 너무 잘 보여주고 있잖아. 자신과 자신의 형이 당한 일을 그대로 반복하고 있어."

안의 입술이 거칠게 올라갔다.

"진짜 문제가 뭔지 알아?"

잔뜩 비웃음을 흘리며 안이 말했다.

"이런 일은 반복될수록 더 거칠어져."

안이 윤필에게 손가락을 놀렸다.

"이 사람의 형이 무슨 일을 당했을 것 같아?"

윤필의 눈이 커졌다. 그와 동시에 눈썹이 한 군데로 모였다. 가면 같던 윤필의 표정이 처음으로 일그러졌다. 이상할 정도로 불길한 예감이 들었다. 말려야 하나? 안을 살폈다. 냉정한 상태인가, 아니면 이야기에 취해 흥분했나? 알 수 없었다. 망설이고 있는 사이에 안이 입을 열었다.

"이 사람의 아버지는 집에 불을 질렀어. 불이 난 집에 이 사람 형이

314

갇혀 있었지. 전신에 화상을 입어 죽다 살았다지, 아마? 대단한 사람이야, 당신 아버지."

입꼬리를 올리며 안이 말했다.

"그리고 당신도 대단한 아버지고."

윤필이 이를 갈았다. 두 손으로 테이블을 잡은 채 윤필이 몸을 떨었다. 순간 두려움이 일었다. 하지만 안이 테이블 밑으로 손을 뻗어 내 무릎을 잡았다. 의자의 등받이로 몸을 젖히며 안이 말했다.

"아무것도 몰라서 가만히 있었던 게 아니야. 당신이 일을 키우지만 않으면 이 문제는 여기서 접을 수도 있어."

거칠게 숨을 몰아쉬던 윤필이 슬그머니 손을 내렸다. 윤필이 잠시 눈을 감았다 떴다. 윤필이 자리에서 일어났다. 안을 바라봤다. 안이 슬쩍 고개를 끄덕였다.

말없이 윤필이 자리에서 일어났다. 윤필을 돌아봤다. 입구 쪽으로 천천히 윤필이 걸어나가고 있었다. 윤필이 시야에서 사라지자 안이 흡족한 듯 미소를 지었다. 안이 중얼거렸다.

"된 건가?"

바로 그때 윤필이 걸음을 멈췄다. 퍼뜩 윤필이 앉아 있던 자리로 눈이 갔다. 윤필의 안경이 테이블에 놓여 있었다. 천천히 윤필이 자리로 돌아왔다. 자리에 앉은 채 안이 윤필을 올려다봤다. 윤필이 안경 쪽으로 손을 뻗었다. 빈 불판의 열기가 공기의 흐름을 타고 전해졌다. 안이 천연덕스레 손으로 부채질을 하며 말했다.

"덥군."

안이 힐끔 윤필을 돌아보며 말을 덧붙였다.

"형도 더웠다던가?"

그 말은 덧붙이지 말았어야 했다.

안경을 잡으려던 윤필이 손을 멈췄다. 윤필은 그대로 방향을 바꿔 가위를 잡았다. 잔뜩 힘을 주어 가위를 움켜쥔 윤필의 손에서 가짜 손가락 두 개가 빠져 테이블 위로 굴렀다. 뻔히 그 모습을 지켜보고 있었지만 순간적으로 무슨 일이 일어나고 있는 것인지 알 수 없었다. 넋이 나간 것은 안도 마찬가지였다. 윤필은 가위 손잡이를 쥔 오른손을 왼손으로 감싸쥔 후, 양팔을 머리 위로 치켜들었다.

윤필은 그대로 안의 어깨를 내리찍었다.

통탕거리는 소리와 함께 안이 자리에서 넘어졌다. 안에게 무게를 싣고 있던 윤필 역시 안의 몸 위로 쓰러졌다. 테이블 위의 고기와 야채가 엎어졌다. 사람들이 비명을 질렀다. 하지만 내 귀에는 사람들의 비명보다 안의 신음소리가 더 크게 들렸다.

안의 왼쪽 어깨에서 피가 흘렀다. 그제야 눈치를 보던 점원 세 사람이 윤필에게 달라붙었다. 가까스로 몸을 움직였다. 윤필이 내리꽂은 가위는 아직 안의 어깨에 꽂혀 있었다. 주변 사람들의 비명이 더욱 커졌다. 점원에게 팔을 잡힌 윤필이 몸을 흔들었다. 하지만 그 와중에도 윤필은 아무 말도 하지 않았다. 윤필은 아무런 소리도 내지 않고 그저 팔을 빼내려고 몸부림쳤다.

안의 곁에 무릎을 꿇었다. 잔뜩 일그러진 표정으로 안은 신음을 흘리고 있었다. 어떻게 해야 하는 건지 알 수 없었다. 그때 안이 오른손으로 내 팔을 붙잡았다.

"내 전화기, 주머니에 들어 있어. 아는 형사가 있으니까, 그 사람에게 전화해."

안이 형사의 이름을 불러줬다. 부축하듯 안의 몸을 안은 후 주머니를 뒤졌다. 전화기는 상의 안주머니에 들어 있었다. 안을 부축했던 손에는 잔뜩 피가 묻어 있었다. 전화기의 액정화면을 만질 때마다 검붉은 지문이 찍혔다. 겨우 번호를 찾아 전화를 걸었다. 내게 몸을 기대고 있던 안이 점원과 몸씨름을 하고 있는 윤필을 바라봤다. 안이 말했다.

"놔줘."

그르렁거리는 목소리로 안이 말했다. 점원들이 안을 돌아봤다.

"그놈, 놔줘. 괜찮아."

점원들이 윤필을 잡고 있던 팔의 힘을 풀었다. 윤필이 세차게 몸을 뺐다. 숨을 몰아쉬며 윤필이 안과 눈을 맞췄다. 안이 싸늘하게 웃었다.

"넌 끝났어."

상처가 아픈 듯, 안이 인상을 찡그렸다. 하지만 안은 다시 입을 열었다.

"집에 가서 기다려."

긴장이 풀린 멍한 눈으로 안을 바라보던 윤필이 몸을 움직였다. 테이블 위에 놓아두었던 안경을 집어 걸치고 윤필은 천천히 식당 입구로 걸어나갔다.

그때 테이블에 떨어진 윤필의 손가락이 눈에 띄었다. 손가락을 주워 주머니에 넣었다.

전화기의 신호음이 멎고, 형사가 전화를 받았다. 할 말을 고르고 있을 때 안이 전화를 바꿔달라고 손짓했다. 안의 귀에 전화기를 대주었다.

"나야. 전에 말했던 놈에게 찔렸어. 지금 병원에 갈 거야."

안의 몸에 힘이 들어갔다. 안의 귀에 전화기를 댄 채 안의 몸을 일으켜주었다. 신음을 흘리며 안이 말을 이었다.

"뭐? 아니, 아니. 칼 같은 거 아냐. 가위야."

안을 부축해 걸음을 옮겼다.

"그래, 인마. 나도 알아. 가위에 찔렸어."

안이 풋, 하고 웃음을 터뜨린 후, 다시 인상을 찡그리고 신음을 흘렸다. 이 와중에도 농담을 할 힘은 있는 모양이었다. 정말이지, 어처구니없는 남자다.

식당을 나와 안의 차를 몰고 안이 불러주는 병원으로 갔다. 급하게 수속을 마치고 응급실로 갔다. 어깨에 박힌 가위 탓에 안은 몸을 제대로 가눌 수가 없었다. 제대로 누울 수도 없었다. 안은 응급실 침대에 앉아 잔뜩 얼굴을 찡그리고 있었다. 몹시 고통스러운지 쉴새없이 신음을 흘렸다. 이마에는 땀이 잔뜩 맺혀 있었다. 조바심이 나서 견딜 수가 없었다. 지나가는 의사와 간호사에게 치료를 서둘러 해달라고 닦달했지만 기다리라는 말만 돌아왔다. 나를 향해 안이 오른손을 저었다.

"호들갑 떨 거 없어. 처음도 아니니까. 기다리자고."

별수 없이 안의 곁에 앉았다.

"병원은 아무래도 좋아지질 않는단 말야."

안이 중얼거렸다. 같은 심정이었다. 병원은 도무지 좋아지질 않는다. 하얀 벽도, 소독약 냄새도, 아파하는 사람들도, 도저히 좋아할 수 없다.

팔을 늘어뜨린 채 벽에 몸을 기대고 안이 말했다.

"옷을 버렸군."

안의 왼쪽 어깨에 눈을 돌렸다. 피로 흠뻑 젖어 있었다. 저절로 눈썹이 찡그려졌다. 하지만 안은 고개를 저었다.

"내 옷도 내 옷이지만, 영호씨 옷 말이야."

옷을 살폈다. 셔츠가 온통 피에 젖어 있었다. 고개를 저었다.

"괜찮습니다."

안이 피식 웃었다. 안이 천천히 입을 열었다.

"생각보다 괜찮게 끝났군."

괜찮게 끝났다고? 어이가 없었다. 안이 말을 이었다.

"이제 놈은 우리가 요리하는 대로 따라올 거야. 협박도 필요 없어. 괜찮게 끝난 거지."

안이 재차 중얼거렸다.

"이 정도면 괜찮게 끝난 거야."

물끄러미 안을 바라봤다. 보지 않으려 해도 안의 어깨에 꽂힌 가위가 눈에 들어왔다. 검은 손잡이가 안의 어깨에 돋아나 있었다. 은색의 날은 반쯤 파묻혀 있었다. 검붉은 핏방울이 안의 턱과 귀에 튀어 있었고, 가위 주변에서는 쉴새없이 진득한 피가 배어나오고 있었다. 주름진 이마에 송골송골 땀이 맺혔다. 찌그러진 눈썹 아래로 눈이 천천히 감겼다 뜨이곤 했다. 신음이 섞인 깊은 숨이 안의 입을 들락날락했다. 고통이 안의 몸을 칭칭 휘감고 있었다.

자책감으로 가슴 한복판이 서늘했다. 따지고 보면 이 모든 일은 나 때문이었다. 하지만,

괜찮다고?

이런 일을 괜찮다고 말해도 괜찮은 걸까?

전화기의 신호음. 문자메시지였다. 나는 가만히 있었다. 물끄러미 나를 바라보던 안이 말했다.

"문자 왔잖아. 확인해봐."

"괜찮습니다."

"집에서 온 거면 어쩌려고 그래. 확인해봐."

내키지 않았다. 어쩐지 민에게서 온 문자일 것 같았기 때문에. 전화기를 확인했다. 역시 민이었다.

나한테 할 말 없어?

화도 짜증도 나지 않았다. 그저 막막한 기분이 들었다. 고개를 숙인 채 몇 번이고 문자를 반복해 읽었다. 할 말, 할 말이라.

민, 나에게 무슨 말을 듣고 싶으냐.

옷으로 눈을 옮겼다. 셔츠 가득 밴 피가 기묘한 무늬를 그리고 있었다. 불규칙적인 검붉은 무늬를 보며 전화기를 주머니에 넣었다. 주머니에 집어넣은 손끝에 고깃집에서 주운 가짜 손가락의 감촉이 느껴졌다.

문득 어떤 생각이 떠올랐다.

민에게 할 말이 있었다, 나는 안을 바라봤다. 안이 힘겹게 물었다.

"급한 일인가?"

쉽게 대답할 수 없었다. 이건 급한 일인가? 고개를 저었다.

"그런 건 아닙니다. 하지만,"

나는 말을 맺지 못했다. 안이 다시 물었다.

"중요한 일?"

중요한 일도 아니었다. 하지만,

민에게 할 말이 있었다. 그 일을 해야 한다. 겨우 대답이 떠올랐다.

"해야 할 일이 있습니다."

뚫어져라 안이 나를 바라봤다. 안이 고개를 끄덕였다. 그리고 곧 인상을 찡그렸다. 안이 가까스로 말했다.

"그렇군."

안이 천천히 오른손을 내저었다.

"그럼 가봐."

마음속이 복잡했다. 이대로 안을 놔두고 가는 게 내키지 않았다. 주저하는 내게 안이 심드렁하게 말했다.

"이제 의사가 올 거야. 형사인 친구놈도 올 거고. 여기서 영호씨가 할 일은 없어. 이후의 일에 관해서는 내가 다시 연락하지. 영호씨는,"

안이 웃었다.

"해야 할 일을 해."

그때 등뒤에서 의사들이 다가왔다. 간호사와 의사들이 안에게 달라붙었다. 안이 재차 손을 내저었다. 마음을 다잡았다. 자리에서 일어났다.

"가보겠습니다."

안이 고개를 끄덕였다. 나는 병원을 빠져나왔다.

병원 앞에서 택시를 잡았다. 피가 묻은 내 옷을 보고 택시기사가 놀란 표정을 지었다. 짧게 민이 사는 동네의 이름을 불러주고 나는 창밖을 바라봤다. 이리저리 눈을 굴리던 택시기사가 겨우 차를 출발시켰다. 그러고 보니, 처음 민의 집에 찾아갈 때도 택시기사를 놀라게 했

다. 어쩐지 웃음이 나왔고, 이런 순간에도 웃을 수 있다는 것이 우스
웠다.

17. 가장 무서운 것이 뭐냐?

　동네에서 내리자마자 민의 집을 향해 뛰었다. 뒷문의 비밀번호를 눌렀다. 아직도 1975가 무슨 뜻인지 몰랐다. 하지만 그런 것은 이제 상관없었다. 문을 열고 한달음에 계단을 올랐다. 현관문의 비밀번호를 누르려다 그만두었다. 문손잡이를 잡고 돌려보았다. 생각대로 문은 열려 있었다. 나는 방으로 들어섰다.

　"여어."

　민이 몸을 돌리며 알은척을 했다. 구두도 벗지 않고 현관에 몸을 세웠다. 옷에 묻은 핏자국은 이제 검붉게 말라붙어 있었다. 옅은 비린내가 풍겼다.

　"오늘은,"

　뭔가 말을 이으려던 민이 내 옷을 보고는 숨을 훅 참았다. 민이 입을 벌렸다.

　"뭐야, 너."

　놀란 눈을 동그랗게 뜨고 민이 안경을 추어올렸다.

"자해라도, 했어?"

당황한 듯 민이 말을 더듬거렸다. 나는 고개를 저었다.

"아는 사람이 다쳤다."

잠시 입을 닫았다가,

"나 때문에."

대답한 후, 방을 둘러봤다.

처음 와봤을 때와 달라진 곳은 없었다. 불이 켜진 스탠드. 방바닥에 떨어진 옷가지들. 벽을 따라 줄지어 늘어선 책꽂이와 선반을 봤다. 그 위에 근사하게 장식된 변신로봇의 완구와 빽빽하게 들어찬 특수촬영물의 자료들. 대체 무얼 바라며 저런 것들을 모았을까. 조각조각 잘린 이야기 속에서 끝없이 같은 일을 반복하며 민은 대체 무슨 생각을 했을까. 가득 놓인 물건들 중에 민이 진정으로 바라던 것이 하나라도 있을까.

민을 바라봤다. 입식 스탠드를 등지고 선 민의 얼굴은 역광 속에 검게 가려져 있었다. 통통한 몸이 실린 회전의자가 삐그덕거렸다. 물건과 빛 속에 파묻혀 민의 얼굴은 도무지 보이지 않았다. 나는 마음을 굳혔다.

"너에게 할 말이 있다."

나는 말했다. 민이 의자에 몸을 기댔다. 그리고 가만히 나를 바라봤다.

"우리가 체인지킹의 후예라고?"

숨을 고르고 말을 이었다.

"내게 아버지가 없다고."

나는 눈을 감았다.

"그 말은 반만 맞았다. 내겐,"

처음으로 꺼내보는 말이었다. 누구에게도 이런 이야기를 한 적이 없었다. 주먹을 꼭 쥐었다. 나는 이야기를 시작했다.

"어머니가 있었다."

네가 기억하는 첫번째 풍경이 뭐냐? 대부분은 크게 아팠던 때나 아주 행복했던 때를 떠올린다고 하더군. 너는 어떤가? 아팠던 일을 떠올리나? 아니면 행복했던 일인가? 나는, 어느 쪽일 거 같으냐?

나를 키워준 사람은 할머니였다. 정확히 말하면 외할머니지. 어릴 적에는 아무 문제도 없었다. 하지만 알다시피 어릴 적에는 문제가 있어도 그게 뭐가 문제인지 모르기 마련이지. 나 역시 그랬다. 외할머니는 내게 살가운 분이었고, 집안 살림도 그럭저럭 괜찮은 편이었지. 삼촌과 이모가 한 분씩 있었는데 그분들도 내게 다정했다. 언제부터 그분들을 삼촌과 이모라고 불렀는지는 기억나지 않는다. 아마도 누군가 가르쳐주었겠지. 저분이 네 어머니의 오빠다, 저 사람이 네 어머니 동생이다, 뭐 그런 식은 아니었겠지만 사리분별이 가능한 나이 때는 이미 그분들이 삼촌과 이모라는 사실을 알고 있었다. 그분들의 아들과 딸들도 내겐 친절했다. 나쁠 것이 없었지.

내가 기억하는 첫 풍경은 장례식이다. 외할아버지가 죽던 날의 광경이지. 하얀 두건을 뒤집어쓴 외삼촌과 목을 놓아 울던 이모. 점점 몰려들던 검은 옷을 입은 어른들과 불콰하게 술이 오른 사람들. 어딘지 모르게 텅 빈 것 같은 병원의 복도와 음식 냄새가 떠돌던 장례식장. 그날이 나의 첫 기억이다.

그날 나는 그 사람을 만났다.

그 사람을 뭐라고 불러야 할까. 그 여자, 라고 해야 하나? 아니면, 누군가 가르쳐준 대로 어머니라고 할까?

더 다정하게 엄마, 라고 불러볼까?

너와는 상관없는 일이겠지.

아마도 당시에 나는 갓 말을 뗀 상태였던 것 같다. 몇 마디 확실하지 않은 단어들을 발음한 기억이 난다. 나는 외할머니 곁을 맴돌고 있었다. 어쩌면 할머니가 아무 데도 가지 못하게 했던 걸지도 모르겠다. 사실 아무 데도 갈 필요가 없었다. 필요한 게 있을 땐 할머니에게 말하면 그만이었으니까. 그날도 그랬다. 장례식이 이어지던 어느 날이었지. 외할아버지가 죽고 며칠이 흘렀는지는 알 수 없다.

그날도 평소와 다름없이 외할머니 곁에서 칭얼대고 있었던 것 같다. 아니면 되지도 않는 말을 마음대로 뱉으며 재롱을 떨고 있었겠지. 할머니의 표정은 나쁘지 않았던 것 같다. 한껏 웃던 할머니의 표정이 굳어지던 순간을 기억하니까. 놀란 채로 딱딱하게 굳어진 할머니의 얼굴에 비하면 그 직전의 표정은 그저 행복한 얼굴이었던 거다.

사람들이 모인 곳에서 갑자기 정적이 흐르는 순간을 경험한 적이 있나? 너는 밖으로 나오지 않는다고 했지? 그렇다 하더라도 사람들과 모여 본 적이 있을 것 아닌가? 사람들이 모인 곳에서 순식간에 적막이 흐르는 걸 경험한 적이 있어? 갑자기 모두가 말을 멈추고 한쪽 방향만 바라보는 것을 겪어본 적이 있나?

그런 일이 벌어졌다. 누군가 귀가 찢어지는 비명을 질렀지. 웅성거리던 사람들은 모두 입을 닫았다. 그리고 모두가 같은 방향을 바라봤어. 할아버지의 사진이 놓인 곳에서 어떤 여자, 그래, 아직은 여자라고 해두자. 어떤 여자가 크고 질긴 비명을 질렀다. 아아아아, 혹은 워어어어, 아니면 으으으으, 아무튼 다시 떠올리기 싫을 만큼 끔찍한 소리가 장례식장을 메웠어. 모두가 입을 닫고 소리가 나는 쪽을 바라보고만 있었다. 아무도 그 소리를 막지 않았다. 아니 막을 수 없었을지도 모르지.

외할머니가 와락 나를 끌어안았다. 이상할 정도로 겁이 났다. 당장 도망가지 않으면 큰일이 날 것 같았다. 비명소리가 그대로 나를 어디론가 끌고 갈 것 같았다. 나중에 생각해보니 그건 옳은 판단이었다. 그 즉시 나는 어디로든 도망가야 했다. 그러지 못했기에 비명은 나를 어디론가 끌고 갔지.

분주하게 어른들이 돌아다녔고 소리는 이따금 잦아들었다가 이내 다시 커졌다. 할머니는 나를 안고 끝없이 기도했다. 아니, 기도했던 걸까? 어쩌면 불경을 외우는 소리였을지도 모른다. 이도 저도 아니면 할머니가 그저 중얼중얼거렸다는 건데 그건 너무 무서운 일이잖아.

몇 분, 혹은 몇 시간이 지난 다음에야 장례식장은 진정됐다. 사람들은 다시 자신들이 바라보고 싶은 곳을 바라보고 자기들끼리 떠들었지.

이때부터 잠시 기억이 희미하다. 몇 번인가 이 일을 떠올려본 적이 있다. 떠올릴 때마다 세부적인 상황이 조금씩 달라. 할머니가 나를 안고 울었던 것 같기도 하고, 나를 안은 것이 이모나 숙모였던 것 같기도 하다. 몇 사람이 다가와 내게 말을 걸었던 것 같기도 하고, 아무도 내게 신경쓰지 않았던 것 같기도 해. 어쨌거나 중요한 건, 어느 순간 아무도 내 곁에 없었다는 점이다.

혼자 남겨진 꼬마가 무슨 일을 할 수 있겠나? 당연히 가장 익숙한 어른을 찾게 되어 있지. 대부분의 아이들은 엄마를 찾지 않을까? 그런 때 내가 찾아야 하는 대상은 할머니였지.

할머니를 찾아 장례식장을 이리저리 쏘다녔던 것 같다. 할머니와 비슷한 체형의 등이 굽은 사람들에게 다가가 얼굴을 확인하고 다시 돌아서는 일을 반복했지. 겁이 나거나 조바심이 들진 않았어. 그 나이가 되도록 할머니 곁에서 오래 떨어져본 적이 없었으니까. 어쨌거나 할머니는 장례식장 어딘가에 있을 것 같았다. 내가 찾지 못하면 할머니가 나를 찾아낼 거란 걸 알고 있었으니까. 이리저리 돌아다니며 어른들이 주는 조그맣게 자른 음식들을 입에 넣고 할머니를 찾았다.

그리고 그 여자를 만났지.

이제 그 여자를 엄마, 라고 할까? 아니면 어머니?

아니, 그건 좀 어색하군. 조금만 더 여자라고 하자.

너와는 상관없는 일이잖아.

누군가 나를 불렀다. 뭐라고 불렀는지는 정확히 기억나지 않아. 지금 내 이름과 같은 이름이었던가? 아니면 처음 들어보는 생소한 이름이었나. 모르겠다. 웃기는 건 말야, 등뒤에서 그 여자가 그 이름을 입에 올렸을 때, 나는 그 이름이 나를 부르는 것이라는 사실을 정확히 알았다. 그래서 돌아봤지. 누가 불렀는지 알아야 했으니까. 하지만 얼굴을 볼 수 없었어. 제대로 고개를 돌리기도 전에 여자가 나를 꽉 끌어안았으니까.

꽉 끌어안다, 라는 말은 어울리지 않는군.

사람을 안아본 적이 있나? 가족이나 좋아하는 사람. 아무튼 소중한 사람을 품에 안고 팔에 힘을 주어본 적이 있어? 꽉 끌어안다, 라고 말하면 그건 무척 따뜻하게 들리는군.

　끌어안을 때는 조심해야 해. 너무 세게 안으면 아프기도 하니까. 어른이 아이를 대할 땐 더더욱 조심해야 하지. 어른들은 아주 힘이 세다. 그리고 아이들은 몸이 작고 약하지. 잘못 안으면 뼈가 부러질 수도 있어.

　그 여자가 나를 안는 방식은 끌어안는 것과는 달랐어. 자신의 품에 나를 완전히 넣어버렸지. 두 팔로 내 몸을 완전히 감싸고 자신의 가슴께에 내 얼굴을 묻게 했는데, 도무지 옴짝달싹할 수가 없었어. 두 손으로 연신 내 머리와 등을 쓰다듬었는데 그 손길이 너무 거칠고 힘이 세서 여자가 손을 움직일 때마다 숨이 턱턱 막혔다.

　여자의 품에 안겨 있는 동안에는 견딜 수 없이 고통스러웠다. 어느 시점부터 여자가 내 머리를 자기 가슴에 대고 문질렀거든. 점점 더 숨이 가빠졌다. 이러다 죽는 게 아닌가 싶을 정도로 힘들었어. 나는 되는대로 팔을 뻗었다. 여자의 몸을 때리고 발버둥을 쳤지. 그제야 뭔가 이상한 걸 눈치챘는지 여자가 팔을 풀어주었다. 숨을 몰아쉬며 여자에게서 떨어졌지.

　그대로 도망쳤어야 했는데 그러질 못했다. 나를 풀어준 후 여자는 얼굴을 감싸쥐고 울음을 터뜨리기 시작했거든. 나 때문에 그러는 것 같았다. 내가 뻗은 팔에 맞은 여자가 아파서 그러는 거라고 생각했던 것 같다. 미안한 마음이 들어 도망치지도 못했어.

　여자가 우는 동안에도 나는 이리저리 고개를 돌려 할머니를 찾았다. 할머니가 와주기만 한다면 이 곤란한 상황을 벗어날 수 있을 것 같았거든. 하지만 할머니는 없었어. 외삼촌은 상주였고, 이모는 손님을 받느라 정신이 없었고. 아무도 내 곁으로 오지 않았다. 그리고 아무도 여자를 막지 못했지.

퍼뜩 고개를 든 여자가 내 손을 잡아끌었다. 머리털이 쭈뼛 설 만큼 겁이 났지만 여자의 손을 뿌리칠 수도 없었다. 여기서 도망치면 여자가 다시 울 것 같았기 때문에. 하기야 도망치려 했더라도 그럴 수 없었을 거야. 여자의 손아귀 힘이 무척 셌거든.

여자의 손에 끌려 병원 밖으로 나왔다. 여름이 한창이었어. 용광로처럼 뜨거운 날이었지.

여자는 병원 건물 뒤로 나를 데려갔다. 여자의 걸음은 뛰는 것처럼 빨랐기 때문에 넘어지지 않기 위해선 있는 힘껏 발을 재촉해야 했지. 몇 번인가 넘어질 뻔했던가? 병원의 포도나 잡초가 우거진 풀밭에서 넘어졌던가? 확실히 기억이 나진 않는다.

그리고 여자가 걸음을 멈췄다. 병원 건물 뒤의 주차장에서. 철망으로 된 펜스가 둘러쳐진 병원의 경계에서. 여자가 숨을 몰아쉬었다. 그리고 한쪽 손을 머리에 올렸지. 여자는 머리칼을 헝클어뜨리며 움켜쥐었다. 몹시 고통스러운 표정으로 펜스를 따라 걷기 시작했어. 나도 여자를 따라 철망 주변을 걸었지.

구름 한 점 없는 날이었다. 햇살이 화살처럼 내리꽂히고 있었지. 그리고 철망으로 된 펜스. 마름모꼴로 얽힌 그 울타리. 주차장의 바닥은 콘크리트로 울퉁불퉁하게 포장되어 있었지만 펜스가 쳐진 곳은 흙바닥이었지. 울타리 너머는 잡초가 우거진 공터였다. 걷는 동안 여자는 간간이 알 수 없는 말을 중얼거리며 땅을 보고 흙바닥을 발로 차거나 철망 사이에 손가락을 걸고 흔들어댔지. 그러다 다시 나를 돌아보며 어색하게 미소지었다. 치렁치렁하게 늘어뜨린 긴 머리와 딱딱하게 굳은 얼굴. 괴상하게 찌그러진 눈썹과 추어올라갔다가 주저앉던 입술.

우스운 게 뭔지 알아? 도무지 여자의 얼굴을 기억할 수 없다는 거다. 여자의 얼굴을 기억한다면 지금 나는 약간 행복할까? 아니면 보다 불행할까? 알 수 없는 일이지.

다만 이런 것은 확실히 떠오른다. 철망 너머의 공터와 그 공터의 지평선에 맞닿아 있던 파란 하늘. 날은 덥고 여자는 무서웠지만 탁 트인 그 풍경은 무척 아름다웠다. 맑게 닦아낸 것 같은 세상이 펼쳐져 있었어. 할 수만 있다면 철망을 넘어가보고 싶었다. 그리고 발길이 닿는 대로 공터가 끝나는 곳까지 무작정 걷는 거지. 모험소설에 나오는 주인공처럼 말이다.

이윽고 여자가 걸음을 멈췄다. 신음처럼 혹은 탄성처럼 여자가 으으으, 하는 소리를 냈다. 펜스의 바닥 한쪽 귀퉁이가 뜯겨나가 있었다. 개구멍 같은 거라고 생각할 수도 있는데, 글쎄, 개가 지나다니기에도 너무 작은 구멍이었어.

하지만 여자는 그런 건 신경쓰지 않는 모양이었다. 당장 내 손을 놓고 주저앉더니 철망의 뜯겨진 부분을 잡아당기기 시작했지. 있는 힘껏 튀어나온 철사를 잡아 비틀어 뜯어냈다. 이 부분의 기억에서 혼란스러운 부분이 있다. 어떨 때의 여자는 아주 손쉽게 철망을 제거한다. 우악스러운 힘으로 두꺼운 철사를 실처럼 끊어내지. 그런데 어떨 때의 여자는 철망을 잡고 흔들다 손을 다칠 뿐이야. 바닥에 떨어진 핏방울이 생각나는 걸 보면 손을 다친 쪽의 기억이 맞는 것 같기도 하지만 확실하진 않아.

여자가 철망을 뜯어내는 동안 도망쳤어야 했다. 지금은 그렇게 생각해. 하지만 당시에는, 그러니까 여자의 손에 이끌려 펜스 앞에 섰을 때는 도저히 자리를 피할 수가 없었다. 그럴 엄두가 나지 않았어. 손을 잡고 있던 사람을 놓아두고 돌아서는 일은, 그러니까, 뭐라고 말하면 좋을까. 벌거벗고 거리를 헤매는 기분? 그런 마음을 이해할 수 있나? 놓아두고 간다는 건, 놓아둔 쪽도 홀로 남게 된다는 거지. 그건 아주 두렵고 쓸쓸한 일이다. 그럴 수가 없었어. 그래서 우두커니 여자가 하는 짓을 보고만 있었지.

한참 동안 힘겹게 철망의 사이를 벌린 후에 여자가 나를 돌아봤다. 땀이 뚝뚝 떨어지던 얼굴이었다. 머리카락이 이마에 잔뜩 달라붙어 있었어. 하지만 어떻게 생긴 사람이었는지는 기억나지 않는다. 여자가 내게 손짓했다. 이름을 불렀던 것 같기도 해. 어서 오라는 듯 여자의 손이 흔들렸다. 여자의 손목까지 피가 흐르고 있었다. 그때 도망쳤어야 했을까? 하지만 역으로 그때까지 도망치지 않았으니 새삼스레 도망칠 순 없었지. 나는 여자에게 다가갔다.

여자가 내 뒷덜미를 잡았다. 그리고 철망의 벌어진 틈으로 내 몸을 밀어넣었지.

어떻게 됐을 거 같아?

머리만 겨우 펜스 바깥의 공터로 나갈 수 있었다. 당장 어깨부터 철망에 걸렸지. 얼굴이 흙바닥에 닿았고, 그다음 순간 등줄기에 길쭉하게 불이 붙었다. 삐져나온 철사가 등을 온통 헤집었다.

비명을 질렀느냐고? 물론이지.

울었느냐고? 물론이야.

발버둥쳤느냐고? 당연하지.

겁이 났느냐고?

너라면 어땠을 것 같나? 미친 어머니가 철망 사이로 네 몸을 집어넣으려 한다면. 그 바람에 네 등이 날카로운 철사에 온통 찔린다면?

팔을, 다리를, 허리를, 모가지를 움켜쥐고 놔주지 않는다면? 비명을
지르고, 울고, 발버둥을 쳐도 멈추지 않고 계속해서 네 몸을 잡고 철
망의 틈으로 밀어넣는다면?

나는 그대로 까무러쳤다.

정신을 차렸을 때는 병실이었지. 침대에 엎드려 눈을 떴다. 고개를
돌리자 할머니가 곁에 있었어. 눈을 뜬 나를 보고 할머니는 처참하게
울어댔다. 할머니가 울기 시작하자 나도 어쩐지 눈물이 났어. 할머니
를 따라 울어대며 몸을 바로 세워 누웠는데, 그 순간 등이 다시 찢어
지는 것 같았다. 도저히 그대로 누워 있을 수가 없었어. 비명을 지르
며 절반쯤 몸을 일으켰고, 그다음은 다시 잠들었다.

그것이 내가 기억하는 첫번째 풍경이다.

나는 말했다.

"고등학교에 들어갈 무렵 할머니가 돌아가셨다. 그뒤로는 외삼촌
과 이모의 집을 옮겨가며 생활했다. 두 분 모두 내겐 친절하셨다. 대
학을 다니면서 자취를 시작했지. 그리고 이 나이가 됐다."

의자에 앉은 민은 그저 가만히 나를 바라봤다. 이따금 민의 어깨가
올라갔다가 내려왔다. 그때마다 쌔액, 쌔액 하는 숨소리가 들렸다.

"그뒤로 그 여자를 본 적은 없다."

저절로 눈썹이 찌그러졌다.

"여자가 누구였는지 알게 된 것이 정확히 언제였는지는 기억나지
않는다. 그저 자라오며 자연스럽게 이해하게 됐지. 그녀가 나의 어머
니라는 것. 오랫동안 정신병원에 있던 사람이었고, 외할아버지가 돌
아가실 무렵에도 치료를 받고 있었다는 것. 어디가 어떻게 아픈 것인

지, 어쩌다 그렇게 된 건지는 몰라."

미간을 구긴 채 말을 이었다.

"그날, 그녀가 내게 왜 그런 일을 했는지는 나중에 짐작할 수 있었다. 아마도 그녀는 나와 함께 도망치고 싶었던 것 같다. 확실하게 들은 적은 없지만 그녀가 치료를 받던 병원은 요양원 같은 곳이었을 거야. 외할아버지 장례식 때문에 일시적으로 외출을 한 거겠지. 하지만 장례식이 끝나면 다시 병원으로 돌아가야 했을 테고. 나를 만나지 않았어도 도망치려 했을까? 아니면 나를 봤기 때문에 도망치려 한 걸까. 어느 쪽인지는 알 수 없다. 어쨌거나,"

이상하게도 허탈한 웃음이 새어나왔다.

"내가 기억하는 첫번째 풍경은 어머니에 대한 것이다. 그리고 그것이 어머니에 대한 나의 마지막 기억이기도 하지."

똑바로 민을 바라봤다.

"대학교에 다닐 무렵 소식을 들었다. 어머니가 죽었다고 말이야. 치료를 받던 병원에서. 무슨 일이 생긴 것인지는 모른다. 그런 일을 확인하고 싶지는 않았다. 정확히 말해 그런 일이 있다는 것을 떠올리고 싶지도 않다. 형식적인 장례를 마친 뒤, 나는 외삼촌과 이모와도 연락을 끊었다."

말을 멈추자 정적이 흘렀다.

"너는 내게 아버지가 없다고 했다."

다시 말했다.

"그 말은 분명 맞는 부분이 있지. 누구도 내게 아버지에 대해 알려주지 않았으니까. 어쩌면 처음부터 없었던 것이 아닐까? 아, 그러니까 진짜로 없었다는 게 아니라 누구도 모르는 게 아닐까? 그런 일을 확인하고 싶지는 않아. 확인해봐야 뭐하겠나? 아버지에 대한 이야기를 꺼낼 기회도 별로 없었다. 어머니에 대해 이야기를 꺼내는 것도 너무 버거운 일이었으니까. 어머니 이야기는 일종의 금기였다. 가족의 어두운 비밀 같은 것. 웃기는 건 말이야, 그 비밀을 아는 사람들 중, 그 일을 잊은 사람은 단 한 명도 없다는 점이다. 잊지 않았기 때문에 아무도 그 일을 입에 올리지 않은 거잖아?"

눈을 가늘게 뜨고 생각을 더듬었다.

"거기에 관한 재밌는 일화가 있다. 할머니가 돌아가셨을 때였어. 고향집 마당에서 할머니 짐을 정리하던 이모가 비명을 질렀다. 무슨 일인가 가봤더니 이모가 손에 들고 있던 것을 뒤춤에 숨기더군. 이모의 동작은 한 박자 느렸다. 그건 찢어진 어린아이의 옷이었다. 옷에는 검붉은 피가 잔뜩 말라붙어 있었지. 여자가 나를 철망 사이로 밀어넣을 때 내가 입고 있던 옷이었어. 이모가 뒤춤에 숨겼던 옷은 저녁 무렵 외삼촌의 손에 다른 옷가지들과 함께 태워졌다. 외삼촌도 이모도 그 옷에 관해서는 한마디도 하지 않았지. 할머니는 왜 그걸 보관하고 있었던 걸까? 알 수 없는 일이다. 하지만 할머니는 단 한 번도 그 일을 잊은 적이 없었던 거다. 그리고 옷을 찾아낸 이모도, 그 옷을 태운 외삼촌도 그 일을 선명하게 기억하고 있었던 거지."

숨을 고르고 나는 물었다.

"가장 무서운 것이 뭐냐?"

대답은 없었다.

"나는 철망이다. 철사가 삐져나온 철망. 철망을 보는 것도, 그 주변을 지나가는 것도 싫다. 그 틈에 몸을 밀어넣는 걸 상상만 해도 등이 가렵다."

고개를 숙이고 다시 숨을 들이쉬었다. 입고 있던 옷에서 피비린내가 훅 끼쳤다. 눈앞이 핑 돌고 속이 메스꺼웠다.

"지금의 나는,"

가까스로 어지러움을 삼켰다.

"지금의 내겐 관계된 사람이 없다. 친척들과 왕래를 하지 않은 게 몇 년인지도 모르겠고, 주변 사람들은 짧은 기간 내에 모두 곁을 떠나버리고 만다. 외로움이나 쓸쓸함 같은 건 없었다. 사실 난 누구와도 친해지고 싶지 않았으니까. 네 말은 분명 맞는 부분이 있다. 나는 어디선가 봐온 대로 내 주변의 관계를 얼기설기 이어놓았다. 만화에 나오는 우정, 드라마에 나오는 사랑, 그럴듯해 보이는 이야기가 내 주변에 가득했지. 내게 있었던 일을 있는 그대로 말하는 건 너무나도 괴로운 일이었으니까. 나는 늘 겁에 질려 있었다. 내가 그렇게 된 것은 아버지가 없기 때문이 아니다. 그건, 내게 어머니가 있기 때문이다. 내 곁엔 언제나 어머니가 있었다."

옷에서 풍겨올라오는 피 비린내를 참을 수가 없었다. 손을 놀려 셔츠의 단추를 풀었다.

"잊으려 해도 절대로 그럴 수 없었지. 왜냐하면,"

와이셔츠를 벗었다. 피가 묻은 옷을 방바닥에 던졌다. 슬쩍 등을 돌렸다.

나는 등에 돋아난 길쭉한 자국을 민에게 보여주었다. 빨간 펜으로 죽죽 그어놓은 것 같은 흉터였다. 나이가 들면 피로 된 빗발 같은 그 자국이 사라질지도 모른다고 믿었던 적이 있었다. 하지만 흉터는 몸이 커지는 만큼 오히려 벌겋게 늘어났다. 어릴 적부터 나는 줄곧 등에 그 흉터를 짊어지고 있었다. 자발적으로 흉터를 보여준 것은 처음이었다.

"어머니는 언제나 내 등에 달라붙어 있었으니까."

몸을 돌려 똑바로 민을 바라봤다.

"어떠냐?"

민의 표정을 확인할 수 없었다. 평소처럼 비웃는다 해도 상관없었다. 그저 민에게 할 말이 있는 거니까.

"이런 것도, 그저 무의미한 이야기의 파편일 뿐인가?"

심장이 뛸 때마다 등줄기로 길쭉하게 뜨거움이 느껴졌다.

"나는 아직도 철망 근처에 가기만 해도 다리가 후들거린다. 될 수 있으면 철망 같은 것은 보고 싶지도 않아. 실은 철망을 생각하기만 해도 겁이 난다. 하지만 철망은 어디에나 있지. 어디에나 철망이 있고, 가위가 있고, 병원이 있어. 세상은 그런 것들로 가득 차 있고 우리는 늘 다치고, 피를 흘리고, 운다."

다시 민의 숨소리가 들렸다.

"어떠냐?"

민에게 물었다.

"이런 것도 도망치는 일의 반복이고, 무언가의 흉내인가? 위대한 과거의 지루한 모방이고, 비참한 소재의 처참한 패러디인가?"

세차게 고개를 저었다.

"헛소리하지 마라."

똑바로 민을 바라보며 나는 말했다.

"너는 그야말로 그렇게 살고 싶은 것뿐이다. 집에 틀어박혀 남을 골탕먹이며 조롱하고 싶은 것뿐이야. 나와 마찬가지다. 주어진 것을 그대로 받아들이며 아무런 자각 없이 사는 게 좋은 거야. 네게 있어 유일한 자긍심은 네가 원하는 것을 네가 선택했다는 거겠지만, 그것도 웃기는 수작이다. 너는 사실 그 잘나빠진 취향 외엔 아무것도 선택하지 않았기 때문이야. 세계의 구축이니 인력이니 하지만 사실은 아무런 아픔도 없고, 슬픔도 없는 곳에서 살고 싶은 거야. 이야기의 파편으로, 아버지가 없는 사람으로, 체인지킹의 후예로."

견딜 수 없이 화가 났다.

"빌어먹을,"

주먹에 힘이 들어갔다.

"그렇게 사는 게 좋으냐?"

민이 흠칫 몸을 떨었다. 표정은 여전히 알 수 없었다. 마음대로 생각하라지. 욕을 한다면 그것도 들어주마. 하지만 하고 싶은 말은 다 할 것이다.

"나는,"

힘을 주어 다시 말했다.

"나는 절대로 그렇게 되지 않을 거다."

민을 가리키며 나는 말을 이었다.

"나는 절대로 체인지킹의 후예 같은 건 되지 않을 거다. 그 아이도, 샘도 마찬가지야. 나는 결코 그애를 아버지 없는 사람으로 만들지 않을 거다. 내가,"

함부로 올리지 못했던 말이 목구멍에서 끓었다. 나는 입을 열고,

"내가 그 아이의 아버지가 될 거다."

말했다.

머릿속이 텅 빈 것 같았다. 하지만 가슴은 더할나위없이 후련했다.

잠시 그 자리에 그대로 서 있었다. 민은 움직이지 않았다.

더 할 말은 없었다.

허리를 굽혀 방바닥에 굴러다니던 옷가지 중 하나를 주웠다. 만화 캐릭터가 그려진 하얀색 티셔츠였다. 나는 티셔츠를 입으며 민에게 말했다.

"내 옷과 바꾸는 걸로 하자."

그대로 나는 민의 집을 빠져나왔다.

골목 어귀까지 나왔을 때 비밀번호의 뜻을 물어보지 않았다는 것이 떠올랐다. 하지만 이제 와 그 의미를 안다고 해서 무슨 소용이 있을까. 몸을 돌려 민의 집을 바라봤다. 창가에 민의 그림자가 보이는 것 같기도 했고, 그저 바람에 커튼이 흔들리는 것 같기도 했다.

가만히 걸음을 옮겼다. 불이 꺼진 낯선 동네의 분위기는 변함이 없었다. 몹시 서글프고 막막한 기분이 들었다. 어쩌면 나는 그저 민에게 화풀이를 한 것이 아닐까? 저 남자야말로 나보다 훨씬 쓸쓸한 사람일지도 모르는데. 적어도 내겐 돌아갈 곳이 있지 않은가. 주머니에서 전화기를 꺼냈다. 전화기를 잡은 손끝에 또다시 윤필의 손가락이 걸렸다. 한 통의 전화도 없었다. 시간은 자정을 넘어서고 있었다. 오늘은, 채연이 수술을 받는 날이다.

불쑥 채연의 얼굴이 떠올랐다. 그리고 그녀의 말이.

현명한 선택을 하세요.

선택, 선택이라. 선택은 쉬운 일이다. 나는 이미 마음을 굳혔다. 처음부터 내게 다른 선택 같은 건 없었다. 문제는 그 선택을 하고 난 뒤, 어떻게 행동해야 하는가, 였다. 그 방법을 나는 알 수 없었다.

내겐 분명 돌아갈 곳이 있다. 하지만 그곳으로 어떻게 돌아가면 좋을지 그 방법을 알 수 없었다.

18. 변신이라고 외쳐

평소보다 일찍 잠에서 깼다. 차를 몰고 회사로 갔다. 사무실에 들어서자마자 팀장이 험상궂은 얼굴로 나를 불렀다. 안의 일은 아직 회사에 알려지지 않은 모양이었다. 윤필과 있었던 일이 알려진다면 팀장의 얼굴은 그저 험상궂은 수준이 아닐 것이다.

"어떻게 된 거야?"

"김윤필 건으로 급하게 움직여야 했습니다."

팀장의 얼굴이 일그러졌다.

"소명서 문제? 그 문제에 관해서라면 보고가 먼저 아닌가?"

"워낙 시급한 문제라 알아서 처리했습니다."

"알아서?"

팀장의 얼굴이 살짝 달아올랐다. 팀장이 입을 열기 전에 나는 재빨리 말을 이었다.

"그리고 오늘은 집안 일 때문에 이만 조퇴해야 할 것 같습니다."

놀란 모양인지 팀장의 눈이 커졌다. 말을 마치고 그대로 돌아섰다.

팀장이 소리쳤다.

"야, 이영호!"

아무렇지 않은 표정으로 팀장을 돌아봤다. 사무실의 동료들은 모두 나와 팀장을 훔쳐보며 숨을 죽이고 있었다. 화를 참기 위해 입을 앙다물고 있던 팀장이 물었다.

"집안 일이란 게 뭔데?"

호흡을 고르고 대답했다.

"아내의 수술입니다."

정적이 흐르는 사무실을 나왔다.

곧장 안이 입원한 병원으로 차를 몰았다. 안은 일반 병실에 있었다. 여섯 명이 함께 쓰는 병실 한쪽에 안이 누워 있었다. 조심스레 곁에 다가가자 안이 눈을 떴다.

"빨리도 찾아오셨군."

병실에 걸린 둥근 시계를 읽으며 안이 말했다.

"오늘도 회사에 나가지 않았나? 연이틀 무단결근이면 크게 혼날 텐데?"

안이 웃음을 흘렸다. 곧바로 안이 인상을 구겼다.

"이거야 원, 조금만 몸을 움직여도 찔린 곳이 아프군."

잔뜩 얼굴을 찡그린 채로 안은 몸을 일으키려 했다. 안을 부축했다. 안이 침대 아래로 발을 내렸다. 슬리퍼를 찾아 신겨주었다. 안이 내게 몸을 기대고 일어섰다.

"나가서 이야기하자고. 담배 생각도 나고."

병원 앞 벤치에 앉았다. 안이 맞은편 편의점을 가리키며 담배를 사다달라고 부탁했다. 내키지 않는 표정을 짓자 농담 섞인 투로 안이 말했다.

"누구 때문에 칼에, 아니 가위에 찔렸는데? 그 정도도 못 해주나?"

어쩔 수 없이 안의 부탁을 들어주었다. 안이 담배에 불을 붙인 후 연기를 마셨다.

"나쁘지 않군."

안이 미소를 흘렸다.

"해야 할 일은 잘 끝났어?"

쉽게 대답할 수 없었다. 머뭇거리며 입을 열었다.

"그저 해야 할 일을 했습니다. 잘 끝난 건지는 모르겠지만."

가만히 내 얼굴을 살피던 안이 고개를 끄덕였다.

"하기야 잘 끝날 일이란 게 또 어디 있겠어. 사는 동안엔 일이 끊이지 않는 법이지. 이쪽도 마찬가지야."

안이 바닥에 재를 떨었다.

"아침에 김윤필에게 전화했어. 제대로 된 대답은 거의 하지 않더군. 건성으로 대꾸만 할 뿐이었어. 하지만 어쨌거나 소명서는 철회할 것 같아."

안이 눈을 살짝 찡그렸다.

"원칙대로 하자면 김윤필이 저지른 짓은 형사사건이야. 가만히 내버려두면 경찰이 끼어들게 돼. 그 부분까지 포함해서 처리해야 할 게 몇 가지 있어. 그건 내가 알아서 하지. 이쪽에 아는 사람이 조금 있으니까 별문제는 없을 거야."

안이 나를 돌아봤다.

"소명서가 철회되면 감사가 내려와 영호씨에게 불이익이 갈 위험

342

은 줄어들 거야. 남은 문제는 차차 정리하면 돼."

"그 문제라면 신경쓰실 것 없습니다."

안이 의아한 표정을 지었다.

"오늘 아침에 팀장에게 결혼 사실을 알렸습니다. 필요하다면 나중에 모든 사정을 설명할 생각입니다."

말없이 안이 내 얼굴을 들여다봤다.

"왜 그랬지? 기껏 여기까지 왔는데. 가만히 있으면 조용히 넘어갈 문제잖아."

안을 마주 봤다.

"가만히 있는 것이 싫었습니다."

"곤란해질 수도 있어."

"알고 있습니다. 하지만,"

숨을 고르고 말했다.

"해야 할 일을 하고 싶었습니다."

한동안 입을 다물고 있던 안이 피식 웃음을 흘렸다. 이내 눈을 찡그리며 안이 말했다.

"그런가? 그럼 나는 괜히 나섰다가 일만 키운 거로군."

고개를 저었다.

"그렇지 않습니다."

안이 나를 돌아봤다.

"그 일이 없었다면 저는 여전히 아무것도 선택하지 못했을 겁니다. 그 일 덕분에 저는 무언가를 선택할 수 있었습니다."

나는 머리를 숙였다.

"다치신 것은 정말 죄송합니다."

안이 머쓱하게 웃었다.

"이러지 마. 농담한 것뿐이니까. 영호씨 탓이 아니야."

안이 새 담배에 불을 붙였다.

"윤필이 그런 짓을 할 줄은 몰랐어. 하지만 그 남자를 못 본 체 그냥 넘어갈 수도 없었지. 경찰에 신고하는 것은 모두에게 부담이 가는 일이니까 함부로 할 순 없지만, 적어도 경고 정도는 하고 싶었지."

연기를 뿜으며 안이 씁쓸하게 웃었다.

"뭐, 이런 일까지 있었으니 그 남자도 조금은 정신을 차렸을지도 모르지."

살짝 굳은 얼굴로 안이 말을 이었다.

"아닐지도 모르고."

담배를 끼운 손으로 이마를 쓰다듬으며 안이 말했다.

"나는 쉽게 가장이 됐어. 힘들지 않게 결혼해서 아이를 낳아 길렀지. 이 나이가 먹도록 곤란한 일을 겪지 않았던 건 아니야. 하지만 그냥 살아가다보면 살아지게 되지. 사실 다 그렇게 사는 것 아닌가? 그런데 요즘 들어 부쩍 피곤한 거야."

안이 아주 깊은 숨을 토했다.

"이해할 수 없는 게 너무 많아. 죽은 아들놈도, 김윤필도. 도무지 모르겠어. 그래서 너무 피곤해."

아무 말도 할 수 없었다. 안이 새로 붙인 담배를 다 피울 때까지 우리 둘은 입을 다물고 있었다. 꽁초를 발로 비벼끈 후 안이 천천히 일어섰다. 안이 나를 돌아봤다.

"처음 영호씨를 만났을 때도 그랬어. 피곤하고 불안했지. 이해할 수 없어서. 그래서 영호씨에 대해 알아본 거야."

안이 다치지 않은 쪽 팔을 들어 머리를 긁었다. 안이 웃었다.

"지금은 달라. 영호씨의 선택은 이해할 수 있어. 그 내용을 속속들이 아는 건 아니지만 적어도 왜 그런 선택을 하려는 건지는 알겠어. 그러니 나는 아무 불만 없어."

안을 따라 자리에서 일어선 후, 나는 말했다.

"도움 주신 것 감사합니다."

안이 껄껄거렸다.

"그런 말은 밥이라도 한 끼 사면서 하시오."

"하지만 저는,"

나는 말을 이었다.

"저는 조금 다른 식으로 해야 할 일을 해나갈 겁니다."

잠시 나를 바라보던 안이 중얼거렸다.

"그렇군."

안이 고개를 끄덕였다.

"그게 옳은 거야. 영호씨가 원하는 대로 하는 게."

안이 오른손을 내밀었다.

"현명한 선택이길 빌겠어."

나는 안의 손을 맞잡았다. 안이 병원 쪽으로 걷기 시작했다. 부축하려 하자 안이 손을 내저었다.

"이제 됐어. 가서 할 일 하라고."

머뭇거리고 있는 나를 안이 떠밀었다. 자리에 서서 안을 바라봤다. 병원으로 들어가는 문 앞에서 안이 뒤를 돌아봤다.

"영호씨."

안이 나를 불렀다.

"당신은 괜찮은 사람이야."

안이 덧붙였다.

"좋은 아버지가 될 거야."

안이 병원 건물 안으로 들어섰다. 나는 한참 동안 그 자리에 서 있었다.

병원을 나와 곧장 샘의 학교로 갔다. 학교는 아직 수업중이었다. 정적이 흐르는 복도를 지나 교무실의 문을 열었다. 교감선생이 자리에서 일어났다. 교감선생에게 인사했다.

"이진희 선생님을 만나뵈러 왔습니다."

교감선생이 시계를 보며 말했다.

"지금은 수업중이십니다만, 곧 내려오실 겁니다."

교감선생이 권하는 자리에 앉아 담임선생을 기다렸다. 종이 울리고, 몇 분 후 이진희 선생이 교무실에 들어섰다.

자리에서 일어나 담임선생에게 인사했다. 담임선생도 목례했다. 선생에게 말했다.

"그날은 죄송했습니다."

"아니에요."

담임선생의 얼굴이 살짝 붉어졌다.

"저야말로 너무 심한 말을 했습니다."

담임선생이 고개를 숙였다. 선생이 조심스레 입을 열었다.

"실은, 전 학급에서도 비슷한 일이 있었습니다."

선생은 머뭇거리며 말을 골랐다.

"아이 하나가 괴롭힘을 당하는 걸 전혀 파악하지 못하고 있었어요.

다시 그런 일이 없도록 신경을 쓰고 있었는데 샘에게 일이 생긴 겁니다."

이진희 선생이 재차 머리를 숙였다.

"그래서 민감하게 반응했습니다. 선생답지 못한 태도였죠. 죄송합니다."

나는 손을 내저었다.

"아닙니다. 저야말로 감정적으로 행동했습니다."

조금은 마음이 풀린 듯 선생의 안색이 가라앉았다. 나는 용무를 이야기했다.

"샘의 어머니가 오늘 수술을 받습니다. 샘을 데려가고 싶습니다."

이진희 선생이 고개를 끄덕였다. 선생이 자리에서 일어섰다.

"그렇게 하세요. 샘을 데리고 가시죠."

이진희 선생과 함께 교실로 올라갔다.

계단을 오르는 동안 선생이 물끄러미 내 얼굴을 바라봤다. 입가의 상처를 발견했을 것이다. 창피한 기분이 들어 상처를 손으로 가렸다. 갑자기 선생이 피식 웃음을 터뜨렸다.

"아이들과 똑같네요."

혼잣말처럼 이진희 선생이 말했다. 선생을 돌아봤다. 웃는 얼굴로 이진희 선생이 말을 이었다.

"싸움을 한 아이들과 똑같은 표정을 짓고 계세요."

민망한 기분이 들었다.

"왜 싸웠는지 물어도 대답하지 않으실 거죠?"

담임선생이 놀리듯 말했다. 나는 그저 아, 아 하며 다른 곳만 쳐다봤다.

"샘이 싸운 이유는 알고 계신가요?"

전보다 한층 부드럽게 이진희 선생이 물었다. 나는 고개를 저었다.

"선생님은 알고 계십니까?"

이진희 선생이 고개를 끄덕였다.

"며칠 전에 다시 물었더니 그제야 말해주더군요. 마음이 조금은 진정된 모양입니다. 이유를 듣고 보니 이해가 가더군요. 어머니를 찾아뵌 것도 그 때문입니다."

선생이 나를 돌아봤다.

"이유가 궁금하신가요?"

잠시 생각했다. 당연히 이유는 궁금했다.

"샘에게 직접 물어보겠습니다."

이진희 선생이 고개를 끄덕였다.

"샘에게는 약간의 벌을 주었습니다. 화단의 관리를 맡겼어요. 번거롭지만 그리 힘든 일은 아닙니다. 샘은 잘 받아들이고 있습니다. 싸운 아이들에게도 주의를 주었습니다. 앞으로 그 아이들과 샘이 어떻게 지내는지는 두고 볼 일이지만요. 신경쓰겠습니다."

이진희 선생이 명쾌하게 말했다. 다른 무엇보다 싸움의 이유가 밝혀졌다는 사실에 안심이 됐다.

우리 둘은 샘의 교실에 닿았다. 이진희 선생이 문 앞에서 샘을 불러냈다. 샘이 나왔다. 선생이 샘의 머리를 쓰다듬었다. 그것은 아주 자연스러운 동작이었다. 나는 단 한 번도 샘에게 그렇게 손을 내밀지 못했다. 샘이 이진희 선생과 나를 번갈아 봤다. 샘의 앞에 나섰다.

"오늘은 아주 중요한 날이야."

샘이 물끄러미 나를 바라봤다.

"엄마가 수술을 받는다. 엄마에게 가자."

샘이 이진희 선생을 돌아봤다. 선생이 고개를 끄덕였다.

"가방을 챙겨나오렴."

이진희 선생의 허락이 떨어지자 샘은 재빨리 자기 자리로 돌아가 짐을 챙겨나왔다. 이진희 선생에게 인사한 후 샘과 함께 학교를 나왔다.

병원을 향해 걸었다. 샘과 함께 앞서거니 뒤서거니 하는 동안 천변으로 빠지는 다리에 닿았다. 시간을 확인했다. 세시를 넘어서고 있었다. 나는 걸음을 멈췄다. 앞에서 걷고 있던 샘이 나를 돌아봤다. 다리 근처의 식당을 가리켰다.

"밥을 먹고 가는 게 좋을 것 같구나."

식당 쪽으로 걸었다. 샘이 뒤따라왔다.

한식을 전문으로 하는 식당이었다. 점원이 메뉴판을 가져왔다. 샘에게 메뉴판을 건네주자 샘은 비빔밥을 손가락으로 찍었다. 점원에게 비빔밥 두 개를 주문하고 음식을 기다렸다.

언제나 그랬던 것처럼 우리 둘은 아무 말도 하지 않았다. 한참의 침묵을 깨고 나는 물었다.

"화단 관리는 할 만하니?"

샘이 가만히 고개를 끄덕였다. 그 이야기를 끝으로 다시 말이 뚝 끊겼다. 비빔밥 두 그릇이 나왔다. 밥을 비비며 나는 말했다.

"그러고 보니, 너와 밥을 먹는 건 처음인 것 같다."

대꾸 없이 샘은 숟가락만 놀렸다.

"함께 지낸 지 꽤 시간이 흘렀는데 밥을 먹는 게 처음이라니. 미안하다."

여전히 샘은 말이 없었다.

"하지만 이제 어머니가 퇴원하고 나면,"

샘이 잠시 손을 멈췄다.

"자주 식사를 함께 했으면 좋겠다."

샘이 나를 바라봤다. 조심스레 입을 열었다.

"네가 내게 무엇이든, 마음 편하게 이야기했으면 좋겠다. 그리고 그 이야기를 듣고 내가 네게 들려줄 이야기가 있었으면 좋겠다. 무언가의 흉내나 반복 같은 게 아니라, 마음에서 우러난 말들을 네게 들려주고 싶어."

숟가락을 들고 밥을 떴다.

"잘할 수 있을지는 모르겠지만 말이다."

나는 밥을 입에 넣었다. 샘도 음식을 먹기 시작했다.

내 몫의 비빔밥을 다 먹자 샘도 수저를 놓았다. 샘은 비빔밥을 절반 이상 남겼다. 샘이 남긴 비빔밥을 내 쪽으로 가져와 마저 먹었다. 샘은 멀뚱히 식당 안을 둘러봤다.

밥을 다 먹고 우리는 천변을 넘어 병원 쪽으로 가는 다리에 올랐다. 샘은 조금 앞서 걷고 있었다.

성큼, 가을이었다. 상쾌한 날씨였다. 더위는 풀이 죽어 있었고 햇살은 따스했다. 작은 목소리로 나는 중얼거렸다.

"날 도와주려던 친구가 다쳤다."

가방을 등에 진 샘은 무심히 앞을 향해 걸어갔다. 말을 이었다.

"어쩌면 친구, 라는 말은 어울리지 않을지도 모르겠다. 그 사람은 나에게서 자신의 아들을 보는 것 같다. 그 사람의 아들은 좋지 않은 일을 겪었지. 그리고 그 일은 그 사람을 여전히 괴롭히고 있다."

걸음이 천천히 느려졌다. 하지만 샘이 걷는 속도는 변함이 없었다.

"그래서 그 사람은 내가 걱정이 되는 모양이다. 내가 하는 짓이 너무 멍청하니까 가만히 놔둘 수 없는 거지."

다리 중간쯤에서 나는 걸음을 멈췄다.

"어쨌거나 나는 그 사람을 친구라고 생각한다. 고집스럽고 완고하지만 어쨌거나 그 사람은 나를 도우려고 했어."

샘과의 거리가 더 벌어졌다.

"하지만 나는 그 사람이 나를 돕는 방식을 온전히 받아들일 수가 없다. 그건 누군가에게 의지하는 일에 불과한 게 아닐까? 그 사람의 방식을 고스란히 답습하는 거지. 이제 나는 그런 일은 하지 않을 거다. 나는, 내 식으로 최선을 다할 생각이다. 어떻게 해야 하는지 아직 알 수 없지만 말이다."

다리 아래 천변에 잠시 눈을 두었다. 물이 흐르고 있었다. 세상은 그저 무심하게 움직이고 있었다. 어쩐지 아득한 기분이 들어 걸음을 뗄 엄두가 나지 않았다. 눈을 돌려 점점 멀어지는 샘의 등을 바라봤다.

"너와 엄마가 행복했으면 좋겠다."

다리를 다 건넌 샘이 잠시 걸음을 멈췄다. 나는 말을 이었다.

"그리고 너와 엄마가 행복해지는 데 내가 도움이 되었으면 좋겠다."

샘이 슬쩍 뒤를 돌아봤다. 기다리고 있다는 듯이. 가까스로 발을 움직였다. 내가 따라오는 것을 확인하자 샘은 다시 걷기 시작했다.

바람이 불고 머리칼이 이마 위에서 날렸다. 조금은 시원한 기분이 들기도 했다. 하지만 부지런히 발을 놀려도 샘을 따라잡기는 어려웠다. 그런 일을 생각하자 다시 아득한 기분이 들었다. 덧붙이듯 중얼거렸다.

"어떻게 해야 하는지 아직 알 수 없지만."

나는 걸음에 힘을 주었다. 샘과 함께 병원을 향해 걸었다.

채연의 병실에 닿았다. 샘이 먼저 문을 열고 들어갔다. 채연의 침대는 비어 있었다. 샘을 향해 말했다.

"엄마가 어디 계신지 물어보고 올게."

샘이 침대 곁의 의자에 앉았다.

너스 스테이션에서 채연이 어디에 있는지 물었다. 수술을 위한 검사를 받고 있다는 대답이 돌아왔다.

검사실로 갔다. 통유리로 된 방 안에는 의사와 간호사가 분주히 움직이고 있었다. 채연은 커다란 기계 앞에 누워 있었다. 가발을 벗은 채연의 머리에는 정리된 잔디처럼 짧게 머리카락이 돋아 있었다.

멍하니 서서 채연을 바라봤다. 기계가 움직일 때마다 채연은 몸을 뒤척였다. 불편한 걸까? 아니면 아파하고 있나? 어느 쪽이든 그리 기분좋은 일은 아닐 것이다. 그리고 나는 그녀가 겪어야 할 일들을 막아줄 수가 없었다.

유리 앞에 한 걸음 다가섰다. 손가락으로 멀리 채연이 있는 자리를 쓸었다. 그때 손이 닿기라도 한 것처럼 채연이 고개를 들었다. 채연과 눈이 마주쳤다. 황급히 손을 내렸다. 잠시 나를 바라보고 있던 채연이 몸을 돌렸다. 검사 때문인지 다른 이유 때문인지 알 수 없었다. 나는 병실로 돌아왔다.

샘은 여전히 창밖을 바라보고 있었다. 샘과 멀찍이 떨어진 곳에 의자를 두고 앉았다. 의자에 몸을 싣고 허공을 쳐다보다 중얼거렸다.

"그러고 보니 다른 친구도 있다."

살짝 눈을 감았다가 떴다.

"심술궂고 고약한 친구지. 내게 여러 가지 이야기를 들려주었다. 너라면 그 친구 이야기에 흥미를 느낄지도 모르는데, 글쎄."

샘을 돌아봤다.

"그 친구와 네가 만날 기회가 있을지 모르겠구나."

병실 문이 열렸다. 링거를 팔에 꽂은 채연이 들어섰다. 샘이 놀란 숨을 들이켰다. 샘의 표정을 보고 나서야 깨달았다. 샘은 가발을 쓰지 않은 채연의 모습을 처음으로 본 것이다.

샘의 표정을 본 채연의 얼굴이 딱딱하게 굳었다. 나와 샘을 번갈아가며 바라보던 채연이 내 쪽으로 시선을 돌렸다.

"나가서 얘기 좀 해."

자리에서 일어나 병실을 나섰다.

문 앞에서 채연이 나를 돌아봤다.

"이제 곧 수술에 들어가. 잠시만 양해를 구해서 시간을 얻었어."

채연이 한숨을 쉬었다.

"마음은 정했어?"

가만히 채연을 바라보며 나는 입을 열었다.

"정하고 말 것도 없습니다. 저는 당신의 곁에 있을 겁니다."

채연이 한숨을 쉬었다.

"그렇군."

잠시 고개를 숙이고 있던 채연이 내 눈을 바라보며 물었다.

"어떻게?"

채연이 담담하게 물었다. 원망하는 것도 비난하는 것도 아니었다.

"곁에 있겠다는 건 고마운 말이지만, 그래서 어떻게 할 거냐고."

입을 열 수가 없었다. 달콤한 말을 하는 것은 쉬울지도 모른다. 노력을 약속하거나 낙관적인 가능성을 말하는 것도. 하지만 그렇게 하고 싶지 않았다. 내겐 대답할 말이 없었다.

"샘과 한마디 말이라도 나눠봤어?"

채연이 물었다. 몹시 아픈 질문이었다.

"당신이 뭘 할 수 있는데?"

채연이 고개를 흔들었다.

"고집을 부린다고 해결될 일이 아냐. 이대로는 모두가 지치기만 할 뿐이야. 나는,"

채연이 말을 다 끝맺기도 전에 병실 문이 열렸다. 조심스러운 태도로 샘이 몸을 내밀었다. 샘을 돌아보며 채연이 말했다.

"샘, 들어가 있어. 아직 엄마 이야기 안 끝났으니까."

머뭇거리며 그 자리에 서 있던 샘이 나를 바라봤다. 그 순간 샘의 눈이 커졌다. 무언가 괴상한 걸 보기라도 한 것처럼. 채연에게 시선을 돌렸다. 채연 역시 놀란 표정으로 나를 바라보고 있었다. 이상한 것이 몸에 묻었나 싶었지만 곧바로 깨달았다. 채연도 샘도 나를 바라보는 것이 아니었다. 두 사람은 내 등뒤의 병실 복도를 바라보고 있었다.

나는 뒤를 돌아봤다. 저절로 눈이 커졌다.

복도 끝에서 한 남자가 걸어오고 있었다. 잔뜩 어깨가 굽은 통통한 체형의 남자였다. 남자는 쉴새없이 주위를 두리번거리며 이쪽을 향해 걸어왔다. 잔뜩 긴장한 팔자걸음이었다. 복도에는 몇 사람의 간호사와 환자 들이 서 있었다. 사람들의 곁을 지나칠 때마다 남자는 주춤거리며 몸을 웅크렸다. 어딘가 몹시 불편해 보이는 몸짓이었다.

나와 채연, 샘을 포함한 복도의 모든 사람들은 남자에게서 눈을 뗄수 없었다. 남자의 어색한 태도 때문만은 아니었다. 남자의 얼굴이 문제였다. 남자는 가면으로 얼굴을 덮고 있었다.

가면의 눈 부분은 검은 유리로 되어 있었다. 코가 있어야 할 부분은눈 부분의 유리로 가려져 있었고 입 부분은 은색의 재질로 만들어져있었다. 둥글게 마무리된 머리 부분은 파랗게 칠해져 있었다.

저런 형태의 가면을 본 적이 있다. 어디에서 봤지? 갑자기 모습을드러낸 남자 때문에 당황해 제대로 정신을 집중할 수가 없었다. 남자가 코앞까지 왔을 때에야 비로소 나는 깨달았다.

남자가 쓰고 있는 것은 특촬물의 가면이었다. 파워레인저? 아니면가면라이더? 혹은 아직 한국에 소개되지 않은 시리즈의 가면인가?

어쨌거나 내 주위에서 저런 가면을 쓰고 나타날 수 있는 사람은 단한 사람뿐이다.

라이더레인저가 내 앞에 섰다. 가면을 쓴 얼굴로 이리저리 시선을옮기던 라이더레인저가 오른손을 들었다. 어깨까지 들린 라이더레인저의 손은 미세하게 떨리고 있었다.

"여, 여어."

들어올린 오른손처럼 떨리는 목소리로 라이더레인저가 인사했다. 집에서 인사를 건넬 때의 오만했던 태도는 온데간데없었다.

"라이더레인저."

나도 모르게 중얼거렸다. 채연과 샘이 동시에 나를 돌아봤다. 생각을 정리하기도 전에 말이 먼저 나갔다.

"그 가면은?"

멍청한 질문이었다.

"이건, 음, 색깔을 보면 알잖아. 퍼렁이에게서 받았지."

멍청한 질문에 맞게 우물쭈물거리며 라이더레인저가 대답했다.

"아, 블루한테서? 음,"

얼이 나가 말을 얼버무렸다. 라이더레인저는 고개를 떨어뜨린 채 발끝만 바라보고 있었다. 기어들어가는 목소리로 라이더레인저가 말했다.

"오늘이 수술이라고 들었어. 그런데,"

라이더레인저가 고개를 들어 나를 바라봤다. 가면에 가려져 있어 정확히 나를 보고 있는 것인지는 알 수 없었지만. 라이더레인저가 말을 이었다.

"여기 말고 어디 딴 데 가서 이야기하면 안 될까?"

"어디로?"

"그건 상관없으니까 어디 딴 데 사람이 뜸하고 앉을 수 있는 곳으로."

그제야 살짝 정신이 돌아왔다. 채연은 놀란 표정으로 샘을 안고 있었다. 샘은 한껏 커진 눈으로 라이더레인저에게서 시선을 돌리질 못했다. 힐끔 샘을 바라본 라이더레인저가 샘에게 손짓했다.

"아, 안녕."

채연이 샘을 더 가까이 끌어안았다.

채연을 돌아보며 나는 말했다.

"아, 이 친구는 그러니까 나를 찾아왔는데."

덧붙일 말이 없었다. 말을 잇지 못하고 있는 내게 채연이 말했다.

"가서 이야기하고 와. 기다릴게."

채연은 라이더레인저에게 슬쩍 인사를 한 후, 샘을 데리고 병실로 들어갔다. 문이 닫히는 순간까지도 샘은 라이더레인저에게서 눈을 떼지 않았다.

눈을 돌려 앉을 만한 곳을 찾았다. 복도 한복판의 휴게실에는 앉을 만한 의자가 있었지만 오고 가는 사람들이 너무 많았다. 맞은편 비상계단이 눈에 들어왔다.

"꼭 의자가 아니어도 상관없지?"

우리 둘은 비상계단으로 갔다. 어두침침한 비상계단에 라이더레인저가 쭈그려앉았다.

"집에서도 움직이긴 했는데 실제로 밖에 나와 걸어보니 좀 다르네."

몸을 숙이고 숨을 몰아쉬며 라이더레인저가 말했다.

"관절이 너무 아파. 특히 무릎하고, 그 뭐라고 하지? 여기."

라이더레인저가 고관절 부분을 가리켰다.

"여긴 어떻게 온 거냐?"

대답 대신 나는 물었다.

"그야 택시를 타고."

주위에 시선이 없으니 비로소 긴장이 풀린 듯 라이더레인저가 농담을 던졌다.

"그런 걸 물은 게 아니잖아. 여길 어떻게 알았느냐고?"

라이더레인저가 어깨를 떨었다. 아마도 웃고 있을 것이다.

"그게께 이상한 거 못 느꼈어?"

이상한 것? 기억을 더듬었다. 라이더레인저의 집 근처에서 봤던 사람의 그림자가 떠올랐다.

"미행했나?"

라이더레인저가 쿡쿡거리며 웃었다. 가면이 위아래로 흔들렸다.

"내가 한 건 아니고, 소마가. 이 병원 주소하고 네 아내가 오늘 수술을 받는다는 것까지 알아냈지."

새삼 짜증이 확 솟았다. 소마, 이 형편없는 자식.

"요 밑에서 기다리고 있어. 복수하고 싶어?"

"가능하다면 한 대 때려주고 싶군."

"네가 그러고 싶다면 맞아줄 거다. 사과하고 싶다고 했거든."

의외의 이야기였다. 라이더레인저가 말을 이었다.

"소마는 마음이 약한 녀석이야. 그런 녀석이 굳이 여기까지 따라온 건 진심으로 사과하고 싶어서겠지."

쉽게 납득할 수 없었다.

"마음이 약한 놈이 사람을 때리고 가방을 가져가나?"

"그건 내 강요 때문이고."

"미행은? 그것도 강요였나?"

"그건 결과적으로 그렇게 된 거지. 어쨌거나 그렇게 하지 않았으면 늦어버렸을지도 몰라. 소마가 네 뒤를 쫓았기에 늦지 않게 여기에 올 수 있었던 거다."

"늦어?"

라이더레인저가 나를 빤히 들여다봤다.

"오늘이 아니면 늦어."

눈 부위를 가린 검은 유리가 비상계단의 침침한 빛에 반짝거렸다. 무슨 말을 하는 건지 알 수 없었다. 답답한 마음이 들었다.

"가면을 벗어라."

가만히 나를 바라보던 라이더레인저가 가면에 손을 가져갔다.

"아무튼 너는 요구가 많아."

라이더레인저가 가면을 벗었다. 비를 맞은 것처럼 얼굴이 온통 땀에 젖어 있었다. 앞머리 몇 가닥이 이마에 흉하게 달라붙어 있었다. 민이 모습을 드러냈다. 몇 번이고 마주한 얼굴이었지만 아주 생소하게 느껴졌다. 그것이 비상계단의 침침한 불빛 때문인지, 자신감이 사라진 불안한 표정 때문인지 알 수 없었다. 블루가 들려준 이야기가 떠올랐다. 민은 집 밖으로 나오지 않는다.

"밖으로 나온 게 몇 년 만이냐?"

민이 씁쓸하게 웃었다.

"칠 년. 할머니가 돌아가셨을 때 나온 게 마지막이었다."

무릎과 고관절이 아프다고 한 것이 비로소 이해가 갔다. 유치장 같은 곳에 보름만 갇혀 있어도 몸에 무리가 온다. 움직이지 않는 동안 근육량이 점점 줄어들기 때문이다. 칠 년 동안 집 밖으로 나오지 않았다면 제대로 걷지 못하는 게 당연하다. 민이 피식 웃음을 흘렸다.

"그러고 보니 마지막으로 나온 곳도 병원, 다시 나온 곳도 병원이로군. 태어난 곳도 병원이었으니 죽을 때도 병원이면, 내 삶은 병원에서 시작해 병원으로 끝나는군."

민이 중얼거렸다.

"재미없어."

가만히 민을 바라보다 나는 말했다.

"그사이에 재미있는 일이 있는 거지."

민이 나를 마주 봤다. 민이 입을 찢어 웃었다.

"말대꾸가 많이 늘었군. 아무튼 좋아."

주머니에 손을 넣으며 민이 말했다.

"시간이 별로 없으니 용건만 간단히."

앉은 채로 주머니에서 물건을 꺼내려다보니 손이 걸린 모양이었다. 민이 힘겹게 손을 뺐다. 그대로 민이 주먹을 내밀었다.

"운명을 가를 결정패를 네게 주지."

민이 몸을 떨며 웃었다. 웃을 때마다 민이 내민 주먹이 흔들렸다.

"싸움을 끝낼 필살기야. 필승의 주먹. 두 손으로 받아가."

나는 움직이지 않았다. 천천히 입을 열었다.

"그런 건 없어, 민."

민이 웃음을 거뒀다. 나는 말을 이었다.

"단숨에 운명을 가르거나 싸움을 끝내는 기술 같은 건 없어. 우리는,"

하기 힘든 말이었지만 민에게 들려주어야 했다. 숨을 고르고 나는 말을 이었다.

"우리는 이대로 계속해서 사는 거야. 아프고, 다치고, 피를 잔뜩 흘리며 재미없고, 재미있는 삶을. 그런 일들이 비틀비틀 이어지는 거야."

한순간 민의 얼굴이 텅 빈 것처럼 풀렸다. 눈썹을 찡그리며 민이 말했다.

"뭐야, 재미없게."

민이 혀를 찼다. 민이 주먹을 내렸다. 그리고 손에 들고 있는 것을 내게 던졌다. 짤랑거리는 소리가 퍼졌다. 황급히 손을 모아 민이 던진 것을 받았다.

손에 떨어진 것은 은색의 열쇠였다. 열쇠에는 특촬물 캐릭터 인형 열쇠고리가 달려 있었다.

"이게 뭐지?"

민을 돌아보며 나는 물었다. 뜸을 들이듯 입을 다물고 있던 민이 웃음을 흘렸다.

"변신왕 방송이 끝난 뒤, 한동안 이런저런 소문이 떠돌았지. 각본가에 의한 숨겨진 판본이 따로 있다, 배우 중 한 사람이 세트에서 목을 맸다, 원본필름이 불에 타버렸다, 등등. 어떤 소문은 진실일 거고, 어떤 소문은 거짓이겠지. 소문이란 게 그런 거니까. 하지만 사람들이 미처 생각하지 못한 게 하나 있어."

층계에 앉아 몸을 펴며 민이 말을 이었다.

"특촬물은 촬영을 하면서 수많은 분장도구들을 남기게 되지. 보통 그런 것들은 다음 시리즈를 위해 재활용되거나 아이들을 위한 연극 분장으로 쓰여. 방송이 끝난 후 변신왕 제작사는 몇 가지 바보 같은 시도를 더 하다가 완전히 망해버렸어. 채무자들은 제작사가 소유하고 있던 거의 모든 물품을 내다팔았지. 하지만 팔린 물품 중에 변신왕을 찍을 때 썼던 소품들은 없었어."

의미심장한 표정으로 민이 말했다.

"사라진 소품은 어디에 있을까?"

민이 다시 주머니에 손을 넣어 조그마한 쪽지를 꺼내 건네주었다. 쪽지를 폈다. 생소한 주소와 알 수 없는 번호가 적혀 있었다. 민이 말했다.

"인천항에 화물을 보관하는 컨테이너들이 모여 있어. 주소는 그곳의 것이다. 컨테이너 중 거기 적힌 번호에 해당하는 것을 찾으면 돼."

민의 입꼬리가 한쪽으로 들렸다.

"거기 체인지킹의 모든 것이 들어 있어."

열쇠와 쪽지를 번갈아가며 보다 민의 얼굴을 살폈다. 민은 잔뜩 땀을 흘리며 웃고 있었다. 아마도 거짓말은 아닐 것이다. 이렇게 유치한 장난을 하기 위해 칠 년 만에 집 밖으로 나오진 않았을 테니까. 하지만, 오늘은.

"호의는 고맙지만,"

열쇠를 민에게 내밀며 나는 말했다.

"이건 다음에 빌리도록 하지."

민이 의아한 표정을 지었다. 나는 말했다.

"오늘은 아내가 수술을 받는 날이다. 나는 여기 있어야 해."

한동안 나를 바라보던 민이 고개를 저었다.

"그럼 안 돼."

"다음에 빌려줘. 며칠 후에 너희 집으로 찾아가지."

"그런 게 아니라,"

답답한 듯 민이 말을 이었다.

"내일 새벽, 컨테이너는 중국으로 가게 돼. 어느 유원지에 통째로 팔렸다고 하더군. 오늘 밤이 지나면 그 안에 든 것들은 모두 사라져."

오늘이 아니면 늦는다던 민의 말이 이해가 갔다. 다시 열쇠를 바라봤다. 어떻게 해야 할지 알 수 없었다. 하지만 지금 채연의 곁을 떠나는 것은 내키지 않았다. 민에게 다시 열쇠를 내밀었다.

"그렇다 하더라도 어쩔 수 없다. 나는 여기 있어야 해."

민이 나를 노려봤다.

"이젠 그 아이와 이야기할 수 있나?"

가슴이 덜컥 내려앉는 것 같았다. 아무런 대답도 할 수 없었다. 질렸다는 듯 민이 손을 들어 보였다.

"뭐야, 너. 내게 한 말과는 완전히 다르잖아."

"다르지 않아. 여기 있는 건 아내를 위한 일이고, 그게 그 아이를 위한 일이다."

민이 똑바로 나를 바라봤다.

"네가 여기 있는다고 그 사람의 병이 낫나?"

민이 물었다. 대답할 수 없었다. 민이 코웃음을 쳤다.

"네가 여기 있는 건 그저 자위야. 그저 책임을 다했다는 변명을 하고 싶을 뿐인 거지."

웃음을 거두며 민이 말을 이었다.

"네가 지금 여기에서 자리를 지키고 있는다고 해서 그 아이와 네 사이가 나아지는 게 아니야. 그건 엄연히 다른 문제다. 그 아이와 가까워지기 위해선 다른 노력이 필요하다고. 왜 그걸 모른 척하지?"

"모른 척하는 게 아냐. 지금 이게 내가 해야 할 일이다."

"아니! 그건 네가 해야 할 일이 아니야. 네 아내의 수술은 의사들의 일이고, 그 아이를 위해 네가 해야 할 일은 따로 있는 거야. 너는 그저 네 아내에게 책임을 미루려는 것뿐이야!"

민의 목소리가 살짝 올라갔다.

"그 사람의 병이 낫고 난 다음엔 어쩔 셈인데? 아들인 아이와 말 한마디 나누지 못하고 평생 살아갈 셈이냐?"

눈앞이 캄캄해졌다. 내 얼굴을 살피던 민이 천천히 입을 열었다.

"그 아이의 아버지가 되겠다고 하지 않았나?"

나는 민을 바라봤다. 민이 열쇠를 가리켰다.

"그러려면 그게 필요해."

더없이 진지한 얼굴로 민이 말했다.

"가서 그애에게 보여줘. 내게 네 상처를 보여줬던 것처럼. 그리고 그애의 이야기를 들어라. 그게 네가 해야 할 일이야."

말을 마친 뒤 민이 층계의 손잡이에 몸을 버티고 일어섰다. 민이 말했다.

"그게 싫다면 갖다버리든가. 어차피 오늘이 지나면 쓸모없어질 열쇠야. 원래 조금 더 약을 올린 후에 주든가 할 생각이었는데 일이 이렇게 됐으니 어쩔 수 없지."

손잡이에 몸을 기대고 민이 한 걸음 앞으로 나섰다.

"똑똑히 알아둬."

내 가슴팍을 손가락으로 찌르며 민이 말했다.

"오늘이 지나면 네가 그 아이와 이야기할 기회는 두 번 다시 찾아오지 않을지도 몰라."

말을 마친 후 민은 비틀비틀 계단을 걸어내려갔다. 민의 걸음 소리가 아래로 점점 멀어졌다.

침침한 비상계단의 층계참에서 한참 동안 그대로 서 있었다. 채연의 이야기가 귀에 울렸다. 당신이 뭘 할 수 있는데?

열쇠가 든 손을 꼭 쥐었다. 민이 내려간 계단을 따라 내려갔다. 비상구를 열고 나가자 병원의 현관이 보였다. 현관 가득 가을 햇살이 들어오고 있었다. 누군가의 부축을 받으며 병원을 나서는 민의 뒤에 길게 그림자가 늘어서 있었다.

민을 쫓아 달렸다. 부축을 하고 있던 사람이 먼저 나를 돌아봤다. 나는 민의 앞에 멈췄다. 부축을 하던 사람이 민을 놓고 나를 향해 허리를 숙였다. 아마도 소마일 것이다. 잠시 소마를 훑어봤다. 선이 가늘고 유순해 보이는 인상의 남자였다. 도저히 나를 때리고 가방을 가져간 놈이라고 생각할 수 없었다. 민이 몸을 일으켰다. 나는 민을 돌아봤다. 가쁜 숨을 고르며 나는 물었다.

"갑자기 이러는 이유가 뭐냐?"

민이 의아한 듯 고개를 갸우뚱했다. 다시 물었다.

"계속해서 나를 놀리고 비난하기만 했잖아. 갑자기 찾아와 이런 걸 주는 이유가 뭐냐?"

가만히 나를 바라보던 민이 시선을 다른 곳으로 옮겼다.

"할머니가 너를 키웠다고 했잖아."

고개를 끄덕였다.

"나도 그렇다."

머쓱한 듯 민은 얼굴을 쓰다듬었다. 잠시 정적이 흘렀다. 이해할 수 없는 이유였다. 나는 민에 대해 모르는 것이 많았다. 하지만, 적어도 민이 나를, 그리고 샘을 돕고 싶어한다는 것은 알 수 있었다.

민이 소마에게 다시 부축을 받았다. 그리고 병원 입구를 향해 걷기 시작했다. 나는 서둘러 말했다.

"만약에,"

민이 나를 돌아봤다.

"만약에 내가 이 열쇠를 사용한다면,"

민을 향해 나는 물었다.

"네게 무얼 해주면 좋을까?"

잠시 먼 곳을 바라보며 생각에 잠겨 있던 민이 소마에게서 떨어졌다. 오른팔을 왼쪽 위로, 왼팔을 오른쪽 아래로 서로 평행이 되게 뻗으며 민이 입을 열었다.

"결정적인 순간이 왔을 때,"

팔의 방향을 순간적으로 바꾸며 민이 두 다리를 벌려 버티고 섰다.

"변신이라고 외쳐."

주위 사람들이 우리를 돌아봤다. 웃음이 나왔다.

"꿈도 꾸지 마."

나는 말했다. 살짝 인상을 찡그렸다.

"뭐야, 재미없게."

민과 소마가 등을 돌렸다. 하얗게 햇살이 부서지는 바깥을 향해 민
이 걸어갔다.

19. 살아 있어

병실에 들어서자 의사와 간호사가 나를 돌아봤다. 채연은 침대에 누워 있었다. 창가 의자에 앉아 있던 샘이 몸을 일으켰다. 채연이 의사에게 말했다.

"이제 가도 될 거 같네요. 그전에 잠시만."

채연이 나를 돌아봤다.

"그런 친구가 있는 줄은 몰랐네."

"나도 몰랐습니다. 그 친구가 여기 올 줄은."

열쇠가 든 손을 꼭 쥐었다. 채연을 바라봤다.

"내가 할 수 있는 일이 무엇인지 알았습니다."

가만히 내 표정을 살피던 채연이 손을 들었다. 황급히 채연의 손을 맞잡았다. 민이 건네준 열쇠가 든 손이었다. 이물감을 느꼈는지 채연이 슬쩍 손을 바라봤다. 나는 말을 이었다.

"수술을 받는 동안 함께 있을 수 없을 것 같아요."

채연이 슬며시 미소지었다.

"함께 있고 싶어도 그럴 수 없어. 이건 나 혼자 받는 수술이야."

"하지만 수술이 끝날 즈음엔 돌아올 겁니다. 기다리고 있을게요."

채연이 고개를 끄덕였다.

"자신 있어?"

조심스레 채연이 물었다. 힐끔 샘을 바라봤다. 샘은 창가에 서서 채연과 나를 지켜보고 있었다. 채연에게 고개를 돌렸다. 깊고 검은 채연의 눈을 바라보며 나는 말했다.

"자신 같은 건 없습니다. 다만,"

잡은 손에 힘을 주었다. 손안의 이물감이 더해졌다.

"해야 할 일입니다."

다른 한 손을 들어 채연이 내 목을 안았다. 두세 번, 등을 두드리며 채연이 말했다.

"그렇다면 잘해내길 빌게요."

채연이 손을 놓았다. 샘을 향해 채연이 손을 뻗었다. 샘이 다가왔다. 샘의 손을 잡아끌어 안으며 채연이 말했다.

"병을 고치고 올게. 그동안 샘은,"

나를 흘깃 돌아보며 채연이 말을 이었다.

"이 아저씨와 할 일을 하렴."

채연이 침대에 누웠다.

"나는 괜찮아."

샘과 나를 향해 채연이 말했다.

"사이좋게 지내고 있어."

의사와 간호사가 채연의 침대에 다가섰다. 채연의 침대가 병실을 빠져나갔다. 병실에는 샘과 나뿐이었다.

샘은 멍하니 채연의 침대가 빠져나간 문을 바라보고 있었다. 창문으로 햇살이 들어왔다. 우두커니 빛을 등지고 선 샘은 아무런 표정도 없었다. 샘과 나 사이는 단 서너 걸음이 떨어져 있을 뿐이다. 하지만 그 거리가 말할 수 없이 멀게 느껴졌다. 어디서부터 시작해야 할지 나는 도무지 알 수 없었다. 하지만 해야 할 일이 있었다. 열쇠를 꼭 쥐었다가 주머니에 넣었다. 샘을 바라보며 말했다.

"엄마가 병을 고치는 동안 함께 갈 곳이 있다."

샘이 나와 눈을 맞췄다.

"네가 꼭 같이 가주었으면 좋겠다."

대답 없이 샘이 문을 향해 걸었다. 병실을 나서며 샘이 나를 돌아봤다. 나는 샘과 함께 주차장으로 내려갔다.

운전석에 올라 민이 건네준 쪽지를 확인했다. 내비게이션에 주소를 입력하자 지도에 안내메시지가 떠올랐다. 차를 출발시켰다.

퇴근시간의 도로는 꽉 막혀 있었다. 달리는 시간보다 멈춰 있는 시간이 더 길었다. 어느새 석양이 지고 있었다. 조수석에 앉은 샘은 창밖으로 고개를 돌린 채 아무 말도 없었다. 문득 처음 샘을 태우고 올 때가 떠올랐다. 조바심에 아무 말이나 되는대로 입에 담았던 시간들. 멈춰 선 자동차들 속에서 멀리 시선을 돌렸다. 노랗게 가라앉는 해를 보며 나는 중얼거렸다.

"해가 지는구나."

샘이 나를 돌아봤다. 샘을 마주 봤다. 불안 같은 것은 없었다. 느리게 차들이 앞으로 나아갔다. 그 흐름을 쫓아가는 동안 어떤 기대 같은 것이 거품처럼 떠오르다가 사라졌다. 그리고 다시 마음은 가라앉았다. 모르는 곳의 보물을 찾아가는 모험소설의 한 장면처럼 우리는 앞으로 나아가고 있었다.

"도착했을 땐 해가 질지도 모르겠어."

운전대를 손으로 두드리며 나는 말했다.

"손전등을 사야겠다."

노을에 두드러진 샘의 얼굴을 바라보며 나는 말했다.

주소가 가리키는 곳에 닿을 무렵 갑자기 샘이 내 팔을 두드렸다. 샘쪽을 돌아봤다. 샘은 조수석 유리창의 먼 곳을 손가락으로 가리키고 있었다. 샘이 가리키는 방향에는 편의점이 불을 밝히고 있었다. 하얗게 뜬 편의점의 간판 아래 차를 세웠다. 조수석에서 샘이 내렸다. 잠시 후 샘은 검은 봉지를 들고 조수석으로 돌아왔다. 조수석에 앉은 후 샘이 봉지를 펼쳤다. 커다란 만년필 크기의 손전등 두 개와 건전지가 들어 있었다. 샘은 말없이 포장을 뜯고 손전등에 건전지를 넣었다. 그리고 몇 번 스위치를 넣어 불이 들어오는 것을 확인했다. 불이 켜지는 손전등을 대시보드 위에 올린 후 샘은 멀뚱히 나를 바라봤다.

좋은 신호인가? 적어도 샘이 지금부터 다가올 일에 관심을 갖고 있다는? 하지만 아무 말 없이 이뤄지는 각각의 행동들은 어떤 의미를 지니고 있는가? 알 수 없는 것이 너무 많다.

차를 출발시켰다. 열어놓은 창문에서 바람이 들어왔다. 바람 속에 짠 내음이 섞여 있었다. 항구가 가까이에 있었다. 모호한 기대가 어둠처럼 나를 감쌌다.

길 한가운데에서 내비게이션의 안내가 끝났다. 오고 가는 차가 부쩍 줄어 있었다. 샘에게 기다리라고 말한 후 차에서 내렸다. 하지만 곧바로 차문을 열고 닫는 소리가 들렸다. 샘이 말없이 곁에 와서 섰다. 차도 너머 뿌옇게 가로등 불빛이 퍼진 곳에 직사각형의 벽들이 줄지어 늘어서 있었다. 도로 한편에 서서 컨테이너박스들을 바라봤다. 컨테이너들은 붉거나 파랗거나 은색으로 빛나고 있었다.

주머니에서 쪽지를 꺼냈다. 주변이 어두워 쪽지가 잘 보이지 않았다. 눈 가까이 쪽지를 들어 살피고 있을 때 곁에 서 있던 샘이 나를 쿡 찔렀다. 샘이 손전등을 건네주었다. 샘에게서 받아든 손전등을 쪽지에 비췄다. 덜렁 적힌 번호만으로는 어느 컨테이너인지 짐작할 수 없었다. 별수 없이 컨테이너를 하나하나 살펴봐야 할 것 같았다.

"가에 십삼에 칠."

번호를 입으로 외우며 컨테이너가 놓인 곳을 바라봤다. 컨테이너를 살피는 것은 문제가 아닐지도 모른다. 조금만 품을 팔면 할 수 있는 일이다. 문제는 좀 달랐다. 차도 너머 컨테이너가 모인 곳에는 펜스가 둘러쳐져 있었다. 은색의 철망이 가로등 아래 음산하게 빛났다.

손을 들어 이마를 짚었다. 가슴이 답답했다. 그리고 등 전체에 쓰라린 느낌이 돌았다. 잠시 그대로 서 있다가 샘을 바라봤다. 샘은 무심히 앞을 바라보고 있었다. 키가 작은 샘의 어깨는 내 허리께에 올라와 있었다. 자동차 한 대가 세차게 지나쳐갔다. 바람이 불었고 흠칫 샘이 몸을 떨었다. 연약하고 가는 몸이었다. 더 망설일 수 없었다.

"앞을 잘 살피도록 하자."

샘에게 말했다. 오가는 차가 없는 것을 확인한 후 나는 차도를 건너 펜스 앞에 섰다. 뒤따라온 샘이 곁에 섰다. 왼쪽과 오른쪽으로 시선을 옮겼다. 펜스를 따라간다면 출입구에 닿을지도 모른다.

"안으로 들어가야 하니까 일단은 입구를 찾아보자."

샘에게 말한 후 펜스를 따라 걸었다. 하지만 샘은 움직이지 않았다. 뒤처진 샘을 돌아봤다. 힐끔 나를 바라본 후 샘은 펜스 위쪽을 한참 동안 살폈다. 뭐라 말을 붙이려 했을 때, 샘이 손에 들고 있던 손전등을 교복 상의 주머니에 넣었다. 그리고 양손으로 철망을 단단히 움켜잡았다. 말릴 틈도 없이 샘은 한쪽 발의 앞부분을 철망에 밀어넣더니 빠르게 펜스를 타넘기 시작했다. 철컥, 철컹. 소리가 들리고, 철망이 흔들렸다. 어느새 펜스 위로 올라간 샘은 그대로 펜스 너머로 뛰어내렸다. 샘이 울타리 안에 들어섰다. 예상치 못한 날랜 몸놀림이었다. 저렇게 몸을 움직일 수 있는 아이였나? 아무렇지 않은 표정으로 샘이 멀뚱히 나를 봤다.

펜스 위를 살폈다. 이 미터쯤 될까? 확실히 마음먹으면 넘지 못할 높이는 아니었다. 무엇보다 눈앞에서 중학생 아이가 쉽사리 넘어가지 않았는가. 하지만, 내가 이걸 정말로 넘을 수 있을까? 철망을? 상상만으로도 심장이 두근거렸다. 다시 등이 쓰라렸다. 진땀을 흘리며 한발 물러선 후 숨을 골랐다. 고개를 저으며 나는 말했다.

"아무래도 나는 입구를 찾아봐야 할 것 같구나."

가만히 나를 바라보던 샘이 품에서 손전등을 꺼냈다. 불을 켠 후 펜스 밑쪽을 이리저리 살피던 샘이 따라오라는 듯 고갯짓을 했다. 손전등을 밑에 비춘 채 샘이 펜스를 따라 앞장섰다. 펜스를 사이에 두고 샘이 걷는 방향으로 따라 걸었다.

십여 미터 정도를 걷다 말고 샘이 걸음을 멈췄다. 샘이 갑자기 몇 걸음을 뛰어 앞으로 나서더니 몸을 확 숙였다. 넘어지기라도 한 건가 싶어 샘 쪽으로 몸을 낮췄다.

펜스 아래쪽에 철망이 뜯어진 부분이 있었다. 샘이 뜯어져나온 철망 안으로 두 손을 넣었다. 그리고 발을 앞으로 뻗어 펜스의 지지대 부분에 몸을 지탱했다. 두 손으로 철망을 잡고 샘이 몸을 뒤로 젖혔다. 두둑, 철사가 비틀리는 소리가 났다. 후득, 식은땀이 흘렀다. 등뒤에서 트럭 한 대가 고함을 지르며 지나갔다. 바람이 불었다. 등줄기에 서늘한 느낌이 들어 나는 몸을 움츠렸다. 샘은 철망에 온 신경을 집중하고 있었다. 쉴새없이 철망을 이리저리 비틀어 뜯어냈다. 어느새 철망이 전보다 크게 몸을 벌렸다. 뜯어진 철망을 쥔 채 샘이 나를 바라봤다. 샘의 이마에는 땀방울이 흐르고 있었다. 다른 선택이 없었다.

손에 들고 있던 손전등을 입에 물었다. 허리를 숙인 후 철망이 뜯어진 틈으로 몸을 집어넣었다. 펜스 아래에 자라나 있던 잡초에 코가 닿았다. 풀과 흙과 먼지의 냄새가 한데 섞여 훅 끼쳐왔다. 냄새는 묻혀 있던 기억을 쉽사리 들춰냈다. 품이 큰 원피스를 입고 있던 어머니. 자신의 몸에 내 몸을 밀어넣으려는 것처럼 강하게 나를 부둥켜안던 그녀의 팔. 엎드려 땅을 기던 순간의 비참한 기분과 등을 찢고 들어오던 철사의 빗줄기와 뜨끈하게 등을 적시는 피. 그리고 고통들. 두려움이 몸을 흔들었다. 사지에서 힘이 빠져나갔다. 자리에서 조금도 움직일 수 없었다. 철망 사이에 반쯤 넣은 몸이 그대로 잘려나간 것 같았다.

그때, 숨소리가 들렸다.

고개를 들었다. 샘이 거칠게 숨을 몰아쉬고 있었다. 힘이 부치는 모양인지 철망을 잡고 있는 샘의 팔이 부들부들 떨렸다. 철사를 쥔 손에는 핏기 하나 없었다. 샘의 얼굴 가득 땀이 흘러내리고 있었다. 멍하니 정신을 놓고 있을 때가 아니었다.

팔과 다리에 힘을 주었다. 자지러진 어린아이처럼 되는대로 몸을 뻗었다. 팔과 다리에 흙이 쓸렸다. 바닥을 기어 허덕허덕 천천히 앞으로 나아갔다.

정신없이 기어가고 있을 때 구두 굽에 철사가 닿았다. 뒤를 돌아봤다. 펜스는 저만치 뒤로 밀려나 있었다. 툭툭 손을 털며 샘이 곁으로 걸어왔다. 나는 몸을 일으켰다. 온몸이 욱신거렸다. 특히 어깨와 팔꿈치가 떨어져나갈 것처럼 아팠다. 입고 있던 하얀 셔츠 가득 잔뜩 흙이 묻어 있었다. 입에 물고 있던 손전등을 손에 들었다.

펜스를 돌아봤다. 철망이 늘어서 있었다. 새삼스레 등골이 오싹했다. 하지만 뛰어올랐든 기어왔든 벽을 넘어서긴 한 모양이다.

물끄러미 나를 바라보던 샘이 갑자기 쿡 웃음을 터뜨렸다. 적잖이 놀랐다. 샘을 돌아봤다. 스치듯 미소를 지으며 샘이 손가락으로 볼 부분을 가리켰다. 황급히 손을 올려 볼을 만졌다. 흙 부스러기가 떨어졌다. 샘이 내 앞에서 웃은 건 처음이었다.

숨을 고르고 앞을 바라봤다. 물류창고로 쓰이는 직사각형의 컨테이너들은 구획별로 줄을 맞춰 늘어서 있었다. 가장 가까운 곳의 컨테이너로 걸음을 옮겼다. 들어서는 입구에 번호가 적혀 있었다. 손전등을 비췄다. 번호는 라, 십칠에 사였다.

"가, 십삼, 칠."

찾아야 할 컨테이너의 번호를 다시 한번 입으로 외웠다. 곁에 서 있던 샘이 왼쪽으로 걸음을 옮겼다. 컨테이너 입구의 번호에 손전등을 비춰가며 샘이 걸음을 옮겼다. 찾아야 할 컨테이너를 알고 있는 모양이었다. 샘이 살피는 쪽의 반대방향을 살폈다. 라에 십칠에 사 옆에 서 있는 컨테이너는 마, 십구, 삼이었다. 그 옆의 컨테이너는 가에 십일에 오라고 되어 있었다. 컨테이너 번호에 특별한 법칙은 없는 모양이었다. 일일이 번호를 확인해야 할 것 같았다.

늘어선 컨테이너를 차례대로 확인했다. 찾는 번호는 쉽게 눈에 띄지 않았다. 커다란 철상자 사이에서 간간이 불빛이 움직였다. 샘도 바쁘게 컨테이너 번호를 살피고 있는 모양이었다. 손전등 불빛은 꽤 멀리 있었다. 불쑥 어떤 생각이 들었다. 샘이 번호를 먼저 찾는다면 그 애는 과연 어떻게 할까? 소리쳐 나를 부를까, 아니면 내가 있는 곳으로 찾아올까?

그런 생각을 하고 있을 때 번호가 눈에 띄었다. 파랗게 칠해진 컨테이너창고 위에 가에 십삼에 칠이란 번호가 찍혀 있었다.

"샘, 이쪽이다."

소리 높여 샘을 불렀다. 멀리 컨테이너 사이에서 언뜻 불빛이 비쳤다. 불빛이 다시 이리저리 움직였다.

"번호를 찾았어."

다시 한번 외쳤다. 그러자 불빛이 갑자기 잦아들었다. 나는 불빛이 비치던 방향으로 고개를 돌렸다. 누군가 뛰어오는 소리가 들렸다. 샘이 모습을 드러냈다.

확인하듯 컨테이너의 번호판에 손전등을 비췄다. 가, 십삼, 칠. 틀림없었다. 샘을 돌아봤다.

"여기인 것 같구나."

문에 달린 손잡이에 열쇠가 들어가는 구멍이 있었다. 특별히 따로 걸린 자물쇠는 없었다. 주머니에서 열쇠를 꺼낸 후 샘을 돌아봤다. 샘은 가만히 나를 바라보고 있었다. 평소와 같이 얼굴엔 아무런 표정도 없었다. 하지만 나름 긴장이 되는지 샘은 연신 주먹을 쥐었다 폈다 했다. 열쇠를 자물쇠에 꽂았다. 큰 힘을 줄 것도 없이 열쇠가 돌아갔다.

철컥, 하는 소리가 울렸다. 샘을 봤다. 샘의 목젖이 꿈틀거렸다. 손잡이에 손을 올렸다. 가슴이 뛰었고, 머릿속은 텅 비었다. 말이 먼저 튀어나왔다.

"변신."

맨 처음 나를 감싼 것은 냄새였다. 오랫동안 환기를 시키지 않은 좁은 공간에서 흔히 느낄 수 있는 정체된 공기의 냄새. 악취라고 할 순 없지만 그렇다고 향기라고 할 수도 없는 기묘한 내음. 색으로 표현하면 어두컴컴하거나 짙푸르거나 불그죽죽한 공기가 좁은 컨테이너 안에 가득했다. 숨을 깊이 들이쉬면 텅 빈 공간에 도사리고 있던 거친 입자들이 입과 코를 타고 몸속으로 들어오는 것은 아닐까 걱정이 될 정도였다. 냄새는 창고 가득 짙은 존재감을 드리우고 있었다.

창문 하나 없는 컨테이너 안에는 새까만 허공이 가라앉아 있었다. 어둠은 마치 장막 같았다. 그 안에서 공간과 사물은 짙은 농도로 한데 뒤섞여 있었다.

멍하니 정신을 놓고 있을 때 샘이 한 걸음 다가섰다. 고개를 슬쩍 내밀어 안을 들여다보던 샘이 손전등을 만지작거렸다. 샘의 심정을 이해할 수 있었다. 안에 있는 것을 들여다보고 싶은 마음이 굴뚝같았지만, 그만큼 아무것도 보고 싶지 않은 기분도 들었다. 선뜻 그 안에 들어설 수도, 그대로 돌아설 수도 없었다.

곁에 선 샘이 숨을 들이쉬고 내쉬었다. 용기를 내야 했다.

손에 들고 있던 손전등을 켰다. 일단 입구 쪽에 불을 비추고 발을 내디뎠다.

컨테이너 안으로 들어선 후 조심스럽게 호흡을 골랐다. 거친 공기가 몸속으로 들어왔다. 당연하게도 아무 일 없었다. 샘을 돌아봤다. 샘은 여전히 문가에 서 있었다. 천천히 손목을 놀려 불빛을 앞에 비쳤다.

흉측하게 세 갈래로 갈라진 울퉁불퉁한 손이 모습을 드러냈다. 나도 모르게 숨을 훅 들이쉬었다. 손전등을 든 손이 심하게 떨렸다. 떨리는 손에 박자를 맞추듯 불빛은 벽에 걸린 두 개의 녹색 손 위를 이리저리 뛰어다녔다. 메타몰 황제의 손이었다. 갑자기 모습을 드러낸 뼈와 혈관이 엉킨 손의 모형은 덜컥 겁을 집어먹을 만큼 기괴한 생김새였다. 정신을 가다듬고 다시 벽을 비췄다. 손은 벽에 걸려 있었다. 드라마 속에서 드러난 메타몰 황제의 손도 충분히 혐오스러웠지만 실물은 금세라도 쭉 뻗어져나와 목을 움켜잡을 것처럼 생생했다. 손전등의 불빛을 살짝 위로 올렸다. 황제의 손이 달린 벽 위에 밋밋한 질감의 가면이 걸려 있었다. 메타몰 황제의 머리 부분이었다. 가면 곁에는 어깨에 씌우는 덮개와 몸통 부분을 덮는 천이 따로 걸려 있었다. 따로 떨어져 걸린 메타몰 황제의 복장을 보니 그제야 각각의 부분들이 분장용품임을 확실히 알 수 있었다.

곁에 샘이 다가와 서 있었다. 다른 쪽으로 손전등을 비추려 할 때 샘의 기척이 평소와 다른 것을 눈치챌 수 있었다. 샘을 돌아봤다. 어둠 속에 우두커니 선 샘은 고개를 약간 쳐들고 컨테이너 한구석을 바라보고 있었다. 샘이 바라보는 곳은 메타몰 황제의 분장도구가 걸린 곳의 맞은편이었다. 샘이 바라보고 있는 곳을 향해 빛을 비췄다.

체인지킹이었다. 거기 체인지 킹이 서 있었다.

상반신부터 불빛을 비췄다. 갑옷과 어깨 보호대, 장갑으로 이루어진 상반신은 사람 모양의 옷걸이에 걸려 몸을 편 자세를 하고 있었다. 손전등의 불빛을 아래로 내렸다. 하반신 부분에는 타이즈가 탄탄한 곡선을 그리며 뻗쳐 있었다. 안에 길쭉한 통 같은 것을 넣어 형태를 유지시켜놓은 것 같았다. 타이즈 아래에는 부츠가 신겨 있었다. 발끝까지 불빛이 훑고 나자 샘이 내 곁으로 다가왔다. 샘은 연신 숨을 몰아쉬고 있었다. 표정을 확인하고 싶었지만 샘에게 불빛을 비출 순 없었다. 잠시 손을 멈추고 서 있었다.

샘이 내 옆구리를 잡았다. 그것은 일종의 신호 같았다. 나는 손전등을 쥐고 있던 손에 힘을 주었다. 천천히 불빛을 올려 머리 부분을 비췄다.

투구의 눈 부분에 덮인 검은 유리에 손전등의 불빛이 영롱하게 반사됐다. 어둠 속에 고요하게 버티고 선 체인지킹이 샘과 나를 바라보고 있었다.

멍하니 체인지킹과 눈을 맞추고 있었다.

"살아 있어?"

곁에서 소리가 들렸다. 잔뜩 말라붙은 목소리였다. 소스라치게 놀라 샘을 돌아봤다. 샘이 몸을 뒤척였다. 어둠 속에서 샘이 아, 음, 하고 목을 가다듬었다.

"그러니까, 움직이느냐고."

탁한 목소리가 새어나왔다. 작은 몸에 어울리지 않는 쉰 목소리였다. 하지만 말투에는 어린아이 같은 묘한 울림이 있었다. 낮고 갈라졌지만 아직은 앳된 음성. 샘의 나이를 되새겼다. 아마도 샘은 변성기일 것이다. 대답을 기다리듯 샘이 나를 돌아봤다. 어둠에 가려져 얼굴은 거기 없었다. 그저 옷깃을 잡아당기는 느낌만이 있을 뿐이다. 다시 손전등을 체인지킹에게 비췄다.

"글쎄."

체인지킹을 보며 나는 말했다.

"움직이진 않을 것 같구나."

머리를 거치지 않은 말들이 나왔다.

"하지만 살아 있을지도 모르겠다."

덧붙이듯 중얼거렸다.

"텔레비전에서 보던 것과는 달라."

샘의 검은 머리가 위아래로 끄덕댔다.

"그러네."

샘이 나를 돌아봤다.

"확실히 달라."

잠시 침묵이 흐르고,

"진화하기 이전의 전투복이 그대로 남아 있는 줄은 몰랐어. 진화 후의 복장은 예전 복장에 장식을 덧댄 거라고 생각했는데."

샘이 말했다.

"진화?"

"중반부를 넘어서 체인지킹은 진화해."

잡고 있던 옷깃을 놓고 두 팔을 좌우로 교차시키며 샘이 말했다.

"생명의 힘으로, 용기를 모아."

샘이 크크거리며 웃었다.

"너무 유치해서 한참을 웃었어."

샘의 웃음소리를 듣자 적잖이 안심이 됐다. 유치하다고? 저런 말을 하는 걸 보면 적어도 분별을 못 할 정도로 체인지킹에 빠져 있는 건 아닌 듯했다. 하지만,

"체인지킹을 좋아하는 이유가 뭐니?"

얼굴을 볼 수 없는 탓일까? 의외로 쉽게 물을 수 있었다. 잠시 망설이듯 고개를 숙이고 있던 샘이 내 쪽으로 얼굴을 돌렸다. 어둠 속에 눈이 익자 희미하게 얼굴의 윤곽을 구분할 수 있었다.

"처음 보기 시작한 이유는 따로 있는데, 계속 보다보니까 나쁘지 않았어. 유치한 부분이 있긴 하지만."

말을 고르는 것처럼 고개를 갸우뚱하던 샘이 다시 입을 열었다.

"쓸쓸한 이야기잖아. 자신과 같은 별 사람들을 해쳐야 하는 건. 하지만 그래도 끝까지 포기하지 않고. 좀 서글프더라고."

샘이 입을 다물었다. 침묵이 흘렀다. 어색한 기분에 입을 열었다.

"내가 들은 평판과는 좀 다른데? 앞뒤가 안 맞는 이야기 같았는데."

"앞뒤가 안 맞아? 뭐가?"

"그러니까."

벽에 걸린 메타몰 황제의 모습이 떠올랐다.

"황제가 체인지 혹성을 에보리안에게 희생시킨 이유도 그렇고. 그 이유는 끝까지 안 나온다며?"

"무슨 소리를 하는 거야? 그거야 너무 뻔하잖아."

샘의 의아한 눈으로 나를 봤다.

"생명체의 진화를 위한 거잖아? 궁극의 힘을 얻기 위해 자신과 체인지 혹성의 사람들을 희생시킨 거지."

"아니, 하지만 그런 내용은 나오지 않는다고."

"애초에 복잡한 이유가 있을 리가 없잖아. 고작해야 체인지킹인데. 이름 자체가 에보리안이면 말 다 한 거잖아. 에보리안, 에볼루션, 진화."

380

다시 샘이 웃음을 터뜨렸다.

"진짜 유치해."

비난 같은 것은 실리지 않은 순수한 웃음이었다. 애정을 쏟고 있는 대상에 대한 흐뭇한 느낌. 웃고 있는 샘에게 나는 전부터 궁금하던 것을 물었다.

"처음에 좋아한 이유는 뭐니?"

"음악 때문에."

샘이 곧바로 대답했다.

"음악?"

잠시 머뭇거리던 샘이 한숨을 쉬었다.

"체인지킹의 주제가. 그 노래를 만든 건 아버지야."

샘이 말을 이었다.

"긴박한 장면에서 흐르던 빠른 곡, 감동적인 장면에서 흐르던 슬픈 곡, 그리고 주제가. 전부 아버지가 만든 곡이야. 특히 주제가가 시작될 때 흐르는 기타 연주는 아버지의 솜씨지."

짐작도 못 한 이야기였다. 샘이 말했다.

"자세히 들어보면 음정이 틀어져 있어. 아버지의 연주야."

"음정이 틀어져? 내가 듣기엔 이상하지 않던데."

샘이 고개를 저었다.

"약에 취했을 때 연주한 거라 그래. 들어보면 알 수 있어."

샘이 손가락으로 자기 귀를 가리켰다.

"귀가 좋은 편이거든."

"귀가 좋아?"

샘이 고개를 끄덕였다.

"소리가 잘 들려. 작은 소리들도 다 구분할 수 있고, 남들이 못 듣는 소리도 들을 수 있어. 소곤거리는 소리나, 문 밖에서 부스럭대는 소리 같은 것도."

피식 웃음을 터뜨리며 샘이 말했다.

"나 몰래 체인지킹을 본 적이 있지? 그때도 소리를 듣고 알았어."

살짝 얼굴이 붉어졌다. 웃음을 거두며 샘이 말했다.

"애들하고 싸운 것도 그 때문이고."

샘을 바라봤다.

"몇 번이나 그애들이 뒤에서 소곤거리는 걸 들었어. 자기들 딴에는 안 들릴 거라고 생각한 모양인데 난 다 들을 수 있어. 친구들에 대한 험담, 선생님들에 대한 흉, 이상한 농담 같은 걸 매일 해. 다른 이야기는 다 못 들은 척할 수 있었는데."

샘의 목소리가 살짝 높아졌다.

"어디서 들었는지 엄마 이야기를 하잖아. 엄마가 암에 걸려서 이제 곧 죽을 거라고. 다른 때 같으면 그냥 넘어갔겠지만 낄낄거리면서 그런 이야기를 소곤거리는 걸 듣고 있으려니 너무 화가 났어."

고개를 숙이고 샘이 말을 이었다.

"선생님이 왜 싸웠느냐고 물었을 때 그애들은 자기들이 가만히 있었다고 했어. 너무 아무렇지도 않게 거짓말을 하니까 더 화가 났어. 내가 다 들었는데. 그래서 그때는 가만히 있었어. 나중에 선생님에게 무슨 일이 있었는지 말했는데 그제야 인정하더라고. 자기들이 그런 말을 했다고."

이해할 수 있었다. 다친 애들은 자신들이 한 말을 샘이 못 들었을 거라고 생각했을 테고, 샘은 그애들의 경솔한 이야기를 듣고 화가 난 것이다. 채연에 대한 이야기라면 더더욱 참을 수 없었을 것이다.

한집에 살면서 샘과 거의 부딪치지 않았던 이유도 비로소 이해가 갔다. 남들보다 몇 배는 더 좋은 청력으로 내 움직임을 파악한 것이다. 음악가인 아버지의 덕분인가?

"청력이 그렇게 좋다니 부럽구나."

샘을 향해 말했다. 하지만 샘은 고개를 숙인 채 말했다.

"좋을 거 없어. 아버지가 음악을 완전히 그만둔 것도 내 귀 때문인걸."

잠시 입을 다물고 있던 샘이 고개를 들었다.

"아버지는 줄곧 다시 음악을 하고 싶어했어. 약에 잔뜩 취했을 때도 연습은 쉬지 않았어. 취한 상태에서의 연습이 얼마나 도움이 됐는지는 모르겠지만, 어쨌거나 이런저런 곡을 만들기도 했지."

하나하나 말을 고르며 샘이 천천히 말했다.

"체인지킹의 주제가를 완성한 다음에는 몇 번이고 그 곡을 반복해서 연주했어. 말했다시피 난 귀가 좋은 편이라 금세 그 곡을 외웠어. 그다지 좋은 곡은 아닐지 몰라도 어쨌거나 새로운 곡을 만들어낸 거지. 말은 안 해도 아버지는 꽤나 뿌듯했을 거야. 약에 취해 있는 시간이 조금은 줄어들기도 했으니까."

샘이 말을 이었다.

"하루는 아버지의 옛날 음반을 듣는데, 어떤 곡을 찾아냈어."

잠시 입을 다물다 말고 샘이 나를 돌아봤다.

"체인지킹의 주제가가 표절이란 것 알아?"

알고 있었다.

"아니, 처음 들어본다."

나는 대답했다. 가만히 내 쪽을 바라보던 샘이 고개를 떨어뜨렸다.

"아버지가 만든 곡과 내가 찾아낸 옛날 곡은 거의 똑같았어. 아버지가 만든 곡은 옛날 곡을 조금 빠르게 돌린 것에 불과해."

힘겹게 샘이 말을 이었다.

"아버지가 그 사실을 알아야 한다고 생각했어. 그래서 아버지가 있을 때마다 일부러 그 옛날 곡을 크게 틀어놨지. 아버지는 아무 말도 하지 않았어. 그럴수록 점점 더 곡의 소리를 키웠어. 그럴수록 아버지가 약에 취해 있는 시간이 늘어났고, 그리고,"

샘이 손을 들어 얼굴을 만졌다.

"그날도 옛날 곡을 틀어놓고 방에 앉아 있었어. 몇백 번은 틀었던 곡이라 조금 질리던 참이었어. 곡을 틀어놓고 방에 앉아 놀고 있는데 갑자기 아버지가 발을 구르는 소리가 들렸어. 쿵, 쾅. 다시 쿵, 쾅. 발 구르는 소리가 점점 빨라졌어. 아버지의 발소리와 옛날 곡의 소리가 묘하게 뒤틀렸어. 정말로 듣기 싫은 소리였어. 그때 오디오를 껐다면 아무 문제가 없었을지도 몰라. 한데 그러기 싫었어. 아버지에게 알려야 했기 때문에. 비슷한 곡이 있다는 걸 아버지가 알아야 하니까."

목소리가 떨렸다. 울고 있을지도 모른다. 하지만 나는 아무런 내색도 하지 않았다. 나라면, 울고 있다는 것을 알리고 싶지 않을 것이다. 샘이 말을 이었다.

"아버지가 내 방에 뛰어들어왔어. 아버지는 내 쪽으로는 고개도 돌리지 않고 오디오에 달려들더니 음반이 걸려 있던 오디오를 바닥에 던졌어. 오디오가 깨지고 음악이 그쳤어. 놀라서 아무 말도 못 하고 있는 나를 바라보던 아버지가 아무 말 없이 내 방을 나갔어."

샘이 말을 마쳤다. 잠시 숨을 고른 후 샘이 말했다.

"그후로 아버지가 내게 말을 건 적은 없어. 하루 종일 약에 취해 있기만 했지."

목소리의 떨림이 차차 잦아들었다.

"한국에 와서 우연히 체인지킹의 소리를 듣게 됐어. 듣자마자 거기 흐르는 음악이 아버지의 곡이란 걸 알았지. 사운드트랙을 구하고 싶었지만 없더라고. 그래서 몇 번이고 체인지킹을 되풀이해봤는데 보다 보니까."

샘이 자신의 손전등을 켜 불빛을 메타몰 황제의 손에 비췄다.

"저 손이 나왔을 때는 정말 깜짝 놀랐어. 아버지와 연관이 있는 게 아닐까 싶더라고."

"황제의 손이?"

샘이 고개를 끄덕였다.

"약 때문에 아버지는 손가락을 제대로 쓰지 못했어. 기껏해야 세 손가락만 겨우 움직일 수 있었지. 그래서 황제에 대한 이야기가 뭔가 아버지에 대한 게 아닐까 생각했는데, 그냥 우연인 것 같기도 하고, 알 수가 없어."

세 개의 손가락. 윤필의 얼굴과 손가락이 떠올랐지만 나는 말하지 않았다. 우연일 수도 있고, 아닐 수도 있고. 샘의 아버지에 대한 이야기일 수도 있고, 아닐 수도 있고. 샘이 말했다.

"그거하고는 상관없이 듣기 좋기도 하고."

"듣기가 좋아?"

샘이 고개를 끄덕였다.

"체인지킹에서는 묘한 소리가 나. 녹음이 잘못된 건지, 아니면 의도된 건지는 모르겠지만. 대사가 나오고 난 다음에 미세하게 소리가 울려. 텅 빈 집에서 누군가 악기를 연주하는 것처럼 공기가 흔들려. 그 소리를 들으면 굉장히 편안하면서도 가슴 한구석이 허전해. 대사는 각각의 이야기마다 다 다르고, 대사가 다르면 울림도 조금씩 다르니까 그 소리를 들으려고 체인지킹을 돌려봤어. 자꾸 보다보니 알게 됐어. 체인지킹이 얼마나 슬픈 이야기인지."

민, 아무래도 우린 체인지킹을 완전히 잘못 이해하고 있었던 모양이다.

샘이 말했다.

"그래서 좋아하는 거야. 아버지의 음악이 나오는 쓸쓸한 이야기라서."

우리 둘은 체인지킹에게 불빛을 비춘 채 움직이지 않았다. 말이 끊기고 침묵이 돌았다. 귀에 가벼운 이명이 돌았다. 하지만 샘은 아마도 조금은 다른 소리를 듣고 있을 것이다. 귀가 좋은 아이니까. 몸을 돌려 샘을 바라봤다. 나는 입을 열었다.

"샘, 나와 말하는 것이 싫으냐?"

묻기 힘든 물음을 던졌다. 샘이 나를 올려다봤다.

"지금 말하고 있잖아."

아무렇지도 않게 샘이 대답했다.

"아니, 그런 게 아니라 지금까지 말하지 않은 이유가 궁금한 거야. 미국에서도 말을 하지 않는 경우가 종종 있었다고 들었어."

"고모는,"

샘이 한숨을 쉬었다.

"간섭이 너무 많아. 일일이 다 대답하려면 피곤해. 그리고, 목소리가 바뀌기 시작하면서 말을 하는 게 싫었어. 귀에 거슬렸거든."

"하지만 내가 몇 번이나 말을 붙였지만 대답하지 않았잖아?"

"말을 붙였다고? 언제?"

까맣게 물든 얼굴로 샘이 나를 바라봤다.

"그냥 혼자서 말했던 것 아니었어?"

천연덕스럽게 샘이 물었다. 아무런 말도 할 수 없었다. 샘에게 건넸던 이야기들을 떠올렸다. 나는 혼자서 이야기하고 있었던 건가? 샘이 말을 이었다.

"정말로 대답을 듣고 싶은 거였어? 엄마 때문에 억지로 말을 붙이는 게 아니라?"

샘이 고개를 떨궜다.

"내가 말을 해도 괜찮아?"

샘이 가만히 숨을 쉬었다.

한참 있다 샘이 입을 열었다.

"아버지는 내게 아무런 말도 해주지 않았어. 무슨 말을 해야 했던 건지 모르겠어. 차라리 아버지가 만든 곡에 대해 말해야 했을까? 아니면 그냥 가만히 있어야 했나?"

샘이 나를 바라봤다. 다시 샘이 물었다.

"내가 말해도 괜찮아?"

어둠 속에서 희미하게 샘의 눈동자가 빛났다.

그제야 이 아이를 이해할 수 있었다. 이 아이는, 그러니까, 겁을 먹고 있었던 거다. 나처럼. 아버지에게 상처를 주고, 상처를 입고, 변한 환경에서 잔뜩 주눅이 들어 제대로 입을 열 수 없었던 것이다. 나는 그런 아이에게 겁을 먹어 아무 말도 건네지 못했다.

체인지킹에게 눈을 돌렸다. 아무도 찾지 않는 어둠 속에 체인지킹이 서 있었다. 드라마에 비춰진 모습은 어설펐지만 적어도 이 공간 안에서 체인지킹은 다른 무엇보다 생동감이 있었다. 새삼스레 체인지킹인 것이 다행스럽게 여겨졌다. 어딘가의 만화영화 같은 것이었다면 이렇게 찾아와 모습을 확인할 수 없었을 것이다.

가만히 체인지킹을 살펴본다. 검은 투구부터 육중한 어깨와 탄탄한 가슴을. 부풀어오른 허벅지와 손과 발. 정말로 살아 있는 건 아닐까? 지금 여기에 이렇게 확실한 질감으로 우뚝 서 있는데. 그렇다면 정말로 살아 있는 게 아닐까? 파편이 된 줄거리도, 조악한 모방도, 무언가의 반복도 아니다. 머나먼 별에서 찾아온 외로운 이방인. 살아가면 살아갈수록 홀로 남게 되는 용사. 숲과 벌판을 뛰어다니며 소리를 지르고, 팔을 뻗고, 피와 땀과 눈물을 흘렸던 영웅. 살아 있었던 무엇인가가 지금 이 순간 분명 여기에 있다. 쓸쓸한 사람의 쓸쓸한 이야기가 지금 여기 끝나가고 있다.

문득 늘어뜨린 손이 샘의 팔에 닿았다. 슬쩍 손을 내려 샘의 손을 잡았다.

아주 작은 손이었다. 그 손은 땀에 젖어 끈끈하고 따뜻했다. 샘이 고개를 들었다. 입을 벌려 바람을 마신 후 샘이 말했다.

"심장소리가 들려."

다시 크게 심호흡을 하고,

"내 소리와 다른 심장소리가."

샘이 말했다.

샘을 돌아봤다. 무슨 이야기를 해야 하나. 어떤 이야기가 필요할까. 천천히 입을 열었다.

"생명의 힘으로."

가만히 있었다.

"용기를 모아."

샘이 말을 받았다. 우리는 피식 웃었다. 손전등의 불빛이 흔들렸다. 불빛이 체인지킹의 곁에 놓인 선반을 비췄다. 어떤 물건이 눈에 들어왔다. 손을 놓고 걸음을 앞으로 옮겼다. 선반을 비췄다. 검은 보석으로 장식된 같은 모양의 팔찌가 대여섯 개 놓여 있었다. 샘에게 손짓했다. 샘이 다가와 섰다. 팔찌 하나를 들어 샘에게 건넸다. 샘이 팔찌에 불빛을 비췄다.

"가져가도 돼?"

나는 고개를 끄덕였다.

"이렇게 많은데 하나 정도는 괜찮겠지. 내일이면 중국으로 가게 되는 모양이고. 기왕이면 가치를 아는 사람이 갖는 게 좋겠지."

샘이 팔찌를 받아들었다. 씨익 웃으며 샘이 팔찌를 찼다.

"진화한 후의 팔찌네."

짓궂은 장난을 하는 아이처럼 샘이 킥킥거렸다. 샘을 따라 웃으며 나는 팔찌 하나를 더 챙겼다. 샘이 나를 봤다.

"내 것은 아니고."

해명하듯 말했다.

"병원으로 찾아온 사람에게 주게?"

샘이 물었다. 나는 고개를 끄덕였다.

"여기에 올 수 있었던 건 그 녀석 덕분이니까."

"그 사람의 몫이라면."

샘이 선반의 아래 칸을 비췄다. 아래 칸에도 같은 모양의 팔찌가 놓

여 있었다. 다만 팔찌에 박힌 보석의 색깔이 붉은색이었다. 샘은 붉은
보석이 박힌 팔찌를 집어들었다.

"이게 더 나을 거야. 진화하기 전의 팔찌."

샘이 새로 챙긴 팔찌를 건네주었다. 나는 검은 보석의 팔찌를 내려
놓고 붉은 보석의 팔찌를 집어들었다.

숨을 고른 후 샘에게 말했다.

"돌아갈까?"

샘이 고개를 끄덕였다. 우리는 컨테이너를 빠져나왔다.

자동차로 돌아와 시간을 확인했다. 열시를 넘어서고 있었다.

조수석에 올라탄 샘이 빙글빙글 웃으며 말했다.

"이젠 그거 안 해?"

시동을 걸며 나는 샘을 돌아봤다. 팔을 교차시켜 뻗으며 샘이 외쳤다.

"변신, 이라고."

나는 웃음을 지었다.

"두 번 다시 안 해."

헤드라이트를 켰다. 어두운 길에 빛이 비쳤다. 차를 출발시켰다.

돌아왔을 때 채연은 죽어 있었다.

0-1. 남은 것

"살이 왜 이렇게 빠졌어?"

안이 말했다. 장례식이 끝난 뒤 처음 만나는 자리였다. 영호는 말없이 웃었다.

겨울이었다. 며칠 전 내린 눈이 길가에 얼어붙어 있었다. 한낮이었지만 구름이 잔뜩 끼어 거리는 침침했다. 두 사람은 삼겹살을 앞에 놓고 앉아 있었다. 곁에 술을 두긴 했지만 아무도 술잔을 입에 대진 않았다. 안이 눈을 찡그렸다.

"머리 꼴은 또 뭐야. 인생 접었어?"

장례식 이후 한 번도 손을 대지 않은 영호의 머리카락은 제멋대로 자라 있었다. 까치집을 지은 영호의 머리카락은 건드리면 곧장 부서질 것처럼 푸석푸석했다. 그나마 외출을 하며 빗질을 한 머리였는데 지저분해 보이는 건 어쩔 수 없는 모양이다. 대답 대신 영호는 익은 고기 몇 점을 집어 안 앞의 접시에 놓았다.

"타기 전에 드세요."

안이 찡그린 얼굴로 영호를 봤다.

"영호씨나 챙겨먹어. 이건 뭐 얼굴이 반쪽이 되어가지고선."

쏘아붙이긴 했지만 안은 영호가 접시에 놓아준 고기를 젓가락으로 집어 입에 넣었다.

"아무튼 멍청한 건 여전하군."

못마땅한 듯 안이 창밖을 바라봤다. 퉁명스러운 말투였지만 영호는 안의 말에 크게 신경쓰지 않았다. 답답한 심정에서 나온 말임을 알고 있었기 때문이다.

채연의 장례식에 찾아온 영호의 동료는 안뿐이었다. 어깨에 깁스를 두른 안은 움직일 때마다 신음을 흘렸다. 그런 몸을 하고도 안은 채연 앞에서 두 번 절을 했다.

조촐한 장례식이었다. 채연에게 남은 가족은 없었고, 다녀갈 만한 친구들은 모두 다녀간 뒤였다. 휑하다 못해 스산한 장례식장을 돌아보던 안이 빈소로 돌아왔다. 영호와 함께 빈소를 지키던 샘을 향해 안이 말했다.

"너희 아버지와 얘기 좀 해야겠다. 혼자 지킬 수 있겠어?"

샘이 고개를 끄덕였다. 안이 영호를 불러냈다.

안은 영호를 장례식장 밖의 흡연구역으로 이끌었다. 안이 흡연구역의 벤치에 앉았다. 영호가 그 앞에 섰다.

"이제부턴 어쩔 생각이야?"

"장례식을 마쳐야죠."

대수롭지 않은 표정을 짓는 영호를 향해 안이 물었다.

"내가 무슨 얘기 하는지 몰라서 그래? 회사 쪽 일 말이야."

연기를 뿜으며 안이 말을 이었다.

"소식 다 들었어. 징계 떨어지기도 전에 사표 던졌다며? 갑자기 왜 그런 거야?"

잠시 말을 멈추고 있던 영호가 안의 얼굴을 들여다봤다.

"갑자기는 아니고요. 그저, 자신이 없어졌습니다."

"자신이 없어져?"

영호가 고개를 끄덕였다.

"무슨 자신?"

잠시 발끝을 바라보며 영호는 말을 골랐다. 안에게 쓸데없는 걱정을 주긴 싫었다. 하지만 거짓말을 하기도 싫었다. 다시 안을 바라봤다.

"설명할 자신이요. 그녀와 제 사이에 있었던 일을 설명할 수가 없습니다."

안이 눈을 끔벅거렸다. 안이 입을 열었다.

"무슨 설명이 필요해? 나한테 했던 것처럼 말해. 그냥 결혼한 거라고. 영호씨가 그 여자와 결혼해서 특별히 덕을 본 것도 아니잖아."

가만히 안의 눈을 응시하며 영호가 말했다.

"그러니까, 그런 것까지 포함해서. 아무것도 설명할 수 없어요."

안이 달싹거리던 입을 닫았다. 영호가 말을 이었다.

"일을 계속할 자신도 없고요."

말없이 안이 연기를 길게 뿜었다. 영호가 물었다.

"어깨는 괜찮으세요?"

"아프다!"

피우던 담배를 바닥에 던지며 안이 소리쳤다. 갑자기 몸을 움직인 탓에 어깨가 아팠는지 안이 신음을 흘렸다. 영호가 안을 부축하려 하자 안이 손을 내저었다.

"왜 이리 멍청하게 굴어! 내가 몇 번이나 말했잖아. 함부로 움직이지 말라고. 영호씨 아내가 그렇게 된 건 안된 일이지만 그거하고 회사 일하고는 얼마든지 별개로 둘 수 있었어. 도대체 왜 그런 거야? 일 그만두면 뭘 해서 먹고살려고?"

"당분간 먹고살 걱정은 없습니다. 모아둔 돈도 있고."

잠시 말끝을 흐리던 영호가 쓴웃음을 지었다.

"보상금도 꽤 되고요."

가만히 영호를 바라보던 안이 새 담배를 입에 물었다. 생각할수록 언짢은 듯 담배를 씹으며 안이 말했다.

"그 보상금도 그래. 멀쩡히 수술받고 나온 사람이 죽은 거니까 하기에 따라선 얼마든지 더."

안이 영호와 눈을 마주쳤다. 안은 말을 맺을 수 없었다. 고개를 저으며 영호가 말했다.

"아시잖아요. 돈 문제가 아닙니다."

할 말이 허공에 떠다니는 것처럼 안이 이리저리 눈을 굴렸다.

"내 말은, 그 돈은 그렇다 치더라도 그거 갖고 평생 살 수 있는 것도 아니고. 그러려면 어쨌거나 직업이 있어야 한다는 거지."

"곧 일을 찾을 겁니다."

"무슨 일을 할 건데?"

"그것도 곧 찾을 거고요."

답답한 듯 안은 뻑뻑 담배연기를 뿜어댔다.

"다만,"

조용히 영호가 입을 열었다.

"다시 그 일로 돌아갈 순 없을 것 같습니다."

안이 눈을 찡그렸다. 담담하게 영호가 말했다.

"이젠 사람이 죽거나 다치는 일에 대해 계산을 할 수가 없습니다. 그럴 자신이 없습니다."

멍한 표정으로 영호를 바라보던 안이 한숨을 쉬었다.

"이 일에 그런 것만 있는 건 아니잖아."

"알고 있습니다."

영호가 미소를 지었다. 웃는 영호를 향해 안이 혀를 찼다. 말없이 안과 영호는 그 자리에 있었다. 부쩍 공기가 차가워지고 있었다. 안이 몸을 일으켰다.

"제길, 추운 공기 쐬면 상처에 안 좋아. 벌써부터 쑤시는군."

힘겹게 의자에서 일어선 안이 영호를 바라봤다. "아, 음" 하고 말을 몇 번 삼킨 후, 안이 숨을 골랐다. 결심한 듯 안이 입을 열었다.

"자신이 없다는 거,"

잠시 머뭇거린 후 안이 말을 이었다.

"다른 뜻은 없는 거지?"

불안한 듯 안은 영호의 기색을 살폈다.

"말해봐. 다른 뜻은 없지?"

덧붙이듯 안이 물었다. 그때, 등뒤에서 누군가 다가왔다.

"영호, 지금 괜찮아?"

검은 옷을 입은 샘이 서 있었다. 샘이 영호에게 무언가 쪽지를 건네 줬다.

"어제 이야기했던 영수증인가봐. 계산할 게 조금 남았대."

쪽지를 살펴본 뒤 영호가 샘을 향해 고개를 끄덕였다.

"곧 내려가서 처리할게."

샘이 장례식장으로 돌아갔다. 영호는 샘의 뒷모습을 바라봤고, 안은 그런 영호의 뒷모습을 봤다. 영호가 고개를 돌렸다. 안이 손을 들어 보였다.

"알겠어."

안이 고개를 끄덕였다.

"걱정은 없겠군."

안이 돌아섰다.

"장례식 끝나고 한가해지면 연락하라고. 당신, 나한테 밥 살 거 있으니까."

안이 병원의 입구를 향해 걸어갔다. 영호는 안에게 인사했다.

창밖을 바라보던 안이 살짝 눈을 찡그렸다.

"이거, 또 내리겠군."

안이 왼쪽 어깨를 만졌다.

"꽤 정확해. 조금 쑤신다 싶으면 여지없이 비가 오거든."

고개를 들어 먹구름을 살피며 안이 말했다.

"아니면 눈이 내리든가. 우산 가져왔어?"

영호를 향해 안이 물었다. 영호가 고개를 저었다.

"내리면 맞고 가죠."

영호가 미소지었다.

"비가 내리면 맞고, 눈이 내리면 맞고. 그러면 됩니다."

얼이 나간 표정으로 안이 영호를 바라봤다. 안의 앞에 놓인 술잔에 영호가 소주를 따랐다. 그리고 자기 앞에도 술을 따른 후 영호가 잔을 들었다.

"한잔하시죠."

안이 피식 웃음을 흘렸다. 잔에 든 술을 마시고 두 사람은 음식을 먹었다.

"따님은 어떠세요?"

"괜찮아. 안 괜찮으면 어쩌겠어? 영호씨 아들은?"

"저도 좋습니다. 어깨는요?"

"말했잖아. 아직 날씨 궂으면 쑤셔."

"조심하셔야 할 텐데요. 나이가 나이니만큼."

영호가 슬쩍 웃었다. 안도 킬킬거렸다. 잠시 침묵이 흐르고,

"잠은 잘 자?"

대수롭지 않은 것처럼 안이 물었다. 영호는 말없이 고기를 입에 넣었다.

약이 없으면 잠들지 못하던 때가 있었다. 지금은 어떤가? 몇 주 정도는 편하게 잠이 들다가도 불현듯 잠이 오지 않을 때가 있었다. 그런 일들이 반복되고 있었다. 하지만,

"괜찮아질 거라고 생각합니다."

영호가 고기를 씹었다.

"안 괜찮으면 어쩌겠어요."

말없이 영호를 바라보던 안이 피식 웃었다.

식사가 끝나고 두 사람은 식당을 빠져나왔다. 해가 완전히 저문 저녁이었다. 외투 깃을 세우며 안이 말했다.

"차 가져왔어?"

영호는 고개를 저었다.

"팔았습니다. 필요 없어서요."

말없이 안이 영호를 바라봤다.

"태워다줄까? 어차피 집으로 가는 길이니까."

"괜찮습니다. 여기서 가까워요."

안이 한숨을 쉬었다. 어쩐지 쉽게 돌아설 수 없었다. 안의 마음을 눈치챈 듯 영호가 말을 붙였다.

"따님에게 잘해주세요. 괜찮더라도."

잠시 영호를 바라보던 안이 말했다.

"걘 그냥 편해서 그래."

안이 말을 뱉었다. 흐음, 하고 숨을 고르던 영호가 안을 바라보며 웃었다.

"어깨를 다치신 건 편해서 그런 건가요?"

안이 입술을 찌그러뜨렸다.

"이건 내 실수고."

"마찬가지입니다. 실수죠. 우리는 모두 실수합니다."

안이 피식 웃었다.

"말솜씨가 늘었군."

영호가 안을 따라 웃었다.

"말솜씨가 는 김에 따님을 대하는 괜찮은 방법 하나 알려드릴까요?"

뜸을 들이듯 잠시 말을 멈춘 후 영호가 입을 열었다.

"제게 하신 것처럼 하세요. 뭐가 문제인지 물어보시면 됩니다."

안이 영호를 바라봤다. 한동안 두 사람은 말없이 서 있었다.

"그럼 나도 말 나온 김에 묻겠어."

발로 보도블록을 툭툭 차며 안이 말했다.

"이젠 어때?"

대수롭지 않은 듯 안이 물었다. 안이 덧붙였다.

"자신이, 좀 생겼어?"

가만히 안을 바라보다 말고 영호가 고개를 들었다. 구름이 짙었다. 가는 빗방울이 살짝 영호의 얼굴에 내리는 것 같았다. 비가 아니면 눈이 올 모양이다. 서너 번, 영호는 숨을 쉬었다. 하얀 김이 피어오르고 잦아들었다.

"모르겠습니다. 하지만,"

고개를 내리고 영호가 안을 마주 봤다.

"이대로 비틀비틀 이어지는 거죠."

영호가 싱긋 웃었다.

"여전히 자신은 없지만요."

안이 쓸쓸하게 웃었다.

"그래. 원래 다 그런 거지."

안이 손을 내밀었다. 영호가 손을 마주 잡았다.

"또 연락하지. 힘내라고."

영호가 고개를 끄덕였다. 악수를 하고 두 사람은 돌아섰다.

지하철역에서 내렸을 때 하늘에서 진눈깨비가 쏟아졌다. 비와 눈을 맞으며 영호는 집으로 돌아왔다. 현관에 눈에 익은 신발이 놓여 있었다. 잔뜩 구겨진 스니커즈는 민의 것이었다. 구두를 벗고 어깨에 묻은 물기를 털어내며 영호는 민을 봤다. 민이 손을 들어 인사했다.

"살이 많이 빠졌네."

영호가 민에게 말했다. 확실히 민은 하루가 다르게 체중이 줄고 있었다. 아직은 약간 통통한 체구였지만 불룩 튀어나온 배는 한결 부피가 줄어 있었고 둥글었던 턱도 서서히 각이 살아나고 있었다. 민이 코웃음을 쳤다.

"남 말하기 전에 거울부터 좀 보시지?"

"나는 겨울이라 이런 거고."

영호는 외투를 벗고 소파에 앉았다. 살짝 마음이 상한 듯 민이 영호를 노려봤다.

"나는 정상 체중으로 돌아가고 있는 거야."

민의 말에도 일리는 있었다. 전과 달리 민은 천천히 밖을 돌아다니고 있는 모양이었다. 주기적으로 영호의 집에 놀러 왔고, 밖에서 간단한 용무 같은 걸 보기도 하는 모양이었다.

"이전 체중이 정상이 아니란 건 인정하는 모양이군."

영호가 피식 웃었다. 민이 뭐라고 대꾸하려 했을 때 주방에 있던 샘이 거실로 고개를 내밀었다.

"라이더레인저, 음료수는 뭘로 할 거야?"

"카페인이 들어간 것만 빼고 뭐든."

"그렇게 말하면 어떻게 골라?"

"그 정도는 알아서 해야지, 2호!"

민이 빽 소리쳤다. 못 당하겠다는 듯 샘이 고개를 저었다. 서로의 집에 드나들기 시작하면서 민은 샘을 라이더레인저 2호라고 불렀다. 놀라운 것은 그 명칭을 샘이 순순히 받아들였다는 점이다. 샘이 영호를 쳐다봤다.

"영호는 커피?"

영호는 고개를 끄덕였다.

샘이 음료수와 다과를 가져왔다. 샘이 가져온 콜라를 마시며 민이 말했다.

"양평의 세트장은 거의 남아 있는 게 없었어. 다시 찾아가서 뒤지면 뭐가 나올진 모르지만."

"세트장을 뒤지는 건 이제 소용없는 거 아냐? 소품은 거의 다 처분된 거고. 차라리 서류 쪽을 뒤지는 게 나을 거 같은데?"

샘이 민의 말을 거들었다.

두 사람은 최근까지도 체인지킹에 대한 소문들을 쫓고 있었다. 캐면 캘수록 새로운 사실들이 드러나는 것 같았다. 체인지킹의 제작사는 지극히 방만하게 운영되었고, 관계된 물건이나 서류들은 기묘하게 꼬여 있었다. 어떤 괴물의 복장은 지방 유원지의 공포 체험 시설에 사용되고 있었고, 미방영된 필름이 인터넷상에 돌아다니기도 했다. 제작사가 만들다 만 새로운 특촬물이 어딘가에 있을 거라는 소문도 있었다. 다른 무엇보다 민과 샘이 열을 올리는 것은 체인지킹의 제작에 핵심적인 역할을 했던 시나리오 작가의 정체였다.

언젠가 민은 체인지킹의 각본가의 정체에 관한 자신의 추리를 이야기했다.

"줄곧 마음에 걸렸던 건데 말이야, 대본에 오타가 너무 많아. 그런데 이 오타들이 그냥 오타가 아니란 말야."

대본의 몇 부분을 손으로 가리키며 민이 말했다.

"잘 봐, '스러드리자'라고 되어 있지? 이건 '쓰러뜨리자'라고 써야 하잖아? 오타의 대부분이 이런 식이야. 복자음이 쓰여야 할 곳에 그냥 단자음을 썼단 말야. 그리고 따옴표도 문제야. 큰따옴표가 쓰여야 하는 곳에도 작은따옴표가 쓰이고 있단 말야. 이게 뭐겠어?"

영호와 샘을 돌아보며 민은 말했다.

"각본가의 손가락에 장애가 있는 거야. 시프트키를 제대로 사용하지 못한 거지. 여기에 메타몰 황제의 설정에 대해 생각해보면."

민은 신이 나서 자신의 추론을 늘어놓았다. 영호의 마음속에도 걸리는 것이 있었다. 손가락에 장애가 있는 사람. 그리고 체인지킹을 둘러싼 소문에 빠지지 않던 화상을 입은 남자에 대한 이야기. 그 이야기는 언제나 불행한 일을 당한 형제에 대한 이야기로 이어졌고, 그럴 때마다 윤필의 얼굴이 아른거렸다.

딱 한 번, 영호는 윤필을 봤다. 우연이었다. 장례가 끝난 지 한 달쯤 지났을 때였다. 학교가 끝난 샘과 저녁을 먹기 위해 기다리고 있던 참이었다. 약속장소인 커피숍의 테라스에서 멍하니 밖을 바라보고 있을 때 멀리서 윤필이 모습을 드러냈다.

윤필의 생김새는 크게 변한 것이 없었다. 뿔테안경에 하얀 얼굴. 수수한 셔츠에 바지. 셔츠가 반소매에서 긴소매로 바뀐 것만 다를 뿐이었다. 윤필의 곁에는 여자가 서 있었다. 윤필보다 약간 키가 큰 여자는 윤필의 오른팔에 팔짱을 끼고 있었다. 그리고 여자의 왼손은 아이의 손을 잡고 있었다. 여자는 윤필의 아내일 것이고, 여자의 손을 잡은 아이는, 아마도.

모든 것이 영호의 예상과는 달랐다. 윤필의 아내가 윤필보다 큰 체구의 소유자라는 것도. 그녀의 손을 잡고 있는 아이가 밝게 웃고 있는 것도. 그리고 두 사람을 지켜보는 윤필의 입가에 스치는 미소도. 영호는 그런 모습을 상상해본 적이 없었다.

커피숍 근처는 상점가였다. 윤필의 가족은 천천히 길을 따라 걸으며 주변을 구경하고 있었다. 영호가 앉아 있던 테라스에서 그리 멀지 않은 곳에 작은 옷가게가 있었다. 윤필의 가족이 옷가게 앞에서 걸음을 멈췄다. 윤필의 아내와 아이가 가게 안으로 들어갔고 윤필은 가게 밖에서 서성였다.

옷가게의 쇼윈도에는 커다란 거울이 걸려 있었다. 윤필이 거울을 바라봤다. 영호는 거울을 통해 윤필을 봤다. 아내와 아이 곁에서 떨어지자마자 윤필의 얼굴이 딱딱하게 굳었다. 사진처럼 딱딱한 얼굴로 거울을 살피던 윤필이 천천히 등을 돌렸다. 윤필이 똑바로 영호를 쳐다봤다. 읽을 수 없는, 아니 읽을 것이 남아 있지 않은 표정. 윤필이 슬쩍 발끝을 봤다. 그대로 윤필은 고개를 돌려 옷가게 안으로 들어갔다.

한참 만에야 윤필의 가족이 쇼핑백을 들고 가게를 나섰다. 윤필은 뒤도 돌아보지 않고 거리 밖으로 사라졌다. 영호는 멍하니 그 모습을 눈으로 좇았다.

무슨 일이 벌어질지, 아니면 아무 일도 벌어지지 않을지 알 수 없었다. 웃는 아이의 얼굴과 윤필의 아내를 떠올렸다. 아무 일도 없을 것 같았다. 그리고 윤필의 얼굴을 떠올렸다. 반드시 무슨 일이 일어날 것 같았다. 영호는 여전히 아무것도 알 수 없었다.

한참 후 약속장소에 샘이 도착했다. 그제야 영호는 자리에서 일어설 수 있었다.

그날, 집에 돌아와 영호는 남은 물건을 정리했다. 그 안에서 영호는 윤필의 손가락을 찾았다. 말없이, 두개의 손가락을 바라보던 중, 다른 물건으로 눈이 갔다. 인형이 달린 열쇠고리였다.

다음날, 영호는 민의 집으로 갔다.

문의 비밀번호를 누르고 민의 방으로 올라갔다.
"여어."
언제나처럼 민이 인사했다.
"여어."
민처럼 손을 들어 영호가 인사를 받았다. 영호는 민의 앞에 놓인 의자에 앉았다.
"소식은 들었어."
다른 곳을 바라보며 민이 말했다.
"가봐야 하나 생각했는데, 나는 모르는 사람이고, 아직 나가는 게 익숙하지도 않고,"
한숨을 쉬듯 민이 중얼거렸다.
"장례식장은 싫어서 말이야."
왜 장례식장을 싫어하는 걸까. 영호는 생각했다. 하지만 그런 질문을 입밖에 내진 않았다. 주머니에서 열쇠를 꺼내어 건네주었다. 민이 열쇠를 받아들었다.
"신경써준 덕에, 좋은 경험을 했다."
민이 영호를 바라봤다.
"아이가 체인지킹을 좋아하는 이유는 알았어?"
영호는 고개를 끄덕였다.
"음악 때문이었다고 하더군. 그리고 소리."
샘이 들려준 이야기를 민에게 들려주었다. 긴 이야기가 이어졌고, 끝났다.

"그렇군."

민이 팔짱을 꼈다.

"나는 실패한 거군."

영호가 민을 바라봤다. 민이 씁쓸한 표정을 지었다.

"엉뚱하게 끼어들어서 네 시간을 뺏었어."

민이 한숨을 쉬었다. 영호는 강하게 고개를 저었다.

"그렇지 않아."

민이 영호를 바라봤다. 고개를 저으며 영호가 말했다.

"네 덕분에 샘과 함께 좋은 시간을 보냈다. 그런 일을 실패라고 하면 안 돼."

가만히 입을 다문 채 두 사람은 서로를 마주 봤다.

"후회하지 않아?"

민이 물었다.

"그날, 네 아내의 곁에 있었어야 했다고 생각한 적 없어?"

어떤 대답을 해야 할까.

"괜히 내가 끼어들어서 소중한 시간을 뺏겼다고 생각하지 않아? 나를,"

민이 눈을 찡그리며 고개를 돌렸다.

"원망하지 않아?"

민처럼 영호도 눈을 돌렸다. 그 순간 벽에 걸린 옷이 눈에 들어왔다. 피에 젖었던 영호의 셔츠가 말끔히 세탁되어 있었다.

영호는 눈을 감았다, 떴다. 민에게 손을 내밀었다. 민이 영호의 손을 바라봤다. 장난을 치듯 영호는 내민 손으로 민의 어깨를 툭 쳤다. 그때 민을 위해 챙겨온 팔찌가 떠올랐다.

"너에게 줄 것이 있다."

영호는 몸을 일으켰다.

"네가 보면 깜짝 놀랄 선물이야."

민이 영호를 바라봤다. 영호는 현관을 향해 걸었다. 구두를 신은 후 영호가 말했다.

"받고 싶으면, 집으로 와라."

입을 헤벌리고 있던 민이 퍼뜩 생각이 난 듯 서둘러 말했다.

"나, 너희 집 주소 몰라."

영호가 싱긋 웃었다.

"그럼 그거부터 알아내야겠군, 안 그래?"

손을 흔든 뒤 영호는 민의 집을 나왔다.

다음날, 민은 영호의 집으로 찾아왔다. 영호의 셔츠를 입고 삐질삐질 땀을 흘리며. 그뒤로도 민은 영호의 집을 드나들었고, 샘은 라이더 레인저 2호가 되었다.

영호는 커피를 마시며 두 사람의 대화를 들었다.

"새로운 서류를 발견하면 모를까, 기존의 서류를 뒤져봤자 나오는 결론은 똑같아."

민이 심드렁하게 말했다.

"대본을 다시 뒤지는 건 어때? 자주 쓰는 말버릇 같은 걸 보면 어떤 사람인지 알 수 있을지도 모르잖아."

"대본으로 알 수 있는 건 거의 다 알아냈다고 봐도 무방할걸? 회계 관련 서류 같은 걸 입수하면 그쪽을 살피는 게 좋겠지."

"회계 관련 서류를 어디서 입수해?"

"다 방법이 있지."

으스대듯 민이 낄낄거렸다.

샘과 격의 없이 지내는 민을 볼 때마다 영호는 신기한 기분이 들었다. 몇 달 전까지만 해도 이렇게 세 사람이 함께 모인 광경은 상상하기 힘들었다. 하지만 어떤 면에서는 다행일지도 모른다. 영호는 샘과의 생활이 차차 안정을 찾아가는 데에는 민의 역할이 크다고 생각했다.

민과 샘은 그동안 모아두었던 체인지킹에 대한 자료를 거실에 늘어놓고 있었다. 두 사람은 알 수 없는 말을 중얼거리며 한참 동안 자료들을 들췄다. 남은 커피를 들이켠 후 영호는 소파에서 몸을 일으켰다. 힐끔 샘이 영호를 바라봤고, 영호는 샘의 머리를 장난스럽게 헝클었다. 영호는 방으로 들어갔다.

책상 위에 서류가 쌓여 있었다. 일부는 미국에서 온 것들이었다. 채연의 소식을 들은 뒤 샘의 고모는 샘을 다시 미국으로 데려가겠다는 의사를 밝혔다. 샘의 대답은 간단했다.

"엄마의 마지막 말 기억해?"

멍한 표정을 짓는 영호에게 샘은 말했다.

"사이좋게 지내라고 했어. 영호와 나에게. 엄마 말대로 해야지."

샘이 싱긋 웃었다.

"유언이니까."

영호는 샘을 따라 웃었다.

샘의 고모는 쉽게 포기하지 않았다. 지속적으로 법적인 절차를 밟겠다는 연락이 왔다. 고모의 반응에 대해 샘은 말했다.

"아마도 책임감 때문일 거야. 아버지에 대한 후회를 나에게 쏟는 거지."

대수롭지 않은 듯 샘은 말했다.

"어차피 난 지금 여기에 있고, 문제 될 것 없잖아. 시간이 흐를 거고, 나도 나이가 들겠지. 몇 년 후엔 성인이라고."

가을 사이, 샘의 키는 부쩍 자랐다. 몇 년이 지나면 영호보다 커질 것이다. 여러모로 샘은 어른스러웠다. 샘의 말을 듣고 있으면 영호는 적잖이 안심이 됐다.

샘의 고모가 보낸 서류를 한쪽으로 밀어놓고 다른 서류들을 살폈다. 수술 도중 사망한 채연에 관한 서류들이었다. 서류들은 모두 하나같이 불가항력이었음을 알리고 있었다. 거기에 따른 보상금과 관련된 종이들, 그리고 복잡한 재정 절차들. 간혹 안이 도와준 덕에 문제는 거의 다 가라앉아 있었다. 채연에 관련된 서류들도 한쪽으로 밀어놓았다.

영호는 책상 아래쪽의 서랍을 열었다. 채연과 관련된 물건을 모아둔 서랍이었다. 몇 벌 안 되는 옷은 장례식이 끝난 뒤에 모두 태웠고, 남은 것은 머리핀이나 귀걸이 같은 잡동사니뿐이었다. 치료를 받기 전 채연은 자신의 신변을 모두 정리했다. 변변한 유품은 남아 있지 않았다. 남은 물건 모두가 서랍에 들어갈 정도였다.

문득 허전한 느낌이 들었다. 물건 하나가 빠져 있었다. 채연이 쓰던 가발이 사라져 있었다.

가만히 생각을 정리했다. 마지막으로 가발을 본 게 언제쯤이었을까. 채연이 병원에서 쓰던 물건들은 빠짐없이 집으로 돌아왔다. 워낙 물건의 양이 적었기에 서랍 속에 한꺼번에 넣어두었던 기억이 난다. 그때 가발을 받았던가? 기억이 명확하지 않았다. 물건을 건네받을 때 영호는 그런 일을 따질 수가 없었다.

샘이 가져갔을까? 알 수 없는 일이다. 하지만 샘은 말없이 채연의 물건을 가져가는 일이 없었다.

서랍을 빼내어 뒤졌다. 하지만 굳이 뒤질 필요도 없었다. 긴 가발이다. 서랍 안에 들어 있다면 보지 못할 리가 없다.

몸을 일으켜 옷장을 열었다. 어쩌다보니 물건이 섞여 옷장 안에 들어갔을지도 모른다. 옷과 옷 사이를 뒤지고 작은 수납함을 살폈다. 가발은 어디에도 없었다.

영호는 조바심이 났다. 의자를 가져다 옷장과 책장 위를 살폈다. 몸을 한껏 낮춰 바닥까지 모두 훑었다. 침대의 위치를 조금 옮겨 그 아래 떨어졌는지도 봤다. 가발은 없었다.

거실로 나왔다. 샘이 영호를 돌아봤다.

"혹시 엄마 가발이 어디 있는지 모르니?"

샘은 고개를 저었다. 영호는 샘의 방을 돌아봤다. 손으로 방을 가리켰다.

"조금 찾아봐도 되겠어?"

샘이 몸을 일으켰다. 그리고 자신의 방문을 열어주었다.

샘의 방에 들어서서 옷장을 열었다. 아무리 뒤져도 가발은 나오지 않았다. 자신의 방에서 그랬던 것처럼 영호는 옷장과 책장, 그리고 침대의 밑을 뒤졌다.

"보지 못했어."

등뒤에서 조심스럽게 샘이 말했다.

"가발 같은 건 없었어."

영호는 샘을 돌아봤다. 걱정스러운 표정으로 샘이 방문 앞에 서 있었다.

손을 멈추고 영호는 숨을 골랐다. 샘의 방을 나왔다.

거실에서 자료를 뒤지고 있던 민이 영호를 바라봤다. 잠시 눈을 맞
추고 있던 민이 자료로 눈을 떨어뜨렸다.

"빨리 와서 뒤져, 2호!"

민이 일부러 크게 소리쳤다. 샘은 잠자코 민의 곁으로 돌아와 앉았
다. 그리고 다시 자료를 뒤지기 시작했다.

영호는 현관으로 갔다. 샘이 영호를 봤다.

"바람 좀 쐬고 올게."

어색하게 웃으며 영호는 말했다. 영호는 집을 나섰다.

천변을 향해 걸었다. 진눈깨비는 잦아들고 있었다. 물에 젖은 아스
팔트가 까맣게 빛났다. 보행자용 도로는 텅 비어 있었다.

물을 따라 걸으며 영호는 서류에 대해 생각했다. 샘에 관련된 서류
와 채연에 관련된 서류를 뒤지는 것은 영호의 주된 일과였다. 영호는
그 서류들을 몇백 번이고 살폈다. 서류를 뒤지고 나면 서랍을 살피고,
서랍을 다 보고 나면 잠을 자보려 하다가 다시 서류를 살피고, 밥을
먹고, 잠을 청하다가 다시 서류를 살폈다.

자료를 뒤지던 민과 샘의 모습이 떠올랐다. 민에게 왜 그런 일을 하
느냐고 물은 적이 있었다. 크게 다르지 않은 각종 서류와 글의 뭉치들
을 뒤지는 이유가 뭐냐고.

"안심이 되니까."

아무렇지도 않게 민이 말했다.

"파편이 된 조각들을 모으다보면, 정말로 필요한 걸 얻게 될 것 같

은 기분이 들거든."

민이 영호를 돌아봤다.

"그런 기분 모르겠어?"

알지. 그런 기분.

그리고 나는 조금 더 절박하지.

숨을 들이쉬고 내쉬었다. 입김이 피어올랐다.

영호는 채연을 처음 만난 여름을 떠올렸다. 한여름 내리쬐던 햇볕
속에서 다른 무엇보다 빛나던 채연의 모습. 그리고 겨울이 됐다. 그
계절들을 지나오는 동안 영호의 삶은 이전과 크게 달라져 있었다. 여
름부터 겨울까지. 그 길지 않은 시간 동안, 무얼 얻고 잃었나. 영호는
헤아렸다. 하지만 아무것도 따질 수 없었다. 세상에는 결코 계산할 수
없는 것이 있다.

가슴 한구석에 구멍이 난 것처럼 막막한 기분이 들었다. 막막하고
허전한 기분. 그 기분은 가발이 없어졌기 때문인가? 그럴 리가 없다.
가발, 그 가발을 정말 보긴 했나? 어쩌면 영호에게 채연은, 그저 아름
답게 머리칼을 휘날리는 사람이었을지도 모른다. 스치듯 지나갔으나
영원히 잊을 수 없는. 그저 잠시 동안 손을 잡고, 입을 맞춘 일생의 동
반자.

그때, 영호는 어떤 사실을 떠올렸다.

한 번도 채연에게 사랑한다는 말을 한 적이 없다.

그런 말을 할 시간은 앞으로 충분히 남아 있다고 생각했으므로.

그 말조차 하지 않고 영호는 채연의 곁에 있다가 이제는 영원히 그
말을 할 수 없게 됐다.

가늘게 비가, 그리고 비에 녹은 눈이 내리고 있었다. 옷이 습기를

먹었다. 차가운 바람이 세차게 불었다. 천변에 제멋대로 핀 갈대가 몸을 흔들었다. 어둠을 먹은 검은 물이 어디론가 흘러가고 있었다. 가로등의 불빛이 닿지 않는 곳에서 영호는 걸음을 멈췄다. 검은 입자가 자욱하게 드리워진 그곳에서 영호는 어깨를 늘어뜨렸다. 등이 뜨겁고, 간지럽고 아팠다. 그리고 무서웠다.

고통도, 슬픔도 여전히 그대로다. 혹은 언제나 조금 더 막막하다. 이제 남은 것은 무엇인가?

얼마나 거기 서 있었을까. 등뒤에서 인기척이 느껴졌다.

뒤를 돌아봤다. 샘이 있었다. 샘을 봤다. 어깨와 머리가 젖어 있었다. 아마도 꽤 오래 거기 있었을 것이다.

"언제?"

갈라진 목소리가 나왔다. 목소리를 가다듬고 영호는 말을 이었다.

"부르지 그랬어."

영호가 고개를 떨어뜨렸다. 샘이 한숨을 쉬었다.

"나라면 누가 부르는 게 싫을 것 같아서."

샘이 영호의 곁에 다가왔다. 그리고 손에 들고 있던 외투를 영호에게 들려주었다.

"민은 뭘 하고 있어?"

딴청을 부리듯 영호가 물었다. 피식 웃으며 샘이 두 손을 들어올렸다.

"체인지킹의 대본과 전편을 모두 비교해보겠대. 오늘은 밤을 새울 기세야."

그렇구나, 하고 중얼거리며 영호는 외투를 만지작거렸다. 잠시 그대로 있다가 샘이 몸을 돌렸다.

"계속 걸을 거지?"

영호는 대답하지 않았다. 샘을 보고, 어두운 물을 보고, 진눈깨비가 내리는 하늘을 보다가 고개를 떨어뜨렸다.

"마음 내킬 때까지 걸어. 멀리, 더 오래."

샘이 손을 흔들었다.

가만히 있을 수가 없어 걸음을 옮겼다. 몇 걸음 앞으로 내딛었을 때,

"영호."

샘이 이름을 불렀다. 영호는 뒤를 돌아봤다.

"괜찮아?"

누군가 손을 잡아주는 것 같았다. 영호는 손을 들어 얼굴을 감쌌다.

아아, 물론이야, 샘.

나는,

괜

찮아. ■

_ 김영하(소설가)

이영훈씨의 『체인지킹의 후예』는 우선 구성이 흥미롭다. 무기력한 회사원의 일상을 보여주는 것 같았던 초반의 이야기는 상투적인 연애 담을 지나 역시나 상투적인 대안 가족 만들기로 흘러간다. 연상녀와의 연애와 즉흥적인 결혼, 말수가 적은 의붓아들과의 쉽지 않은 동거를 다루는 초반은 범상해 보였다. 그러다 돌연 가면을 쓴 배우들이 우스꽝스런 연기를 펼치는 이른바 '특촬물'의 이야기로 접어들면서 그 이전의 연애담과 대안 가족 만들기가 일종의 맥거핀이었다는 것, 진짜 얘기는 그때부터 시작된다는 것을 알게 된다. 이제 은둔형 외톨이와 오타쿠의 세계로 진입한 소설은 보험사기와 이를 적발하는 직원들의 이야기가 대위법적으로 어우러지며 독특한 현실감을 자아낸다. 특히 헌병대 수사관 출신의 안이라는 인물은 박진하다. 유사 아버지의 역할을 맡은 이 인물 덕분에 '아버지 되기'라는 소설의 주제가 한결

입체적으로 부각되었고 '아버지 되기'의 과제를 회피한 채 조악한 어린이용 드라마의 세계에 머물러 있는 오타쿠들의 모습도 설득력을 가지고 독자에게 제시될 수 있었다. 어울릴 법하지 않은 이야기들을 엮어 독특한 소설적 분위기를 직조하는 구성력과 '특촬물'이라는 생소한 제재를 통해 현 젊은 세대의 무기력한 몰입의 풍경을 그려내는 작가적 재능이 돋보였다. 이 작품을 수상작으로 결정하는 데 시간이 얼마 걸리지 않았다. 수상을 진심으로 축하한다.

_ 권희철(문학평론가)

이영훈씨의 『체인지킹의 후예』는 다른 작품들에 비해 압도적이었다. 내가 이 소설에서 특별한 인상을 받은 것은 『체인지킹의 후예』가 오늘날 우리 삶의 조건들에 대한 진지한 성찰과 그에 따른 문제 제기를 함축하고 있었기 때문이다. 최근의 소설들이 이 부분에 대해 종종 지나치게 조심스럽거나 반대로 다소 단순한 세계 이해 속에서 이미 알려진 건전한 교훈을 재확인하려 드는 것은 아닌가. 그런 점에서 인식의 충격이랄까 새로운 과제의 제시랄까 하는 것에 대한 과감함이 조금 아쉬운 것은 아닌가 하는 생각을 해왔던 탓에 『체인지킹의 후예』가 특별하게 느껴졌다.

오늘날 우리 삶의 조건이란 무엇인가? 이 소설에 따르면 허구적 인력들의 홍수 속에서 익사하는 것이다. 예컨대 영화나 게임, 애니메이션 등은 각각의 작품 속에 독특한 세계를 구축하고 있으며 그 세계들은 저마다의 밀도에 비례하는 인력을 갖는다. 현대인들은 스스로의 삶을 그러한 인력에 휩쓸려 떠다니도록 내버려두고 있다. 우리가 그러한 문화물들을 즐긴다는 것이 아니다. 그러한 문화물들의 파편을 현미경으로 확대하고 그 섬세한 무늬를 탐닉하면서 점차 협소한 관심과 기호의 영역 속에 칩거하면서 서로에게서 또 현실로부터 멀어진다는 것이다. 특정 취미에 대해 전문가 수준의 지식들로 무장한 소수 집단들, 각종 취미들의 배타적 동호회야말로 오늘날 가장 강력한 공동체의 형식이 아닐까(그런데 그것은 공동체이기는 한 것일까?). 현대인의 표준은 그러한 인력에 자신의 전부를 내맡긴 오타쿠나 히키코모리 들이다. 심지어 그런 예외적 인간들이 아닌 정상인들(?)조차도 실상은 세속적 성공이라는 허구의 인력에 이끌린 오타쿠이며 히키코모리다. 각자의 인생을 개척하는 동시에 역사적 순간들에 참여하는 삶의 모델이 사라진 것, 서로에 대한 이해 속에서 개인들을 아우르는 신체를 건설하는 사업들이 의욕을 잃어버린 것은 이러한 사정 때문이다.

이런 대목은 아즈마 히로키의 논의를 연상시키는 면이 있지만『체인지킹의 후예』가 '동물화하는 포스트모던'의 변주에 멈추는 것은 아니다. 어떤 의미에서 이 소설은 아즈마 히로키와 대결하고 있으며 이쪽이 결정적이다. 그러한 인력들의 홍수조차도 결코 완전히 감출 수 없는 생생한 상처와 슬픔 같은 것이 우리 각자에게 이미 주어져 있다면 어떨까. 바로 그 고통의 순간들이야말로 허구의 파편으로 이끌린 우리 자신을 되찾아 우리의 실제 삶에 정박시킬 수 있는 계기가 아닐까. 바로 그 고통의 순간들 속에서 우리는 어떤 결단을 내리며 자신의 삶을 되찾는 것이 아닐까. 만일 그런 것이 가능하다면 거기서부터 '동물화하는 포스트모던' 이후를 사유할 수도 있을 것이다.

그리고 그러한 고통의 순간들을 우리 자신 안에서 돌아보게 하고 타인의 고통에 접속하게 하는 것이라면 그것은 소설이 해낼 수 있는 중요한 덕목이 아닌가. 『체인지킹의 후예』는 바로 그것을 해내고 있다. 예컨대 열세 살 소년 샘이 왜 말을 아껴야만 했던가, 왜 〈변신왕 체인지킹〉과 같은 조잡한 TV시리즈에 빠질 수밖에 없었는가 하는 이유가 밝혀지는 대목에는 독자들을 무장해제시키는 슬픈 울림 같은 것이 있다.

삶에 대한 사유를 자극하는 성찰과 감성을 무장해제시키는 깊은 울림을 동시에 갖추고 있는 소설이었으므로 『체인지킹의 후예』를 지지할 수밖에 없었다. 이영훈씨의 당선을 축하한다.

_ 서영채(문학평론가)

『체인지킹의 후예』는 암환자 여성과 보험회사 남성의 연애 이야기로 시작된다. 연상의 암환자를 사랑하게 된 서른두 살의 남성의 이야기였던 셈인데, 이혼 경력이 있는 그 여성에게는 열세 살의 아들까지 있었다. 그런데도 너무나 쉽게 그 둘은 결혼한다. 이게 말이 되나? 남성의 입장에서는 그럴 수 있다 싶은데, 이런 치명적인 상황에서 여성이 그 결혼을 쉽게 받아들이는 것은 이상했다. 아마도 여성 작가가 쓴 지나친 여성 판타지가 아닐까 싶었다. 그 대목에서 읽기를 잠시 멈추었다. 다른 작품들과는 달리 한 호흡에 읽을 수 없었다는 것이다. 그런데 바로 그다음부터가 문제였다. 당초의 연애 서사는 맥거핀에 불과했음이 점차 드러나기 시작했다. 연애 서사가 끝나는 순간 이야기는 다시 두 줄기로 전개되었다. 하나는 주인공 남자가 보험회사 직원으로서 감당해야 하는 보험사기 심사에 관한 업무의 세계였고, 준비 없이 한 식구가 된, 열세 살짜리 자폐 증세가 있는 의붓아들과의 소통이라는 문제가 다른 하나였다. 그리고 이 세계에서는 이른바 '특활물' 마니아라는 독특한 인물들이 기다리고 있었다. 그 자체로 진기하여 진지하게 읽을 만한 세계이기는 했지만 그것 역시 작가가 맥거핀으로 쓴 것이었음이 소설의 마지막에 가면 드러난다. 그것은 두 줄기의 서사가 합류하는 지점이기도 한데, 아버지 없는 세상을 살아가야 할 방법에 대한 진지한 주제의식이 이 모든 이야기의 배후에서 울려나오고 있었다. 그러니까 『체인지킹의 후예』란, 정교하게 고안된 세부와 서사 자체의 흥미가 어우러진 가운데 상처받은 사람들의 유대감 속에서 주제의식이 은은하게 배어나고 있는 형국이니, 어떤 응모자에게도 이 이상을 요구하는 것은 무리가 아닐까 싶어졌다. 그러니까 『체인지킹의 후예』를 끝까지 읽고 나자, 앞에서 재미있게 읽었던 작품들이 시시해져버렸던 것이다. 그래서 내게 당선작은 너무나 쉽게 결정되었다. 당초에 읽기를 중단하지 않고 단숨에 마지막까지 읽었더라면 훨씬 더 쉬운 심사였을 것이다.

_ 신형철(문학평론가)

이영훈씨의 『체인지킹의 후예』는 큰 이야기가 몰락한 시대를 맞아 데이터베이스를 소비하는 동물이 되어버린 주체가, 다음 세대의 부모가 되어 그들과 소통하는 일은 어떻게 가능한가를 묻는다. 더 요약하자면, 아버지 없이 자란 세대가 어떻게 아버지가 될 수 있는가, 하는 질문. 그것만으로도 호감을 줄 만한데 만듦새기 투박하거나 서질기는 커녕 유려한 문장과 정교한 디테일까지 구비돼 있었으니 이런 경우라면 다른 작품을 압도해버리게 된다. 대다수는 『체인지킹의 후예』의 신선한 박력을 지지했고, 나도 그중의 하나였다.

_ 이혜경(소설가)

　이영훈씨의 『체인지킹의 후예』는 거대한 서사가 아닌데도 읽고 난 뒤에는 강렬한 여운이 남는다. 함축된 단문의 속도감도 읽는 이를 즐겁게 한다. 읽어나가는 동안 고개를 갸웃거리게 했던 의문은 뒤쪽에서 박하향처럼 시원하게 풀린다. 인물 각각의 개성도 잘 살렸고, 특히 '안'이라는 인물의 개성은 매력적이다. '안'의 개성이 금방 눈앞에서 보는 것처럼 생생해서일까, 상대적으로 라이더레인저가 모호하게 느껴진 점이 없지 않다. 살아갈 방법을 가르쳐줄 사람이 없는 이 시대의 두려움, 가까이 있는 사람들을 통해서 굼뜨게 하나씩 배워나가며 저마다의 상처를 극복하는 성장기의 여운이 깊다.

　한 편의 장편을 쓰는 일은, 결국 세계를 재조립해서 하나의 세계를 구축하는 것임을, 이번 소설상에 응모한 원고들이 다시금 알려주었다. 심사의 즐거움을 배가해준 당선자에게 축하를 보내며, 다른 응모자들이 자기만의 세계를 더 확장하는 고단함을 잘 감내하기를, 그리하여 각각 다른 빛깔과 향기로 피어나기를 기다린다.

_ 황종연(문학평론가)

　수상작으로 뽑힌 이영훈씨의『체인지킹의 후예』는 상찬을 받을 만
한 장점을 많이 가지고 있다. 우선 한국의 젊은 세대 사이에서 전혀
낯설지 않은 히키코모리의 세계를 진지하게 다루었다는 점. 특히 그
세계의 풍속에 대한 보고 또는 폭로의 형식을 취하는 대신 히키코모
리라는 인간 유형을 그 내부의 진상으로부터 파악하고자 노력한 점.
저자는 한 어린이용 SF 액션물 마니아들 사이에서 공통의 취미와 추
억과 지식을 매개로 상호 관용과 지지의 관계—우정관계, 부자관
계—가 만들어지는 과정을 정연한 절차로, 쾌적한 템포로 추적한다.
그 과정 속에는 기성 모델을 모방 또는 패러디하며 자기를 만들었을
뿐이라고 여기는 남자들의 자기 각성과 자기 모색의 흥미로운 순간들
이 들어 있다. 데이터베이스 애니멀(database animal)의 윤리적 자
기 실험이라고 부를 만한 사건이 일어나고 있는 셈이다. 오늘날 한국
사회의 포스트모던 세대가 스스로를 비추어볼 이야기-거울이 여기
있다는 것은 분명하다. 다분히 관념화된 인물 도식이나 할리우드식
휴먼 드라마 플롯 같은 약점이 있긴 하나 이런 정도로 주제와 서사의
요구를 함께 충족시킨 소설은 근래에 드물었다는 생각이다. 앞으로의
대성을 기대한다.

뻥장군의 변신타임

황현진(소설가)

1

지난여름이었다. 어느 결혼식장에서 그를 만났다. 나는 우연히 그의 옆자리에 앉게 되었다. 우리는 서로의 근황을 주고받았다. 그 와중에 그가 최근 장편소설을 완성했다는 소리를 듣게 되었다. 천오백 매에 달하는 소설이라고 했다. 그즈음 두번째 장편소설을 쓰고 있던 나는 그의 말에 놀라지 않을 수 없었다. 나는 그에게 엄지손가락을 치켜들었다. 원고지 천오백 매는 듣는 사람을 충분히 놀라게 할 만한 분량이었다. 나는 그에게 좋은 소식을 기다리겠다는 말을 건네고 곧장 헤어졌는데 그날 이후 가끔 그가 생각나곤 했다. 도대체 그로 하여금 천오백 매의 원고를 쓰게 만든 힘이 무엇이었는지, 새삼 궁금해졌기 때문이었다.

그를 처음 본 것은 지난해였다. 그는 유난히 수다스러운 남자였다. 목소리도 컸다. 테이블이 떨어져 있어도 그가 하는 이야기가 다 들릴 정도여서 나는 무심결에 그를 쳐다보곤 했다. 그는 자주 웃었고, 이야기를 하는 와중에 과장된 제스처로 이런저런 감탄사를 쏟아냈다. 그후에 그와 마주친 적이 더러 있었다. 긴 이야기를 나누지는 않았지만 어디서도 그의 목소리는 단박에 내 귓속으로 꽂혀 들어오곤 했다. 멀리서 그를 쳐다보면 그는 여전히 큰 소리로 웃고 떠들고 있었다. 하지만 어딘지 모르게 불안해 보이는 데가 있었다. 사실 그런 불안은 누구나 다 가지고 있는 거라서 딱히 마음에 두고 있진 않았다. 나 역시 그런 불안의 자장에서 자유로운 사람은 아니었으니까.

그의 당선 소식과 함께 인터뷰 청탁을 부탁받기 하루 전, 합정의 어느 카페에서 또 한번 우연히 그를 만났다. 그는 내게 대뜸 자신의 수상 소식을 알려왔다. 크고 우렁찬 목소리로, 호탕한 웃음을 날리면서. 나는 그에게 거듭 축하한다는 말을 날렸다. 그는 원래 잘 웃는 사람이었지만 그날따라 잇몸을 내보이며 웃었다. 덩달아 즐거워진 나는 꽤 긴 시간 동안 그와 수다를 떨었다. 해가 기울고 창밖이 어두워질 무렵, 나는 일어섰다. 그를 카페에 남겨두고 먼저 문을 나섰다. 문득 고개를 돌려보니 그가 컴퓨터의 전원 버튼을 누르는 모습이 눈에 들어왔다. 나는 안도했다. 마침내 세상이 그에게 어떤 신호를 보낸 것에 대해서. 누구라도 단박에 알아챌 수 있는 호의로서의 신호. 이제 그가 그 신호에 화답할 차례였다.

이전의 그에게 세상은 도저히 용납할 수 없는 불합리한 메커니즘 그 자체였지 다른 무엇이 아니었다. "도저히 나의 삶을 책임질 수 없는 구조예요." 그는 지금의 사회구조를 그렇게 평가했다. 세상이 개인에게 던지는 문제에 대해서 그는 책임 있는 답변을 내릴 수가 없었다. 한때 그는 철학과 학생이었다. 의심스러운 문제에 대해 무심할 수 있는 유형이 아니다. 자력으로 해결할 수 없는 문제들이 겹치면서 아마도 그는 무력함을 느꼈던 것 같다. 짐작건대 자의가 조금도 포함되지 않은 무력함은 견디기 힘들었을 것이다. 당연히 그는 '스스로의 삶조차 책임지기 힘든 세상'에 대해 크게 분노했다.

2

어릴 적 영훈의 별명은 뺑장군이었다. 이런저런 예고나 설명 없이 아홉 살 영훈은 바다를 끼고 있는 서쪽의 작은 마을에 홀로 남겨졌다. 그의 곁에는 할머니가 있었다. 서울에서 온 전학생 영훈. 마을의 또래 아이들은 영훈을 의아한 눈으로 쳐다보았다. 그 눈 속에는 경계와 시기, 찬탄과 부러움 같은 것들이 동시에 들끓었다. 영훈은 시선을 떨구었다. 아무도 영훈에게 말하지 않았지만 영훈은 곧 자신에게 닥쳐올 불행을 예감했다. 그는 왜 자신이 혼자 이 먼 곳으로 떠밀려왔는지 어렴풋이 짐작할 수 있었다. 예감은 적중했다. 부모는 이혼했고 영훈은 기약 없이 할머니 곁에 남아 '서울에서 온 전학생 이영훈'으로 몇 년을 더 살아야 했다.

아이들은 자주 영훈에게 말을 걸어왔다. 묻는 말에 꼬박꼬박 대답하는 것만으로는 누구와도 친구가 될 수 없었다. 영훈은 외로웠다. 갑자기 닥친 불행에 의연해지기 위해서라도 영훈에겐 친구가 필요했다. 영훈은 학급 친구들과 오래 이야기를 나누고 싶었다. 학급 친구들이라고 해봤자 다 한동네에 살았다. 반은 두 개뿐이었고 합쳐도 백 명이 채 되지 않았다. 어느 날부터, 영훈은 친구들의 이런저런 질문 공세에 뻔한 대답 대신 이야기를 들려주기 시작했다. 아이들이 영훈의 이야기를 듣기 위해 하나둘씩 모여들었다. 신이 난 영훈은 자신의 머릿속에 들어 있던 이야기들을 야금야금 꺼내놓았다. 그때마다 영훈의 눈앞에 만화책의 페이지가 한 장씩 한 장씩 넘겨졌다.

서울에서 영훈은 만홧가겟집 아들이었다. 왕십리의 대학교 앞에 위치했던 만홧가게는 동네의 명소였다. 늘 사람들이 들끓었고 엄마는 바빴다. 영훈은 방과 후의 대부분의 시간을 만홧가게 안에서 도넛을 튀기는 엄마와 함께 보냈다. 엄마는 드넓은 만홧가게 안을 돌아다니는 영훈에게 신경쓸 겨를이 없었다. 영훈은 입에 설탕가루를 묻히고 가게의 영업이 끝날 때까지 주야장천 만화를 읽었다. 손에 잡히는 대로, 눈에 띄는 대로 아무 책이나 붙들고 내리 읽기를 반복했다. 하루는 짧았다. 재밌고도 달았다.

어촌의 아이들은 만화책을 몰랐다. 영훈은 여태 자기가 읽었던 만화책의 내용을 하나씩 풀어놓았다. 날이 갈수록 영훈의 주위로 아이들이 점점 더 많이 모여들었다. 영훈의 이야기에도 흥이 실렸다. 하지만 이야기는 금세 동이 났다. 따지고 보면 만홧가게에서의 생활은 영훈의 인생에서 그리 긴 시간이 아니었다.

몇 달 사이, 영훈은 이야기를 지어내야 할 처지가 되었다. 영훈은 이야기하기를 멈출 수 없었다. 그 시절 영훈에게 친구를 사귀는 유일한 방법은 오로지 이야기하는 것뿐이었으니까. 영훈이 알고 있는 방법은 그것만이 유일했으니까.

이야기의 밑천이 모자라자 영훈은 이런저런 이야기들을 지어냈다. 입은 쉽사리 멈추어지지 않았다. 영훈은 저 자신이 거짓말을 하고 있다는 것을 알았다. 눈치 빠른 몇몇 아이들이 영훈의 이야기를 믿지 않기 시작했다. 재미없어. 이미 들었던 이야기 같아. 어제 이야기한 거랑 달라. 아이들의 불만이 튀어나오자 영훈의 마음도 조급해졌다. 영훈은 이야기를 더욱 부풀렸고 거짓말도 늘려갔다. 그사이 영훈의 별명은 뻥장군이 되어 있었다. 아이들은 영훈을 '영훈아'라고 부르지 않고 '뻥장군뻥장군'이라고 불렀다.

결국 영훈은 작은 시골마을에서 또다른 책을 찾아다니기 시작했다. 그가 찾아낸 책은 농협에서 발행하는 어린이잡지가 전부였다. 잡지의 이름은 '새벗'이었다. 영훈에게 가장 필요한 것도 새 벗이었다. 마음을 털어놓을 만한 벗. 구할 수 있는 책이라곤 그 한 종류뿐이었지만 영훈에겐 그 또한 감지덕지였다. 영훈은 다시 책 속으로 한없이 빠져들어갔다. 적어도 거기엔 이야기가 있었다. 이야기가 없으면 친구도 없어. 영훈에게는 조금도 의심할 바 없는 유일무이한 진실이었다.

3

학년이 바뀌었다. 시골생활도 얼추 적응이 되어가던 무렵이었다. 영훈은 어렵게 사귄 친구를 잃었다. 그해 죽음은 동네에서 빈번하게 일어났다. 모든 죽음은 부지불식간에 일어난 사고였다. 한결같이 인과관계가 명백한 죽음들이었지만 동네 사람들은 죽음에도 원인이 있다는 것을 인지하지 못했다.

첫번째 죽음은 영훈과 가장 친했던 친구였다. 친구는 밤에 혼자 길을 걷다가 트럭에 치여 죽었다. 두번째 죽음은 영훈과 같은 반 여자애였다. 죽기 얼마 전에 여자애는 선생님께 칭찬을 받았다. 우유에 밥을 말아 먹다니! 여자애는 수줍게 미소지으며 하얀 국물이 뚝뚝 떨어지는 숟가락을 들어올렸다. 며칠 후 여자애는 혼자 길을 걷다가 트럭에 치여 죽었다. 세번째, 네번째 죽음이 이어졌다. 모두 어두운 밤에 혼자 길을 걷다가 트럭에 치여 죽었다. 시골의 밤은 빨리 찾아왔고 도시의 밤보다 짙었다. 다들 밤길을 혼자 걸었다. 어느 날 갑자기 일어난 변화가 아니었다. 굳이 이전과 달라진 게 있다면 수시로 동네를 드나드는 트럭들이었다.

트럭은 바다를 메우기 위해 먼 내륙에서 흙을 싣고 오는 차들이었다. 트럭 운전수들은 대개 밤에 도착했고, 피곤했으며, 운전이 거칠었다. 마을엔 가로등이 없었다. 바다를 메우는 공사는 어디까지나 나랏일이었다. 오랜 세월 바다의 녹을 먹고 살던 마을 사람들에게 죽음은 신의 영역이었다. 나랏일과는 별개의 것이었다. 굿판이 벌어졌다. 무당이 춤을 추고 눈을 희번덕거리며 죽은 아이들의 친구들을 굿판 한가운데 불러세웠다. 아이들은 무서워서 뒷걸음질쳤다. 선생님은 죽은 아이들과 가장 친했던 아이들을 잘도 알아내 골라냈다. 어른들은 망설이는 아이들의 어깨를 잡아끌며 억지로 무당 곁에 세웠다. 다시 북과 장구 소리가 울려퍼지고 무당은 공중으로 펄쩍 뛰어오르며 방울을 흔들었다.

영훈은 있는 힘을 다해 도망쳤다. 굿판에서 아무리 멀어져도 소리는 계속 영훈의 뒤를 따라왔다. 멀리 도망갈수록 영훈은 점점 화가 났다. 내 친구가 죽었는데. 내가 가장 좋아하는 친구가 죽었는데. 영훈은 눈물을 훔쳤다. 울분에 찬 눈물이었다. 굿을 해서는 안 된다고 생각했다. 가로등을 세워야 한다고 생각했고, 마을에 트럭이 들어오지 못하도록 막아야 한다고 생각했다. 마을의 어른들 중 아무도 그 생각을 떠올리지 못한다는 게 이해되질 않았다.

친구들이 트럭에 치여 쓰러지던 좁은 길을 내처 달리면서 영훈은 이해할 수 없는 구조를 가진 세상에 처음으로 분노했다. 그러니까 누군가 아주 위험한 뻥을 치고 있다고, 영훈은 막연하게나마 느낄 수 있었던 것이다. 하지만 그 대가치곤 너무 값비쌌다.

4

중학생이 될 무렵, 영훈은 다시 서울로 돌아왔다. 아버지와 단둘이 살았다. 아버지는 자주 집을 비웠다. 사춘기를 지나는 동안 영훈은 많이 자라지 않았다. 영훈의 주먹은 약했다. 얼굴엔 돌연 여드름이 피기 시작했다. 그런 영훈을 걱정한 고모가 여드름 치료에 좋을 거라며 클렌징크림을 사주고 갔다. 아주 비싸고 좋은 크림이라는 고모의 말에 영훈은 매일 밤 잠들기 직전 클렌징크림을 꾸준히 발랐다. 그게 문제였다. 영훈은 클렌징크림의 올바른 사용법에 대해 무지했다. 클렌징크림을 얼굴에 바른 뒤에 반드시 깨끗하게 닦아내야 한다는 것을 그는 몰랐다. 여드름은 점점 심해졌다. 누가 봐도 걱정할 만큼 여드름은 악화되었지만 영훈은 그 이유를 몰랐다. 영훈의 어깨는 점점 더 좁아지고 고개는 한없이 아래로 숙여졌다.

영훈은 남자 중고등학생 사이에 으레 벌어지곤 하는 시비에 무방비로 노출되다시피 했다. 학교 내에서 일어나는 시비는 학급의 모든 남학생들에게 골고루 돌아가는 주먹이었다. 이유를 알 수 없는 혐오로 한 사람에게 집중된 주먹이 아니었다. 적어도 왕따라는 말이 생기기 전의 주먹은 그랬다. 돌이켜보면 이해할 수 있는 일이지만 당시의 영훈에게는 불가해한 일이었다. 영훈은 주먹을 앞세우는 아이들에게 말을 앞세워 대항했다. 여지없이 아주 큰 목소리로 그들의 잘잘못을 따지고 들었다. 돌아오는 건 주먹뿐이었다. 영훈은 날아오는 주먹에 주먹으로 대항할 수 있는 처지가 아니었다. 그렇다고 쉽사리 항복하기도 싫었다. 영훈은 절대로 하고 싶은 말을 속으로 삼키지 않았다. 주먹은 점점 더 자주 영훈을 향해 날아왔다.

영훈이 주먹을 앞세운 것은 살면서 딱 한 번뿐이었다. 군대에 있을 때였다. 영훈은 상병 계급장을 달았다. 두말할 것 없이 군대생활은 영훈과 맞지 않았다. 군대는 노골적으로 불합리를 합리라고 우기는 집단이었다. 영훈의 인내심은 조금씩 바닥을 보이고 있었다. 야외훈련을 받던 어느 날 다른 상병이 보초근무중 자리를 이탈하는 일이 벌어졌다. 영훈이 그를 찾아냈을 때, 그는 텐트 안에서 잠을 자고 있었다. 처음 있는 일이 아니었다. 영훈은 화가 났다. 저도 모르게 잠들어 있는 상병을 깨워 텐트 밖으로 잡아끌었다. 아무리 같은 계급장을 달고 있는 사이라도 싸워서는 안 되는 거였다.

몇 차례 주먹질이 오갔다. 영훈은 난생처음 주먹을 휘둘렀다. 상대의 얼굴에서 피가 흘렀다. 그는 울면서 대대장의 막사로 줄행랑을 쳤다. 영훈은 그가 얼굴을 감싸쥐고 도망치는 모습을 지켜보았다. 정신을 차려보니 자신의 손에 철모가 들려 있었다. 며칠 후 영훈은 부대 내 영창으로 보내졌다. 좁은 독방에서 보름이라는 시간을 보냈다. 영훈에게 그 시간은 깡그리 사라진 날들이었다. 보름간의 일들을 아무리 기억해내려 애써도 아무것도 떠오르지 않았다. 그때 읽었던 책의 제목들만 머릿속을 스쳐갔다.

닥치는 대로 책을 읽었다. 부대의 화장실에 들어가 변기 뚜껑 위에 앉아 보르헤스와 카프카를 읽었다. 적어도 그 순간엔 들끓는 화를 잠재울 수 있었다. 보르헤스의 책은 처음과 끝이 없었다. 그것은 무한히 확장하는 세계였다. 끝내 이해하지 못했던 불합리한 사회, 그 영역 밖으로 영훈을 단번에 끄집어냈다. 보란 듯이 다른 층위의 세계를 영훈에게 펼쳐 보였다. 비록 영훈은 화장실의 변기 뚜껑 위에 앉아 있었지만 악취 속에서도 그는 화장실 밖의 세계보다 훨씬 넓고 아름다운 세계가 어딘가에 존재하고 있음을 즉각 깨달았다. 그랬다. 영훈이 그토록 바라던 세계는 소설 안에 숨어 있었다.

소설을 써야겠다고, 그는 변기 뚜껑 위에 앉아 결심했다.

입대 전, 그는 만화 스토리 작가였다. 처음 뺑장군으로 불렸던 어린 시절부터 그는 계속 이야기를 만들어왔다. 아주 오래전부터 이미 그는 작가였던 셈이다. 다만 그가 깨닫지 못했을 뿐.

처음 긴 이야기를 만들어낸 것은 고등학생 때였다. PC통신이 한창 유행하면서 이런저런 야설들이 남자 고등학생들 사이에서 만연했다. 조악하게 프린트된 야설이 선생의 눈초리를 피해 책상 밑으로 나돌았다. 너덜너덜해진 종이묶음이 영훈에게도 전해졌다. 영훈은 단숨에 읽어치웠다. 코웃음이 나왔다. 내가 더 잘 쓸 수 있겠다 싶은 생각이 먼저 들었다. 경험 따윈 필요 없는 이야기였다. 상상만으로도 충분히 쓸 수 있었다. 한때 영훈은 뺑장군으로 불리던 아이였다. 영훈은 이야기가 무엇인지 알았다. 이야기를 이렇게 해서는 안 되지. 야설을 처음 읽은 영훈의 소감은 그러했다.

친구가 컴퓨터를 빌려주었다. 그날부터 영훈은 친구의 방에서, 친구의 컴퓨터로 야설의 형식을 빌린 소설을 쓰기 시작했다. 친구들은 환호했다. 신이 난 영훈은 계속 이야기를 만들었고, 친구들은 박수 치며 영훈의 이야기를 읽었다. 아주 오래전, 바다가 있는 작은 마을에서 살던 뺑장군 영훈으로 다시금 변신하는 순간이었다. 하지만 영훈은 이제 더이상 뺑장군으로 불리지 않아도 되었다.

고등학교를 졸업한 뒤에도 영훈은 계속 이야기를 만들었다. 왕십리의 만홧가게 아들이었던 영훈은 머릿속에 맴도는 이야기들을 만화 스토리화했다. 그건 굉장히 자연스러운 일이었다. 하지만 제대 후의 영훈에게 이야기란 바로 소설이었다. 영훈의 머릿속에서 끊임없이 생산되는 이야기들은 이전과 다르게 소설의 몸을 빌려 드러났다. 그는 곧장 서울예대 문예창작과에 입학했다. 첫 학기에 원고지 팔십 매의 소설을 발표했다. '차가운 무'라는 제목의 첫 단편은 놀림으로 끝이 났다. 수업을 함께 듣던 학우들은 냉무냉무, 우스갯소리를 했다. 두번째 단편에 대한 평도 별반 다르지 않았다. 영훈은 실망하지 않았다. 그는 꾸준히 소설을 썼다. 무언가를 포기한다는 것은 비겁한 일이었으니까. 영훈은 비겁하게 살고 싶지 않았다. 물론 영훈의 삶에도 비겁한 날들이 엄연히 존재했다.

5

아버지와 단둘이 살던 영훈의 집은 거의 비어 있었다. 고등학생이 되자 영훈의 집은 또래들의 아지트가 되었다. 영훈의 집을 들락거리던 대부분의 친구들은 학교에서 내쳐진 아이들이었다. 친구들은 영훈의 집에서 밤새도록 담배를 피우고 술을 마셨다. 영훈은 그들과 어울리며 자신의 삶 역시 그들의 패턴에 맞추었다. 영훈의 집은 더이상 빈 집이 아니었다. 영훈 혼자 지키지 않아도 되었다. 영훈은 친구들 틈에 섞여 담배를 피우고 술을 마셨다. 십대 특유의 종잡을 수 없는 감정과 들뜬 본능에 충실한 그들의 일상이 영훈에겐 훨씬 이해하기 쉬운 삶의 방식이었다.

어느 날이었다. 그들 중 하나가 영훈에게 술 취한 목소리로 말했다. 넌 우리와 함께 있지만 우리와 다르다는 걸 이미 알고 있지 않느냐고. 그 말은 단순한 주정이 아니었다. 영훈은 뒤통수를 얻어맞은 기분이었다. 친구의 말을 잘 뜯어보면 영훈은 처음부터 그들의 무리에 완전히 속한 사람이 아니었다. 그건 누구보다 영훈이 가장 잘 아는 사실이었다. 하지만 그 사실을 누군가에게 들킬 줄은 몰랐다. 영훈은 부끄러웠다. 은연중에 난 너희들과 다르다는 걸 내색했던 자신의 모습에 영훈의 얼굴이 벌게졌다.

그즈음 영훈의 집에서 밤새 술을 먹던 한 친구가 혼절을 했다. 하필이면 영훈과 단둘이 있던 날이었다. 영훈은 친구를 업고 다급히 병원으로 달려갔다. 의식을 잃은 친구를 응급실의 침대에 뉘어놓고 영훈은 컴컴한 병원 대기실에 혼자 앉아 텔레비전을 보았다. 텔레비전에서는 오래된 영화를 방영하는 중이었다. 〈엑스칼리버〉. 그게 그렇게 재밌을 수 없었다. 영훈은 넋 놓고 영화를 보았다. 영화의 어떤 장면 때문이었는지 알 수 없지만 그날 이후 영훈은 달라졌다. 그날 이전의 자신에 대해 영훈은 비겁했다고 자평했다.

6

영훈은 계속 소설을 쓰고, 썼다. 서른 살이 되던 해, 영훈은 웃통을 벗고 플레이스테이션 게임을 하고 있었다. 게임을 마치고 영훈은 만세를 불렀다. 신기록 달성! 신이 난 영훈이 펄쩍 뛰어오르는 참에 한 통의 전화가 걸려왔다. 얼마 전에 응모한 단편소설 공모에 당선되었다는 소식이었다. 영훈은 그렇게 소설가라는 호칭을 얻었다.

소설가가 되었지만 이전보다 소설을 열심히 쓸 수가 없었다. 청탁은 드물었다. 시간이 흐를수록 영훈에게 남은 것은 아무것도 이루지 못하고 있다는 자괴감뿐이었다. 그 자괴감이 너무 크고 깊어서 영훈은 소설을 쓸 기력마저 잃어버렸다. 그러던 중 영훈은 한 편의 소설을 어렵게 써서 발표했다. 쓰고 지우고, 쓰고 지우기를 반복하다가 마감일을 놓쳤다. 조급해진 영훈이 할 수 있는 일이라곤 여전히 쓰고 지우는 것, 그뿐이었다. 그 소설의 제목은 '모두가 소녀시대를 좋아해'였다. 소설은 계간지에 실렸다. 영훈은 자신의 소설을 다시 읽었다.

내가 쓴 소설인데 아무리 읽어도 잘 모르겠는 거야.

영훈은 의아했다. 이상하게도 그 의아함이 마냥 불편하게 느껴지진 않았다. 2011년 봄에 발표한 그 소설은 영훈에게 젊은작가상 수상이라는 영예를 안겨주었다. 영훈은 그제야 소설이 무엇인지, 소설을 왜 써야 하는지 조금은 알 것 같았다. 말로는 설명할 수 없는 어떤 감각으로, 그의 몸과 세포가 먼저 소설의 문장과 단어에 반응하는 순간이었다.

명명백백한 논리가 아니라 감각으로서만 인지 가능한 세계, 그것이야말로 살면서 영훈이 가장 불합리하게 느껴지던 부분이었다. 이전의 그였다면 단연코 분노했을 세계. 오래전 그가 등 돌렸던 세계. 소설은 그를 돌려세웠다.

"뭐라고 말로 할 수 없지만 난 이제야 소설이 뭔지 알겠어요."

영훈은 그 어느 때보다 가장 행복한 표정으로 말했다.

매일 소설을 쓰기 시작했다. 영훈은 오래전에 써두었던 소설의 제목을 다시 불러냈다. 작년 1월의 일이었다. 그날 이후 매일 일정한 분량의 원고를 썼다. 몇 달 지나지 않았는데 천오백 매 분량의 원고가 쌓였다. 『체인지킹의 후예』는 그렇게 완성되었다. 두꺼운 원고뭉치를 문학동네소설상에 응모한 뒤에도 그는 다시 컴퓨터 앞에 앉았다. 그의 소설쓰기는 한 권의 책을 쓰는 데서 멈추지 않았다. 단언하건대 지금 이 순간에도 그는 키보드에 두 손을 올려두고 있을 게 분명하다.

7

인터뷰는 좀처럼 끝날 기미가 보이질 않았다. 그는 여전히 수다스러운 편이었다. 나는 그와 단둘이 오랜 시간 이야기해보는 게 처음이었다. 그에게 많은 질문을 던지지 않았다. 그는 쉿, 하며 자신이 처음 썼던 야설의 내용을 꽤 구체적으로 들려주기도 하고, 복잡한 얼굴로 지나간 자신의 연애에 대해 짧게 설명하기도 했다. 그의 이야기는 재미있었다.

두어 시간이 훌쩍 지나갔다. 나는 종종 박장대소를 하고, 이런저런 감탄사를 연발하며 맞장구를 치기도 했다. 그가 소설에 대해 이야기할 때는 귀를 세우고 들었다. 그는 후배 작가인 내게 거듭 '열심히 쓰면 돼요'라고 했다. 그러곤 자주 혼잣말인 양, 나는 열심히 쓸 거예요, 라는 말을 했다.

그의 소설을 읽고 그의 이야기를 모두 듣고 난 뒤 내가 깨달은 바가 있다면 변신은 하루아침에 이루어지지 않는다는 거였다. 체인지킹으로의 변신도, 그 어떤 슈퍼 히어로로의 변신도 한 번의 주문으로는 절대 불가능한 일이었다. 영훈은 열심히, 열심히라는 말을 남발했다. 아주 크고 우렁찬 목소리로, 쉽사리 거역할 수 없는 힘을 싣고 아주 단호하게 말하기를, 열심히, 열심히.

나는 그의 지난 삶의 내력을 갈무리하면서 속으로 대답했다. 변신이란 한 번도 틀지 않았던 방향으로 몸을 돌려세우는 것, 그뿐이라고. 선배의 말처럼 열심히, 열심히 살다보면 몸은 저절로 발길을 돌린다고. 선배가 내게 오늘 그걸 가르쳤다고.

고마워요.

어떤 일들을 되새길 때면, 그 일 자체보다 그 일을 둘러싼 감각들이 먼저 떠오른다. 첫사랑의 얼굴보다 그 사람의 향기가 먼저 생각나고, 함께 나눈 이야기보다 깔깔거리던 음성이 귀에 선한 것. 일은, 그러니까 각개의 사연은 복잡하고 연약하다. 하지만 그 사연을 감싸는 감각은 매우 강인하다.

이 소설을 쓰던 시기에 어떤 일이 있었는지를 떠올린다. 지금의 내게 사연들은 희미하다. 다만 감각만이 남아 있을 뿐이다.

이를테면 처음 이 소설을 시작하던 날의 느낌. 겨울이었고, 무척 추웠다. 새벽에 집에 돌아와 컴퓨터를 켜고 새로운 문서창을 띄운 후 제목을 적어내렸다. 몇 시에, 어느 정도의 시간을 들여, 얼마나 망설였는지는 기억나지 않지만, 책상 아래 뻗은 발끝의 차가움과, 그 차가움이 녹아가던 느낌만은 아주 선연하다.

그리고, 멍하다.

제목을 쳐둔 문서를 만지작거리는 동안 삼 년이 흘렀다. 어떤 사연이 있었는지는 모르겠다. 그저 감기에 걸린 어린애처럼 괜히 짜증이 났다. 쓸데없이 불안하고, 쓸모없이 초조했다. 어딘가에 앉아 담배를 피우고, 그 연기가 하얗게 춤을 추는 것을 보았다. 전자 게임을 만지작거리거나, 하루 종일 트럼프 카드를 갖고 놀았다. 차갑거나 뜨거운 길의 공기와, 스니커즈 속으로 스며들던 습기를 생각한다. 나는 늘 한발 늦었고, 언제나 필요한 시간을 놓쳤다.

올해부터, 전에 만들어놓았던 문서에 이어 지금 이 소설을 썼다. 5월이 넘어갈 즈음 시작해, 여름의 한복판을 지나, 8월까지. 그 계절 동안 나는 매일 정해진 양을 썼다.

무슨 일이 있었는지는 명확하지 않다. 하지만 감각들이 있다. 작업을 마치고 집으로 걸어가던 새벽. 새벽의 천변에 피어오르던 안개와 풀의 냄새. 우연히 마주친 아는 이들. 그들이 흘리던 땀과 웃음, 그 살아 있는 감촉들. 힘이 다해 돌아온 날, 목에 올라오던 뜨끈한 것들. 한데 어울려 웅얼거리는 소리와 갓 지은 밥의 달콤한 맛. 햇볕과 비의 기척. 그리고 어둠 속에 웅크려 도무지 움직일 줄 모르던 예감들. 나에게 이 계절은 그런 감각이다.

이제 이 소설은 나를 빠져나갔다. 나는 이것에 대해 더 할 말이 없다. 입을 열면 어쩐지 변명이 될 것 같아서.

다만 이 소설이 어떤 계절을 거쳐 나온 것이라는 사실을 알아주었으면 좋겠다.

최선이라고, 말할 순 없다. 최선 같은 것은 모른다. 하지만 꾸준히 쓰는 것 이외에 다른 선택을 하진 않았다. 무척 즐거웠지만, 때때로 겁을 먹었다. 그래도 온 힘을 다해 쉬지 않고 썼다. 이 계절의 내 자랑거리는 그런 것이다. 뛰거나, 걷거나, 기어, 한 방향으로 왔다는 것. 그러니 책을 손에 든 사람들에게도, 이 계절이 의미 있었으면 좋겠다.

다음 계절을 생각하고 있다. 느리거나, 빠르거나, 높거나, 낮거나, 이런 것은 이제 상관없다. 속도나 고도보다 중요한 것은 얼마든지 있다. 무슨 일이 닥칠지는 알 수 없지만, 주어진 계절을 지나가려 한다. 멈추지 않고, 후회 없이.

아마도 이런 계절들이 모여, 어떤 시절을 이룰 것이라고 믿는다.

많은 영감을 주셨던 서울예대의 선생님들께 감사드린다. 감사를 드릴 때마다 늘 혀가 짧다는 것을 절감한다. 언제나 부끄러웠고, 아마도 계속 그럴 것이다. 얼굴을 뵙고 인사를 드릴 것이다. 그때에, 내 낯이 조금이라도 덜 빨개졌으면 좋겠다.

또다른 선생님들께 감사드린다. 이 소설을 뽑아주신 분들께. 언제나 더욱 용감해지고 싶었지만, 늘 나약했다. 아주 많이 배웠고, 큰 용기를 얻었다. 좀 더 튼튼히 걸어나갈 것이다.

함께 책을 만들어주실 분들께 감사한다. 그분들과 만나며 소설 쓰는 일의 의미를 되새길 수 있었다. 나 혼자만의 생각일지도 모르지만 가장 든든한 동료라 믿고 있다. 늘 힘을 내야겠다고 생각하는데, 늘 부족하다. 그러니 더 힘을 내겠다.

이름을 적지 않는 수상 소감을 쓰겠다고 생각했지만, 딱 한 사람 예외가 있다. 존경하는 큰 시인 '문학요정 오은'님. 제출기한 직전에 완성한 이 소설을 끝까지 읽어주셨다. 그날 새벽 통화에서 우리 둘이 나눈 부조리한 대화는 가슴에 사무쳤다. 큰 시인님의 호방한 삶이 나에겐 엔터테인먼트다. 부디 건강하시라.

어머니와 여동생에겐, 남은 삶으로 속죄하겠다.

그리고, 지나가 두 번 다시 돌아오지 않을 그 숱한 시간에게. 그 시간의 감각에게. 내 것이 아니었지만, 어디선가 받은 삶에 대한 각오와 사랑에게.
나의 계절에게, 감사한다.

문학동네 장편소설
체인지킹의 후예
ⓒ 이영훈 2012

초판인쇄 2012년 12월 13일
초판발행 2012년 12월 21일

지은이 이영훈
펴낸이 강병선
책임편집 백다흠 | 편집 이경록 조연주 | 디자인 엄혜리 유현아
마케팅 신정민 서유경 정소영 강병주 | 온라인마케팅 김희숙 김상만 이원주
제작 서동관 김애진 임현식 | 제작처 영신사

펴낸곳 (주)문학동네
출판등록 1993년 10월 22일 제406-2003-000045호
주소 413-756 경기도 파주시 문발동 파주출판도시 513-8
전자우편 editor@munhak.com | 대표전화 031) 955-8888 | 팩스 031) 955-8855
문의전화 031) 955-8890(마케팅) 031) 955-8862(편집)
문학동네카페 http://cafe.naver.com/mhdn

ISBN 978-89-546-2012-3 03810

www.munhak.com

한 국 문 학 을 이 끌 어 가 는 힘 !
문 학 동 네 소 설 상 수 상 작

제1회 새의 선물 은희경

대형 신인의 포문을 연 한국문학의 대표작가 은희경의 탁월한 역량이 유감
없이 발휘된 수작. 일상 속에 숨겨진 허위와 생에 대한 가차없는 시선, 시종
웃음을 자아내는 해학적 문체와 치밀한 심리묘사가 돋보인다.

＊책이랑 선정 좋은 청소년 책
＊전문가가 뽑은 90년대 책 100선

제2회 아무 곳에도 없는 남자 전경린

읽는 이를 저 두려운 낯섦 속에 빠뜨리고, 뜨거운 정염의 불길로 서슴없이
충격을 가하는 귀기의 작가 전경린의 첫 장편소설. '심장에서 그대로 튀어
나온 소설'이라는 평가를 받은 화제의 작품으로, 시종 흐트러지지 않는 호
흡과 강렬한 문체가 읽는 이를 사로잡는다.

제3회 예언의 도시 윤애순

혁명과 사랑, 음모와 배반이 뒤엉킨 장대한 비극적 대서사시. 힘있는 주제
의식과 뛰어난 서사성을 구비하고 있는 작품으로, 다양한 등장인물의 욕망
과 관능의 에너지가 원색적인 아름다움과 비의적 색채 속에 녹아들어 있다.

제5회 숲의 왕 김영래

신화적인 관점에서 '인간'을 복원하고 있는 소설. 자연의 생명력을 묘사하는
시적인 문장은 충격적인 아름다움을 느끼게 하며 인간의 삶에 관한 통찰력은
잠언과 경구의 깊이로 다가온다. 신성한 자연의 음성을 들려주는 듯한 이 소
설은 가히 우리 소설의 충격이다.

제8회 그녀는 조용히 살고 있다 이해경

거침없는 구어체 문장, '오해의 연속'으로 이어지는 줄거리, 냉소와 조롱의
언어를 통해 좌충우돌 갈팡질팡의 횡보로 끙끙대는 21세기의 소설가 지망
생을 그려나간다. "쓴웃음과 함께 가슴 찡한 아픔을 자아내는" 풍경이다.

제10회 고래 천명관

소설에 대한 기존의 상식을 보기 좋게 훌쩍 비켜서는, 놀랄 만한 다채로움과 독특한 개성을 지니고 있다. 낯섦과 기이함, 동시에 상당한 당혹스러움과 저항감을 안겨주며 시작되는 이 소설은 이야기가 진행될수록 굉장한 흡인력을 발산하면서 결말까지 숨가쁘게 몰입하게 만든다.

* 한국간행물윤리위원회 선정 청소년 권장도서 * 한국문화예술위원회 선정 우수문학도서
* 한국출판인회의 선정 이달의 책

제11회 수상한 식모들 박진규

질주하는, 전복적인, 쾌활한 상상!
그들의 보복은 비장미가 없는 대신 유쾌했고, 폭력적이지 않았지만 잔혹했다. 그리고 모두 여성으로 이루어져 있었다. 그녀들의 집단을 우리는 '수상한 식모'라고 부른다.

* 한국문화예술위원회 선정 우수문학도서

제12회 캐비닛 김연수

최초로 심사위원 만장일치를 이끌어내며 '괴물' 같은 작가의 출현을 알린 화제작. 상상불가의 변종들에 대한 기발하고 대담한 상상을 탄탄한 필력과 능청스런 입담으로 풀어놓는다.

* 2007 문화관광부 교양도서

제13회 달을 먹다 김진규

이해와 오해, 사랑과 사랑 아닌 것의 미묘한 간극이 불러온 치명적인 로맨스! 영정조시대를 배경으로 엄격한 법도와 완강한 신분질서가 작동하던 그 시절, 사랑에 죽고 사는, 금지된 사랑에 눈멀어 위험한 죽음충동에 몸을 맡기는 인간군상의 모습을 그려 보인다.

* 한국문화예술위원회 선정 우수문학도서

제15회 피리 부는 사나이 김기홍

"이 소설은 젊다." 엇갈리는 청춘의 사랑, 컴컴하고 단단한 알에서 깨어나게 하는 진하고 운명적인 우정, 정체 모를 사나이의 피리 소리를 뒤쫓아가는 진실조각 맞추기! 피리 소리를 따라 진실을 찾아가는 이 매혹적인 성장소설의 부름에 독자들은 기꺼이 뒤를 따를 것이다.

제17회 귀를 기울이면 조남주

'여기 없는 소리'를 듣는 아이, 바보아이 김일우의 휴먼다큐 〈더 챔피언〉 비하인드 스토리! 속물적 욕망에 길들어 몸살을 앓는 세계, 그 속에서 펼쳐지는 소시민들의 이 따뜻하고 현실적인 비극은 현대인이라면 오장육부처럼 달고 다니는 소외와 고독, 존재의 불안을 침울하지 않게, 발랄하게 보여준다.